HARTMUT GEORGE

Die Taube und das Mädchen
Eine deutsch-polnische Liebesgeschichte

Impressum:
Bibliographische Informationen der Deutschen Bibliothek
Die Deutsche Bibliothek verzeichnet diese Publikation in der Deutschen
Nationalbibliographie

Dr. Hartmut George
Die Taube und das Mädchen
Eine deutsch-polnische Liebesgeschichte

2. Auflage 2013
© 2013 by SichVerlag
ISBN: 978-3-942503-22-8

SichVerlag in der SichVerlagsgruppe
Wolfgang Sich
Liebknechtstr. 51, 39108 Magdeburg
Telefon: +49-(0)391 – 73 46 927
Fax: +49-(0)391 – 73 13 980
E-Mail: info@sich-verlag.de
           www.sich-verlag.de

Text: Dr. Hartmut George mit freundlicher Unterstützung von Anke
         Gebauer und Marie Christin Henkel
Satz: Marie Christin Henkel
Druck: Westarp & Partner Digitaldruck Hohenwarsleben UG

Das gesamte Werk ist im Rahmen des Urheberrechtsgesetzes geschützt.
Jegliche vom SichVerlag nicht genehmigte Verwertung ist unzulässig.
Dies gilt insbesondere für die Verbreitung durch Film, Funk, Fernsehen
und elektronische Medien und den auszugsweisen Nachdruck und die
Übersetzung.

Vorwort

Am Ende meines Berufslebens musste ich feststellen, dass sich in meinem persönlichen Umfeld neue Freiräume auftaten, die ich nutzen wollte. Am Schreiben hatte ich schon immer Freude. So reifte der Gedanke, meine lebenslangen Erfahrungen in der Taubenzucht für ein Buchprojekt zu nutzen.

Als Mitglied eines Freundeskreises, der seit 20 Jahren enge Kontakte zu polnischen Partnern pflegt, entstanden dorthin vielfältige zwischenmenschliche Bindungen. Zu Polen besteht daher für mich eine besondere Beziehung. Die Begegnungsstätten liegen im ehemaligen Westpreußen, insbesondere im reizvollen Netzebruch mit seiner unvergleichlichen Naturausstattung. Im Ergebnis dieser Besuche entstand eine Fülle an Material, das einer Bearbeitung bedurfte. Ich entschied mich für die Form der dokumentarischen Belletristik, der Vermittlung zahlreicher Fakten, verbunden mit einer fiktiven Handlung.

Der „Weltenbummler" Brieftaube bot sich als Symbol für die Wiedergabe grenzüberschreitender Vernetzungen von Akteuren und Ereignissen geradezu an. Deshalb gab ich ihr eine Rolle als Mittler zwischen den beteiligten Personen verschiedener Nationen und als verbindendes Element zwischen einzelnen Geschehnissen. Vor allem durch sie wird der Fortgang der Handlung maßgeblich bestimmt.

Hartmut George

Der Autor

HARTMUT GEORGE

Die Taube und das Mädchen
Eine deutsch-polnische Liebesgeschichte

INHALT

Mädchen und Skatspieler reizen mit 18

„Im *Goldenen Löwen* habe ich einen separaten Raum bestellt, dort können wir uns weiter austoben."
Edmund Gerlach gab seiner Mitschülerin Ilona einen freundlichen Klaps auf den Hintern, forderte sie und die gesamte Gruppe auf, ihm in den benannten Gasthof zu folgen.
Die kleine Gemeinschaft Jugendlicher präsentierte sich in einfallsreicher Verkleidung. Einige der Mädchen hatten mutig auf den einen oder anderen Stofffetzen verzichtet, zeigten offenherzig, über welch verführerische Reize eine junge Dame von 18 Jahren verfügt. Schon am Nachmittag des herrlichen Sommertages hatten die Gymnasiasten, hier im Schulsystem der DDR als Oberschüler tituliert, in der brandenburgischen Kleinstadt Moorheide mit ausgelassener Heiterkeit ihren Kommers zelebriert, ein Relikt alter Studenten-Herrlichkeit. Ausgerüstet mit diversen alkoholischen Getränken und einem beachtlichen Repertoire an fröhlich-frechen Liedern, wurden die Gassen des Städtchens heimgesucht, auch manche Geschäfte. Die Bewohner des Ortes kannten dieses Zeremoniell, es gehörte seit langem zu der hier ansässigen Oberschule. War nach zwölf Jahren angestrengter Lernarbeit das Abitur bestanden, brachen bei den Absolventen alle Dämme, wurde ausgiebig gefeiert. Da hierbei jegliche Aggressionen ausblieben, brachten die Passanten dem lustigen Völkchen viele Sympathien entgegen. Diese jungen Menschen hatten sich den tollen Tag verdient. In ihrem Leben würden sie mit Gewissheit noch viele weitere Prüfungen bestehen müssen.

In der Gastwirtschaft angekommen, war die fröhliche Truppe endlich unter sich. Nun wurde getanzt, nach flotten Rock'n'Roll-Takten oder einfühlsam-heißen Swing-Rhythmen. Das Tanzparkett befand sich im hinteren Bereich des Gastraumes, lag im diffusen

Licht. Keiner fühlte sich dort beobachtet. Nicht allen Jungen stand der Sinn nach Weiblichkeit. Einige hatten offensichtlich ihre Standfestigkeit beim Genuss von Alkohol überschätzt, redeten zwar viel, bewegten sich aber bereits auf wackeligen Beinen. Edmund munterte seine Freunde Egon und Wolfgang auf.

„He, ihr faulen Säcke! Wollt ihr euch nicht etwas mehr um unsere Grazien kümmern? Ihr könnt doch nicht erwarten, dass zuerst die Damen aktiv werden und euch zum Tanzen schleppen. Sitzt doch hier nicht einfach nur herum und lasst euch voll laufen!"

„Mach du, was du willst, und lass uns in Ruhe. Jeder feiert eben anders."

Mit diesen Burschen war nicht mehr zu reden. Die Mädchen kicherten. Ein großes Interesse, mit diesen schwankenden Gestalten in einen näheren Körperkontakt zu treten, schien keine von ihnen zu verspüren.

Edmund hatte von der Gestaltung dieses Abends andere Vorstellungen, bewegte sich eifrig auf der Tanzfläche, plauderte dabei ungezwungen mit dieser und jener. Ilona war seine Favoritin. Zwischen ihnen bestand seit langem ein besonders freundschaftliches Verhältnis. In den Schulpausen hatte er oft mit ihr geredet, dabei deutlich gespürt, wie sehr sie das mochte. Nun lag sie in seinen Armen, schmiegte sich an ihn. Bei jedem Tanzschritt schob er sein Knie weit zwischen ihre Beine. Seine rechte Hand ertastete den unter der Bluse verborgenen Rückenverschluss ihres Büstenhalters. Er schnippte daran, sie quittierte es mit einem Lächeln. Schließlich rutschte Edmunds Hand tiefer, landete auf ihren Pobacken, streichelte diese, bis er am Beinsaum der aufreizenden Hotpants ihre straffen Oberschenkel berührte.

Später trafen sich beide beim Gang zur Toilette im Hinterhof, suchten eine stille Ecke, setzten das auf der Tanzfläche begonnene Spiel zärtlicher Berührungen mit erhöhtem Eifer fort. An den erotischen Fixpunkten des anderen die warme, nackte Haut zu spüren, erzeugte bei beiden ein spontanes Glücksgefühl. Edmund war es, der schließlich die Notbremse zog.

„Wir müssen wieder hineingehen, sonst gibt es unnötigen Tratsch. Schließ bitte deine Bluse, sonst kann ich wirklich nicht von dir lassen. Jetzt beginnen die Ferien, da haben wir doch auch später noch füreinander Zeit."

„Na gut, wenn du es möchtest. Eigentlich ist es schade, es war gerade so schön mit dir!"

In dieser Stunde hätte sie ihm alles gegeben, war sich Ilona bewusst. Die von Edmund in Aussicht gestellte Fortführung ihrer Beziehung war ihr nur ein schwacher Trost. Schließlich galten ab sofort bestimmte Tabus der vergangenen Schulzeit nicht mehr. Liebesverhältnisse innerhalb der eigenen Klasse waren bisher unerwünscht, wurden offiziell nicht geduldet. Das konsequente Vorgehen ihres Klassenlehrers hatte sie noch gut in Erinnerung. Der Leistungsstand ertappter Schülerpärchen wurde von ihm im Unterricht akribisch kontrolliert. Wer dabei den Kürzeren zog, war von vornherein entschieden. Die Betroffenen kamen meist schnell zur Einsicht. Nach kurzer Zeit hatte jeder seine pubertären Gefühle wieder unter Kontrolle.

Ein neuer Lebensabschnitt

Edmund wohnte nicht in Moorheide, musste all die Jahre seinen fast einstündigen Schulweg sommers und winters täglich zweimal mit dem Fahrrad bewältigen. Er liebte sein Heimatdorf Erlenwalde, war dort aufgewachsen. Seine Eltern und Großeltern bewohnten am Ortsrand einen Neubauernhof, galten als Umsiedler. Am Ende des Zweiten Weltkrieges waren sie aus ihrer Heimat Westpreußen vertrieben worden.

Die Geschichte seiner Familienangehörigen kannte Edmund aus deren detaillierten Schilderungen sehr genau. Bleibende Eindrücke zu Westpreußen wurden ihm auch durch eine Lehrerin an der von ihm besuchten Oberschule vermittelt. Sie stammte von dort, unterrichtete Latein, nutzte aber manche freie Minute, um von ihrer ehemaligen Heimat zu berichten. Den Grundsätzen des DDR-Schulwesens entsprach das durchaus nicht, doch sie schilderte alles so eindrucksvoll, dass es die Schüler fesselte und keiner auf die Idee kam, sich darüber möglicherweise bei einem anderen Lehrer zu beklagen.

Einige Tage nach den letzten Prüfungen und der ausgelassenen Abschlussparty wurden die Abiturzeugnisse ausgegeben, im feierlichen Ambiente der Aula, bei Anwesenheit der gesamten Lehrerschaft. Auch Edmund wurde aufgerufen, hatte bestanden, was wollte er mehr. Ein Super-Ergebnis war es nicht, welches ihm bescheinigt wurde. Seine Noten entsprachen den soliden Leistungen, die er in den vier Jahren erbracht hatte. Eine wichtige Etappe seines Lebens war damit abgeschlossen.

Nochmals mit der Klasse gefeiert wurde an diesem Tag nicht. Edmund schwang sich behände auf sein Fahrrad, steuerte es in Richtung seines Heimatortes. Er lächelte vor sich hin. Im Rückblick glich für ihn der Besuch der Oberschule durchaus keinem Spaziergang, vieles hatte er sich hart erarbeiten müssen.

„Uff, das wäre geschafft. Leicht war es nicht, aber jetzt bin ich richtig froh. Es ist einfach nur schön!"
Manchmal redete er vor sich hin, hören konnte ihn bei seinem Trip auf der weiten Landstraße ohnehin niemand. Er hatte es sich angewöhnt, die für die Bewältigung des Schulweges benötigte Stunde nach Möglichkeit mit für sein Lernprogramm zu nutzen. Das gelang nicht immer, aber vieles paukte er sich auf diese Weise ein. Einmal waren es Vokabeln in Russisch oder Latein, ein anderes Mal Gedichte, Balladen und ähnliche Texte, deren Rezitation bei Leistungskontrollen in der Schule gefordert wurde. Auch über Lösungsschritte für Mathematikaufgaben dachte er manchmal nach. Doch das war nun alles passee, zudem wusste er nicht, welchen Teil dieses Wissens er später würde gebrauchen können. Das waren alles Dinge, die ihm im Moment nicht wichtig erschienen.
Edmund richtete sich auf, straffte den Rücken, fuhr ein Stück freihändig, blickte nach vorn. Ein herrlicher Frühsommertag umhüllte die Landschaft wie mit einem Seidentuch. Die Bäume verbreiteten mit ihrem zarten Grün noch einen Hauch des gerade zu Ende gegangenen Frühlings. Das Konzert der Vögel war noch nicht verstummt, das geschah erst in der ersten Hälfte des Julis. Jetzt markierten einige der Sänger mit vehementem Einsatz ihres stimmlichen Repertoires das Brutrevier, andere suchten möglicherweise nach einem Partner.
Er hatte es an diesem Tage nicht eilig, ganz im Gegensatz zu seiner sonstigen Gewohnheit, wenn er mit den kräftigen Beinen energisch in die Pedale trat, um schnell voranzukommen. Er bummelte regelrecht, genoss die Eindrücke der Natur rings um ihn. Eine große innere Freude und Erleichterung hatte von ihm Besitz ergriffen. Entspannt lauschte er dem Lied eines Buchfinken, der ohne jeden Argwohn auf dem weit in den Straßenbereich reichenden Ast einer riesigen Linde thronte.

‚Bin ich nicht ein schöner Bräutigam?', so wurde der schmetternde Gesang dieses bunt schillernden Gesellen in seinem Dorf interpretiert. Übertönt wurde er noch von einem Amselmännchen, welches sich zwar hoch oben im Wipfel einer Birke niedergelassen hatte, seine wohlklingende Melodie aber in einer solchen Lautstärke vortrug, dass man es fast nicht glauben konnte, wie eine kleine Vogelkehle solche Gesangsleistungen hervorzubringen vermochte.

All das nahm Edmund in sich auf. Er hatte früh gelernt, die wichtigsten heimischen Vogelstimmen zu unterscheiden, konnte auch die dazu gehörenden Vertreter der gefiederten Fauna exakt bestimmen. Hörte er einen der lustigen Sänger, der mit Inbrunst seine Melodie vortrug, so vermittelte ihm dieser das Gefühl von Frühling, Jugend und Freiheit. Er genoss es, blickte dann voller Optimismus all dem entgegen, was an Schönem und Unwägbarem noch vor ihm lag.

Der Ursprung von Edmunds Interesse an der gesamten gefiederten Welt lag in seiner frühesten Jugend. Vom Kindesalter an pflegte er einen ständigen Kontakt zu dem umfangreichen Taubenbestand, der im elterlichen Grundstück angesiedelt war. Bereits der Vater und Großvater hatten ein Herz für diese Tiere. Deren Haltung besaß in den ersten Jahrzehnten des 20. Jahrhunderts keinesfalls den Charakter einer Freizeitbeschäftigung, sondern auch hier stand, wie bei der bäuerlichen Tierhaltung überhaupt, der Nutzgedanke im Vordergrund. Ein Sonntagsessen mit gebratenen jungen Täubchen war schon immer etwas Besonderes, zumal damals die Taubenhaltung keiner besonderen Aufwendungen bedurfte. Die Elterntiere waren sich in hohem Maße selbst überlassen, lebten von Futterresten im Bauerngehöft und flogen zur Nahrungsbeschaffung auch fleißig auf die Felder.

Die Sommertage nach dem Abitur verliefen für Edmund harmonisch und entspannt.

Er hatte Ferien und half in der elterlichen Wirtschaft fleißig aus, wo der Mutter als Mitglied der dortigen Landwirtschaftlichen Produktionsgenossenschaft des Typ I in ihrem Grundstück noch zahlreiche Pflichten oblagen, da sich bei dieser untersten Stufe der Kollektivierung noch der gesamte Viehbestand in ihrer Obhut befand, gleichfalls die Wiesen und Weiden sowie eine individuell zu bearbeitende Ackerfläche von 50 Ar, einem halben Hektar. Weiterentwickelte Formen der genossenschaftlichen Produktion existierten in der DDR unter den Typbezeichnungen II und III. Bei der letztgenannten Entwicklungsstufe wurde auch der Viehbestand der Bauern vergesellschaftet, erfolgte dessen Unterbringung in gemeinsam bewirtschafteten Großanlagen.

Den kleinbäuerlichen Betrieb im Brandenburgischen hatte Familie Gerlach nach 1947 in mühevoller Arbeit neu aufgebaut. In den letzten Kriegsmonaten des Jahres 1945 mussten Edmunds Eltern und Großeltern ihren Heimatort Schneidemühl (Pila) in Westpreußen zwangsweise verlassen. Der am dortigen Stadtrand über mehrere Generationen innegehabte Landwirtschaftsbetrieb blieb zurück. Sie konnten das niemals verwinden, schwelgten oft in ihren unauslöschlichen Erinnerungen.

Besonders der Großvater, ein passionierter Bauer alter Prägung, trauerte dem zurück gelassenen florierenden Wirtschaftshof mit den fruchtbaren Äckern zeitlebens nach.

Die Großeltern Edmunds lebten sich in ihrem neuen Wohnort niemals ein, was ursächlich natürlich nicht an dem weniger ertragreichen Boden ihrer neuen Bleibe lag. Es kränkte sie, als Flüchtlinge mehr geduldet als akzeptiert zu werden, auch nahmen sie in ihrem Schmerz die karge Schönheit der märkischen Landschaft nicht bewusst wahr. Sie zogen sich zurück, verstarben viel zu schnell. Den Vater ereilte einige Jahre später das gleiche Schicksal, die Mutter musste frühzeitig allein für Sohn und Tochter sorgen.

Während der Oberschulzeit wurden von Edmunds Schulklasse, vornehmlich auf Initiative ihres agilen Mathematik- und Chemielehrers, stets die Sommerferien genutzt, um gemeinsam bestimmte Unternehmungen zu starten. Dazu gehörten Aufenthalte in Ferienlagern und Jugendherbergen sowie mehrtägige Fahrradtouren. Das war zwar stets mit wenigen Geldmitteln verbunden, aber selbst diese konnte Edmunds Mutter nicht so leicht aufbringen. Auch fehlte er in dieser Zeit als wirksame Hilfe bei der Feldarbeit, denn ein gesunder und kräftiger Jugendlicher von 16 Jahren und kurz darüber konnte diesbezüglich einiges bewegen, wenn er die erforderliche Lust und Liebe dafür aufbrachte. Edmund hatte die Notwendigkeit der Unterstützung seiner Mutter stets eingesehen, übernahm für das Geschehen in der Familie oftmals selbst Verantwortung, seit der Vater verstarb.

So war es schließlich die Mutter, die energisch, keinen Widerspruch duldend, ihm ein bleibendes Erlebnis in Aussicht stellte.

„Jetzt, nach deinem Abitur, fährst du mit der Klasse an die Ostsee, das werden wir verkraften und du hast es dir verdient!"

„Der Termin unserer Reise fällt mitten in die Erntezeit, hast du dir das auch gut überlegt? Wie willst du damit zurechtkommen?"

Edmund äußerte seine Bedenken, obwohl ihm ein Verzicht auf die letzte mögliche Klassenfahrt durchaus nicht leicht fiel.

„Es wird schon gehen, lass das einmal meine Sorge sein, wir werden das auch ohne dich irgendwie auf die Reihe bekommen."

Damit war die Entscheidung zur Teilnahme gefallen. Edmund freute sich riesig, er war gern bei seiner Schulklasse, die Atmosphäre darin konnte nicht besser sein, auch das Verhältnis zwischen Mädchen und Jungen, von der Anzahl her fast paritätisch, war stets entspannt und kameradschaftlich.

Schnell vergingen die Tage, der Abreistermin zum Ostseebad Ahlbeck rückte heran. Gemeinsam bestiegen sie einen Reisewagen der Deutschen Reichsbahn, erreichten nach langer Fahrt den Zeltplatz.

Nun nutzten sie die Tage am Ostseestrand für zahlreiche fröhliche Stunden. Für einige von ihnen war es bei der Ankunft ein völlig neuer Eindruck, der Blick auf eine Wasserfläche, bei der das gegenüber liegende Ufer nicht mehr erkennbar war, nur eine Berührungslinie von Himmel und Wasser. Edmund ging einige Schritte zur Seite, wollte in diesem Moment mit niemandem reden. Er sog alles förmlich in sich ein, fühlte eine große Dankbarkeit, dieses alles erleben zu dürfen. Doch fand er seine Sprache schnell wieder, gesellte sich zu seinen Klassenkameraden, die bereits begonnen hatten, die mitgebrachten Zelte aufzubauen.

Es folgten paradiesische drei Wochen. Magischer Anziehungspunkt war tagsüber der Strand für Freikörperkultur (FKK). Die Bräunungsphasen wurden zeitweilig von Schwimmtouren in der sich manchmal mit mannshohen Wellen gebärdenden Ostsee unterbrochen. Edmund lernte bereits am zweiten Tag beim Volleyballspiel eine Strandnixe namens Marie-Luise kennen. Immer wieder schlug er den Ball in ihre Richtung, begeisterte sich daran, wie ihre nackten Brüste bei jeder Abwehr des Streitobjektes in Wallung gerieten, nach oben und unten hüpften, als hätte jemand Hand an sie gelegt. Das Letztere kam jedoch erst später, blieb Edmund an den folgenden Tagen vorbehalten.

Noch am Tag ihrer ersten Begegnung besuchte er sie in ihrer Strandburg. Der Funke sprang bei beiden sofort über. Edmund konnte den Blick nicht von ihr wenden, sah in ihr eine Märchenprinzessin, die plötzlich aus dem Nichts in sein Leben trat. Wie sie nach dem Baden ihre nur mit unzähligen Wassertropfen bedeckten weiblichen Kurven genüsslich in der Sonne räkelte, betörte seine Sinne. Sie verabredeten sich für den Abend des nächsten Tages an der imposanten Ahlbecker Seebrücke. In der Folge trafen sie sich, so oft es ging, genossen in lauschigen Sommernächten unbeschwerte Stunden ihrer Jugend.

An solchen Urlaubstagen entwickeln sich Beziehungen deutlich schneller als im Alltag. Ihre Nacktheit empfanden sie beim nächtlichen Tete-a-Tete im Strandkorb als fast normal. Alle ansonsten unter Textilien verborgenen Geheimnisse ihrer jugendfrischen Körper hatten sie bereits zuvor am FKK-Strand gelüftet. Marie-Luise gab sich nicht zickig, hielt alles, was sie mit ihrem Äußeren versprach. Wenn sie sich ihrem Liebesrausch hingab, kam Edmund aus dem Staunen nicht heraus. Bei ihren sinnlichen Intimitäten zeigte sie eine herzerfrischende Lockerheit, genoss das Verschmelzen ihrer Körper in vollen Zügen. Ihren Partner machte sie mit erotischen Extras bekannt, von denen er bisher bestenfalls geträumt hatte. Bei all ihren amourösen Spielchen war sie der aktivere Teil.

Edmund befiel der Verdacht, so viel Liebeserfahrung könne ein Mädchen von 18 Jahren noch gar nicht haben, und sie hätte ihn vermutlich getäuscht, als sie vorgab, ebenso alt zu sein wie er. Mit dieser Vermutung lag er nicht falsch, wie sich später herausstellte.

Ilona, Edmunds ehemaliger Mitschülerin, war es nicht entgangen, dass er bereits seit den ersten Urlaubstagen mit einem anderen femininen Wesen liiert war. Sie überwand ihre anfängliche Enttäuschung schnell, wollte ebenfalls nichts versäumen und möglichst viele der sich bietenden Möglichkeiten nutzen. Mit dem ihr eigenen Charme angelte sie sich einen braun gebrannten Jüngling mit auffallend wohl proportioniertem Body, zeigte sich gern mit ihm am Strand. Aktiver Ruderer sei er, erzählte sie abends an den Zelten. Mit diesem Kraftprotz würde Ilona mit Gewissheit alles das im Übermaß auskosten, was er ihr am Abend ihres Kommers in Moorheide vorenthalten hatte, war Edmund überzeugt.

Als die himmlischen Tage zu Ende gingen, war aller Zauber verflogen. Jeder sprach von Trennung. Das galt sowohl für die Urlaubsflirts als auch für die Abiturklasse insgesamt. Edmunds neue Erobe-rung Marie-Luise schrieb ihm zwei Wochen später ein Mal aus Magdeburg. Es sei alles wunderschön gewesen, doch sie lebe zu Hause in einer festen Beziehung. Eine Antwort erwarte sie von ihm nicht, das führe nur zu Problemen. Edmund fand nach dem heißen Liebessturm am Ostseestrand nicht so schnell die notwendige See-lenruhe. Die Stunden der ungezügelten Leidenschaft gingen ihm nicht aus dem Kopf. War die kurze Liaison mit Marie-Luise bereits so etwas wie Liebe? Für sie vermutlich nicht. Was ihn selbst anbe-traf, war er sich da nicht völlig sicher.

Am letzten Urlaubstag reisten die Gymnasiasten einschließlich Edmund per Bahn zurück zu ihren Heimatorten, trennten sich für eine unbestimmte Zeit. Keiner wusste, was ihm die Zukunft bringen würde. Die Bande zerrissen jedoch nicht vollständig, nach Jahren traf man sich wieder, nicht mit allen, aber mit erstaunlich vielen. Jemand hatte zu diesem Anlass einige Verse verfasst, in denen die Situation nach dem Abitur recht anschaulich geschildert wurde.

Wie schön die Zeit von damals war, das wurde uns erst später klar,

denn ehe wir auseinander stoben, da haben wir, das ist zu loben,

uns nach der Ostsee noch begeben, um dort etwas Tolles zu erleben.

Und hatten wir auch wenig Geld, wir sagten uns: Was kostet die Welt?

Dort waren viele schöne Frauen, die man sich täglich konnte beschauen,

ein Teil von denen war auch nackt, da hat uns oft die Lust gepackt,

so gab es manchen heißen Kuss, doch nach drei Wochen war dann Schluss.

Das Leben nahm nun seinen Lauf, es ging mal runter und mal rauf,

bei jedem gab's der Wünsche viele und alle hatten ihre Ziele.

So kam manch' Ingenieur daher, dem ist bekanntlich nichts zu schwer,

und die Physik und Landwirtschaft betrieben wir mit ganzer Kraft,

auch Ärzte gab's und Pädagogen, die unsere Kinder dann erzogen,

und mit manch anderer Profession verdienten wir uns Brot und Lohn.

Mit dem Abitur allein ließ sich noch nicht viel anfangen. Es musste eine weitere Ausbildung folgen, entweder das Erlernen eines Berufes oder ein Studium. Edmund entschied sich für das Letztere, nur die Wahl der Fachrichtung bereitete ihm einiges Kopfzerbrechen. Durch seine Tätigkeit in der elterlichen Landwirtschaft, die für ihn kein reines Pflichtprogramm war, sondern ihm gut von der Hand ging und Freude bereitete, konnte er sich eine wissenschaftliche Ausbildung in dieser Richtung gut vorstellen.

Qualifizierte Fachkräfte wurden im Agrarsektor ständig benötigt. Nach Beendigung der Ausbildung würde es also unproblematisch sein, eine Anstellung zu finden. Jedoch schien auch ein Studium der Veterinärmedizin mit dem Abschluss als Tierarzt verlockend, hatte im weitesten Sinn ebenfalls mit Landwirtschaft zu tun. Nur wusste er hierbei nicht, ob sein Notendurchschnitt auf dem Abiturzeugnis für eine erfolgreiche Bewerbung ausreichen würde.

Ein Hochschulstudium war in dieser Zeit für die Bewohner des Heimatdorfes von Edmund durchaus etwas Ungewöhnliches. Da fragte sich mancher voller ehrlicher Besorgnis, ob es für den Jungen nicht besser sei, einen soliden Beruf zu erlernen. So etwas wie ein Honoratiorenklientel existierte hier nicht, das gab es bestenfalls in Kleinstädten. Edmund erinnerte sich sein Leben lang an mahnende Worte einer seiner Tanten und gab diese auch später gern zum Besten, als sie ihm im Schulbubenalter eintrichterte, er solle niemals vergessen, auf der Straße ordentlich den Pfarrer zu grüßen, dabei auch die Mütze abzunehmen, denn schließlich sei dieser der höchststudierte Mann im Ort.

Einen Tierarzt gab es also nicht, und so konnten sich die Nachbarn sowie die Verwandten Edmunds am ehesten vorstellen, dass er etwas in dieser Richtung in Angriff nehmen könnte. Ein studierter Bauer, was sollte das bedeuten? Darüber war sich niemand so recht im Klaren. All das verfehlte auch auf Edmund, noch mehr aber auf die Mutter, seine Wirkung nicht. So bewarb er sich an der Universität Leipzig, die in dieser Zeit den Namen von Karl Marx trug, für ein Studium der Veterinärmedizin. Nach Wochen des Wartens dann die erlösende Nachricht: Man erteilte ihm einen positiven Bescheid, seiner Immatrikulation stand nun nichts mehr im Wege.

Von Brandenburg nach Sachsen

An einem verregneten Septembertag packte Edmund seine Reisetasche und bestieg den Zug in Richtung Leipzig. Sich in einer ihm
bisher unbekannten Umgebung zurecht zu finden und auf fremde
Menschen zuzugehen, das bereitete ihm im Grunde keine besonderen Schwierigkeiten, aber die Eingewöhnung in Leipzig fiel ihm
dennoch nicht leicht. Städte dieser Größe hatte er bisher nur kurz
bereist, Dresden beispielsweise, sich dort aber niemals länger auf-
gehalten. Nun sollte Leipzig für die nächsten Jahre der Mittelpunkt
seines Lebens werden, er konnte es sich nur schwer vorstellen. Der
Unterschied zwischen dem von ihm bisher geführten ungezwungenen Landleben und der Betriebsamkeit dieser Großstadt bedrückte
ihn. Das war nicht seine Welt. Doch er hatte keine Wahl, an ein
schnelles Aufgeben war nicht zu denken. So wohl er sich in seinem
Heimatort bisher auch gefühlt hatte, konnte er dort dennoch auf
Dauer nicht bleiben. Auch würde der Kontakt dorthin nicht abrei-
ßen, nicht zur Familie und nicht zu seinen Freunden. Heimfahrten
an bestimmten Wochenenden waren jederzeit möglich.
Zunächst musste sich Edmund darauf konzentrieren, seinen Stu-
dienbeginn mit Anstand zu meistern. Den Vorlesungen, bei denen
anfangs die Vermittlung von Grundlagenwissen im Vordergrund
stand, folgte er mit Interesse. Es schien ihm fast, als handele es sich
um eine Fortsetzung des Unterrichts an der Oberschule. In einem
anderen Umfeld zwar, nicht in einer verschworenen Klassenge-
meinschaft, sondern einem großen Hörsaal, auch mit deutlich stär-
kerem naturwissenschaftlichen Zuschnitt, aber dennoch ähnlich.
Problematischer als erwartet erwies sich für ihn die Wohnungssu-
che. Zwar hatte man in den Universitätsstädten mit der Errichtung
von Wohnheimen für Studenten begonnen, aber ein Teil der ange-
henden Akademiker war auf die Anmietung eines Privatzimmers,
einer Studentenbude, angewiesen. So erging es auch Edmund. Nach

zwei vergeblichen Versuchen schraubte er seine ohnehin nicht hohen Ansprüche noch weiter nach unten, bezog in seine Suche auch Wohngebiete ein, von denen er sich eher abgestoßen als angezogen fühlte. Er tat es dennoch, wurde fündig, schloss mit Frau Krahnert, der verwitweten Wohnungsinhaberin, einen formlosen Mietvertrag und hatte nun zumindest ein Rückzugsgebiet, welches nach einem ereignisreichen Tag die Stunden der Ruhe und Erholung sicherte.

Edmunds Wohnareal befand sich im Osten der Stadt. Als Fremder konnte er sich mit dem hier vorgefundenen Umfeld nur bedingt anfreunden. Weitab von den großzügig angelegten Neubaugebieten, meist überschattet von Dunstwolken aus Rauch und Staub, fristete der nun in seiner Adresse angegebene Straßenzug sein Dasein. Er blickte aus dem Fenster und ließ seinen Gedanken freien Lauf. Dabei fand er es geradezu beängstigend, wie lang sich solche Straßen hinziehen können. Eine Mietskaserne neben der anderen, reine Zweckbauten, entstanden zur Zeit der raschen Industrialisierung Deutschlands in der zweiten Hälfte des 19. Jahrhunderts. Die, stadtwärts gesehen, linke Straßenseite bestand nicht aus Wohnhäusern, sondern aus hohen Fabrikmauern in Ziegelbauweise, Hunderte Meter lang, eintönig, rußgeschwärzt.

Fleißige Menschen mussten hier wohnen, immer schon und noch heute. Vom Heute zeugten die Rauchfahnen, die sich zum Himmel empor schoben, zuweilen auch kräftige Fabrikgeräusche, die bis zur Straße drangen. Vom Fleiß der Vorväter aber kündete vor allem diese Mauer, akkurat gesetzt, sauber verfugt, und lang, unendlich lang.

Die schlimmste Zeit waren die Vormittage, da lag alles wie tot. Die Arbeiter betätigten sich in den Fabriken, hatten früh für weniger als eine Stunde das Straßenbild belebt. Zahlreiche Frauen begaben sich ebenfalls zur Arbeit, einige fuhren in das Stadtzentrum, um in Krankenhäusern, Banken oder Verkaufsstellen tätig zu sein. Zu Hause blieben nicht viele, weil junge Leute rar waren in dieser Gegend und somit auch Kleinkinder, die man hätte behüten müssen. Rentner gab es, doch man merkte nicht viel von ihnen. Wo hätten sie sich aufhalten sollen als in ihren Wohnungen? Grünanlagen, Bänke, das alles fand man hier nicht. Wer so etwas suchte, musste sich der Straßenbahn bedienen und andere Stadtteile aufsuchen. So kam die Nüchternheit, der Wartehallencharakter dieses kombinierten Wohn-Industrie-Gebietes aus einem anderen Jahrhundert, vor allem an den Vormittagen ins Bewusstsein. Dieser Eindruck konnte jeden lähmen und erdrücken, der nicht aus dieser Gegend stammte.

Die Natur ließ sich dennoch nicht zumauern. Sie drang überall ein, machte auf ihre Anwesenheit nachdrücklich aufmerksam. Nicht allein dadurch, dass die Wohnhäuserreihen an wenigen Stellen unterbrochen waren und man einen Blick in die Hinterhöfe werfen konnte, in denen hin und wieder ein bescheidenes Bäumchen sein Dasein fristete. Nein, auch Tiere siedelten sich an, Vögel vor allem, obwohl es ihr Geheimnis bleiben musste, weshalb sie sich keine besseren Reviere aussuchten und wie sie ihre Nahrung beschafften. Wahrscheinlich fühlten sie sich sicher in diesen tristen Gemäuern, nahmen dabei die etwas längeren Flugstrecken zur Futtersuche in Kauf. Es gab viele Schlupfwinkel, sodass ihnen selbst die allgegenwärtigen Katzen nicht gefährlich werden konnten, die zahlreiche Bewohner als Ausdruck ihrer Tierliebe und nicht vorhandener anderer Möglichkeiten hielten.

Sperlinge nutzten die Nischen zwischen Mauerwerk und Dachgestühl, um ihre Nester anzulegen, des Weiteren auch Dachrinnenbefestigungen, Risse im Mauerwerk und andere schadhafte Stellen. Wenn dem Sperling nachgesagt wird, er baue ein liederliches Nest, dann resultiert das entweder aus nachplappernder Unkenntnis oder allein aus der Beurteilung von Äußerlichkeiten. Nur wenige unserer einheimischen Vögel können sich mit ihm messen, was die Behaglichkeit der Nester, ihre liebevolle Auspolsterung sowie die phantasievolle Einpassung in die jeweils ausgewählten Brutplätze anbelangt.

Unweit der Familie Spatz nistete ein Pärchen von Hausrotschwänzen. Als Halbhöhlenbrüter genügt ihnen ein fehlender Mauerstein, um sich für diese Stelle als Platz für die Aufzucht ihrer Jungen zu entscheiden. Ihre Anwesenheit hier in diesem Gelände versetzte Edmund dennoch in Erstaunen, war ihm doch bewusst, dass dieses Elternpaar alle Raupen und Würmer ein beträchtliches Stück heranschleppen musste, um den Nachwuchs ausreichend zu versorgen. Aber Vögel finden selbst dort etwas Fressbares, wo der Mensch nach kriechendem Getier vergeblich suchen würde. Das trifft in besonderem Maße auf den Rotschwanz zu, ist sein Geschlecht doch aus rauer Gebirgslage allmählich zu uns in die Städte und Dörfer herab gestiegen und fühlt sich zwischen Steinen und Mauern folglich noch immer sehr wohl. Dem alten Männchen aus der Mauer, erkennbar an der sich von Jahr zu Jahr verstärkenden Schwarzfärbung von Brust und Kopf und natürlich dem namengebenden roten Schwänzchen, blieb manchmal sogar noch etwas Zeit für seinen arttypischen quetschenden Gesang.

Ein Amselpärchen gab sich ebenfalls die Ehre. Sein Nest stand im Knie einer Dachrinne, dicht an die Mauer gelehnt. Wer weiß, was diese ehemals scheuen Waldbewohner in diese Straße verschlagen hatte. Es gibt wohl kaum einen weiteren Vogel, der sich in kurzer Zeit so vollkommen an die Zivilisation, an das Leben inmitten von Häusern, Straßen, Autolärm und vorüber hastenden Menschen anpassen konnte wie die uns inzwischen so vertraute Amsel. Man findet fast nichts, was ihr nicht als Nistplatz geeignet erschiene. Ob Baum oder Hecke, Holzstapel oder Balken, Mauerloch oder Leuchtreklame, alles nimmt sie an, wenn es ihr nur irgendwie sicher erscheint.

Ja, und dieses Pärchen vom Dachrinnenknie, das war gewiss vom Winter her hier hängen geblieben, als mitleidige Hausbewohner das

Futterhäuschen am Fensterbrett regelmäßig mit Leckerbissen beschickt hatten, wobei auch ab und an etwas für Weichfresser dabei war. Das kommt einigen mehr und mehr auf den Flug nach Süden verzichtenden Vogelarten sehr zu Gute, auch den Amseln. Nun hatten sie sich an die öde Straße gewöhnt, wagten es sogar, hier ein Nest zu bauen. Noch saß das Weibchen auf den Eiern. Wovon dann beide ihre Jungen ernähren wollten, das wussten sie in diesem Augenblick wohl selbst noch nicht. Es blieb ihnen wieder nur diese eine Möglichkeit: Fliegen, weit fliegen, immer wieder. Von dem, was sie in der Nähe ihres Nestes fanden, konnten sie nicht leben.

Auch der Amselhahn hatte Zeit zum Singen, früh vor allem und abends. Es ist nicht sonderlich übertrieben, wenn von Kennern behauptet wird, sein Gesang könne sich mit dem der Nachtigall durchaus messen. Nur, wem wird sie noch bewusst inmitten einer Großstadt, diese wunderschöne Melodie? Edmund hatte sich dafür sein Naturempfinden bewahrt, dachte dann manchmal wehmütig an vergangene Tage. Eine singende Amsel auf einer hohen Sitzwarte im Schein der untergehenden Sonne, das war etwas für ihn!

Mit Sperling, Rotschwanz und Amsel wäre die Aufzählung der gefiederten Bewohner dieser Industriestraße komplett, gäbe es da nicht noch etwas Besonderes. Oben unter dem Dach des Hauses, das Edmund nun bewohnte, hauste ein Stadttaubenpärchen, unauffällig, gut versteckt, manchmal unterwegs auf Futtersuche oder abwechselnd auf dem Gelege sitzend, sodass man seine Anwesenheit kaum bemerkte.

Es hatte diese Unterkunft mit viel Geschick gewählt. Die Mietshäuser der Straße zeigten sich in unterschiedlicher Höhe. Überragte eines das andere nur gering, wie es sich hier ergab, so entstand an der Verbindungsstelle ein kleiner Dachüberhang, der vor Wind und Nässe schützte. Da versucht worden war, das Ganze zusätzlich mit Brettern zu verkleiden, ergab sich ein größerer, langgestreckter Hohlraum. Dieser diente den Tauben als Nist- und Aufenthaltsort.

Einen Einschlupf fanden sie zwischen dem Abschlussbrett und der Hauswand. Dort hatte sich die ganze Konstruktion etwas gelockert und nach außen verschoben, was nun den Tauben zu einer ihren Bedürfnissen entsprechenden trockenen Behausung verhalf.

Als Körnerfresser begeben sich Tauben längst nicht so häufig auf Nahrungssuche wie Vogelarten, die sich von Würmern und Insekten ernähren. Die Nahrung der Letzteren muss mühsam und einzeln aufgespürt werden, zudem wird sie schnell verdaut. Darum herrscht, besonders in der Brutzeit, bei den Altvögeln dieser Arten ständig eine große Betriebsamkeit. Körnerfresser dagegen finden ihr Futter im Regelfall in größerer Menge vor, wenn erst einmal ein lohnender Fressplatz entdeckt wurde. Sie füllen den Kropf, das reicht dann für mehrere Stunden. So haben die Tauben Zeit, an ihrem Rastplatz oft lange vor sich hin zu dösen, die Nahrung zu verdauen und das Gefieder von lästigen Parasiten zu säubern, ein Unterfangen, welches letztendlich niemals vollständig gelingt.

Nachdem Edmund die Tauben aufgrund ihres Gurrens entdeckt hatte, stellte er mit innerer Freude fest, dass deren Nest vermutlich nur wenige Meter von ihm entfernt war, wenn er sich weit aus dem Fenster seines Zimmers lehnte. Sehen konnte er es jedoch nicht, nicht einmal das Schlupfloch. Die Tiere flogen heran und verschwanden hinter der Hausecke, mehr war nicht auszumachen. Was sich dort jedoch abspielte, wusste er wohl. Mit allem, was Tauben anbetraf, war er bestens vertraut. Fast täglich hatte er sich im elterlichen Grundstück mit ihnen beschäftigt, mit seinen Tauben, auf diese eindeutige Zuordnung legte er stets großen Wert.

Nun gab es auch hier Tauben, in seiner unmittelbaren Nähe. Ihm war bereits aufgefallen, dass es in Leipzig ungewöhnlich viele davon gab. Stadttauben waren es, verwilderte Haustauben, die sich als Überlebenskünstler erwiesen und unter teilweise keinesfalls optimalen Bedingungen fleißig vermehrten. An jedem Bockwurststand, dem Bahnhof, sogar im dichten Verkehr am Rande belebter Plätze

27

und Straßen traf man sie an. In dieser Vielzahl entwickelten sie sich zu einer rechten Plage. Sie trotzten bisher allen Maßnahmen zu ihrer Eindämmung, verschmutzten weiterhin Tag für Tag die Gebäude. Man hatte sich mittlerweile mit ihrer Allgegenwärtigkeit abgefunden.

Diese Tiere gefielen Edmund nicht. Bei seinem täglichen Weg durch das Stadtzentrum beobachtete er sie zwar immer wieder, ganz nebenbei, meist in angeregte Gespräche mit seinen Kommilitonen verwickelt. Über diese ‚Ratten der Lüfte', wie manche sie nannten, aber sprach er mit ihnen nicht, das interessierte keinen. Das Geräusch auffliegender Tauben registrierte er dennoch sofort, bei allem Großstadtlärm. Ansonsten nahm keiner seiner Begleiter davon Notiz. Die schauten mehr nach den Autos oder den Mädchen.

Bei diesen Beobachtungen stellte Edmund fest, dass manche dieser Tiere Körperschäden aufwiesen. Sie hatten nichts mit seinen Tauben daheim auf dem Bauernhof gemein, waren teilweise verkümmert, manche wirkten krank und waren es sicherlich auch, andere wiederum stark verschmutzt, auch lahme gab es, kurz, er mochte diese Spezies nicht. Vor allem an der Ernährung wird es wohl liegen, dachte er, dass sie sich teilweise in so schlechtem Zustand befanden. Kräftigende Körner bekamen die Tiere nur manchmal von mitleidigen älteren Damen, was zudem seitens der Stadtverwaltung verboten war, um einen weiteren Zuwachs dieser Tierpopulation nicht auch noch zu unterstützen. Von diesen gelegentlichen Delikatessen bekamen nicht alle etwas ab. So blieb weiterhin die Jagd nach Krümeln von Brot und Brötchen die hauptsächliche Ernährungsquelle. Wie sollte da eine Taube auf Dauer gesund und kräftig bleiben? Die Fähigkeit und der Antrieb, sich andere Nahrung zu beschaffen, waren ihnen abhanden gekommen. So, wie sie lebten, lebten sie zwar nicht lange, aber bequem.

Die Zivilisation hinterlies also auch bei dieser Kreatur ihre Spuren.

Ein riskantes Unterfangen

„Herr Gerlach, bleiben Sie über das Wochenende hier oder fahren Sie nach Hause?"

Edmund hatte das Klopfen von Frau Krahnert, seiner Zimmerwirtin, nicht gehört. Vielleicht war dieser kleine Akt der Höflichkeit von ihr auch weggelassen worden, so genau nahm sie es damit nicht. Jedenfalls stand sie plötzlich in der Tür. Edmund schreckte aus seinen Gedanken, schob das vor ihm auf dem Tisch liegende Lehrbuch, in welches er sich vertieft hatte, einige Zentimeter zurück.

„Ich fahre, Frau Krahnert, ich fahre morgen früh!"

„Das hätten Sie mir ruhig etwas eher sagen können!"

Obwohl Edmund noch nicht lange bei ihr wohnte, hatte er sich an die äußerlich raue Art dieser Frau bereits gewöhnt. Der Vorwurf mit der zu spät gemeldeten Heimfahrt stellte eine Mischung aus belehrender Kritik, energischem Hinweis und einfacher Feststellung dar. Das ist nicht so ernst zu nehmen, dachte Edmund, und vermutlich hatte es Frau Krahnert genau in dieser Weise gemeint.

In ihr war Edmund einer Vermieterin begegnet, die er nur schwer einzuschätzen vermochte. Weder zufrieden noch eigentlich unzufrieden, musste sie allerhand durchgemacht haben in ihrem Leben. Daraus hatte sich bei ihr, bewusst oder unbewusst, eine gewisse Schroffheit entwickelt, die ihr über manche schwere Stunde hinweghalf. Von ihrem Leben sprach sie kaum, auch kannten sich beide dazu noch zu wenig. Nur von einer anderen älteren Dame, ihrer Freundin, wie sie sagte, erfuhr Edmund manchmal etwas. Sie, Frau Krahnert, sei von Geburt Ausländerin, eine Polin, hätte als junges Mädchen einen Deutschen geheiratet, sich aber niemals im Lesen und Schreiben umgestellt. Die Bücher also, die manchmal vor ihr lagen, wären nur Bluff, dienten lediglich der Aufwertung ihres Ansehens. Lesen könne sie nicht. Edmund wollte das nicht glauben, gab sich aber auch keine Mühe, es aufzuklären. Nicht verstehen konnte er jedoch die Hassliebe zwischen diesen beiden alten Menschen, die sich fast täglich besuchten, auch freundschaftlich miteinander umgingen, aber Dritten gegenüber, wenn es um den anderen ging, oftmals sehr geringschätzig voneinander redeten.

Das Gespräch mit Frau Krahnert, die sich bereits zum Weggehen gewandt hatte, nochmals aufnehmend, fragte Edmund:

„Wie war das doch, wollten Sie nicht in der nächsten Woche für drei Tage zu Ihrer Schwägerin fahren? Zeigen Sie mir das bitte einmal mit dem Tee! Ich schaffe es schon, mir selbst etwas zu Recht zu brauen."

In dem geringen Mietbetrag von einer Mark pro Tag war die Bereitstellung eines Morgentees enthalten, das entsprach den allgemeinen Gepflogenheiten.

„Das entscheidet sich am Montag", entgegnete Frau Krahnert ungehalten.

Hoffentlich fährt sie, nur das wünschte sich Edmund in diesem Augenblick. Seit Tagen plante er eine Aktion, die sich nur bei garantierter Störungsfreiheit durchführen ließ. Es ging um die Tauben.

Das Pärchen unter dem Dach beschäftigte ihn mehr, als er sich das selbst eingestehen wollte. Ihm war aufgefallen, dass diese Tauben anders waren als die gewöhnlichen Stadttauben, völlig anders. Nie sah er sie in der Nähe der Häuser auf Futtersuche. Sie flogen weg, weit über die Häuser, hinaus aus der Stadt. Ihre Nahrungsquelle mussten die angrenzenden Felder sein. Ertragreiche Kulturpflanzen wuchsen dort, verschiedene Getreidearten wie Gerste, Weizen und Roggen, gelegentlich Erbsen, aber auch Unkräuter mit ihren schmackhaften Samen. Selbst verschiedenes Kleingetier sowie Grünzeug wurde von den Tauben beim Feldern, wie man diese Art der Futterbeschaffung nannte, nicht verschmäht. Wenn es die Tiere gelernt hatten, die mit Pflanzenschutzmitteln behandelten oder frisch mit Mineraldünger versorgten Flächen zu meiden, konnten sie sich bei dieser Ernährungsstrategie stets bester Gesundheit erfreuen. Zudem stellte die Bewältigung der relativ langen Anflugstrecke ein tägliches Zwangstraining dar, welches eine nicht zu unterschätzende Auswirkung auf die körperliche Verfassung der Tauben hatte. Das Pärchen befand sich in einer ausgezeichneten Konstitution, war kräftig gebaut, mit einem Glanz im Gefieder, wie man ihn bei den anderen Stadttauben vergeblich suchte.

Im Verhalten des Paares entdeckte Edmund etwas Anmutiges, Ausgewogenes, dennoch Forsches, Aktives. Diese Tiere hatten schon unter anderen, besseren Bedingungen gelebt, davon war er überzeugt. Unter einem Dachvorsprung, sich selbst überlassen, waren sie von ihren Taubeneltern mit Sicherheit nicht aufgezogen worden. Das sah eher nach sachkundiger menschlicher Obhut aus. Weshalb sie eines Tages ihren konventionellen Taubenschlag, ihre Behausung in behüteter Obhut eines Züchters, verlassen und sich an ihrem jetzigen Aufenthaltsort angesiedelt hatten, blieb ihr Geheimnis. Edmund konnte sich keinen Reim darauf machen.

Eines Tages erhielt Edmund den Beweis für die Richtigkeit seiner Vermutung, es hier mit etwas Besonderem zu tun zu haben. Über viele Tage hatte er von den Tauben nichts gesehen. Sein Studium nahm ihn mehr in Anspruch, als ihm lieb war, auch hielt die Stadt vielerlei neue, ihm in dieser Form bisher unbekannte Ablenkungen und Vergnügungen bereit, sodass kaum Zeit für andere Dinge blieb. Dann kam dieser Sonntag, einer von denen, die ihren Namen wirklich verdienen, ein herrlicher Sonnentag im Frühling. Edmund musste einer Sportveranstaltung an der Universität wegen auf die Heimfahrt zu Mutter und Schwester verzichten. Er saß in seinem Studierstübchen und las. Plötzlich große Aktivität bei den Tauben! Markante Balztöne drangen durch das geöffnete Fenster in den Raum. Vorsichtig schlich Edmund heran. Die Gardine als Deckung nutzend, beobachtete er das Treiben, sah, wie der Täuber das Weibchen umwarb, ihr immer und immer wieder den Hof machte. Und das, obwohl es an ihrer Verbundenheit, ihrem Verhältnis zueinander keine Unklarheiten mehr gab, sich auch kein Konkurrent zeigte. Sie waren ein Paar und blieben es ein Leben lang, so lange, bis es einen von ihnen nicht mehr gab. Es hat schon seine Richtigkeit mit dem Sprichwörtlichen ‚wie die Turteltäubchen leben', dachte der Beobachter und lächelte still vor sich hin.

Dann sah er am Fuß des einen Tieres den Ring. Oh, ein Brieftäuber! Nun wurde es ihm verdeutlicht: Zumindest eine dieser Tauben war in Menschenhand aufgewachsen, entstammte einem Zuchtschlag. Er wusste nur zu gut, dass es beim Auflass von Reisebrieftauben immer wieder einige Exemplare gibt, die unterwegs scheitern, von dem Flug nicht in ihren Heimatschlag zurückkehren. Die Ursachen dafür sind verschiedenartig. Nicht immer hat ein ausbleibendes Tier sein Leben durch Greifvögel oder andere Gewalteinwirkungen verloren. Es kann durchaus anderswo weiterleben, kann Bedingungen vorgefunden haben, die seinen Heimkehrdrang überlagerten, vorübergehend oder für immer. Solche Bummelanten, denen der unbedingte Wille, die Kraft und Energie, oder auch die Fähigkeit, das Orientierungsvermögen zur Rückkehr fehlen, sind bei den Züchtern wenig beliebt.

Traf diese Einschätzung auch auf den Vertreter aus der Dachnische zu, den sich Edmund nun genauer ansah? Wie ein schwacher Vertreter seines Geschlechts sah der Täuber wahrlich nicht aus. Alles sprach für eine erstklassige Abstammung des Blauen, eines Tieres also mit taubenblauer Grundfärbung und zwei markanten schwarzen Streifen auf jedem Flügelschild, kurz als Flügelbinden bezeichnet. Er zeigte in seiner Gesamterscheinung viele Merkmale einer erstklassigen Brieftaube. Auffallend der edle, gut gewölbte, breitstirnige Kopf.

„Der hat seinen Schädel nicht nur der Vollständigkeit des Körperbaues wegen", murmelte Edmund vor sich hin. „Das ist ein harter

Bursche, dazu intelligent und stets aufmerksam, sonst käme er hier nicht so gut zurecht."

Das lebhafte, feurige Auge des Täubers verriet Edmund ein wenig davon, dass das dahinter verborgene Gehirn von wahrhaften Blitzen durchzuckt werden konnte, wenn es darauf ankam. Dazu der elegant wirkende, schnittige Körper des Tieres mit guten Ansatzflächen für eine kräftige Flugmuskulatur. Das Gefieder straff, glänzend. Der Betrachter war endgültig überzeugt: Dieser Täuber besaß beste Eigenschaften, so etwas sah man in einer Vielzahl von Taubenschlägen nur selten. Was mochte ihn bewogen haben, den Menschen den Rücken zu kehren und ein raues Leben in völliger Freiheit zu führen? Wo war er hergekommen? Das blieb für immer ein Geheimnis des Blauen, unaufklärbar und ein bisschen unbegreiflich. Denn um das zu erkunden, hätte man ihn fangen und die Ringnummer ablesen müssen.

Edmunds Züchterherz schlug laut und wild. An diesem und den darauf folgenden Tagen ließ ihn der Gedanke nicht mehr los, ob es eine Möglichkeit gab, dieses Tier zu fangen und es für eine planmäßige Weiterzucht einzusetzen. Vergeblich zermarterte er sich das Hirn, wie es anzustellen wäre. Er kam zu keinem Ergebnis. Dafür gab es keinen für ihn realisierbaren Weg. Dieser exzellente Blaue war für die Züchterwelt für immer verloren, an ihn würde man niemals wieder herankommen. Aber wie wäre es mit einem seiner Jungen? Ja, das war die Lösung! Man musste alles daran setzen, von diesem Prachttäuber ein Jungtier zu bekommen.

Edmund trieb nun das Geschehen energisch voran.

Als er von der Wochenendheimfahrt zurückkehrte, bestand der Hauptinhalt seiner Reisetasche nicht, wie sonst üblich, aus sauberer Wäsche und etwas Verpflegung, sondern einem langen Seil. Frau Krahnert fuhr tatsächlich zur Schwägerin. Edmund heuerte daraufhin Heiner an, einen Mitstudenten. Er war einer, von dem er annahm, man könne mit ihm Pferde stehlen und folglich auch Jungtauben aus dem Dachgestühl holen.

Beide hatten vereinbart, ihr waghalsiges Unterfangen bei Einbruch der Dunkelheit zu beginnen. Heiner traf zur verabredeten Zeit in Edmunds Wohnung ein. Er besah sich vom Fenster aus die vorgesehene Klettertour.

„Weißt du, ich bin wirklich kein Feigling, aber das schaffen wir nicht!"

Und nach einer Pause: „So ein Wahnsinn, einer Taube wegen, du bist verrückt!"

Edmund schwieg. Sollte er die Sache allein wagen? Oder hatte Heiner vielleicht Recht? Dieser war drahtig, auch sehr gewandt. Wie er in den Sportstunden an der Kletterstange und am Seil nach oben schnellte, das imponierte Edmund. Und wenn dieser Athlet kniff!

„Mensch, Heiner, überlege doch erst einmal. Wir müssen eine Möglichkeit finden, auch wenn du meine Beweggründe nicht verstehst. Glaube mir, es muss sein!"

Das Zimmer lag im vierten Stockwerk, unmittelbar unter dem Dach. Leider gab es kein Gesims, auf dem man sich halten und die luftige Strecke bis zur Hausecke hätte überwinden können. Dann blieb immer noch ein Höhenunterschied von zwei Metern, um über das Dach des Nachbarhauses an die Taubennische zu gelangen.

Heiner zündete sich eine Zigarette an. Edmund lehnte ab, als er ebenfalls einen Glimmstängel angeboten bekam.

„Weil ich Bedenken habe, bist du jetzt vergnatzt, gib es zu!"

Es war noch nichts darüber gesagt worden, wer klettern und wer sichern sollte. Edmund hatte mit dem Gedanken gespielt, Heiner würde die Höhentour von sich aus übernehmen. Er, Edmund, war kräftiger, konnte das Seil besser halten, Heiner dagegen mit Sicherheit eleganter klettern. Nun spielte dieser aber nicht mit, die Situation schien verfahren.

„Hau jetzt bloß nicht einfach ab, Heiner. Die Verantwortung übernehme ich, allein für mich. Du musst nur mitmachen, für mich das Seil halten, darum bitte ich dich. Zu riskieren brauchst du nichts. Klar?"

„Ich weiß nicht, ihr vom Dorf, ihr habt manchmal eine Sturheit an euch, an der man verzweifeln könnte!"

Heiner fand sein Lächeln wieder.

„Nun gib schon das Seil her, wenn es nun einmal sein muss, wie du sagst. Ich werde es halten. Wenn es wirklich um etwas Wichtiges ginge, gut, dann würde ich das Kletterwagnis eingehen. Aber deiner blöden Tauben wegen? Hole sie dir lieber allein. Die Sache gefällt mir nicht. Zu viele Mädchen würden um mich weinen, wenn ich hier abstürze. Aber ich helfe dir, wenn du es willst!"

Edmund nickte nur. Er stieg auf das Fensterbrett, reckte sich nach oben und suchte einen Halt für das Seil. Bereits bei Tageslicht hatte er sich einen überstehenden Dachsparren ausgesucht, zwischen dem und den aufgelegten Tonziegeln ein kleiner Hohlraum entstanden war. Dort musste das Seil hindurch! Erreichen konnte Edmund diese Stelle nicht. Er stieg zurück in das Zimmer und holte Frau Krahnerts Besen. Am Ende des Stieles schlug er einen Nagel ein, an dem er das Seil befestigte.

Nach einer Reihe von Fehlversuchen gelang das Geduldsspiel letztendlich doch, das Seil konnte hindurchgezogen werden. Nun legte sich Edmund eines der Enden als Schlinge um den Leib, das andere umklammerte Heiner, und los ging der waghalsige Ausstieg. Dass Edmund oben im Dachgebälk am Seil hing, nutzte ihm zum Vorwärtskommen wenig. Es diente nur der Sicherung.

Heiner redete leise, seine Stimme klang besorgt.

„Sieh nicht nach unten, das verunsichert dich nur. Konzentriere dich, jeder Griff muss sitzen. Suche einen Halt für deine Füße, du musst versuchen, deine Hände zu entlasten!"

Einen Sturz aus dieser Höhe auf das Straßenpflaster überlebt man nicht, das wusste er nur zu gut, so wie man manchmal Dinge weiß, ohne dafür eigene Erfahrungen gesammelt zu haben.

Edmund kam nur zentimeterweise voran. Das schmale Gesims bot den Füßen keine sichere Trittfläche, seine Finger krallten sich von einer Fensterbegrenzung zur anderen, es war ein einziger Balanceakt. Er hatte den Dachsparren mit der Seilaufhängung bereits passiert, als der linke Fuß abglitt. Das Mauerwerk bröckelte. Zwei verzweifelte Versuche, mit der Schuhkante am Ziegel Halt zu finden, schlugen fehl. Alle Last hing an den Armen. Auf diese konnte er sich zum Glück verlassen. Liegestütze und Klimmzüge gehörten seit jeher zu seinem individuellen Übungsrepertoire, da maß er sich gern mit Gleichaltrigen, wurde bei diesen jungenhaften Kräftevergleichen selten besiegt. Aber die kräftigen Bizeps allein gaben hier nicht den Ausschlag. Die Finger waren es, die ihn halten mussten, fast allein nur die Finger. Lange konnten diese jedoch der übermenschlichen Anstrengung nicht standhalten.

„Zieh an!"

Ein Schrei war es, ein Befehl, verzweifelt, angstvoll. Heiner zog, hielt das Seil straff, versuchte zu helfen.

„Warte, unternimm jetzt nichts."

Edmund atmete schwer. Schweiß brach ihm aus, vor Schreck und Anstrengung.

„Komm, hör auf, das ist doch Wahnsinn!"

Wie konnte Heiner diesen Verrückten bloß überzeugen, das Unternehmen abzubrechen? Während dessen suchten Edmunds Gedanken fieberhaft nach einer Lösung. Es blieb keine Zeit, er musste eine Entscheidung treffen. Sollte er jetzt tatsächlich den Rückzug antreten, sein Vorhaben ohne Ergebnis abbrechen?

„Einmal versuche ich noch weiterzukommen, nur einmal noch!"

Das klang so entschlossen, dass Heiner dazu nur schweigen konnte. Da der Fixpunkt der Seilaufhängung immer weiter zurückblieb, wurde es gefährlicher. Die Sicherungsleine befand sich bereits in riskanter Schräglage, stellte keinen guten Rückhalt mehr dar. Nur nicht nochmals abrutschen! Konzentriert und zum Glück nur wenig verunsichert, schob sich Edmund weiter. Eine große Schwierigkeit, ja Gefahr stellte nochmals das Überwinden der Hauskante dar. Wie sollte er auf das Dach des Nachbarhauses gelangen? Seine große anfängliche Angst hatte er nun weitgehend überwunden, anderenfalls wäre alles Weitere nicht möglich gewesen. Sich an den Armen kraftvoll nach oben zu ziehen, das hatte er zu Hause oft geübt. Wenn er einen Vorsprung oder einen Baumast gerade noch erreichen konnte, dann kam er nach oben. Sobald die Hände einen ordentlichen Halt fanden, brauchten seine Füße keine Trittfläche. Einrasten nannte er das. Wenn seine Hände einrasteten, dann lockerte sich dieser Griff so schnell nicht mehr. Dieses Vertrauen in die eigene Kraft rettete ihm hier vielleicht das Leben. Denn wer wagt es schon, sich im vierten Stockwerk an einem Dachbalken nur mit den Armen nach oben zu ziehen, frei hängend, mit fragwürdiger Absicherung?

Das Weitere stellte nun kein Problem mehr dar. Er kroch ein Stück die Dachschräge hinauf, ganz leise, in Bauchlage. Obwohl er es wusste, damit auch gerechnet hatte, zuckte Edmund dennoch zusammen, als die beiden Alttauben erschreckt aus der Nische herausstürzten. Hinaus in die dunkle Nacht, irgendwohin. Er tastete sich an das Schlupfloch. Der abgelagerten Kotmenge nach zu urteilen musste dieser kleine Verschlag bereits mehrere Jahre von Stadttauben bewohnt sein. Doch er fand keine Jungen! Dabei hatte er deren Piepen fast täglich vernommen. Seiner Berechnung nach mussten sie auch das richtige Alter haben, um sie den Eltern wegzunehmen und sie erfolgreich weiter aufzuziehen. Selbst die Länge seines gesamten Armes genügte nicht, um das Ende der Höhlung zu erreichen. So entschloss er sich, ein Brett der Verschalung abzureißen. Tut man eigentlich nicht, dachte er bei sich. Nicht so sehr aus Anstand, vielmehr aus Achtung vor der Arbeit anderer, auch wenn das schon vor vielen Jahrzehnten gebaut worden war. Er hatte selbst bereits zu viel arbeiten müssen, um etwas, das dabei entsteht, leichtfertig zu zerstören.

Jetzt bekam er ein Jungtier zu fassen. Er konnte fast nichts erkennen, steckte es in den mitgebrachten Beutel. Ist einigermaßen flügge, das Tierchen, stellte er bei sich mit Befriedigung fest. Nun noch das Nestgeschwisterchen! Tauben haben stets zwei Junge, wenn die Brut planmäßig verläuft. Manchmal nur eins, aber niemals drei, wirklich niemals.

Mit dem zweiten Exemplar wurde es nichts. Erschreckt durch die Geräusche, hatte es sich in den hintersten Winkel verkrochen, blieb dadurch unerreichbar. Das erkannte Edmund schnell. Also zurück!

Der Rückweg gestaltete sich nicht weniger gefährlich, aber er ließ sich Zeit, agierte mit äußerster Vorsicht. Einmal zufassen beziehungsweise hintreten und dreimal prüfen, ob alles hält, nach dieser Devise handelte er. Auch riskierte er es, das letzte Stück an dem von Heiner gehaltenen Seil zu baumeln und mit Pendelbewegungen das Fensterkreuz seiner Behausung zu erhaschen. Das ersparte ihm viel an gefahrvoller Kletterei. So etwas gelingt einem nur im Alter von 20 Jahren! Schließlich war alles überstanden. Heiner stöhnte.

„Junge, das war ein Ding! Gratuliere! Wir reden morgen weiter, jetzt muss ich schnellstens weg. Du hast ja nun dein Taubenvieh."

Edmund verstand diese Eile zunächst nicht, doch ein Blick zur Uhr verschaffte ihm Klarheit. Seit Beginn der Aktion waren fast zwei Stunden vergangen. Das hätte er nicht gedacht. Die von ihm bereitgestellten Bierflaschen blieben ungeöffnet.

„Stimmt schon, das war genug für heute. Hast ganz schön Geduld haben müssen, was? Trotzdem: Danke für dein Mitmachen."

Heiner hob nur kurz die Hand und wendete sich zum Gehen.

„Weißt du, Edmund, ich bleibe diesbezüglich bei meinem Grundsatz: Lieber eine Stumme im Bett als eine Taube auf dem Dach. Bei dir sieht das vermutlich etwas anders aus."

Nun ging er wirklich, für diesen Tag hatte er die Nase voll.

Das ‚Taubenvieh‘ entpuppte sich als flügelschlagendes und schnabelklapperndes Etwas, welches von all dem, was um es herum vorging, völlig entsetzt und verängstigt war. Dennoch, seinem Urtrieb der Selbsterhaltung folgend, verteidigte sich das Tier gegen den übermächtigen Menschen, der es hinsetzte und danach wieder ergreifen wollte. Was in dieser Situation unsinnig erscheint, ist es in der Natur durchaus nicht immer. Sicherlich wird ein Feind, der sich einem noch flugunfähigen Täubchen nähert, in neun von zehn Fällen nicht vor solch verzweifelten Flügelschlägen zurückschrecken, aber jedes Lebewesen nimmt auch die kleinste Chance wahr, wenn es um die nackte Existenz geht. Es ist der Kampf ums Dasein, den jede Kreatur führt. Mancher, der einen auf dem Gehweg krabbelnden Käfer wissentlich zertritt, hat sich darüber vermutlich noch niemals Gedanken gemacht. Edmund fand das Verhalten der jungen Taube in keiner Weise befremdlich. Das Schrecklichste für das Tierchen war das Licht. In den Verschlag, ihre Kinderstube, drang auch tagsüber nur ein Bruchteil der äußeren Helligkeit. Trotz weiterer Abwehrmanöver der Taube trug sie Edmund noch näher zur Lampe. Er wollte alles an ihr genauer betrachten.

„Es ist ein Rotgescheckter, das gibt es nicht, ein herrlicher Rotscheck!", brach es aus ihm heraus. Etwas Besseres konnte er sich in diesem Augenblick nicht vorstellen. Bei dem insgesamt rot gefärbten Tier zeigten sich einige weiße Federpartien, nicht sehr großflächig, aber gut verteilt. So war es Edmund recht. Die weißen Abzeichen an Kopf und Körper erinnerten ihn für einen Moment an edle Rennpferde, die insbesondere an der Stirn, den Nüstern und den Fesseln vielmals ebenfalls eine Weißzeichnung aufweisen.

Dass es ein männliches Tier war, glaubte Edmund deutlich zu erkennen. Dafür bekommen Züchter mit der Zeit ein Gespür, ein sicheres Auge.

Die nächsten Tage brachten manche Aufregung. Frau Krahnert kam zurück. Edmund konnte nicht sofort nach Hause fahren und den Pflegling seiner Schwester übergeben. Ihm fehlte dafür die Zeit. So war es nicht zu verhindern, dass Frau Krahnert die Sache entdeckte. Während seiner Abwesenheit an der Universität musste sie in seinem Zimmer herumgekramt haben.

„Wissen Sie, ich vermiete nun schon seit 25 Jahren, aber so etwas, nein, das ist mir noch nicht widerfahren!"

Edmund hatte den Anorak noch gar nicht ausziehen können. Überfälle dieser Art liebte er besonders.

„Lassen Sie es sich doch bitte erklären, Frau Krahnert."

„Ich lasse mir das von Ihnen nicht erklären und lasse mir auch kein Viehzeug in die Wohnung schleppen. Eine Sauerei ist das! Kacken alles voll und Krankheiten kann man sich ebenfalls holen! Vielleicht bringen Sie mir nächstens von ihrer Mutter noch ein Schaf mit hierher oder so etwas. Wo haben Sie diesen Vogel überhaupt her?"

Keinesfalls konnte Edmund seine Kletterpartie eingestehen. Das wäre das Ende seiner Untermieterschaft gewesen. Wenn ihr etwas nicht passte, drohte sie manchmal mit der Polizei oder dem Rausschmiss, aber so richtig ernst gemeint war das wohl im Regelfall nicht.

„Die haben wir gefangen, mit einem Kumpel."

Lügen mochte Edmund nicht. Wenn es irgend ging, log er nicht. Auch für Notlügen sah er keine Berechtigung. Nun gibt es aber Menschen, die Wahrheiten schlecht vertragen. Für solche Fälle hatte er sich deshalb eine Art zu antworten angewöhnt, die so allgemein und ungenau war, dass der Inhalt noch stimmte. Hauptsache keine direkte Lüge, er wollte es vor sich selbst nicht. Das sei ein

Verbrechen des Menschen an seiner eigenen Person, hatte schon der Königsberger Philosoph Immanuel Kant festgestellt.

Glücklicherweise gab sich Frau Krahnert mit seiner Antwort zum Taubenfang zufrieden. Ihr ging es mehr darum, was nun im Weiteren geschehen sollte.

„Na gut, ist mir auch egal, aber Sie bringen mir das Tier noch heute weg! Keine Nacht bleibt es mehr in meiner Wohnung, das sage ich Sie."

An solchen Stellen und in Aufregung kam sie manchmal mit der Grammatik etwas durcheinander.

„Wenn es unbedingt sein muss. Es wären ja nur noch drei Tage gewesen. Aber es geht auch so. Mein Kumpel wird die Taube schon nehmen."

Edmund war bestrebt, die Auseinandersetzung nicht eskalieren zu lassen. Er zeigte sich kompromissbereit. Mit seiner Art der Reaktion hatte Frau Krahnert nicht gerechnet. Ihr erging es wie Menschen, die manchmal leidenschaftlich diskutieren und sich in den Vordergrund rücken, dann aber erstaunt sind, wenn der andere einverstanden ist und sich nichts von den Schwierigkeiten anmerken lässt, die ihm durch die erhobene Forderung entstehen. Es tat ihr jetzt fast leid. Doch nun noch etwas zurückzunehmen, nein, das ging nicht, sie musste bei ihrer Entscheidung bleiben.

Für Edmund ergab sich tatsächlich eine Reihe von Problemen. Zum einen wollte er die freien Stunden nutzen, um den Schecken an sich zu gewöhnen, zum anderen traute er Heiner, dem er die Taube bringen wollte, nicht zu, diese sachgerecht zu versorgen.

Es ging aber nicht anders. Bis zum Abend blieb ihm noch Zeit. Als Frau Krahnert das Zimmer verlassen hatte, holte er seinen neuen Liebling nochmals aus der Kiste. Was war an ihm bloß so anders als an den Tauben, die er bisher zu Gesicht bekommen hatte? War es die wirkungsvoll verteilte Scheckung, die einem sofort ins Auge stach? Dieses harmonische Farbenspiel erinnerte ihn an chice

Sommerkleider der Mädchen, an denen er oftmals Gefallen fand. Dennoch war es das nicht. Edmunds Blick haftete an den Flügeln. Auch beim Blauen, dem Vater, waren ihm die auffallend kräftigen Flügelbuge bereits aufgefallen, die eine Winzigkeit vom Körper abstanden, ähnlich einem Kraftsportler, dessen muskulöse Oberarme ebenfalls nicht vollständig am Körper anliegen. Ganz eindeutig wirkten hier bestimmte Grundregeln der Vererbung. Der Blaue hatte sein außergewöhnliches Körperpotenzial in hohem Maße an seinen Sohn weitergegeben. Edmund kramte sein diesbezügliches Schulwissen zusammen, musste dazu in seinem Gedächtnis einiges neu sortieren.

Zunächst fiel ihm der Brünner Augustinermönch Gregor Mendel mit den nach ihm benannten Vererbungsregeln für bestimmte Merkmale ein. Dann auch Charles Darwin, der Begründer der modernen Abstammungslehre. Dieser hatte in seinem Hauptwerk über die Entstehung der Arten vermerkt: „Von der Ansicht ausgehend, dass es am zweckmäßigsten ist, irgendeine besondere Tiergruppe zum Gegenstand der Forschung zu machen, habe ich mir nach einiger Erwägung die Haustauben dafür ausersehen." Edmund war bekannt, wie intensiv sich dieser berühmte Wissenschaftler mit Tauben beschäftigt hatte. Da lag er in seinen eigenen Bemühungen gar nicht so falsch, kam es ihm mit einer großen inneren Befriedigung in den Sinn.

Der Blaue als Herr der Dachnische war ein starker Vererber mit hervorragender genetischer Veranlagung, so viel stand nun fest. Da war es fast von untergeordneter Bedeutung, mit welcher Täubin er sich verpaart hatte. Der Wert und die Veranlagung der Mutter der erbeuteten Jungtaube blieben für Edmund im Dunkeln. In ihrem rotfahlen Habitus wirkte sie eher unscheinbar. Mehrere weiße Spritzer im Kopf- und Halsbereich waren jedoch der Hinweis auf einen in ihrer Ahnenreihe stattgefundenen Veredlungsprozess, verrieten dem Kenner, dass auch in ihren Adern Brieftaubenblut floss.

Im Körperbau bedeutend schwächer als der Täuber, waren ihre Bewegungen von frischer Eleganz. Einen Fußring trug sie allerdings nicht.

Vielleicht hatte hier der Zufall tatsächlich Tiere mit jeweils wertvollen, jedoch sehr unterschiedlichen Eigenschaften zusammengeführt. Wenn sich bei einem Teil der Nachkommen dieses Pärchens viele positive Merkmale vereinten, dann war es denkbar, dass ‚Supertauben' herauskamen. Und wenn der Gescheckte eine solche wäre, dieses sich nun in seinem Besitz befindende Jungtier? Wenn es zudem später gelänge, auf ihm eine Zuchtlinie aufzubauen, was könnte sich daraus alles ergeben? Edmunds Gedanken kreisten um diese Vision. Er war vom Taubenfieber befallen.

Von Leipzig nach Erlenwalde

Bei der Fahrt mit der Taube in sein Heimatdorf ergaben sich für Edmund keine weiteren Schwierigkeiten. Eine ordentliche Transportkiste hatte er zwar nicht auftreiben können, aber die wenigen Stunden hielt es der Gescheckte in dem mit Luftlöchern gespickten Schuhkarton geduldig aus. Edmund vermied es, im Eisenbahnabteil irgendwelches Aufsehen zu erregen, denn völlig sicher war er sich nicht, ob der Transport lebender Tiere ohne weiteres erlaubt war. Schließlich traf er am späten Nachmittag im Bahnhof der seinem Heimatort Erlenwalde nahegelegenen brandenburgischen Kleinstadt Wiesental ein. Fünf Kilometer waren es nun noch bis nach Hause. Der Bus fuhr nicht oft und dann gerade zu solchen Zeiten, die ihm nichts nutzten. Des Pappkartons mit der Taube wegen überlegte er dennoch, ob er dieses Mal, entgegen seinen sonstigen Gewohnheiten, auf den Bus warten sollte. Dieses Gepäckstück beförderte sich schlecht, es musste beim Tragen möglichst gerade gehalten werden, um dem Tier eine einigermaßen stabile Standfläche zu sichern. Dennoch entschloss er sich zu marschieren. Mit steifem Arm am Bindfaden getragen, schlug ihm die Kiste hin und wieder an das Bein, oder das Bein an die Kiste, wer vermag das schon zu unterscheiden. War auch der Fußmarsch nicht sonderlich bequem, so bereute er es unterwegs keinesfalls, sich in dieser Weise entschieden zu haben. Das sparte Zeit, auch einen geringen Geldbetrag. Manchmal rechnete er so, ohne in anderen Fällen kleinlich zu sein. Er schritt zügig aus. Bereits nach kurzer Zeit erreichte er den Wald, der sich zwischen der Bahnstation und seinem Heimatort großflächig ausbreitete. Er liebte sie, diese als Monokultur angelegte Kiefernheide mit ihrer scheinbaren Trostlosigkeit. Das war nichts für jemanden, der hier nicht aufgewachsen war. Wie im Brandenburgischen vielerorts üblich, hatte man auch hier die Straßenbegrenzung mit prächtigen Alleebäumen markiert. Die dafür vor vielen Jahrzehnten gepflanzten Linden hatten inzwischen mächtige Baumkronen ausgebildet, die sich wie die endlose Halle eines Domes über die Straße wölbten.

Edmund bemerkte gar nicht, dass sich seine Schritte immer mehr beschleunigten. Ganz plötzlich kam ein sehr inniges Gefühl für seine Heimat in ihm auf. Er hatte hier eine unvergesslich schöne Jugendzeit verbracht, fühlte sich mit allem, was er sah und erlebte, nach wie vor verbunden.

Zu Hause angekommen, empfing ihn seine zwei Jahre jüngere Schwester Sylvia mit herzlichem Lachen.

„Was für einen Pappkarton schleppst du denn heute mit dir herum? Nun sage bloß noch, du bringst wieder eine junge Katze ins Haus. Mit unseren zwei alten Mäusejägern sind wir bestens ausgerüstet."

Eine Katze, ja, die hatte Edmund vor einigen Jahren angeschleppt, zuvor irgendwo aus Mitleid aufgelesen. Nun durchstreifte der Findling als prächtiger Kater sein dortiges Revier. Er lachte ebenfalls.

„Eine Katze, ja, ja, eine mit Federn! Nein, du Naseweis, dieses Mal ist es ein anderes Tierchen."

Neugierig geworden, trat Sylvia näher.

„Nun zeige schon her, was du hast! Deine Geheimniskrämerei kann ich gerade leiden."

Edmund griff in den Karton und holte die Taube hervor. Sylvia zeigte sich interessiert, war sie doch durch die zahlreichen im Familienhof angesiedelten Artgenossen mit diesem Hausgeflügel bestens vertraut, auch als Mädchen.

„Kennst du denn in Leipzig einen Brieftaubenzüchter?"

Dass es sich um eine solche handelte, erkannte sie auf den ersten Blick. Sie hätte es auch niemals für möglich gehalten, dass sich ihr Bruder mit etwas anderem herumplagen würde. Doch beim näheren Betrachten des Tieres wurde Sylvia stutzig.

„Sie hat keinen Fußring, was soll denn das?"
Ihre Freude des ersten Augenblickes war einer gewissen Enttäuschung gewichen. Kein bekannter Züchter würde Jungtiere ohne Ring abgeben. Da konnte nicht viel dahinter stecken. Auch wusste sie aufgrund ihrer oftmaligen Unterstützung des Bruders bei der Betreuung der Tauben genau, dass ausschließlich ein geschlossener Fußring verwendet werden durfte. Ein Ring also, der den Taubenküken im frühen Nestlingsalter aufgezogen werden musste und später, am ausgewachsenen Taubenfuß, niemals mehr ausgetauscht oder nachträglich angelegt werden konnte. Anders also, als es bei der Beringung von Wildvögeln praktiziert wird.

Edmund bewahrte zunächst seine Fassung, war aber dennoch enttäuscht, dass seine Schwester sofort eine Schwachstelle seiner neuen Eroberung in den Vordergrund rückte. Er hatte gehofft, sie würde sich als erstes am eindrucksvollen Erscheinungsbild des Jungtieres begeistern.

„Wenn ich dir jetzt noch erzähle, wie ich zu dem Vogel gekommen bin, dann ist der letzte Rest deiner Begeisterung auch noch dahin. Er stammt von Stadttauben ab, von verwilderten Haustauben. Aus einer Mauernische habe ich das Tierchen herausgeholt, unter dem Dach des Hauses, in dem sich in Leipzig mein Zimmer befindet."

Sylvia konnte nun die in ihr aufkommende Abneigung nicht mehr verbergen.

„Ich verstehe dich nicht! Was soll diese ganze Aktion? Das ist doch nichts für uns! Was ich bisher an Stadttauben in Dresden und Berlin gesehen habe, das waren doch fast ausschließlich bedauernswerte Kreaturen. Einige offensichtlich nicht gesund, schlecht ernährt, degeneriert, viele irgendwie geschädigt. Da schleppen wir uns möglicherweise noch gefährliche Krankheitserreger in unseren Hof!"

Sylvias Erregung steigerte sich, sodass es Edmund angeraten schien, ihr die genauen Zusammenhänge nicht jetzt, sondern zu einem späteren Zeitpunkt zu erläutern.

Die Geschwister waren nach ihrer kontroversen Debatte gerade dabei, sich wieder etwas abzureagieren, als die Mutter das Zimmer betrat. Sie freute sich über jeden Wochenendbesuch ihres Sohnes, wollte sich somit nicht gleich an dem Disput über die mitgebrachte Taube beteiligen. Sie überlies den ganzen Taubenkram, wie sie es nannte, ohnehin vollständig den Kindern. Seit ihr Ehemann verstorben war, der sich früher darum gekümmert hatte, war zwar ein Teil des ursprünglichen Taubenbestandes im Grundstück verblieben, aber sie selbst hatte dazu keinen Bezug, im Grunde dafür auch zu wenig Zeit.

Ein Tier, das man sich hält, muss auch ordentlich versorgt werden, so lautete einer ihrer Grundsätze. Folglich streute sie für die Tauben täglich im Hof eine Körnerration aus, aber dabei lies sie es bewenden. Sie plädierte eher dafür, den Bestand weiter zu reduzieren, um sich irgendwann von den Tauben endgültig zu trennen. Doch nun gleich wieder, bei der Begrüßung von Edmund, den Sinn oder Unsinn einer weiteren Aufstockung des Taubenbestandes zu hinterfragen, das wollte sie nicht. Sie begann ein anderes Thema, fragte Edmund, wie er in Leipzig mit dem Studium und seiner Eigenversorgung zu Recht käme. Dass er die junge Taube nun bei ihr und Sylvia in Pflege geben müsste, verstand sich von selbst. Wie das alles zu bewerkstelligen wäre, das mussten sie noch klären. Sylvia würde hierbei maßgeblich mit Hand anlegen müssen, das ließ sich vermutlich gar nicht anders regeln.

Malheur mit der Taube

Mit dem guten Gefühl, Mutter und Schwester würden die Eingewöhnung des Geschecktes nun routiniert in die Hände nehmen,
begab sich Edmund wieder nach Leipzig. Schwierigkeiten konnte
das im Grunde nicht bereiten, hatte die Taube doch ihr junges Leben bisher nur im Halbdunklen verbracht, zuerst im Verschlag des
Dachgebälks, dann in der Transportkiste. Jeder neue Eindruck
musste sich dem Tier als Teil seiner zukünftigen Heimat einprägen,
etwas anderes kannte es nicht.

Mit dem, was sich Edmund jedoch bei seinem darauf folgenden
Wochenendbesuch in Erlenwalde darbot, konnte er sich nur schwer
abfinden. Die zwei Frauen hatten ihn, wie stets, mit natürlicher
Herzlichkeit begrüßt. Doch Sylvia schien etwas zu bedrücken. Er
kannte sie durch die vielen miteinander verbrachten Jugendjahre zu
genau, als dass ihm dieser Eindruck entgangen wäre.

„Na, wie geht es zu Hause? Kommt ihr denn ohne mich so einigermaßen zurecht? Ich bin aber jetzt über das gesamte Wochenende
hier, auch am Montag, da können wir uns etwas Größeres vornehmen, eine Arbeit, die ihr als Frauen allein nicht bewältigt."

Edmund war voller Tatendrang. Obwohl er in Leipzig regelmäßigen
Freizeitsport betrieb, zum allgemeinen Erstaunen der Familie und
seiner Kommilitonen huldigte er dem Ringkampfsport, war er wegen des vielen Herumsitzens im Hörsaal und in seinem Studier-
zimmer doch nicht in dem Maße körperlich gefordert, dass er sich
hätte im Heimatort ausruhen müssen.

„Ich gehe erst einmal zu den Tauben, da muss doch gerade jetzt in
der Brutsaison allerhand Betriebsamkeit herrschen."

Das war für Edmund ein Ritual. Einer seiner ersten Wege führte ihn
daheim stets zu den Tauben. Obwohl Sylvia das wusste, erschrak
sie dennoch, musste sie ihm doch zuvor unbedingt etwas beichten.

„Setz dich bitte erst einmal hin und iss etwas, das mit den Tauben läuft dir doch nicht weg."

Die Mutter, von Sylvia zuvor eingeweiht, versuchte auf ihre Weise, die Situation zu entspannen und etwas Zeit zu gewinnen.

„Wir wollen mit dir, bevor du deinen Hausrundgang beginnst, etwas bereden. Sylvia, sage doch einfach, was passiert ist, wir können das doch jetzt nicht mehr ändern."

Edmund blickte nun die beiden Frauen erwartungsvoll an. Er wollte sich nicht länger auf die Folter spannen lassen.

„Nun rück schon heraus mit der Sprache! Was soll denn passiert sein, wenn ihr beide noch gesund und munter vor mir sitzt?"

Das klang versöhnlich, so fiel Sylvia das Geständnis schon nicht mehr so schwer.

„Die junge gescheckte Taube, die du aus Leipzig mitgebracht hast, ist nicht mehr da. Ich weiß, wie stolz du auf dieses Tierchen warst, doch ich kann nicht dafür, dass sie verschwunden ist."

Edmund atmete tief. Damit hatte er nun wirklich nicht gerechnet, aber die Schwester verurteilen, ehe er den gesamten Hergang kannte, das wollte er nicht. Sylvia berichtete nun, was geschehen war. Der Gescheckte hatte anfangs nur zögerlich begonnen, das dargereichte Futter und Wasser selbstständig aufzunehmen. Das ist bei Nesthockern wie den Tauben, die etwa vier Wochen lang von den Eltern mit aus dem Kropf hervorgewürgten Nahrungsstoffen versorgt werden, durchaus verständlich. Sylvia hatte sich sehr um das Jungtier bemüht, es schließlich so weit gebracht, dass es den anderen Tauben im heimischen Schlag beigesetzt werden konnte. Nun jedoch begannen die Probleme. Es fand sich kein älteres Paar, welches sich des Neulings angenommen hätte, was in manchen Fällen durchaus gelingt. Zwar konnte sich der Gescheckte nun selbstständig ernähren, aber er wurde von den anderen gebissen, verjagt, regelrecht gepeinigt. Flügge gewordene Jungtauben geben in solchen Situationen nicht so schnell auf, versuchen immer wieder, Anschluss an die Gruppe zu finden und nach den ersten Flugversuchen zumindest wieder in den Taubenschlag zu gelangen. Dem Gescheckten glückte das nicht. Nach zwei Übernachtungen auf dem Dach, hierbei den Gefahren der Dunkelheit ausgesetzt, wurde er schließlich nicht mehr gesehen. Ob für sein Verschwinden tatsächlich der Marder gesorgt hatte oder ob er einfach davongeflogen war, um sich anderswo eine Bleibe zu suchen, das konnte niemand sagen. Vermutet wurde das Letztere, denn ein bedingungsloses Zugehörigkeitsgefühl zur vertrauten Behausung, das eigentliche Markenzeichen von Brieftauben, hatte er noch nicht entwickelt. Alles war fremd, die Integration misslungen, da konnte er nur flüchten.

Edmund bekam seine anfängliche Erregung schnell in den Griff. Vielleicht hätte er die Eingewöhnung des Gescheckten anders bewerkstelligt als Sylvia, aber ob das bei ihm zu einem besseren Ergebnis geführt hätte, wer wusste das schon. So war aus seinem Munde kein Vorwurf zu hören, obwohl es ihn mächtig wurmte. Seine Hoffnungen, die er mit diesem Tier verband, zerplatzten wie eine Seifenblase. Er hatte sich vorgestellt, den jungen Täuber später mit einer flugerprobten Partnerin zu verpaaren, in der Erwartung, aus dieser Verbindung erstklassigen Taubennachwuchs zu erhalten. Damit wollte er sich im Wettflugsport der Konkurrenz stellen. Dass er hierbei beste Chancen gehabt hätte, davon war er zutiefst überzeugt.

Nachdem er jedoch feststellen musste, dass sich seine Schwester und die Mutter noch mehr über den Verlust des Gescheckten ärgerten als er selbst, versuchte er, einige versöhnliche Worte zu finden. „Ach, wisst ihr, so schlimm ist das nicht. Ich kann doch versuchen, in Leipzig vom Elternpaar unseres Ausreißers ein weiteres Jungtier wegzunehmen. Da warte ich bis zur nächsten Brut. Macht euch wegen der eingetretenen Panne nur nicht zu viele Gedanken."

Sylvias Blick ruhte dankbar auf dem Gesicht ihres Bruders.

„Edmund, du kannst dir nicht vorstellen, wie erleichtert ich bin. Es geht eben nichts über ein liebes Bruderherz, mein Großer. Hoffentlich gelingt es dir wirklich, den Verlust irgendwann auszugleichen." Die Mutter wünschte das ebenfalls, wobei es ihr aber weniger um eine neue Taube als vielmehr um den wieder herzustellenden Seelenfrieden ihres Sohnes ging.

Edmunds Plan leuchtete den beiden Frauen ein, wussten sie doch nicht, unter welch dramatischen Umständen die verloren gegangene Taube zuvor von ihm aus dem Nest geholt worden war. Dieser aber glaubte selbst nicht an seine Worte. Er wollte damit nur den Familienfrieden sichern. Nochmals eine solche Aktion mit lebensgefährlicher Klettertour am Seil, das würde er nicht wagen. Es gibt Dinge im Leben, die man nur einmal riskiert, eben dann, wenn man deren ganzes Ausmaß noch nicht überschaut. Für Edmund gehörte seine damalige Fangaktion zu dieser Kategorie.

Der Gescheckte überlebt

Edmund und seine Schwester Sylvia ahnten nicht, wie einfach es gewesen wäre, wieder in den Besitz der verschwundenen Jungtaube zu gelangen. In der zweiten Nacht, die das Tier auf dem Dach verbringen musste, weil es die dominanten ‚Platzhirsche' des Taubenschlages immer wieder vertrieben, geschah der Angriff des Marders. Der Jungtäuber war in seinen bisherigen Lebenswochen noch niemals einer Todesgefahr begegnet. Er hockte unzufrieden auf den schrägen Tonziegeln der Dachwölbung und fand keinen Schlaf, da ihn auch das Mondlicht störte. Unentwegt dachte er an die Geborgenheit seiner Dachnische, in der er aufgewachsen war. Da er keine Ruhe fand, entging ihm auch nicht das leise Geräusch, das der Marder bei seinem Sprung verursachte, als er vom angrenzenden Schuppen auf das Hausdach übersetzte. Nun hellwach, erstarrte der Gescheckte förmlich angesichts des sich ihm beständig nähernden Schattens. Was war das, wie sollte er sich verhalten? Einfach davonfliegen, hinein in die finstere Nacht? Unentschlossen harrte er aus, bis es fast zu spät war. Mit einem gewaltigen Satz fiel der Marder über ihn her, jedoch war der Gescheckte in der Schrecksekunde noch zu einer Ausweichbewegung fähig, wodurch der Räuber seine Tatzen nur am hinteren Ende des Taubenkörpers einschlagen konnte. Was in den Krallen zurückblieb, war ein Bündel blutiger Rückenfedern der Taube sowie deren gesamter Schwanz, aber der Gescheckte konnte sich mit letzter Kraftanstrengung losreißen und entkam. Völlig kopflos landete er in einem Baum, bekam einen Ast zu fassen und verbrachte dort den Rest der Schreckensnacht.

Danach irrte er zwei weitere Tage planlos umher. Er war ein Fremder in dieser Gegend, zudem sehr jung und unerfahren. Es gelang ihm nicht, zum Hof von Familie Gerlach zurückzufinden, wobei er sich danach auch nicht sehnte, nach allem, was geschehen war. In seiner Verzweiflung, geplagt von Hunger und Durst, schloss er sich schließlich einem Taubenschwarm an, der auf den am Dorfrand beginnenden Feldern nach Futter suchte. Auch er fand einige Körner, doch was war das schon. Mit diesen Tauben gelangte er zu einem weiteren abgeernteten Feld, ohne zu bemerken, dass er sich damit immer weiter von seinem ursprünglichen Standort entfernte. Besonders junge Tiere schließen sich manchmal leichtfertig einem fremden Trupp an und ziehen mit diesem davon, wodurch sie der Züchter fast immer verliert.

Der Gescheckte hatte das Glück, mit dem von ihm ausgewählten Schwarm in einen etwa zehn Kilometer entfernten anderen Ort zu gelangen, wo er bei dem versierten Brieftaubenzüchter Helmut Schneider eine neue Heimat fand. Als dieser am Abend die Luke seines Taubenschlages schließen wollte, rief er seinen mit der Reinigung eines PKW beschäftigten Sohn.

„Oliver, komm bitte einmal her. Sieh doch, da oben sitzt eine fremde Taube. Die hatte vermutlich der Habicht in den Fängen, denn ihr fehlen sämtliche Schwanzfedern. Sie hat sich als Ruheplatz das Fensterbrett neben der Einfluglöke unserer Tauben ausgesucht. Das ist gut! Wenn es finster ist, versuchen wir, sie zu fangen."

Oliver besaß nicht den Taubenenthusiasmus seines Vaters, aber wer mit diesen Tieren aufwächst, erlernt den Umgang mit ihnen automatisch und ist im Notfall und als Vertretung für den Züchter jederzeit ein eingespielter Partner. Im Einfangen des zugeflogenen Fremdlings sah Oliver kein Problem.

„Ich mache das schon, sie sitzt so günstig, dass man sie leicht ergreifen kann. Wir müssen es von außen versuchen, denn wenn wir vom Bodenraum aus das Fenster öffnen, knarrt der Holzrahmen und unser Täubchen fliegt hastig davon."

So gesagt, so geschehen. Es war ihnen gelungen, in der Dunkelheit die Leiter so leise anzustellen, dass die Taube davon kaum Notiz nahm. Oliver erklomm vorsichtig Stufe um Stufe, duckte sich dabei tief ab, sodass sein Körper fast vollständig unterhalb der Fensterkante verschwand. Das Vorhaben gelang, er hielt seinen Fang fest in der Hand. Oliver war enttäuscht.

„An dem Tierchen ist nicht viel dran. Sehr jung, ziemlich abgemagert und kraftlos. Vater, was willst du mit der? Ich denke, unseren Aufwand hätten wir uns ersparen können."

Begeistert war Vater Helmut ebenfalls nicht. Als erfahrener Züchter erkannte er ziemlich schnell eine maßgebliche Schwachstelle.

„Eine Brieftaube ist es ganz bestimmt, da bin ich mir ziemlich sicher, aber sie hat keinen Ring. Was das zu bedeuten hat, weiß ich leider nicht. Auch mir ist es schon passiert, dass ich bei geschlüpften Jungtauben den Termin für das Aufziehen der Ringe verpasste. Da sind manchmal zwei oder drei Tage entscheidend, dann bekommt man die Dinger nicht mehr auf den Fuß. Es ist unglaublich, wie schnell das Wachstum der Taubenküken in deren erster Lebensphase voranschreitet. Da hast du dann junge Tauben von einem deiner besten Zuchtpaare, mit denen du aber ohne Fußring nicht viel anfangen kannst. Vielleicht war das hier ebenso. Ich schlage vor, wir setzen den Fremdling für ein paar Tage in ein Quarantäneabteil, dort kann er sich erholen und wir prüfen dann, ob er krank ist oder nur extrem geschwächt."

Solch lange Reden gehörten eigentlich nicht zu Helmuts Gewohnheiten, aber er wollte seinen Sohn überzeugen, dass es vielleicht keine vergebliche Liebesmüh wäre, mit dem Gescheckten einen Integrationsversuch zu wagen. Er hätte nicht begründen können, wie er dazu kam, aber seine langjährige Züchtererfahrung und sein bei der Beurteilung unzähliger Brieftauben geschulter Blick signalisierten ihm, dass ihnen hier nichts Alltägliches in das Haus geflattert war. Von den fehlenden Schwanzfedern ließ er sich nicht täuschen. Dieser Mangel entstellte das Tier ungemein, die Beurteilung seines Exterieurs würde mit dem Nachwachsen von dessen Steuerfedern völlig anders ausfallen.

Die Wochen vergingen, Helmut hatte sich nicht geirrt. Die ihnen quasi, im wahrsten Wortsinn, als Geschenk des Himmels zugefallene Taube entwickelte sich prächtig, wozu die gute Betreuung durch die nunmehrigen Besitzer wesentlich beitrug. Es gelang auch, den Neuling in die an seinem jetzigen Aufenthaltsort befindliche Schlaganlage einzugewöhnen. Er ließ sich nun, als Jungtäuber deutlich gekräftigt, nicht mehr so leicht von den dominanten Schlagherren vertreiben, sondern behauptete seinen Platz auf einer der oberen Sitzkonsolen konsequent und selbstbewusst.

In den Folgejahren mit einer der besten, sehr flugerfahrenen älteren Täubinnen des Züchters verpaart, zog das Duo zahlreiche Jungtiere auf. Der Gescheckte selbst als ringloses Tier konnte für keinerlei offizielle Wettflüge eingesetzt werden. Doch was Eltern nicht vergönnt ist, vollbringen zuweilen die Nachkommen. So war es auch hier. Die durch den Gescheckten im Bestand von Helmut Schneider begründete Zuchtlinie erlangte im Verlauf der nächsten Jahre eine solche Dominanz, dass nicht nur in der eigenen Reisemannschaft des Züchters das Scheckenblut, wie man es nannte, ein deutliches Übergewicht erhielt, sondern auch andere Sportkameraden ein ansteigendes Interesse an Nachzuchttieren dieser Linie bekundeten. Es waren vor allem Allroundflieger, die sich hier entwickelten und bei zahlreichen Flugwettbewerben für Furore sorgten. Das Erringen vorderer Plätze gegen mehrere Tausend Mitkonkurrenten stellte keine Ausnahme mehr da. Helmut Schneider war glücklich darüber, dass es hier gelungen war, bei den Tauben einen regelrechten Mehrkämpfertyp zu kreieren.

Seinem Sohn Oliver hatte er seine Theorie von den wesentlichen Typunterschieden bei Zuchtlinien der Brieftauben anhand eines Vergleiches mit Spitzenathleten im allgemeinen Leistungssport mehrfach erläutert. Er unterschied zwischen einer Spezialisierung für die Kurz- oder die Weitstrecke. Danach verfügten Sprinttauben für Flüge um die 200 Kilometer über ein kurzzeitig abrufbares

Kräftepotenzial, waren kompakt, bei der Handmusterung spürbar muskulös. Bei Weitstreckentauben für Flüge bis zu 1000 Kilometern und mehr sei dagegen am Körper alles fließender, weicher, geschmeidiger, wie aus einem Guss, betonte Helmut. Die Sippe seines Gescheckten verkörpere eine glückliche Mixtur all dessen, den Typ von Allroundern, die überall bestehen können, dennoch mit dem Schwerpunkt im Bereich der Weitstrecke.

Dann kam der Monat Juni des Jahres 1989. Helmut Schneider beteiligte sich mit 35 Tauben an einem Meisterschaftsflug aus der ungarischen Stadt Szeged. Die Wettflugsaison hatte für ihn optimal begonnen, im Ergebnis der bisherigen Flüge lag er in seiner Reisevereinigung mit deutlichem Vorsprung an der Spitze. Es gab für ihn keinen Grund, nicht auch für den Auflass in Ungarn die gesamte Elite seiner Reisemannschaft an den Start zu bringen. Ein wichtiges Mitglied dieses Teams war ein Sohn des Gescheckten, ein Täuber mit rot gepunkteter, fachsprachlich gehämmerter Flügelzeichnung, den sie als bereits markanter Erscheinung des Taubenhofes kurz den Roten nannten. Dieser gehörte zu den Hoffnungsträgern Helmut Schneiders, hatte er doch bereits bei den Jungtierflügen in seinem Geburtsjahr nachdrücklich auf sich aufmerksam gemacht. Weiter steigern konnte er sich während der Flugwettbewerbe in den Folgejahren, bei denen er Platzierungen im Spitzenbereich erkämpfte. Aus dem würde einmal ein Großer werden, ein Crack, wie man die Siegertypen bei Brieftauben gern bezeichnet. Er würde später in der Züchterwelt einen Namen haben, davon war Helmut überzeugt.

Doch alles kam anders. Den in Szeged gestarteten etwa 4000 Tauben stellte sich ein aus westlicher Richtung aufziehendes atlantisches Orkantief apokalyptischen Ausmaßes entgegen, welches die nach Deutschland heimkehrenden Tiere mit Luftturbulenzen konfrontierte, die keinen kontrollierten Weiterflug mehr zuließen.

Helmut verlor die Mehrzahl seiner Tiere. Er würde Jahre brauchen, um den erlittenen Rückschlag einigermaßen auszugleichen. Speziell die Nachkommen des Gescheckten hatte es getroffen. Diese Taubenfamilie wurde durch den missglückten Flug fast vollständig ausgelöscht, an eine Wiederbelebung durch Nachzüchtung war kaum zu denken.

Auch der Rote musste sich den Wetterunbilden beugen. Lange hatte er gegen Sturm, Gewitter und Regen angekämpft, am Ende aber verloren. Keine gesteuerten Flugmanöver, sondern vor allem Zufallsereignisse waren es, die ihm eine ungewollte Marschroute aufzwangen. Die Naturgewalten dieses Tages hatten ihn weit von seinem Heimatkurs abdriften lassen. Nach Überquerung der gesamten Slowakei war er, entlang des Oberlaufes der Oder und durch die Mährische Pforte, nach Polen gelangt. Unüberwindliche Hindernisse in Form hoher Bergketten stellten sich dem gebeutelten Tier zum Glück nicht in den Weg. Gebirge wie die Sudeten zur Linken und die Beskiden nebst der Hohen Tatra zur Rechten lagen am äußeren Rand seines Flugkorridors. Seine Odyssee hatte den Roten vorbei an Krakau über das Schlesische Kohlebecken in Richtung Breslau geführt. Nach nochmaligen Stunden der Angst und Ungewissheit verschlug es ihn schließlich in das westpreußische Netzebruch, weit in den Norden Polens. Dort hockte er auf einem Erdhügel. Zu irgendwelchen Handlungen war er nicht mehr fähig. Unter seiner Einsamkeit litt er sehr. Was war an diesem Tag an Schrecklichem geschehen? Welche Katastrophe hatte sich nach seinem Start in Szeged ereignet? Bedrohliche Erfahrungen prägen sich Tiere meist sehr genau ein. Beim Roten jedoch waren in diesen Stunden sämtliche Erinnerungen ausgelöscht. Im Rückblick dachte er nur mit Schrecken an seinen Todeskampf im sturmgepeitschten Luftraum. Doch was war an diesem Tage tatsächlich geschehen?

Taubenauflass in Ungarn

Szeged an der Theiß verfügte während der Zeit des geteilten Deutschland für die Züchter der ehemaligen DDR als Auflassort für Brieftauben über einen guten Ruf. Sollten damals Flüge über Entfernungen von 500 und mehr Kilometern durchgeführt werden, dann waren die Variationsmöglichkeiten nicht besonders groß. Die Westrichtung schied völlig aus. Die in dieser Zeit im Ostteil Deutschlands für den Taubensport geltenden Verordnungen enthielten eine Reihe spezieller Regelungen, die vor allem darauf abzielten, jeglichen Einsatz von Brieftauben für die Nachrichtenübermittlung zu unterbinden. Insbesondere in den 1950er und 1960er Jahren hatte hier die Partei- und Staatsführung eine große Furcht vor Spionage oder Sabotage jeglicher Art. Durch den Einsatz von Brieftauben konnten solche Machenschaften gegebenenfalls begünstigt werden. So bedurfte anfangs das Halten von Sporttauben, wie sie hier genannt wurden, einer polizeilichen Genehmigung, die nur zuverlässige Personen erhielten. Für die Tauben war ein ständig zu aktualisierender Bestandsnachweis zu führen, der jährlich bei der zuständigen Polizeibehörde vorgelegt werden musste, mit Angabe der Ringnummer jedes Einzeltieres, seiner Farbe, des Geschlechtes, des erzielten Nachwuchses, des Weiteren mit dem Nachweis von Verlusten, Neuerwerbungen und Verkäufen, mit Adressenangabe der Käufer bzw. Verkäufer etc. Das Halten von Sporttauben ohne Ring war verboten.

Sporttaubenflüge jeder Art bedurften einer polizeilichen Genehmigung, waren für bestimmte Gebiete gänzlich untersagt. Die Grenzgebiete nach Westen galten als Tabuzonen für den Taubensport, was sowohl das Halten als auch den Auflass von Sporttauben anbetraf.

Die Erkenntnis, dass einige dieser Regelungen bis fast zur Kuriosität überspitzt waren, setzte sich später auch bei der Staatsregierung

der DDR durch. Es kam zu einigen Lockerungen, aber an Tauben-
flüge aus Westdeutschland war deshalb längst nicht zu denken.
Folglich blieb für Weitstreckenflüge vor allem die Ostrichtung, bis
hin zur polnischen Ostgrenze nahe Bialystok, vorzugsweise auch
die Südostrichtung mit Auflässen in Ungarn und Rumänien.
Der für den Monat Juni des Jahres 1989 geplante Taubenstart in
Szeged war exakt vorbereitet worden. Eine große Anzahl organi-
sierter Züchter hatte ihre Tauben zum vereinbarten Termin an den
festgelegten Einsatzstellen abgeliefert, wo sie registriert und letztendlich dem Kabinenexpress, einem speziell für den Transport von
Brieftauben hergerichteten Lastkraftwagen, beigesetzt wurden.
Dieter Kunath, der Fahrer, und Friedhelm Lösche, der als Flugbe-
treuer fungierte, verfügten in diesem Metier über mehrjährige Erfahrungen. Der gesamte Transport, die zwischenzeitliche Versorgung der Tauben sowie der Auflass selbst erfolgten entsprechend
einem vorgegebenen Reglement. Da gab es vieles zu beachten,
schließlich sollten die Tiere bei bester Konstitution und unter möglichst optimalen Flugbedingungen freigelassen werden.
Die Versorgung der Tauben mit Futter und Wasser, die Einhaltung
der vorgeschriebenen Ruhepausen beim Transport sowie unmittelbar vor dem Taubenstart, das waren Dinge, die vollständig in der
Hand der Betreuer lagen. Diesbezüglich verfügten beide Verantwortlichen über ein hohes Maß an Routine, da ergaben sich keine
Probleme. Aber das Wetter! Würden sie auch dieses Mal das notwendige Feeling haben, den günstigsten Zeitpunkt für den Start zu
wählen?
„Die Großwetterlage kann eigentlich nicht besser sein", stellte
Friedhelm Lösche mit sicherem Gespür für die Situation fest. Er
hegte an der Richtigkeit seiner Prognose keinerlei Zweifel. In den
vergangenen Tagen hatte er aufmerksam den Wetterbericht verfolgt. Das Hoch über Mitteleuropa versprach ruhiges Reisewetter,
was weniger für sie als Autofahrer von Interesse war, dafür um so

mehr für die vielen Tauben, die nach überstandener Fahrt ihren Heimflug würden aus eigener Kraft bewältigen müssen.

Dieter konnte ihm nur beipflichten.

„Blauer Himmel, klare Sicht, ein leichter Wind und nicht zu warm, was will man mehr. Bei diesen idealen Bedingungen erleben wir bestimmt einen schnellen Flug. Wenn wir die Tiere am Sonnabend frühzeitig auflassen, werden die meisten von ihnen am Abend bereits wieder in ihren Heimatschlägen sitzen, die Spitzenflieger schon am Nachmittag."

So steuerten Dieter und Friedhelm mit ihrem Fahrzeug aus Richtung Dresden voller Optimismus die deutsch-tschechoslowakische Grenze an. Die dortige Kontrolle verlief reibungslos, derartige Transporte von Brieftauben stellten keine Besonderheit dar. Gleiches galt für die später folgenden Einreiseformalitäten nach Ungarn. Die Bereitstellung von Futter und Wasser für die Tauben sowie die notwendigen Ruhezeiten für Mensch und Tier wurden zeitlich so eingetaktet, dass dem Start der Tauben zum vereinbarten Termin nichts im Wege stand.

Der Auflassplatz nahe Szeged entsprach mit seiner rundum freien Sicht allen an solche Areale zu stellenden Anforderungen. Dieter und Friedhelm kannten sich hier bestens aus, hatten sie doch die vor ihnen stehende Aufgabe des Freilassens eines riesigen Taubenschwarmes schon mehrfach erfolgreich bewältigt.

„Ich denke, der Transporter stand nun lange genug. Die Tauben wirken entspannt, wir haben ihnen die erforderliche Ruhepause vor dem Sturm gewährt. Nun können wir zur Tat schreiten."

Friedhelm drängte, jede weitere vertrödelte halbe Stunde erschien ihm nutzlos.

Dieter war gedanklich noch immer mit dem Phänomen des Verhaltens der Tauben während der Standzeit des Lastkraftwagens beschäftigt. Die Tiere benötigten diese Atempause vor dem Start, das wusste er, es gehörte zum festgelegten Ablaufplan. Er hatte sie in den vielen Jahren seiner diesbezüglichen Tätigkeit genau beobachtet, ihre anfängliche Unruhe unmittelbar nach dem Stopp des Fahrzeuges, das nachfolgende Plätzerücken innerhalb der Transportkabinen und die relativ schnell erfolgende Einnahme von Ruhezonen, die sich jedes Individuum auswählte.

„Weißt du, Friedhelm, ich bin immer wieder fasziniert davon, mit welcher Akribie die Tauben bereits hier, in dem vollgestopften Transportbehälter, ihr unvergleichliches Orientierungsprogramm starten. Trotz der zur Schau gestellten Gelassenheit merkt man ihnen ihre innere Anspannung deutlich an. Die flugerfahrenen Routiniers drängen spürbar nach vorn, in Richtung Öffnungsklappe. Sie wollen hinaus, um ihr ‚Versprechen der Heimkehr‘, das sie ihrem Züchter gegeben haben, endlich einzulösen. Nach wie vor rätselhaft erscheint mir auch die Fähigkeit vieler dieser Tiere zu einer grundsätzlichen Groborientierung bereits vor Beginn des Abfluges. Sieh doch einmal, auch heute ist es so. Hat sich nicht das Gros unserer kleinen Freunde mit dem Köpfchen bereits in Richtung Heimat ausgerichtet, nach Nordwest!"

Friedhelm konnte diese nicht neue Beobachtung auch an diesem Tag bestätigen.

„Ja, du hast Recht, die Routiniers haben ihren anzusteuernden Flugkorridor längst im Visier, werden nach dem Start nur wenig Zeit benötigen, um sich zu orientieren. Diese sind es dann auch, die für ihre Züchter die begehrten Siege und Preise erringen."

Beide wirkten entspannt. Der heutige Flugtag konnte nichts anderes als ein voller Erfolg werden.

Der Rote gehörte zweifelsfrei zu den Elitetauben, die Sieg und Platz am Ende unter sich ausmachen würden. Zwar noch jung an Jahren, hatte er doch bei Wettflügen schon mehrfach sein herausragendes Leistungsvermögen nachgewiesen. Wer von mehreren Eintausend Tauben unter den ersten Einhundert das Ziel erreicht, verbucht bereits ein Ausnahmeergebnis. Aber dessen nicht genug, besiegte der

Rote zuweilen das gesamte Feld, landete auf Plätzen im einstelligen Bereich, konnte dabei in souveräner Manier sogar mehrfach die oberste Stufe des Siegerpodestes erklimmen, selbst wenn das für ihn nur von symbolischer Bedeutung war.

Auch hier, beim Start in Szeged, drängte er in die vordere Reihe, ließ bereits beim Abflug den gesamten Pulk hinter sich. Er ersparte sich dadurch das Gerangel innerhalb des Taubenschwarmes, wo sich jedes der Tiere bemühen musste, einen oftmals nur wenige Millimeter betragenden Mindestabstand zum Nachbarn einzuhalten. Durch gegenseitige Körperberührungen könnten an den mit hoher Schlagfrequenz bewegten Flügeln, speziell an deren Federstruktur, Schäden entstehen, die ein Weiterkommen der Tauben stark behindern und im Extremfall unmöglich machen würden. Glücklicherweise geschieht dies äußerst selten. Im Schwarm fliegende Vögel beherrschen die gegenseitige Distanzierung perfekt, auch das erscheint dem Beobachter manchmal wie ein kleines Wunder der Natur.

Dieter und Friedhelm betrachteten nach erfolgtem Auflass der Tauben ihren Job als erledigt. Was hätten sie nun noch tun können, nachdem sich die Tauben in der Luft befanden? Auch bezüglich des letzten Teiles ihrer Aufgabe, der Festlegung des genauen Auflasszeitpunktes in Abhängigkeit von der Wettersituation, hegten sie an der von ihnen getroffenen Entscheidung keinerlei Zweifel. Der frühe Morgen dieses Sonnabend versprach einen Bilderbuchtag. Kaum wahrnehmbare Nebelschleier bedeckten die umliegenden Wiesen in einer Höhe von nur wenigen Metern, sodass sie für die Tauben kein Flughindernis darstellten. Am fernen Horizont zeigten sich liebliche Zirruswolken, die in ihrem federgleichen Erscheinungsbild als Botschaft eher ein Hoffnungszeichen als eine Bedrohung signalisierten.

Obwohl es beide Männer ebenso deuteten, konnte sich Friedhelm eine scherzhafte Bemerkung nicht verkneifen, die er einmal irgendwo aufgeschnappt hatte.

„Bei Circen und Zirren kann man sich irren."

Wie Recht er damit haben sollte, konnten beide in diesem Moment nicht erahnen. Sie gönnten sich entspannt an ihrem Fahrzeug einen Kaffee, mit bester Sicht auf die freigelassenen Tauben, die den Auflassplatz in mittlerer Höhe wieder und wieder umrundeten. Es verging Minute um Minute, ohne dass die Mehrzahl der Tiere ihr Verhalten änderte.

„Allmählich müssten sie nun abziehen", bemerkte Dieter mit leichter Verwunderung.

„So richtig verstehe ich das ebenfalls nicht. Orientierungsrunden drehen sie ja anfangs immer, aber dass sich so viele von ihnen gar nicht zum Weiterflug entschließen können, beunruhigt auch mich. Wir können nun aber nichts mehr für sie tun. Die Möglichkeit, sie in die Transportkabinen zurückzupfeifen, haben wir leider nicht."

Auch Friedhelm zeigt sich besorgt darüber, was der Taubenpulk am Himmel vollführte. Erklären konnte er sich dieses ungewöhnliche Verhalten in keiner Weise. Von dem dramatischen Geschehen der nächsten Stunden hatten sie in diesem Augenblick noch nicht die leiseste Vorahnung.

Ihre anfängliche Erregung ebbte allmählich ab, als sie beobachteten, wie nach einer unverhältnismäßig langen Zeit die meisten Tauben schließlich doch wegflogen, mehr widerwillig zwar als gezielt, aber um den Rest einiger völlig ratlos umherirrender Tiere konnten sie sich nicht mehr kümmern. Gedankenschwer, nun aber doch zur Rückkehr entschlossen, begaben sie sich auf den Heimweg.

Die Rückfahrt mit dem Taubentransporter wollten Dieter und Friedhelm möglichst entspannt genießen. Sie einigten sich, von Szeged aus einen kleinen Umweg in nordöstlicher Richtung in Kauf zu nehmen, um noch einige Eindrücke der legendären ungarischen

Puszta einzufangen. Nach kurzer Fahrt erreichten sie die Niederungarische Tiefebene östlich der Donau, eine in Europa einmalige Landschaft mit unverwechselbarem Charakter.

„Die Puszta ist dort, wo der Himmel die Erde berührt", sagen die Ungarn. Friedhelm konnte als Beifahrer seine Blicke völlig ungezwungen umherschweifen lassen. Auch Dieter als geübter Fahrzeuglenker starrte nicht nur unentwegt auf die vor ihm liegende Landstraße, sondern nahm ebenfalls viele Details des ländlichen Idylls in sich auf, das sich ihnen zu beiden Seiten der Fahrbahn auftat. Sie redeten jetzt kaum miteinander, jeder ließ alles, was sich den Augen bot, still auf sich einwirken.

Am Beginn ihrer Fahrt beherrschten gewaltige Ackerflächen das Terrain. Insbesondere nach dem Zweiten Weltkrieg wurden große Teile der ursprünglich baumlosen und einförmigen Sandsteppe mit ihrem ständiger Trockenheit angepassten Grasbestand durch intensive Bewässerung in fruchtbares Kulturland umgewandelt. Nun gediehen hier Weizen, Gerste, Mais, sogar Reis, Obst und Wein. Da genügend Futter produziert wurde, entwickelte sich auch eine vielgestaltige Viehzucht. Davon profitierten vor allem größere Bestände von Rindern, Schweinen, Pferden und Geflügel.

Trotz der gewaltigen strukturellen Veränderungen stellten Dieter und Friedhelm mit Genugtuung fest, dass der Mythos der klassischen Puszta noch immer lebte, insbesondere in ihrem Kerngebiet, dem heutigen Nationalpark Hortobagy. Dort traf man sie noch an, die Csikos genannten Pferdehirten mit ihren attraktiven Reiterkunststücken, ebenso die grauen Steppenrinder mit gewaltig ausladenden Hörnern sowie die genügsamen Zackelschafe, deren Gehörn zum einen durch die Länge, zum anderen durch das korkenzieherhaft verdrehte Erscheinungsbild auffällt. Auch Klischees wie Ziehbrunnen zur Gewinnung des kostbaren Wassers aus großer Tiefe und einsam gelegene Einzelgehöfte zeugten weiterhin von ehemaliger Pusztaromantik. Manches erinnerte jedoch auch daran, dass die damaligen Wanderhirten dieser trockenen Grassteppe ein erbärmliches Dasein fristeten.

Plötzlich tauchte vor Dieters Lastkraftwagen, inmitten der Straße, eine Gänseherde auf, die sich nur widerwillig von dem sich langsam nahenden Gefährt zur Seite drängen ließ. Auch eine attraktive junge Ungarin zeigte sich, wobei nicht zu erkennen war, ob sie die Gänse zu beaufsichtigen hatte oder sich dort nur zufällig aufhielt. Friedhelm befand sich in bester Stimmung und zu Scherzen aufgelegt.

„Hoffentlich ergeht es dir jetzt nicht ebenso wie dem damals in Ungarn weilenden deutschen Studenten, der nach seiner Rückkehr in die Heimat immer wieder an die hübsche Piroschka denken musste. Ich für meinen Teil, das gebe ich zu, denke jetzt ebenfalls an dieses reizende Geschöpf. Für das, was uns dieser wunderbare Film damals bot, waren wir als Jugendliche sehr empfänglich. Man vergisst so etwas nicht."

Diese Erinnerungen zauberten ein Leuchten in seine Augen. Jetzt, wo er diese Landschaft selbst durchquerte, konnte er sich des Eindruckes nicht erwehren, dass diese Filmepisoden das ländliche Idyll, welches sich ihnen bei jedem Fahrkilometer in ständig wechselnden Einstellungen darbot, eindrucksvoll abbildeten. Gelegentlich kamen sie an einer Csarda vorbei, den für Ungarn typischen Schankwirtschaften, in denen Zigeuner zum Tanz aufspielen, natürlich zum Csardas, dem ungarischen Nationaltanz. Wie sie wussten, wird dort ein lieblicher regionaler Wein kredenzt, möglicherweise ein Tokajer, ein natürlich konzentrierter Süßwein aus dem berühmtesten Anbaugebiet des Landes.

Doch Dieter und Friedhelm stoppten ihr Fahrzeug nicht. Sie beließen es bei ihren ausschweifenden Gedanken und konzentrierten sich nun darauf, die kürzeste Fahrstrecke in Richtung Heimat ausfindig zu machen. Dazu mussten sie sich nach

Westen wenden, mit dem Ziel des Grenzüberganges zur Tschecho-slowakischen Republik.

Würden die Tauben eine ähnliche Route einschlagen? Diese Frage beschäftigte beide. Der phänomenale Orientierungssinn dieser Tiere birgt noch immer zahlreiche Geheimnisse, trotz unzähliger Forschungsprojekte, die es dazu insbesondere im 20. Jahrhundert gegeben hat.

Da nun die Fahrzeuginsassen das vor ihnen liegende Straßennetz von früheren Einsätzen her genau kannten, versuchten sie, keine Langeweile aufkommen zu lassen und begannen ein Gespräch über die Hintergründe des beeindruckenden Heimkehrvermögens der Brieftauben. Unter Züchtern und Liebhabern dieser Tierchen ist das ein Dauerthema, interessiert auch viele Laien. Trotz seiner langjährigen Erfahrungen ergaben sich für Dieter noch immer einige offene Fragen.

„Wodurch unsere Tauben zu diesen unglaublichen Orientierungsleistungen befähigt werden, ist mir noch immer nicht vollständig klar. Welches sind denn für dich die wichtigsten Kriterien, nach denen dieses Navigationssystem funktioniert?"

„Theodor Fontane hätte dir darauf in Person seines Herrn von Briest geantwortet, das sei ein ‚weites Feld'. Es ist nicht allein die eine oder eine andere Eigenschaft, die die Tauben zu diesen Leistungen befähigt, sondern mit Sicherheit eine Kombination mehrerer Sinnesfunktionen."

„Für die Feinjustierung am Ende der Flugphase sollen der Geruchs-und schließlich der Gesichtssinn von Bedeutung sein. Doch wie erkennen sie nach ihren am Auflassort gedrehten Flugrunden die Hauptrichtung, in der sie abfliegen müssen?"

„Nach meiner Kenntnis haben neueste Forschungen ergeben, dass sich die Tiere die genaue magnetische Feldstärke ihres Heimatschlages eingeprägt haben. Mit Hilfe des Magnetfeldes der Erde, das sie mit Rezeptoren im Schnabelbereich wahrnehmen, wissen sie, ob sie sich an einem ihnen völlig fremden Auflasspunkt in nördlicher, südlicher, östlicher oder westlicher Position von ihrem Zielort befinden."

Friedhelm hatte sich intensiv mit dieser Thematik beschäftigt, kannte auch den dornenreichen Weg der Erzüchtung unserer heutigen Brieftauben sehr genau.

In Dieter, seinem Nebenmann auf der Fahrerbank, fand er einen interessierten Zuhörer. So entschied er sich noch zu einem kurzen geschichtlichen Exkurs.

„Ursprüngliche Fähigkeiten der Orientierung sind bereits dem Urahn unserer Haustauben, der Felsentaube, zu eigen. Sie brütet an unzugänglichen Klippen, wo sie im unmittelbaren Umfeld nur wenig für sie geeignetes Futter findet. Somit muss sie, im Schwarm vereint mit ihren Artgenossen, zu ihren Nahrungsgründen täglich längere Luftreisen unternehmen."

„Tauben sollen mit zu den ersten Wildtieren gehören, die der Mensch in seinen Behausungen hielt", warf Dieter ein.

„So ist es auch mir bekannt. Die Standorttreue der Tauben nutzte man in geschichtlicher Zeit insbesondere im Vorderen Orient, wo man gezähmte Tiere als Botentauben einsetzte. Für die Nachrichtenübermittlung waren die Tauben in Kriegszeiten besser geeignet als Reiter oder Läufer. Den Letzteren gelang es vielfach nicht, feindliche Stellungen zu passieren, den Tauben fast immer. Nachweise für den Einsatz von Brieftauben für militärische Zwecke finden sich bis in das 19. und 20. Jahrhundert."

Ein kurzes Lachen von Dieter ließ Friedhelms Kopf herumfahren.

„Ich dachte gerade daran, dass manche unserer Mitbürger glauben, man könne Brieftauben, ihrer Bezeichnung entsprechend, mit einem Brief oder Zettel, ob im Schnabel getragen oder am Fußring befestigt, auf die Reise schicken, um diesen bei einem frei wählbaren Adressaten abzuliefern. Das ist natürlich aus logischer Sicht völliger Unsinn. Wie sollte man dem armen Tierchen die Zieladresse mitteilen, bei der es eine geheime Botschaft des Züchters am Wohnungsfenster seiner fernen Geliebten abzuliefern hat? Den Tauben aber, nach dem Transport an einen fremden Ort, kurz vor dem Auflass einen kleinen Zettel mit einer Nachricht für die Heimat hinter den Ring zu schieben, das funktioniert durchaus. Diesen kleinen Spaß haben wir uns bereits als Kinder erlaubt."

Bei dem Geplauder der beiden verflog schnell die Zeit. So bemerkten sie erst spät den aufkommenden Wind, der sich nun deutlich verstärkte und die Bäume am Straßenrand bereits heftig schüttelte. Gleichzeitig erschienen am Horizont erste bedrohliche Wolkenfetzen. Diese befanden sich in stetig zunehmender Bewegung, was darauf schließen ließ, dass sich gewaltige Luftmassen von West nach Ost in Bewegung setzten.

„Hier braut sich ein Unwetter zusammen, mit dem wir aufgrund der uns vorliegenden Wetterprognose nun wirklich nicht rechnen konnten. Es wäre besser, die Tauben säßen jetzt noch in den Käfigen und wir könnten sie später auflassen. Ihnen unter diesen ungünstigen Bedingungen nur die Hälfte der Flugstrecke zuzumuten, hätte ausgereicht. Aber, wie ich schon sagte, wir müssen uns jetzt keine Vorwürfe machen. Das Ganze sah heute Morgen in Szeged noch völlig anders aus."

Friedhelms Gesichtszüge verrieten seine tiefe Besorgnis, denn die Situation verschlechterte sich nun in rasantem Tempo. Vom Atlantik zog ein gewaltiges Orkantief heran, wie es für manche Sommertage, wenn Luftmassen aufeinander treffen, die sich in ihren Temperaturen und dem Feuchtigkeitsgehalt deutlich unterscheiden, durchaus nicht untypisch ist. Der anschwellende Wind trieb nun dichte Regenschwaden vor sich her, wodurch sich das gesamte Umfeld dieser Region in ein unübersichtliches Chaos verwandelte.

Beim Blick aus der Fahrerkabine bot sich den Männern ein Bild, wie sie es in den vielen Jahren ihrer Tätigkeit als Auflassteam für Brieftauben noch nicht gesehen hatten. Immer wieder trafen sie auf kleine Grüppchen von Tauben, die ihren Flug unterbrochen und sich irgendwo niedergelassen hatten. Sie waren offensichtlich gezwungen gewesen, ihre Landeplätze völlig spontan zu wählen, in kopfloser Verzweiflung. Einige saßen auf Hausdächern am Rande der Landstraße, andere auf dem freien Feld, einige auch direkt auf der Straße. Den Männern im Transportfahrzeug verschlug es den Atem. Vor allem Friedhelm ließ seinen Blick umherschweifen, sah immer wieder völlig durchnässte Tauben mit eingezogenen Köpfen herumsitzen. Er wirkte ratlos, murmelte verunsichert: „Das ist die Hölle, wie wird das Ganze bloß enden, frage ich mich."

Dieter hatte alle Mühe, sich auf sein Fahrzeug zu konzentrieren, denn die auf der Landstraße herumliegenden Äste bedeuteten eine ständige Gefahr. Ihnen musste er, so gut es ging, unzählige Male ausweichen. Auch er zeigte sich sehr besorgt.

„Das sind unsere Tauben, die hier überall herumsitzen. Sie wagten es nicht, in die Schlechtwetterfront hinein zu fliegen, waren somit zur Landung gezwungen. Bei solchen Wetterkapriolen verlieren sie die Orientierung. Das wird ein schlimmer Katastrophenflug", prophezeite er.

„Ich kann dir nur beipflichten, wir erleben hier ein wirkliches Desaster", entgegnete Friedhelm mit belegter Stimme.

Ihr Entsetzen steigerte sich noch, als sie beobachteten, dass ihnen kleine Formationen von Tauben sogar entgegen kamen. Sie bewegten sich unentschlossen, wirkten desorientiert, flogen ostwärts, in die falsche Richtung, nur um dem Sturmtief zu entkommen. Sie würden auch später nicht in der Lage sein, diesen Irrtum zu kompensieren. Ihren Heimatschlag wiederzusehen, das blieb ihnen vermutlich für immer versagt.

Die Fahrt der zwei Männer näherte sich ihrem Ende. Sie erreichten Dresden in trüber Stimmung. Ihre anfängliche Unbeschwertheit ließen sie in Ungarn zurück. Den deutschen Taubenzüchtern gegenüber würden sie sich für den misslungenen Wettflug rechtfertigen müssen, das war ihnen bewusst. Da sich alle Beteiligten seit vielen Jahren kannten, hofften sie, Verständnis zu finden, zumindest bei den meisten dieser Sportfreunde.

Schreckensbilanz eines Meisterschaftsfluges

Eine Woche nach dem Start ihrer Brieftauben in Szeged zogen die deutschen Züchter zu diesem Wettflug eine ernüchternde Bilanz. Geduldig hatten sie am Auflasstag in der Heimat auf die Ankunft ihrer besten Flieger gewartet. Da kennt jeder seine Spitzentiere, von denen er fast mit Gewissheit voraussagen kann, dass sie das schwere Pensum am schnellsten bewältigen. Bei Szeged-Flügen brauchten sie dafür keine nächtliche Verschnaufpause, im Normalfall durchfliegen die Sieger diese Strecke in einem Ritt. Am Abend des als Starttermin vereinbarten Sonnabend erreichte die Mehrzahl der Taubenbesitzer jedoch kein Lebenszeichen ihrer Lieblinge. Nur wenige der Tiere hatten es geschafft, bis zum Ziel durchzukommen. In Extremsituationen können manchmal sogar die weniger erfahrenen Flugteilnehmer bestehen. Diese erkennen eine Gefahrensituation nicht rechtzeitig, fliegen einfach drauflos, hinein in das Unwetter und müssen dann zusehen, wie sie das Problem meistern. Dabei scheitern durchaus nicht alle. Wettflüge mit Ähnlichkeiten zu dieser Szeged-Tour, bei denen vor allem der Zufall die Karten mischt, zeichnen kein reales Bild des Leistungsvermögens der beteiligten Brieftauben.

Diesem schrecklichen Wetterszenario sah sich auch der Rote ausgesetzt. Dabei standen für ihn am Start noch alle Vorzeichen auf Sieg. Beim Auflass erreichte er, seine vordere Position an der Öffnungsklappe des Kabinenexpress nutzend, schnell eine für ihn günstige Flughöhe. Bereits nach kurzer Zeit, am Ende einer von ihm mit energischen Flügelschlägen über dem Auflassplatz an den Himmel gezirkelten Kreisbahn, hatte er sich ausreichend orientiert. Es gab für ihn keinen Grund für Verzögerungen, er kannte jetzt die von ihm anzusteuernde Flugrichtung. Den Kurs nach Nordwest nahm er sofort in Angriff. Von der Unsicherheit, die viele seiner Mitstreiter am Startplatz befallen hatte, ließ er sich nicht irritieren. Dass etwas

Ungewisses in der Luft lag, war auch ihm nicht entgangen, aber kritische Situationen hatte er bei anderen Wettflügen schon mehrfach gemeistert. Sein starkes Selbstvertrauen behielt auch dieses Mal die Oberhand.

Da Tauben ausgesprochene Schwarmflieger sind, schloss sich ihm sogleich eine Gruppe von Weggefährten an, was ihn jedoch keinesfalls störte. Im Schwarm fühlt sich jedes Individuum sicherer, beispielsweise vor Angriffen von Greifvögeln. Auch ist die Erfolgsaussicht für das Auffinden der optimalen Flugroute größer, da sich der Pulk am Flugverhalten der an der Spitze positionierten Tiere orientiert, und das sind die Stärksten und Erfahrensten. Wie bei allen gesellig lebenden Tieren besteht auch im Taubenschwarm eine Rangordnung. Die dominanten Führungstiere halten sich stets weit vorn auf, wechseln sich in ihrer Funktion als Speerspitzen zur Zerteilung der Luftmassen regelmäßig ab. Bei den eindrucksvollen Zugformationen der Wildgänse und Kraniche ist das ähnlich. Die Masse folgt dann im Windschatten. Führungstauben zeichnen sich durch beste Kondition aus, geben die Richtung an, sind intelligent, aufmerksam, sensibel und wetterhart, sorgen für die erforderliche Stabilität der gesamten Tiergemeinschaft.

Bei Wettflügen zerbröckelt diese Gesamtheit jedoch irgendwann. Das geschieht, wenn sich bestimmte Cracks aus dem Schwarm lösen und nur noch ihrer eigenen Kraft vertrauen.

Es gelten hier die gleichen Regeln wie bei Sportlern: Wer bis zur Ziellinie im Hauptfeld verbleibt, kann am Ende nicht gewinnen. Wer sich zum Sieg befähigt fühlt, muss sich rechtzeitig absetzten, seinen eigenen Weg beschreiten. Für den Roten war dieser Zeitpunkt noch nicht gekommen. Der gesamte Schwarm kam flott voran. Zurück blieben hin und wieder einzelne Tiere, die sich dem vorgelegten Tempo auf Dauer nicht gewachsen zeigten. Als das Territorium Ungarns fast gänzlich durchflogen war, geriet der Trupp plötzlich ins Stocken. Die Führungstauben verlangsamten ihren Flügelschlag. Die erfahrenen Tiere fühlten instinktiv, dass sich ihnen etwas Bedrohliches entgegen stellte. Im Schwarm kam es zu einem zeitweiligen Durcheinander, Unruhe machte sich breit. Die hinten fliegenden, weniger erfahrenen Tauben erkannten die Zeichen der Stunde nicht sofort, drängten nach vorn, in die Spitze hinein. Dort kam es zu einem wilden Gerangel. Die gewohnte Ordnung ließ sich in dem Konvoi nun nicht mehr aufrecht erhalten, die Situation dramatisierte sich nach jedem zurückgelegten Kilometer.

Der Wind trieb dunkle Wolkenfetzen vor sich her, manchmal zeigte sich für wenige Augenblicke die Sonne, doch ihr rötlicher Glanz milderte das bizarre Geschehen in keiner Weise. Die unwirklichen Lichtspiele am Himmel wirkten auf Mensch und Tier eher beängstigend.

Nun gab es für den Roten kein Zögern mehr. Er schwenkte selbstbewusst nach rechts aus und steuerte allein in eine Richtung, von der er annahm, sie würde ihn am schnellsten zu seinem Heimatschlag führen. Solche Einzelmanöver werden von Brieftauben nur selten riskiert, dazu gehören eine gewaltige Portion an Flugerfahrung und absolutes Vertrauen in die eigenen Kraftreserven. War das alles bei ihm in ausreichendem Maße vorhanden, würde er damit zum Ziel kommen? Der Rote schien fest entschlossen, das Wagnis einzugehen. Mit Mut und Tatendrang stürzte er sich in ein Flugabenteuer, bei dem er von nun an völlig auf sich allein gestellt war.

Auf die Gefahren der Natur reagierte er wie ein erfahrener Stratege. Der sich in seiner Flugbahn auftürmenden, fast undurchdringlichen Schlechtwetterfront versuchte er durch entschlossene Richtungsänderung auszuweichen. Anfangs noch im Vollbesitz seiner Kräfte, steuerte er mit dynamischen Flügelschlägen nach Norden, wobei er sich dem aus Nordwest heranbrausenden Sturmtief zumindest so weit entgegen stemmen konnte, dass sich seine Abdrift nach Osten in Grenzen hielt. Was sollte er auch dort, lag doch seine Heimat in der genau entgegen gesetzten Richtung.

Irgendwann konnte sich der Rote nur noch treiben lassen. Er segelte mehr, als er sich aktiv bewegte, war zum Spielball des Windes geworden. Sein Kampfeswille hatte ihn befähigt, die Kraftreserven seines Körpers bis zum letzten Quant, das am Ende nur noch ein Quäntchen war, auszuschöpfen, doch irgendwann erlahmte sein innerer Antrieb.

Ihm war inzwischen jegliches Zeitgefühl abhanden gekommen. Wie lange kämpfte er nun schon mit den Wetterunbilden, seit wann wurde er nur noch passiv davongetragen? So orientierungslos hatte sich der Täuber bisher nie gefühlt. Unter regulären Umständen war er in der Lage, Strecken um die 700 Kilometer an einem Tage zurück zu legen, in einer Reisezeit von etwa zehn Stunden. Für den Flug Ungarn-Deutschland lag eine solche Norm an diesem Tag jedoch außerhalb jeder Möglichkeit.

Mit verzweifelten Flügelschlägen steuerte er tiefere Luftschichten an. Da sich hier die Windböen nicht mit der gleichen Vehemenz ausbreiten konnten wie in den oberen Regionen, glaubte er, der Situation noch Herr zu werden. Doch als der sintflutartige Gewitterregen über ihn hereinbrach, schwanden seine letzten Kräfte. Zwar waren seine Federn, wie bei anderen Vögeln auch, mit einem kaum wahrnehmbaren, wasserabweisenden Fettsekret überzogen, das durch die körpereigene Gefiederpflege stets von Neuem in einen funktionstüchtigen Zustand versetzt wird, doch hier wirkte das nicht mehr. Im Normalfall ist es dadurch möglich, eine gewisse Zeit im Regen zu fliegen, ohne dass sich im Federkleid Wasser festsetzt und der durchnässte Tierkörper danach nicht mehr in der Lage ist, sich in der Luft zu halten. Wenn sich aber die Regenmassen mit solcher Wucht zur Erde ergießen, dass sie auf Dauer den besten Schutzmechanismus beschädigen, besteht für ein Weiterkommen in der Luft keine Chance. Der Rote spürte, wie sein Körper durch die Nässe schwerer wurde. Er war nicht mehr imstande, jedes notwendige Flugmanöver mit der erforderlichen Präzision auszuführen.

Der Tag neigte sich dem Ende, alle Kräfte des Roten waren verbraucht, sein Wille gebrochen. Doch sich einfach zu Boden sinken zu lassen, das wollte er trotz seiner totalen Erschöpfung nicht riskieren. Es ergaben sich dadurch zu viele Unwägbarkeiten, denn eine Landung auf einer Wasserfläche oder einer verkehrsreichen Straße würde den sicheren Tod bedeuten. Die sehr schlechte Sicht zwang ihn zu äußerster Konzentration.

Indem er die Steuerfedern des Schwanzes leicht nach unten anwinkelte, gleichzeitig die Flügel in eine schräg nach oben gerichtete Stellung brachte, initiierte er einen Landeanflug, ohne diesen jedoch konsequent zu Ende zu führen. Fast schon in Bodennähe, stoppte er die Abwärtsbewegung mit einigen hektischen Flügelschlägen. Erschreckt hatte er unter sich etwas hell Glänzendes entdeckt, vom stürmischen Wind zwar unstet aufgewirbelt, aber als ein riesiges Wasserbecken deutlich erkennbar. Als er dessen Ende erreicht hatte und endlich eine Uferböschung erblickte, begann unmittelbar danach bereits das nächste Gewässer. Gab es denn hier mehr Wasser als Land? Auf seinen bisherigen Wettflügen war eine derart strukturierte Landschaft noch niemals in sein Blickfeld geraten.

Als sich nochmals ein Landstreifen zeigte, fiel er wie ein Stein vom Himmel. Auch die letzten Kraftreserven waren aufgebraucht. Voller Todesangst steuerte er eine sich am Horizont aus dem Dunstschleier herauslösende Bodenerhebung an, die ihm als Landeplatz geeignet erschien. Nur noch dieses Ziel vor Augen, bemerkte er zu spät die Hochspannungsleitung, die wie eine kaum sichtbare Sperrlinie den Luftraum durchschnitt. Mit intakten, trockenen Schwingen und im Vollbesitz seiner Kräfte wäre ihm das erforderliche Ausweichmanöver zweifellos gelungen, hier aber glückte es nicht. Er konnte die folgenschwere Kollision mit einem der oberen Leitungsdrähte nicht verhindern, wodurch er sich den rechten Flügel empfindlich verletzte. Der Hauptmasse der Drähte konnte er mit einer verzweifelten Kraftanstrengung im letzten Moment ausweichen, ansonsten hätten seine vibrierenden Flügel einen Kurzschluss ausgelöst und er hinge jetzt als lebloser Körper zwischen den Stromleitungen. Schwer traumatisiert, saß er nun inmitten der Feldflur. Hier endete sein Horrortrip.

In schwieriger Lage

Der gestrandete Brieftäuber stand minutenlang unter Schock. Nur langsam kehrten seine Lebensgeister zurück. Er starrte ins Leere, drehte vorsichtig den Kopf, den einzigen Körperteil, der sich beschwerdefrei bewegen ließ. Den Schnabel einen winzigen Spalt öffnend, begann er mit verhaltenem Eifer, sein rot glänzendes, jedoch arg zerzaustes Gefieder zu ordnen. Matt war er, sehr sogar, doch sich einfach mit der verfahrenen Situation abzufinden, das entsprach nicht seinem Naturell. Noch fehlte ihm jegliche Orientierung. Was war eigentlich passiert, wo befand er sich, was müsste er unternehmen? Keine dieser Fragen ließ sich aus seiner Sicht derzeit beantworten. Es musste jedoch etwas geschehen, das wurde ihm mehr und mehr bewusst. Auf dem kleinen Erdhügel am Rande der riesigen Ackerfläche konnte er nicht sitzen bleiben, zumindest nicht für längere Zeit. Wegfliegen wollte er, doch über das Wohin war er sich absolut nicht im Klaren.

Er probierte einige Flügelschläge im Stand, eine Übung, die er jedoch schnell wieder beendete. Der stechende Schmerz im rechten Flügel erschien ihm unerträglich, erschreckte ihn furchtbar. Was sollte aus einer Taube werden, die sich nicht in die Lüfte erheben kann? Nichts war mehr möglich, nicht das Aufsuchen einer seinen Bedürfnissen entsprechenden Futter- und Wasserstelle, auch nicht die Flucht vor einem Feind, der sowohl am Boden in Gestalt eines Fuchses oder Marders als auch am Himmel als Habicht auftauchen konnte.

Langsam erinnerte er sich an das Geschehen der letzten Stunden, an den Moment, als er mit der Hochspannungsleitung kollidierte und bei seinem Absturz mit derartiger Wucht auf den Boden schlug, dass er zunächst über keinerlei Wahrnehmungen mehr verfügte.

Eines spürte er mit dem flugerfahrenen Brieftauben eigenen Instinkt jedoch deutlich: Er befand sich an einem ihm völlig fremden Ort, weit weg von seiner Heimat. Diese Einschätzung ermöglichte ihm das phänomenale Navigations- und Ortungssystems dieser Tiere, aus dem die wohl einmalige ‚Faszination Brieftaube' resultiert. Ohne die eindrucksvollen Flugleistungen des Millionenheeres der Zugvögel herabmindern zu wollen, muss letztlich eingestanden werden, dass sie sich bei den von ihnen zu erbringenden Orientierungsleistungen auf ein stabiles Grundschema stützen können: Im Herbst geht es in Richtung Süden, im Frühjahr nach Norden. Ein solches Basissystem können die Tauben bei den ihnen abverlangten Leistungen jedoch nicht nutzen. Sie müssen während eines Jahres viele Flugrouten der unterschiedlichsten Art bewältigen.

Ständig richtete der Rote seine Blicke gen Westen. Dort lag irgendwo die Heimat, diese Gewissheit verfestigte sich bei ihm immer mehr. An einen baldigen Start in diese Richtung konnte der Täuber jedoch nicht denken. Die Schmerzen im rechten Flügel waren ein deutlicher Fingerzeig auf seine ausgesprochen missliche Lage. Er musste sich mit dieser fast aussichtslosen Situation vorerst abfinden. Herr seiner inneren Unruhe werden konnte er dennoch nicht.

Im Moment war es ein einziges Häufchen Unglück, dieses stolze Tier. Bis zum heutigen Tag seines Absturzes, der alles veränderte, war der Entwicklungsprozess des Roten in geordneten Bahnen verlaufen. Bereits in jungen Jahren war er zum Siegertyp avanciert, musste die Konkurrenz mancher hochdotierten Artgenossen keinesfalls fürchten.

Seinem Erscheinungsbild nach war der Rote genau das, was man sich schlechthin unter einer äußerlich perfekten Brieftaube vorstellt. Seine auffallend aerodynamische Gesamterscheinung präsentierte sich dem Betrachter in absoluter Harmonie aller Körperteile. Den gut gerundeten Kopf zierten lebhafte Augen. Der gesamte Brustbereich erschien muskulös, dennoch nicht überproportioniert. Die schnittigen Flügel signalisierten Schnelligkeit, Kraft und Ausdauer.

Den i-Punkt auf alles setzte das makellose Federkleid, bestens geordnet, elastisch, perfekt geeignet, sich bei dem anmutigen Flügelschlag der Tauben dem Luftwiderstand entgegenzustellen und somit für den notwendigen Auftrieb und das Vorankommen zu sorgen. Jede Feder zierte ein zarter Rot- und Grünglanz, je nachdem, in welchem Winkel das Sonnenlicht auf sie traf.

Doch alles Gewesene war für den Roten im Augenblick ohne Bedeutung. Es ging um das reine Überleben. So schnell, das spürte er, würde er nicht aufgeben. Von seiner Geburt bis zum jetzigen Zeitpunkt hatte sich sein Lebenspfad steil nach oben bewegt, das konnte noch nicht das Ende sein. Mit dieser inneren Gewissheit fand er etwas Ruhe.

Immer mehr schwand das Tageslicht. Der Sturm hatte sich gelegt, die Finsternis senkte sich mit dunklen Schatten über die Natur rings um ihn her. Der Rote schloss die Augen. Er dachte darüber nach, was ihm der nächste Tag bringen würde. Angesichts seiner verzweifelten Lage konnte es im Grunde nicht viel Gutes sein.

Edmund, der Tierarzt

Nach einigen Jahren angestrengten Lernens hatte Edmund Gerlach sein Studium der Veterinärmedizin in Leipzig erfolgreich beendet. Er war nun im Besitz eines Hochschulabschlusses als Tierarzt. Besonders den Tag der letzten mündlichen Prüfung würde er so schnell nicht vergessen. Alles verlief für ihn in gewünschter Weise. Er konnte die ihm gestellten Fragen ordnungsgemäß beantworten, einige zwar nicht bis ins Detail, aber der Herr Professor war zufrieden. Nach dem wochenlangen Prüfungsstress und den zeitweiligen Nachtschichten für die Diplomarbeit wich die große Anspannung von ihm. Das Gefühl, es seien große Lasten von ihm abgefallen, überkam Edmund wie ein reinigender Windstoß.

Er hatte sich vorgenommen, nach dem Abschluss seines Studiums die Strecke von Leipzig bis zu seinem Heimatort zu Fuß zurück zu legen. Das waren etwas mehr als 100 Kilometer, die konnte man in drei Tagen bewältigen. Ein bezahlbares Quartier für die Übernachtungen würde sich allemal finden. Er fand die Idee dieses Marsches als Studienabschluss ausgesprochen originell. Das Unternehmen jedoch allein zu starten, dazu hatte er als Gemeinschaftsmensch keine Lust. Nicht wegen irgendwelcher Bedenken, sondern allein aus Gründen der Geselligkeit. Er versuchte vergeblich, einen Kommilitonen zu finden, der ebenfalls in dieser Gegend beheimatet war und bereit gewesen wäre, seine ‚Schnapsidee' zu unterstützen und mit ihm zu wandern. Einem fehlte dazu die Zeit, einem anderen die Lust, so wurde daraus nichts.

An das hinter ihm liegende, lockere Studentenleben erinnerte er sich später gern. Sich mit wenig Geld viel Spaß zu bereiten, das war ein großes Kunststück, welches er aber, wie viele seiner Mitstreiter, mit zunehmender Zeit immer besser beherrschte. Vieles wurde betrieben, möglichst nichts übertrieben, doch manchmal schlugen die Wellen etwas über den Rand. Natürlich waren öfter Mädchen im

Spiel, auch der Alkohol, aber Edmund kannte stets seine Grenzen. Gemeinsam mit seinen Kommilitonen hatte er meist die rechte Balance zwischen ernsthaftem Arbeiten und ‚frohem Jugendleben' gefunden, wie sie es in Anlehnung an eine der Floskeln nannten, die in den Materialien des sozialistischen Jugendverbandes der DDR gern verwendet wurden. Das Lernen zahlte sich jetzt aus. Sein Abschlusszeugnis konnte sich sehen lassen, obwohl er es nie darauf angelegt hatte, im Studienseminar einen Spitzenplatz zu erringen. Vermutlich wäre er dazu auch nicht befähigt gewesen, aber er war am Ende rundum zufrieden.

Nicht nur aus der wissenschaftlichen Ausbildung allein resultierte seine nun erlangte Prägung für das Leben. Es waren auch die ‚Nebenkriegsschauplätze', auf denen er sich weiterbildete und zu behaupten lernte. So hatte sich Edmund ausgiebig des vielfältigen Kulturangebotes der Großstadt bedient, wo er einen Zugang zu Schauspiel und Oper, Museen, Galerien und Sportveranstaltungen erhielt, der für ihn zuvor undenkbar schien. Regelmäßig gepflegt wurden auch Vergnügungen der etwas anderen Art, denn Besuche einschlägiger Tanzlokale und Nachtbars gehörten ebenfalls zum Freizeitprogramm der Wochenenden.

Rückblickend bedauert wurde von ihm manchmal das nächtelange Skatspiel. Obwohl er diesen reizvollen Freizeitspaß sein Leben lang schätzte, musste er sich in Anbetracht der unverhältnismäßig vielen Stunden, die er während des Studiums damit zugebracht hatte, später doch eingestehen, dass er einen Teil dieser Zeit hätte sinnvoller nutzen können.

Die Erlebnisse mit dem weiblichen Geschlecht hingegen bedauerte er weniger. Da musste er seine Gedanken im Nachhinein ganz schön zusammennehmen, um alle Episoden chronologisch und ihrer Nachhaltigkeit entsprechend richtig einzuordnen. Einige waren harmloser Natur, andere hatten durchaus ihre Brisanz. Eines dieser kleinen Abenteuer wurde danach bei Biertischgesprächen öfter thematisiert. Edmund und ein Studienfreund namens Rüdiger hatten einen Tanzabend besucht und dort am Nachbartisch zwei Damen kennen gelernt, die aufgrund ihres attraktiven Äußeren viele Männerblicke auf sich zogen und offensichtlich im Umgang mit dem maskulinen Geschlecht nicht gänzlich unerfahren waren. In Leipzig als Messe- und Studentenstadt war in der Amüsierszene ein solches Klientel von Halbweltdamen stets präsent, nicht nur zu dieser Zeit, sondern den überlieferten Histörchen nach seit Jahren und Jahrzehnten.

Während des besagten Lokalbesuches kam es zu einer Erklärung Edmunds.

„Du, Rüdiger, sei doch einmal Kumpel. Du siehst doch, dass mich die Blonde vom Nebentisch fast um den Verstand bringt. Jeder Tanz mit ihr bedeutet pure Leidenschaft. Nur ihre Freundin, die findet hier nicht den rechten Kontakt, wie soll ich die am Ende bloß abhängen? Diese beiden scheinen ein verschworenes Duo zu sein. Kannst du dich nicht dazu durchringen, sich etwas um dieses Mädchen zu bemühen?"

Rüdiger zeigte kein Interesse, das war ihm nichts, auch hatte er bereits Kontakt zu einer Schönen an einem anderen Tisch aufgenommen.

„Lass mich in Ruhe, von mir aus mache dein Ding, aber ohne mich, ich spiele doch nicht für dich den Lückenbüßer!"

Edmund ließ nicht locker, bestellte nochmals zwei Biere und holte zum großen Schlag aus.

„Ich spendiere dir eine Schachtel Auslese, Mensch, überlege doch mal!"

Auslese, das war bei Zigaretten ihre Edelmarke, davon rauchten sie manchmal eine oder zwei, wenn es einen besonderen Anlass gab. Ansonsten überstieg das ihr Finanzbudget, sie rauchten im Alltag die billigsten Sorten.

Rüdiger überlegte. Eine gründlichere Prüfung war ihm dieses Angebot schon wert. Ob nun tatsächlich die Zigaretten den Ausschlag gaben oder die von Edmund angemahnte Verpflichtung als Kumpel, das ließ sich nicht genau feststellen, jedenfalls willigte Rüdiger in diesen Coup ein.

Der Tanz ging zu Ende und jeder der beiden geleitete seine Dame nach Hause, unter Benutzung der Straßenbahn. Ein Taxi lag für einen armen Studenten außerhalb jeglicher Überlegungen.

Die Pärchen umfing eine warme Sommernacht, da kann, wie man weiß, einiges geschehen. Edmunds Abendbekanntschaft geleitete ihn in eine Gartenlaube, die ihren Eltern gehörte, wie sie vorgab. Die weiteren Abläufe gestalteten sie sehr routiniert, bot Edmund eine Flasche Bier an, bat ihn zu sich auf das verschlissene Sofa und begann ein zärtliches Liebesspiel. Er brauche sich bei der von ihr gezielt angesteuerten körperlichen Vereinigung nicht besonders vorzusehen, flüsterte sie ihm ins Ohr. Sie nähme die Pille, wolle ihre Jugendzeit unbeschwert auskosten, das betrachte sie als ihr gutes Recht. Er solle deshalb nicht schlecht von ihr denken. Auch Edmund genoss diese Stunden, die wie im Fluge vergingen.

Beim Verabschieden sagte er ihr, er wolle wenigstens sein Bier bezahlen, reichte ihr einen Geldschein. Diesen nahm sie ohne zu zögern an, schien damit auch gerechnet zu haben. Zu einem Obolus aufgefordert hatte sie Edmund allerdings nicht, aber bei ihm bestanden keine Zweifel, dass sich ähnliche Episoden an diesem lauschigen Ort des Öfteren abspielten.

Gut gelaunt begab sich Edmund auf den Heimweg. Nun ist es in Städten mit Straßenbahnen in sinnvoller Weise so eingerichtet, dass sich Züge aus verschiedenen Richtungen in den Nachtstunden, wenn die Verkehrsintervalle weit auseinander liegen, zu exakt festgelegten Zeiten an bestimmten zentralen Punkten begegnen und dort aufeinander warten. So bestieg er zu früher Morgenstunde eine dieser Lumpensammler-Bahnen und begann, nachdem er sich kurz umgesehen hatte, herzlich zu lachen. Er erblickte Rüdiger, der müde auf seinem Sitz hockte, nicht ahnend, wie es um ihn stand. Sein gesamtes Gesicht, auch das Hemd und das Jackett, waren derart mit knallig rotem Lippenstift beschmiert, dass sich auch die wenigen übrigen Fahrgäste daran erheiterten. Als ihn Edmund darauf aufmerksam machte, wurde Rüdiger wütend.

„Schuld daran bist nur du, ich habe doch gleich gesagt, du sollst mich mit deinen idiotischen Ideen verschonen. Sich jetzt auch noch über mich lustig zu machen, das reicht mir, du kannst mich mal...!"
Später konnte auch er über diese kleine Panne lachen. Sie stimmten dann gern den damals aktuellen Schlager mit dem lustigen Text an, in dem sich die Ehefrau oder Partnerin eines Herren zu Hause empört: ‚Lippenstift am Jackett, sieh mal einer an, Lippenstift am Jackett, wie kommt der da ran. Und im Weiteren: Du hast mir darauf erzählt, dass er von mir ist, doch ich hatte dich zuvor nicht einmal geküsst. Und wenn du es wissen willst, dann hör bitte zu, meine Farbe ist das nicht, sondern die von Lu.'
Bei Rüdiger gab es damals zum Glück niemanden, der ihn bei der Rückkehr mit solchen Vorwürfen hätte konfrontieren können.
Nach dem Studienabschluss wäre Edmund gern in Leipzig geblieben, was er sich bei seiner Immatrikulation an der dortigen Universität hätte beim besten Willen nicht vorstellen können. Seine Bindung an die weltbekannte Messestadt hatte sich von Semester zu Semester verstärkt. Voller Optimismus bewarb er sich an der veterinärmedizinischen Fakultät um eine Assistentenstelle, jedoch wurde daraus nichts. Seitens der Fakultätsleitung sprach man das zwar nicht direkt an, doch war es vermutlich weniger sein Abschlusszeugnis, das ihm den Zugang zu einer weiterführenden wissenschaftlichen Ausbildung verwehrte, sondern eher seine Weigerung, im Zuge dieser in Aussicht gestellten Perspektive auch der Sozialistischen Einheitspartei Deutschlands (SED) beizutreten.

Die Einberufung zum Militärdienst blieb ihm erspart, da alle jungen Männer seines Studienjahres bereits während der Semesterferien eine mehrwöchige Reservistenausbildung absolviert hatten. Somit erfolgte seine Delegierung in eine STGP, eine Staatliche Tierärztliche Gemeinschaftspraxis. Es war keinesfalls so, dass sich jeder Absolvent den zukünftigen Arbeitsplatz nach eigenem Ermessen aussuchen konnte, zumindest nicht unmittelbar nach dem Studienabschluss. Durch die staatlich gelenkte Vermittlung über die einzelnen Bezirksverwaltungen wurde dafür gesorgt, dass die Zuordnung der jungen Tierärzte bedarfsgerecht erfolgte. Als besonderer Schwerpunkt für deren Einsatz galten die Nordbezirke Neubrandenburg, Rostock und Schwerin, mit Einschränkung auch Frankfurt/Oder und Cottbus, in denen es bei der Entwicklung der sozialistischen Landwirtschaft, sprich der Landwirtschaftlichen Produktionsgenossenschaften und der Volkseigenen Güter, nach Staatseinschätzung noch die größten Reserven, wohl auch einen gehörigen Nachholbedarf gab.

Edmund verschlug es in den Bezirk Cottbus. In den älteren Tierärzten seiner STGP fand er verständnisvolle Kollegen und Partner. Freiwillig waren die meisten von ihnen der Gemeinschaftspraxis keinesfalls beigetreten, aber nun, da es republikweit keine privaten Tierärzte mehr gab, hatten sie sich mit ihrem neuen Status zwangsläufig abgefunden. Bezüglich ihres Einkommens konnte sich diese Berufsgruppe nicht beklagen, waren doch in der Zeit vor dem Bau der Berliner Mauer staatliche Regelungen getroffen worden, die den Tierärzten eine Reihe von Privilegien garantierten. Das geschah als Reaktion darauf, dass sehr viele Tierärzte die DDR in Richtung Westen verlassen hatten.

Für Edmund als Pflichtassistenten, so seine anfängliche Einstufung, gab es vor allem in Fragen der praktischen Berufsausführung viel zu lernen. Mit seinem während des Studiums erworbenen Wissen verfügte er zwar über ein solides theoretisches Fundament, aber das handwerkliche Rüstzeug, ohne das ein Tierarzt nicht auskommt, musste er sich Schritt für Schritt aneignen. Die älteren Kollegen erwiesen sich dabei in der Mehrzahl nicht als Egoisten, die ihre Erfahrungen und kleinen Praxistricks lieber für sich behielten, sondern unterstützten ihn nach besten Kräften.

Edmund verfiel nicht in den Fehler, sich in bestimmten Dingen als unbelehrbar zu erweisen und bewährte Praxismethoden in arroganter Weise in Frage zu stellen, nur weil er an der Universität Kenntnis von neueren Verfahren und Forschungsergebnissen erhalten hatte. Das hielt ihn dennoch nicht davon ab, sich auch an Neues heranzuwagen. Da er dies jedoch stets mit einem hohen Verantwortungsgefühl den ihm anvertrauten Tieren wie Rindern, Pferden, Schweinen und Schafen gegenüber ausführte, somit auch zur Zufriedenheit der Verantwortlichen in den zugeordneten Landwirtschaftsbetrieben, erwarb er sich bald eine allgemeine Anerkennung und ein ihm Sicherheit gebendes Vertrauen.

Obwohl in der Gemeinschaftspraxis jeder Tierarzt spezielle ihm zugeordnete Betriebe und im Zuge der Spezialisierung bestimmte Tierbestände zu betreuen hatte, ergaben sich auch zahlreiche Gelegenheiten zum Austausch von Erfahrungen oder kuriosen Begebenheiten.

Einer der Kollegen, bereits mit dem Titel Veterinärrat geehrt, gab einmal die folgende Episode zum Besten. Edmund erinnerte sich daran später gern.

„Als ich gestern vom Dienst nach Hause kam, erreichte mich der Anruf einer Bäuerin, die ein Problem mit einer ihrer Kühe hatte, die sie als Mitglied der dortigen LPG des Typ I noch in ihrem eigenen Stall hielt. Das Tier wurde nicht trächtig. Sie hätten schon alles Mögliche versucht, auch verschiedene Bullen eingesetzt, aber alles ohne Erfolg. Jetzt würde sie es gern, sagte sie mit entschlossener Stimme, einmal mit mir, dem lieben Herrn Doktor, versuchen."

Es folgte schallendes Gelächter. Für Späße ähnlicher Art, einschließlich solcher der derberen Sorte, war man hier immer zu haben.

Auch die Episode von der Oma und dem Besamungstechniker machte daraufhin die Runde. Junge Bauersleute des Dorfes mussten zur Feldarbeit, es war aber der Besamungstechniker bestellt, um bei einer der Kühe die sich immer mehr durchsetzende künstliche Befruchtung vorzunehmen. Die Oma musste in Bereitschaft stehen, hatte aber von diesem Vorgang mit Einführung einer Kanüle in die Vagina der Kuh und dem anschließenden Eintrag des Bullenspermas in den Uterus des Tieres nicht die geringste Vorstellung. Als der Techniker eintraf, war sie ratlos. Sie führte ihn in den Stall mit den Worten: „Hier, es geht um diese Kuh, dort steht eine Schüssel mit Waschzeug und an diesem Balken befindet sich ein Haken, an den können Sie Ihre Hose hängen." Sprach es und verlies mit verständnislosem Kopfschütteln den Stall.

Immer wieder gern erzählt wurde auch der Standardwitz aller Veterinäre: „Eine junge Frau berichtet ihrer Freundin, sie hätte geheiratet, und zwar einen Veterinär. Darauf diese enttäuscht: Was, so einen Alten? Nun wieder die junge Ehefrau: Nein, er ist nicht das, was du denkst. Er ist jemand, der kein Fleisch isst!" Diesbezüglich hat vermutlich jede Berufsgruppe ihr eigenes Witzepotenzial.

Edmunds weitere berufliche Entwicklung verlief in geordneter Kontinuität. Er empfand zunehmend Freude an seiner Tätigkeit, entwickelte auch den gesunden Ehrgeiz, die sich ihm bietenden Qualifizierungsmöglichkeiten engagiert zu nutzen. Sein nächstes Ziel war die Promotion, denn wenn er in der Praxis stets als Herr Doktor angesprochen wurde, dann wollte er diesen Titel auch unbedingt erwerben. Er erhielt das Angebot, eine Tätigkeit an einem veterinärmedizinischen Untersuchungsinstitut aufzunehmen, um unter Nutzung von Methoden der Labordiagnostik seine in der Praxis begonnenen analytischen Arbeiten wissenschaftlich abzusichern. Auch hier verlief im Wesentlichen alles so, wie er es sich vorgestellt hatte. Er verteidigte seine Dissertationsschrift mit dem Gesamtprädikat ‚magna cum laude‛, setzte nun seinem Namen das ‚Dr.med.vet.‛ voran und hatte damit eine weitere Sprosse seiner Lebensleiter erklommen.

Von den Turbulenzen der nächsten Monate, die sowohl die gesamte Republik erschütterten als auch sein persönliches Umfeld gehörig umkrempeln würden, ahnte er in diesen Tagen nichts. Es war die Zeit im Vorfeld der Jahre 1989 und 1990, die für alles Bisherige eine einschneidende Wende brachten. Tatsächlich war es weit mehr als nur eine Wende, die Ereignisse glichen eher einer Revolution. Glücklicherweise einer friedlichen, aber dass der Ruf ‚Keine Gewalt!‛, den die auf den Straßen demonstrierenden Volksmassen skandierten, über die gesamten Tage hinweg seine Wirkung nicht verfehlen würde, war nicht vorauszusehen.

Eine wichtige Ursache für den Erfolg dieses Umwälzungsprozesses war es auch, dass die Eliten der Demonstrierenden in den entscheidenden Phasen klug agierten. Die von den Volksmassen artikulierten Losungen entsprachen der jeweiligen Realität, beinhalteten aber von Tag zu Tag weitergehende Forderungen. Aus ‚Wir wollen raus‛ wurde sehr schnell ‚Wir bleiben hier, Reformen wollen wir‛ und anstatt ‚Wir sind das Volk‛ hieß es plötzlich ‚Wir sind ein Volk‛. Besonders die aus Ferdinand Freiligraths 1848 entstandenem „Trotz alledem" übernommene Verszeile ‚Wir sind das Volk, die Menschheit wir‛ erzielte in ihrer abgewandelten Form eine gewaltige Wirkung.

Die letztendlich erreichten Ergebnisse, speziell der Fall der Berliner Mauer im November 1989 und die Einheit Deutschlands im Oktober 1990, kamen einem wirklichen Wunder gleich. Da es mit dem Umtausch der Mark der DDR in D-Mark im Verhältnis 1:1 bzw. 2:1 bereits vor der Wiedervereinigung zu einer deutschen Währungs-, Wirtschafts- und Sozialunion kam, erfolgte keine Massenabwanderung vor allem junger DDR-Bürger auf den westdeutschen Arbeitsmarkt. Denn auch dieser Slogan machte nach dem Mauerfall die Runde: ‚Kommt die D-Mark nicht zu mir, dann gehe ich zu ihr.'

Edmund nach der politischen Wende

Für Edmund Gerlach begann mit dem Fall der Berliner Mauer und der Wiedervereinigung Deutschlands ein neuer Lebensabschnitt. Er begrüßte diese Entwicklung aus vollem Herzen. Mit seinen in der DDR verbrachten Jahren verband er rückwirkend nicht nur Bitternis und Unterdrückung. Auch hatte er unter den damals herrschenden Systembedingungen nicht unablässig gelitten, doch ständig in Unfreiheit, mit zahllosen Einschränkungen zu leben, damit konnte er sich nie abfinden. So erfüllte es ihn mit großem Unbehagen, wenn einige ihm bekannte und von ihm durchaus geschätzte Mitbürger später behaupteten, sie hätten tatsächlich daran geglaubt, es könne sich irgendwann ein Sozialismus mit menschlichem Antlitz entwickeln. So etwa nach dem Motto: Die angestrebten Ziele waren vernünftig und richtig, nur wurden auf dem Weg dorthin zu viele Fehler begangen. Solche und ähnliche Einschätzungen lehnte er rigoros ab, daran hatte er niemals geglaubt. Die Wurzeln für diese Einstellung reichten bei ihm zurück bis in sein Elternhaus, wo ein bestimmtes freiheitliches Gedankengut stets gepflegt worden war.

Mit der politischen Wende entwickelten sich überall in den Einrichtungen des öffentlichen Dienstes und den privatwirtschaftlichen Betrieben neue Strukturen. Für viele Beschäftigte war es nicht leicht, sich im System der freien oder besser der sozialen Marktwirtschaft zurecht zu finden. Besonders auf dem eng mit seinem Beruf als Tierarzt verflochtenen Gebiet der Landwirtschaft kam es zu einschneidenden Veränderungen. Hier lag der Anteil der Beschäftigten in der DDR bei über zehn Prozent, eine kurze Zeit später waren es weniger als zwei Prozent. Besonders hart traf es dabei die Generation der über Vierzigjährigen. Nicht aus jedem der arbeitslos gewordenen Tierzüchter oder Agrotechniker konnte plötzlich ein Computerfachmann werden.

Für Edmund Gerlachs Arbeitsgebiet der Veterinärmedizin ergaben sich, einmal abgesehen von der Umwandlung der staatlichen Gemeinschaftspraxen in Privatpraxen, auf dem fachlichen Sektor zwei deutlich spürbare Neuorientierungen: Als erstes die vordergründige Hinwendung auf die Behandlung von Heim- und Haustieren, also Kleintieren, bei vorheriger absoluter Vorherrschaft der Großtiere wie Rinder und Schweine. Als zweites die verstärkte Betonung der Lebensmittelüberwachung im Zuge des Verbraucherschutzes, wobei der Schwerpunkt zuvor auf der Tierseuchenbekämpfung gelegen hatte, um Produktionsausfälle jeglicher Art nach Möglichkeit zu verhindern. Letzteres lag nun, nach marktwirtschaftlichen Regeln, vor allem in der Verantwortung der Produzenten selbst.

Edmund bemühte sich in seinem Institut nach besten Kräften, allen neuen Anforderungen gerecht zu werden. Relativ schnell war es ihm gelungen, Kontakte zu Kollegen aus westlichen Bundesländern herzustellen, wobei es vor allem darum ging, auf möglichst unkomplizierte und kostengünstige Weise geeignete Software für die zahlreichen Computer zu übernehmen, die in einem atemberaubenden Tempo plötzlich in größeren Stückzahlen zur Verfügung standen.

Eines Tages wurde Edmund zu seiner Abteilungsleiterin, Frau Dr. Schellhase, gerufen. Zwar durchaus freundlich, aber sehr bestimmt schilderte sie ihm den Grund des gewünschten Gespräches.

„Herr Dr. Gerlach, mir liegt ein Schreiben des für uns zuständigen Ministeriums vor, in dem wir aufgefordert werden, einen unserer Mitarbeiter für einen Auslandseinsatz in Polen zur Verfügung zu stellen. Obwohl dazu noch keine offiziellen Verlautbarungen vorliegen, ist davon auszugehen, dass Polen Mitglied der Europäischen Union werden wird. Dafür sind längerfristige Vorbereitungen erforderlich, auch auf unserem Fachgebiet der Lebensmittelüberwachung und Tierseuchenbekämpfung. Unser Auftrag besteht vor allem in der Durchführung von Schulungen zu den geltenden EU-Vorschriften und Standards, um deren schrittweise Einführung in

Polen vorzubereiten. Diese Aufgabe würden wir sehr gern Ihnen übertragen. Natürlich kann ich von Ihnen nicht sofort eine verbindliche Antwort erwarten. Es wäre schön, wenn Sie mir dazu ihre Meinung innerhalb der nächsten drei Tage mitteilen könnten."

Frau Dr. Schellhase lächelte. Sie hoffte, dadurch die Anspannung etwas zu mindern, die sich auf Edmunds Gesicht abzeichnete. Er hatte mit vielem gerechnet, denn in dieser turbulenten Zeit war man im beruflichen Alltag vor Überraschungen jeglicher Art, positiver sowie negativer, niemals sicher. Doch einen Einsatz in Polen konnte er sich in diesem Moment beim besten Willen nicht vorstellen. Eine Delegierung in eines der westlichen Bundesländer, um dort Erfahrungen zu sammeln und diese dann bei seiner Rückkehr umzusetzen, das hätte ihn gereizt. Aber die zu dieser Zeit übliche Praxis sah anders aus. Westliche Fachkräfte kamen in den Osten, nicht anders herum. Ohne deren Hilfe wäre vieles nicht gelungen, das war unstrittig, aber nicht alle waren beliebt. Einige wollten tatsächlich den ‚Aufbau Ost' in Gutsherrenmanier in Angriff nehmen, doch sie blieben die Ausnahme. Ein Eindruck der Bevormundung sollte natürlich auch in Polen nicht entstehen.

Nachdem es Edmund für einige Minuten die Sprache verschlagen hatte, ergriff die Abteilungsleiterin nochmals das Wort.

„Glauben Sie mir, Herr Dr. Gerlach, wenn ich einige Jahre jünger wäre, etwa in Ihrem Alter, würde mich diese Aufgabe einer engeren Zusammenarbeit mit polnischen Kollegen selbst reizen. Geben sie Ihrem Herzen einen Stoß, ich bin überzeugt, Sie werden das nicht bereuen!"

Nach kurzem Nachdenken türmte sich in Edmunds Kopf ein ganzer Berg von Fragen auf. Um sich zu entscheiden, benötigte er unbedingt einige genauere Informationen. Seine geringsten Bedenken waren finanzieller Natur. Die Vergütungsfragen würde man ganz bestimmt ordentlich regeln, das galt für Auslandseinsätze allgemein, so seine Überzeugung. Viel mehr interessierte ihn, wie das

Ganze ablaufen sollte. So scheute er sich nicht, um die Erläuterung einiger Details zu bitten.

„Ehe ich mich entscheide, hätte ich gern gewusst, welcher zeitliche Rahmen diesem Auftrag zugrunde liegt. Wann soll denn der Einsatz beginnen und wie lange soll er dauern? Ist Ihnen schon bekannt, wo sich in Polen mein Arbeitsort befinden würde? Und wie ist die Sprachregelung gedacht? Bekäme ich für den fachlichen Bereich einen ständigen Dolmetscher?"

Das waren Dinge, die ihn rein persönlich interessierten. Eigentlich hatte seine Vorgesetzte erwartet, er käme vor allem auf die vorzubereitenden Arbeitsschwerpunkte zu sprechen, die die Basis dieser gesamten Aktion bildeten. Aber sie ließ sich ihre gewisse Enttäuschung nicht anmerken, wusste sie doch, dass Edmund eine ihm übertragene Aufgabe, wenn er sich ihrer erst angenommen hatte, auch mit der erforderlichen Professionalität zu lösen versuchte.

Als sich Edmund wieder an seinem Arbeitsplatz befand, trat ihm das gesamte Ausmaß des geplanten Vorhabens noch deutlicher ins Bewusstsein. Sich innerhalb von drei Tagen entscheiden zu müssen, das erschien ihm fast wie eine Zumutung. Wann es dann tatsächlich losgehen würde, das wusste er zwar noch immer nicht, aber bei einem ‚Ja' zu dem Auftrag wäre seinerseits in der Heimat noch eine Menge zu regeln. Viel Entscheidungsspielraum blieb ihm dennoch nicht. Man würde vermutlich wenig Verständnis aufbringen, sollte er den Auftrag ablehnen. Natürlich reizte ihn die Aufgabe. Zu Zeiten der DDR hatte er sich immer gewünscht, mehr von der Welt zu sehen. Eine seiner Bewerbungen für einen Einsatz als Tierarzt in Afrika war abgelehnt worden. Begründet wurde das mit einem zu diesem Zeitpunkt nicht vorhandenen Bedarf an Fachkräften für diesen Kontinent, doch Edmund war sich sicher, dass er damals einmal mehr an seiner politischen Einstellung gescheitert war.

Auch für Reisen nach Polen gab es ab 1980, nach Streiks in der Danziger Leninwerft und Gründung der Gewerkschaft ‚Solidarnosc', vielfache Einschränkungen. Die von den streikenden Arbeitern unter der Führung von Lech Walesa erzwungene Gründung einer unabhängigen Gewerkschaft überzog Mittel- und Osteuropa wie ein Gewitter. Die hier im folgenden Jahrzehnt durchgesetzten politischen Veränderungen basierten maßgeblich auf dieser Initialzündung, auch der Fall der Berliner Mauer. Der Sturz dieser Mauer bleibt dennoch eine Leistung allein der Deutschen.

Edmund hatte die Entwicklung in Polen stets mit Interesse verfolgt. Dieser Nachbar war für ihn kein fremdes Land, auch aufgrund einiger Urlaubsreisen, die ihn insbesondere in den Südwesten, das Riesengebirge mit der im Grenzgebiet zur Tschechoslowakischen Republik gelegenen Schneekoppe, geführt hatten.

Nach Ablauf seiner dreitägigen Bedenkzeit war er entschlossen, sich den an ihn gerichteten Anforderungen zu stellen und die Herausforderung anzunehmen. Ein Abenteuer würde es ganz bestimmt, dessen war er sich sicher. Ob nun der Reiz, ein solches zu erleben und etwas Fremdes zu erkunden, letztlich entscheidend war, oder ob hierbei auch sein Pflichtbewusstsein den Ausschlag des Pendels wesentlich beeinflusste, wusste er selbst nicht mit Bestimmtheit zu sagen. Jedenfalls erklärte er sein Einverständnis und begann, sich systematisch auf diesen Auslandseinsatz vorzubereiten.

Reisevorbereitungen

Nachdem sich Edmund entschieden hatte, verspürte er eine gewisse innere Befreiung. Leicht gefallen war es ihm nicht, es hatte ihn viele Stunden Nachtschlaf gekostet. Aber nun wurde sie Gewissheit, die Reise nach Polen. Bei dem Gedanken daran drängte sich ihm eine Assoziation zu Hermann Sudermanns großartiger Erzählung *Die Reise nach Tilsit* auf. Er hatte sie gerade mit Begeisterung gelesen, nun verschlug es ihn vielleicht ebenfalls in das Gebiet des ehemaligen Preußen. Ganz gleich, wie es käme, aber der alten Heimat der Familie Gerlach in Westpreußen würde er unbedingt einen Besuch abstatten, so sein fester Entschluss. Bald sollte es losgehen.

Lange dachte Edmund darüber nach, wie er die von ihm gehegte Absicht seiner Mutter mitteilen könnte. Nachdem seine Schwester Sylvia geheiratet hatte und in den Wohnort ihres Gatten gezogen war, lebte Frau Gerlach im elterlichen Grundstück allein. Einfach war das für sie nicht, hatte sie doch inzwischen das Rentenalter erreicht. Auf dem ehemaligen Kleinbauernhof war es still geworden. Existierten hier zu Zeiten von Edmunds Kindheit und Jugend noch zahlreiche Viehställe mit Rindern und Schweinen sowie Hühnern und Tauben, so gab es nun zwar die Ställe noch, aber alle standen leer. Lediglich einige Hühner nutzten den Hof mit dem angrenzenden Garten fleißig zur Futtersuche, denn auf ihr Federvieh wollte Frau Gerlach nicht verzichten, bereitete es ihr doch, wie sie sagte, nur wenig Arbeit.

An einem Wochenende besuchte Edmund die Mutter. Er tat dies nach wie vor regelmäßig. In dem Grundstück fielen stets bestimmte Arbeiten an, die von der Rentnerin nicht mehr verrichtet werden konnten. Die Mutter drängte ihn nicht, aber er erkannte notwendige Reparaturen selbst und bearbeitete auch die Gartenfläche. Doch jetzt bestand bei ihm vor allem Gesprächsbedarf des geplanten Poleneinsatzes wegen.

„Du, Mutter, setz dich bitte einmal hin, ich muss mit dir etwas besprechen."

Frau Gerlach erschrak ein wenig. So förmlich hatten sie ihre Gespräche sonst nicht begonnen, das ergab sich meist alles aus der jeweiligen Situation.

„Na, was ist denn? Ich hoffe, nichts Schlimmes."

Mütter sind immer besorgt, wenn eines der Kinder mit irgendwelchen Problemen daherkommt. In Anbetracht des verunsicherten Gesichtsausdruckes der Mutter versuchte Edmund sofort, das Ganze so harmlos wie nur möglich darzustellen.

„Nein, es ist nicht schlimm, was wir zu besprechen haben. Es handelt sich um eine berufliche Angelegenheit. Ich soll für einige Zeit in Polen arbeiten. Es geht dort um längerfristige Vorbereitungen für den EU-Beitritt dieses Landes. Ich als Tierarzt werde im Bereich der Veterinärmedizin tätig sein. Polen ist ja nicht außerhalb der Welt, ich denke, da brauchst du dir keine Gedanken zu machen."

Das musste Frau Gerlach dann doch erst einmal herunterschlucken, ohne dass es irgendwo stecken blieb. Sie hatte ihrem Sohn noch niemals etwas in den Weg gelegt, wenn es um seine berufliche Entwicklung ging. Ob allerdings immer alles richtig war, was er sich vornahm, daran waren ihr zuweilen Zweifel geblieben. Das begann bereits mit dem Besuch der Oberschule. Wozu brauchte man ein Abitur, wenn es so viele handwerkliche Berufe gab, die man erlernen konnte? Dann das Studium in Leipzig, bei dem sich bereits abzeichnete, dass Edmund den elterlichen Hof einmal nicht übernehmen würde. Gerade das hätte sie gern gesehen. Dennoch, sie ließ ihren Sohn gewähren, unterstützte ihn auch beim Studium nach besten Kräften. Finanziell war ihr das nicht möglich, da musste er mit dem kleinen Stipendium auskommen, aber eine mit Lebensmitteln für mehrere Tage prall gefüllte Tasche ging nach jedem Wochenendbesuch mit auf die Rückreise.

Nun wollte er nach Polen. Da wird er so oft nicht zu Besuch kommen, das wusste sie.

Auch hierbei dachte sie wieder weniger an ihr eigenes als vielmehr an Edmunds Wohl.

„Die Hauptsache ist doch, du weißt selbst, was du willst. Wenn ich dir jetzt sage, du sollst es dir noch einmal gründlich überlegen, dann ist es dafür vermutlich schon zu spät. Wir können noch einmal mit Sylvia reden, aber die wird sich schon um mich kümmern. Seit sie selbst Mutter ist, hat sie mit ihren familiären Verpflichtungen ebenfalls ein volles Programm, doch wir regeln das schon. Wir drücken dir die Daumen, ich bete für dich, damit alles gut geht."

Frau Gerlach sah einem solchen Auslandseinsatz keinesfalls so entspannt entgegen wie Edmund. Ihrer Überzeugung nach lauerten in fremden Ländern überall Gefahren, zumindest jedoch Unwägbarkeiten. Sie schwieg lange, ihre Gedanken eilten weit in die Vergangenheit. Plötzlich entdeckte sie in Edmunds Vorhaben etwas Positives.

„Du weißt zwar noch nicht, in welcher Gegend Polens man dich einsetzen wird, aber es wird sich für dich bestimmt eine Gelegenheit ergeben, auch unsere alte Heimat in Westpreußen zu besuchen. Ich werde dir die Örtlichkeiten nochmals genau beschreiben. Es interessiert mich sehr, wie es jetzt dort aussieht."

„Ja, Mutter, das richte ich ganz bestimmt ein. Da lässt sich auch in kurzer Zeit vieles erkunden. Es wird dich sicherlich nicht verwundern, wenn ich dir versichere, eine Fahrt dorthin bereits eingeplant zu haben, obwohl ich selbst dort noch niemals gewesen bin."

Edmund war nun erleichtert. Bezüglich seines Vorhabens hatte er seitens der Mutter nicht unbedingt größeren Widerstand erwartet, aber mit einem schwierigeren Verlauf des Gespräches letztendlich doch gerechnet.

Da nun diese wichtige Weichenstellung in seinem persönlichen Umfeld erfolgt war, hätte er sich voll auf den fachlichen Teil der

Reisevorbereitungen konzentrieren können, wäre da nicht noch Anke gewesen. Er hatte sie vor einigen Monaten kennen gelernt. Sie war ein kluges Mädchen, eine attraktive Erscheinung. Anfangs wusste er nicht, ob das nun die große Eroberung seines Lebens war. Doch mit der Zeit entdeckten sie viele übereinstimmende Interessen, sodass sich ihre Beziehung mehr und mehr festigte und sich jeder auf die gemeinsamen Wochenenden freute. An denen ging es inzwischen nicht nur um den gemeinsamen Besuch von Theateraufführungen oder Tanzveranstaltungen. Aus ihnen war in den Nächten, die sie mit zunehmend leidenschaftlichem Verlangen meist in Ankes kleiner Wohnung verbracht hatten, ein Liebespaar geworden.

Mit Anke eine einvernehmliche Lösung für seinen Poleneinsatz zu finden, erschien Edmund als das schwierigste Problem. Aber er war nun entschlossen, sich dieser reizvollen dienstlichen Herausforderung zu stellen, da konnte das Vorhaben nun nicht an seiner Partnerin scheitern.

Um auch ihr seine Absicht nahe zu bringen, wollte er einen günstigen Moment nutzen. Doch wie sollte er erkennen, wann sich zufällig ein solcher ergab? Also half er selbst etwas nach, entkorkte eine Flasche Sekt, bat Anke zu sich in die gemütliche Sitzecke und verkündete sein Geheimnis. Er vermied es, irgendwelche negativen Auswirkungen auf ihre nun schon bewährte Zweisamkeit in den Vordergrund zu stellen.

„Es ist so schön, mit dir zu kuscheln, man möchte manchmal damit gar nicht aufhören. Aber wir müssen heute noch etwas bereden, etwas Berufliches. Es geht mehr um mich als um dich, natürlich um uns beide, doch ich denke, wir finden in dieser Angelegenheit eine Lösung."

Edmund war bemüht, in seinen Worten jegliche Spannung zu vermeiden. Alles sollte so normal und selbstverständlich klingen wie nur irgend möglich. Frauen verfügen jedoch in solchen Situationen über ein feines Wahrnehmungsvermögen für versteckt gehaltene

Untertöne, wodurch es schwierig ist, ihnen bei etwas brisanteren Botschaften von vornherein jegliches Misstrauen zu nehmen.

Anke fuhr sofort ihre unsichtbaren Empfangsantennen aus, wurde hellhörig. In einem etwas schärferen Ton als von ihr eigentlich gewollt, entgegnete sie:

„Worum geht es denn? Manchmal entwickelst du ein Talent, mir gerade in den unpassendsten Augenblicken irgendwelche Neuigkeiten aufzutischen, über deren Inhalt ich mich meist nur wundern kann, um es moderat auszudrücken."

Sie saß nun senkrecht wie ein Pfahl, Edmund legte seinen Arm um sie. Anke hatte sich sofort wieder unter Kontrolle, erkannte schnell, in diesem Moment etwas überreagiert zu haben. Edmund erläuterte ihr nun den gesamten Sachverhalt.

„Ich habe den Dienstauftrag für einen Auslandseinsatz in Polen erhalten. Nicht nur als Stippvisite, sondern für mehrere Monate. Natürlich hätte ich ablehnen können, aber diese berufliche Chance muss ich nutzen, das wirst du sicherlich einsehen. Regelmäßige Heimatbesuche sind selbstverständlich möglich, nur kann ich jetzt noch nicht sagen, in welchem genauen Rhythmus das erfolgen wird. Außerdem, liebe Anke, kannst auch du gelegentlich nach Polen kommen. Wo du mich dort finden wirst, das werde ich rechtzeitig in Erfahrung bringen und dir mitteilen."

Bei seinem Redeschwall hatte Edmund gar nicht bemerkt, dass über Ankes Wangen bereits einige Tränen ihre verräterische Bahn zogen. Sie antwortete ihm mit belegter Stimme.

„Wie ich sehe, hast du dich bereits entschieden. Was soll ich nun dazu noch sagen? Ich will dir ja gern glauben, dass sich alles irgendwie regeln lässt. Um ehrlich zu sein, muss ich dir dennoch entgegnen: So richtig glücklich bin ich mit deinen Plänen nicht."

Unausgesprochen stand die Frage im Raum, ob ihre Beziehung dieser Belastung standhalten würde. Beide waren sich ganz sicher, dieses unbedingt zu wollen, aber würde es auch gelingen?

Edmund sah keinen Grund, daran zu zweifeln, doch Anke konnte sich mit dem Gedanken an die zeitweilige Trennung so leicht nicht anfreunden.

Aufbruch in das Nachbarland

Die Tage bis zu Edmunds Abreise vergingen viel zu schnell. Er hatte es sich zwar angewöhnt, für kurze Dienstreisen stets eine Kollektion seiner persönlichen Utensilien parat zu haben, aber das war hier eine andere Dimension. Was war als Inhalt seiner zwei Koffer wirklich wichtig, welche Textilien, Schuhe und Hygieneartikel würde er unbedingt einpacken müssen und was ließe sich bei Erfordernis später in Polen nachträglich beschaffen? Für einige Teile seiner Ausrüstung entschied er sich sehr spontan, schließlich handelte es sich nicht um eine Reise zu einem anderen Kontinent. Mit größter Sorgfalt bemühte er sich um die Erledigung der gesamten Formalitäten, denn damit wollte er sich von vornherein keinen Ärger einhandeln. Das betraf zum einen die Reisepapiere und den Geldumtausch, zum anderen seine dienstlichen Unterlagen, doch bei diesen konnte er sich vorerst nur auf das Wesentliche beschränken. Er musste abwarten, welche speziellen Anforderungen sich für ihn an seiner neuen Wirkungsstätte ergeben würden. Diesbezüglich bestanden bei ihm noch viele Unklarheiten.

Seine Reiseroute per Bahn führte ihn über Berlin, Frankfurt/Oder und Posen nach Warschau. Bei den bisherigen Fahrten nach Polen hatte Edmund stets den Grenzübergang in Görlitz, der wunderschönen Renaissance-Hochburg Deutschlands, genutzt. Dort waren umfangreiche Restaurierungsarbeiten der einmaligen, zu großen Teilen noch vorhandenen historischen Gebäudesubstanz in Gang gekommen, doch trotz erster in altem Glanz sanierter Straßenzüge blieb noch viel zu tun. Vor allem im polnischen Teil dieser Stadt an der Neiße mit Namen Zgorzelec bestand ein enormer Nachholbedarf.

Auf seiner Bahnfahrt nach Warschau schob Edmund die dafür bereit gelegte Lektüre schnell zur Seite. Er blickte unentwegt aus dem Fenster, genoss die wunderschönen Einblicke in Natur und Umwelt.

Weite Teile dieser Landflecken waren nur dünn besiedelt. Überall wogende Getreidefelder, unterbrochen von bis zu zwei Meter hohen Maisbeständen sowie Kartoffel- und Rübenäckern. Ihm fiel sofort die stark gegliederte Feldflur auf, die in einem deutlichen Kontrast zu den Landschaftsstrukturen in seiner Heimat stand, wo durch die im Jahre 1960 administrativ durchgesetzte vollständige Kollektivierung der Landwirtschaft riesige Flächenareale entstanden waren. Diese boten zwar den eingesetzten landwirtschaftlichen Großmaschinen beste Arbeitsbedingungen, gestalteten sich aber insbesondere für das Überleben des Niederwildes wie den vormals zahlreichen Rebhühnern und Hasen zu einem Desaster.

Edmund konnte sich an der reich strukturierten Naturlandschaft entlang der Bahnstrecke nicht satt sehen. Oftmals tauchte üppiges Weideland auf, aufgeteilt in einzelne Koppeln mit schwarzbunten oder rotbraunen Kühen sowie prächtigen Pferden. Zuweilen streiften die Bahngleise kleinere Städte und idyllische Dörfer, wobei sich dem Durchreisenden auf Hausdächern oder hohen Masten fast immer ein Storchennest präsentierte. Edmund bemühte sich anfangs, alle unterwegs erblickten Nester zu zählen, gab das Vorhaben aber auf, als es sehr schnell mehr als 30 waren.

Bereits bei der Vorbereitung früherer Urlaubstouren war es ihm zur Gewohnheit geworden, sich vor Fahrtantritt durch intensives Literaturstudium möglichst umfangreich über Land und Leute seiner angesteuerten Reiseziele zu informieren. Jetzt, bei seiner Bahnfahrt, konnte er die Gedanken schweifen lassen, kam ihm vieles in den Sinn, was er über Polen gelesen hatte. Zweifellos gehörte es in der Vergangenheit zu den am meisten gebeutelten Ländern Europas. ‚Finis Poloniae' wurde zu einem geflügelten Wort. Nach drei Teilungen (1772, 1793, 1795) verlor es sein gesamtes Territorium an Preußen, Österreich und Russland, konnte sich erst im Ergebnis des Ersten Weltkrieges wieder als eigenständiger Staat etablieren. Nur wenig später folgte der verheerende Zweite Weltkrieg, wo Polen wiederum das erste Angriffsopfer der deutschen Wehrmacht wurde. Doch nachbarschaftliche Verflechtungen, nicht nur feindseliger Art, hatte es mit Deutschland über viele Jahrhunderte gegeben. Die Wurzeln deutscher Kultur reichten im nördlichen Polen über 700 Jahre zurück, als Deutsche auf dem Gebiet des späteren Ostpreußen einen Ordensstaat gründeten.

Doch jetzt, in der Gegenwart, ging es vor allem um die Festigkeit der zwischen Deutschland und Polen bestehenden freundschaftlichen Beziehungen, um eine gemeinsame Zukunft im Rahmen der Europäischen Union. Edmund durfte sich als einer der Botschafter fühlen, die diesen Prozess in den nächsten Jahren gezielt voranbringen sollten.

An seinem ersten Anlaufpunkt Warschau verbrachte er mehrere Wochen. Das Veterinärwesen war dem Landwirtschaftsministerium zugeordnet, wo man ihn mit den Aufgaben vertraut machte, die ihm für die nächste Zeit übertragen werden sollten.

Nachdem ihn, unmittelbar nach seiner Ankunft, der ministerielle Leiter des polnischen Veterinärwesens begrüßt hatte, wurde ihm als Ansprechpartner für die gesamte Zeit seines Einsatzes Herr Dr. Kazmierczak, ein Tierarzt aus dem Leitungsstab der Veterinärabteilung, vorgestellt. Dieser war vor allem deshalb ausgewählt worden, weil er relativ gut deutsch sprach, sodass die Verständigung zwischen Edmund und ihm ohne Zuhilfenahme eines Dolmetschers erfolgen konnte. Das würde bei seiner weiteren Tätigkeit, der Zusammenarbeit mit anderen polnischen Kollegen, nicht mehr so einfach sein, dessen war sich Edmund bewusst. Er wollte aber, das war sein fester Entschluss, nicht bei jeder Kleinigkeit auf den Dolmetscher angewiesen sein, sondern selbst ein Mindestmaß an polnischen Sprachkenntnissen erwerben.

Herr Dr. Kazmierczak zeigte sich über Edmunds Ankunft sehr erfreut.

„Herr Dr. Gerlach, seien Sie in Warschau herzlich willkommen! Wir wollen zuerst dafür sorgen, dass Sie sich bei uns wohlfühlen. Ihre Unterbringung haben wir geregelt, das Hotel wird Ihnen gefallen. Dort werden Sie auch verpflegt. Wenn Sie zu Ihren rein persönlichen Angelegenheiten noch Fragen haben, dann wollen wir das zuerst klären. Über den dienstlichen Teil reden wir danach. Hatten Sie eine gute Reise?"

Edmunds anfängliche Beklemmungen verflüchtigten sich nach dieser Begrüßung sehr schnell. Er war zwar keinesfalls voreingenommen, aber so viel Freundlichkeit und Entgegenkommen hatte er nicht unbedingt erwartet. Was die Reise anbelangte, konnte er sich nur lobend äußern.

„Die Zugverbindung von Berlin nach Warschau funktioniert gut. Mir wurde ein Fensterplatz reserviert, sodass ich während der gesamten Fahrt herrliche Ausblicke auf die abwechslungsreiche Natur genießen konnte. Ich muss Ihnen gleich versichern: Polen ist ein wunderschönes Land! Nach meinem ersten Eindruck denke ich, dass ich mich hier bestimmt wohlfühlen werde."

Dr. Kazmierczak zeigte sich erleichtert. Mit dem jungen Deutschen, der seinen Dienst von vornherein mit dieser positiven Grundeinstellung antrat, würde er vermutlich gut zusammenarbeiten können.

Erste Heimfahrt

Während der ersten Wochen in Warschau kam Edmund kaum zur Ruhe. Alles war für ihn neu, aber diese Stadt gefiel ihm mit jedem Tag besser. Doch für größere Erkundungen blieb ihm nicht viel Zeit. Zum einen musste er sich in sein Aufgabengebiet einarbeiten, zum anderen stellte ihn das Leben in der polnischen Landeshauptstadt fast täglich vor neue Herausforderungen. Bereits eine simple Einkaufstour durch das Zentrum glich einem kleinen Abenteuer. Vor allem die Verständigungsprobleme mit den Einheimischen bereiteten ihm einiges Kopfzerbrechen. Zwar gab es zur Dauer seines Poleneinsatzes noch keinen exakten Terminplan, aber ganz gleich, wie lange er bleiben würde, er war nun entschlossen, möglichst schnell bestimmte Grundkenntnisse der polnischen Sprache zu erwerben. Zunächst verstand er davon so gut wie nichts. Die Zischlaute der vielen Konsonanten, die sich in einer für ihn völlig ungewohnten Folge aneinander reihten, brachten ihn fast zur Verzweiflung. Aber die aus seiner Sicht fehlenden Vokale konnte er sich nicht selbst hinein interpretieren. Er musste sich mit dem, was er vorfand, gezielt auseinandersetzen.

Als für Edmund plötzlich der Termin seiner ersten Heimfahrt nach Deutschland herangerückt war, erschrak er fast. Heimweh kam bei ihm nicht auf, das hätte er sich so schnell auch nicht eingestanden, denn aus diesem Alter, wie er glaubte, wäre er nun eigentlich heraus. Im Grunde war er dafür auch nicht der Typ. Selbstbewusst und unbefangen, als ein unter Kontaktschwierigkeiten ganz und gar nicht leidender junger Mann, dem alles unsäglich neu und fremd und deshalb furchtbar interessant erschien, nahm er die nicht alltägliche Herausforderung an. Er verschwendete keinen Gedanken daran, die erste Etappe seines Einsatzes möglicherweise nur als Probezeit zu betrachten. Nun bot sich erst einmal die Gelegenheit zu

einem Kurzurlaub in der Heimat, aber nach Polen würde er zurückkehren, daran zweifelte er nicht einen Augenblick.

Nach seiner Ankunft in Deutschland zog es Edmund zuerst zu Anke. Er hatte ihr Ort und Zeit seiner Ankunft angekündigt, sie erwartete ihn voller Ungeduld am Bahnhof. Edmund erblickte sein Mädchen bereits vom Zugfenster aus, auch sie hatte sein strahlendes
Gesicht entdeckt. Als der Zug hielt, rannte sie ihm entgegen. Es
waren zwei reife Menschen, die sich hier nach einigen Wochen der
Trennung begegneten. Überschwängliche Gefühlsäußerungen, zumal in der Öffentlichkeit, waren nicht unbedingt ihr Ding, wie es
Edmund zuweilen formulierte. Dennoch, die Begrüßung glich einem mittleren Wirbelsturm, sie umarmten sich heftig. Nach den
ersten Küssen kam Anke wieder zum Luftholen.

„Schön, dass du da bist!"

„Auch ich freue mich riesig!"

Arm in Arm schlenderten sie den Bahnsteig entlang. Was um sie
geschah, nahmen sie nur im Unterbewusstsein wahr. Nach einigen
Augenblicken des entspannten Schweigens verlangsamte Edmund
den Schritt.

„Natürlich gäbe es viel zu erzählen, ich denke, das gilt für uns beide. Aber das hat alles Zeit, jetzt wollen wir erst einmal unser Wiedersehen genießen. Ich schlage vor, wir kehren irgendwo kurz ein,
leisten uns einen Kaffee mit einem Stück Torte und fahren dann zu
deiner Wohnung."

Anke fand in diesen Augenblicken alles wunderbar, vor allem, dass
Edmund nun wieder bei ihr weilte. Ihr war jetzt alles recht, was er
vorschlug, sie fühlte sich einfach nur glücklich.

In den Wochen während Edmunds Abwesenheit hatte sie mit zuvor
niemals gekannter Deutlichkeit gespürt, wie sehr sie ihn mochte. Es
hatte bei ihr manchmal durchaus Zweifel gegeben, ob er der Richtige war, denn bei Edmund fielen ihr zuweilen einige Marotten auf,
mit denen sie sich nicht immer anfreunden konnte. Als geborenem

Stadtkind erschien er ihr manchmal zu rustikal, trat der etwas unge-
hobelte Bauernsohn aus früher Jugendzeit zu sehr in den Vordergrund. Schon seine oftmals anzüglichen Witze, die er bei passender
Gelegenheit gern zum Besten gab, gingen ihr vielfach zu weit.
Wiederum aber schätzte sie seinen ungezwungenen Humor, den er
mit einer gewissen Bauernschläue verband und wodurch er für
manche schwierige Situation eine einfache Lösung fand.

Sie selbst, Anke, wusste durchaus, was sie wert war, hatte das gesunde Selbstvertrauen einer erfolgreichen jungen Frau. Sie war eine
elegante Erscheinung, gab mit ihren ruhigen, sicheren und sanften
Bewegungen ihrem Umfeld ein Gefühl von Vertrauen. Ihr Beruf als
Großhandelskauffrau füllte sie vollständig aus, in diesem war sie
anerkannt und engagiert. Finanziell unabhängig, kam es ihr nicht
darauf an, einen Mann als Geldverdiener einzufangen. Nein, das
hatte sie absolut nicht nötig. Ihr attraktives Äußere, ihr geschmeidiger Körper mit den langen blonden Haaren und den himmelblauen
Augen hatte schon manchem jungen Herren das Herz höher schlagen lassen. Mehr als flüchtige Bekanntschaften waren daraus bisher
jedoch noch niemals entstanden.

Doch dann kam Edmund. Oh, wenn sie sich an ihren ersten Kontakt
mit ihm erinnerte. Sie hatten sich bei einem Tanzvergnügen kennen
gelernt. Damals sprang bei ihr kein Funke über. Ihr waren zuvor
schon Männer mit geschliffeneren Manieren begegnet. Einem
nochmaligen Treffen mit ihm hatte sie nur widerwillig zugestimmt.
Doch allmählich gelang es Edmund, ihr Herz zu erobern. Jetzt wollte sie ihn niemals wieder hergeben, egal, was auch geschehen würde. Und die erste große Belastungsprobe ihrer Zweisamkeit kam
nun schneller, als sie es erwartet hatte. Sie würde diese Zeit der
Prüfung durchstehen, davon war sie überzeugt. Sie verübelte es
Edmund auch nicht, wenn er, mehr im Scherz, Zweifel an ihrer
Treue hegte. Lockere Sprüche zu bestimmten Situationen hatte er
stets parat.

„Blaue Augen, Himmelssterne, aber ..., du weißt doch selbst, wie es weitergeht."

„Nein, keine Ahnung, ich weiß es nicht, doch du wirst es mir bestimmt gleich sagen."

„Gut, wenn du meinst, dann ergänze ich das. ...aber sie poussieren gerne."

Zum Glück konnte Anke über diese Art nicht ernst gemeinter Verdächtigungen nur herzlich lachen.

„Wäre meine Augenfarbe anders ausgefallen, dann könntest du sicherlich auch darauf einen Reim beisteuern."

„Ja, könnte ich, lasse es jetzt aber bleiben. Doch als Mann muss man stets wachsam sein, möchte man eine begehrenswerte Frau für sich allein. Du weißt doch: Es kann der Beste nicht mit Frieda leben, wenn sie dem bösen Nachbarn auch gefällt."

Schon wieder einer der flapsigen Sprüche Edmunds, dachte Anke, aber ein kleiner Hauch von Eifersucht bei ihm kann der Liebesbeziehung sicherlich nicht schaden. Ging er mit ihr aus, warf er manchen stolzen Blick auf sie, wenn sie in ihrem luftigen Kleid und auf schlanken Beinen, die in eleganten Pumps endeten, federnd neben ihm dahinschwebte. So zogen sie viele Blicke auf sich, präsentierten sich als ein auffallend harmonisches Paar.

Die wenigen Tage des Deutschlandaufenthaltes von Edmund genossen beide in vollen Zügen. Anke ließ sich für diese Zeit beurlauben, sie wollte nur für ihren Liebsten da sein. In ihrem gut gemeinten Eifer hatte sie für ihre gemeinsamen Stunden ein prall gefülltes Programm zurechtgelegt und schließlich auch vorgeschlagen, sodass sich Edmund zu einem leisen Protest genötigt sah.

„Weißt du, mein Schatz, ich gehe ja furchtbar gern mit dir aus. Ich finde das auch stets sehr lustig und unterhaltsam, aber versuche bitte nicht, mit mir in diesen für uns kostbaren Stunden ein Maximum an Kulturangeboten abzuarbeiten. Das Opernhaus, die Galerien und diversen Ausstellungen wird es bestimmt auch später noch geben. Glaube mir, ich bin, wie du es manchmal annimmst, keinesfalls ein kleiner Kulturbanause, diesbezüglich aber auch kein Fanatiker."

Er versuchte, seine etwas andere Auffassung von der Gestaltung seines Kurzurlaubs freundlich und locker zum Ausdruck zu bringen, um Anke nicht zu verstimmen. Vollständig gelang ihm das jedoch nicht.

„Ja, wie hast denn du es dir gedacht? Es geschieht doch alles nur deinetwegen. Dann sage doch bitte, was dir jetzt vorschwebt!"

Ankes Art der Entgegnung verriet ihre gewisse Enttäuschung. Sie hatte es doch wirklich nur gut gemeint. Aber sich um unwichtige Dinge zu streiten, das war nicht ihr Stil. Sie lenkte schnell ein und ermunterte Edmund nochmals zu einem Gegenvorschlag.

„Los, komm Edmund, vergiss meinen Übereifer. Wir bleiben für heute in meiner Wohnung und bereiten uns einen gemütlichen Abend."

So geschah es dann auch. Die gemeinsamen Stunden auf Ankes Couch und später in ihrem Bett hätten jedem Vergleich mit der aufregendsten Kulturveranstaltung standgehalten, da waren sich beide am Morgen einig.

„Du bist wirklich eine ganz Süße", schmeichelte ihr Edmund beim späten Frühstück. Er sah sie immer wieder zärtlich an. Viele kleine Dinge des Alltags waren es, die ihm an ihr imponierten.

Auf ihrer Arbeitsstelle wurde Anke sehr geschätzt. Einer ihrer Kollegen hatte sich Edmund gegenüber dazu einmal geäußert. Sie galt als besonnen, umsichtig und durchsetzungsstark. Doch im privaten Umfeld, im Zusammenleben mit Edmund, vermied sie jeden unnötigen Zwist. Ihm gefiel das. Eine ‚störrische Zicke', wie er es gern ausdrückte, wäre ihm niemals in das Haus gekommen.

Kaum hatten sich beide an ihr fast familiäres Leben gewöhnt, nahte auch schon die Stunde des Abschieds. Edmund, der Pflichtmensch, fand als erster die Spur zurück aus den Höhen der Romantik auf die Ebene der Realität.

„Lass jetzt bitte einmal das bisschen Abwasch liegen, Anke, und setze dich zu mir. Wir müssen bereden, wie es in den nächsten zwei Tagen weitergehen soll. Du weißt, ich muss zurück nach Polen, aber einen Besuch bei meiner Mutter möchte ich zuvor unbedingt einplanen. Bestimmt sind dort für mich auch ein paar Kleinigkeiten zu erledigen."

Sie hatten darüber noch nicht gesprochen. Zwar wusste Anke von vornherein, dass dieser Abstecher in Edmunds Heimat unvermeidlich war, aber nun, als es konkret wurde, zuckte sie zusammen.

„Es ist so schön, mit dir zusammen zu sein, und nun ist das schon wieder vorbei. Das Leben ist hart, aber ungerecht."

Das war eine ihrer verballhornten Thesen, die sie gern benutzte. Wenn es ihr auch schwer fiel, so zeigte sie Verständnis für Edmunds Anliegen. Sie selbst pflegte ebenfalls den ständigen Kontakt zu ihren Eltern, die beide noch lebten.

Edmund bemühte sich, die Situation zu entkrampfen.

„Hast du Lust, mit mir vor meiner Abreise noch einen kleinen Spaziergang zu unternehmen? Das ist bestimmt besser, als wenn wir hier in gedrückter Stimmung unseren nahen Abschied bedauern."

Sein Vorschlag kam bei Anke an, ihre Miene hellte sich auf.

„Gut, ich bin dabei. Bis zu unserer kleinen Parkanlage ist es nicht weit."

Hand in Hand verließen sie das Haus, durchstreiften einige ihnen bestens bekannte Pfade. Plötzlich wurde Anke von Edmund am Arm zurückgehalten.

„Dort, sieh mal, ein Igel! Manchmal sieht man sie tatsächlich schon am späten Nachmittag. Da fällt mit sofort ein wunderschönes Gedicht von Kurt Tucholsky ein."

„Wie kommst du gerade jetzt darauf?"

„Wenn ich daraus einige Verse zitiere, wirst du mich verstehen. Hoffentlich kriege ich den einen oder anderen noch einigermaßen zusammen."

„Bitte, nun bin ich schon richtig gespannt auf deinen Kulturbeitrag." Edmund begann:

Wenn die Igel in der Abendstunde

still nach ihren Mäusen sehn,

hing auch ich verzückt an deinem Munde

und es war um mich geschehn.

Anna-Luise...!

Und du gabst dich mir im Unterholze

einmal hin und einmal her,

und du fragtest mich mit deutschem Stolze,

ob ich auch im Krieg gewesen wär.

Anna-Luise...!

Als wir standen bei der Eberesche,

die ein Prinz gepflanzet hat,

raschelt leise deine Unterwäsche

und du strichst dir deine Röcke glatt.

Anna-Luise...!

Sie umarmten sich, küssten sich leidenschaftlich, blickten sich tief in die Augen.

„Das ist wirklich wunderschön, Edmund, passt gut zu dieser Stunde."

„Nicht alles passt, aber vieles. Verzückt an deinem Munde habe ich gehangen, aber mit dem Hin und Her im Unterholze und deinen hinderlichen Kleidungsstücken kann ich mich heute leider nicht befassen, das müssen wir auf später verschieben, sehr schade!"

Anke war nicht nach Späßen zu Mute, sie dachte bereits wieder an den Abschied.

„Lass uns nun zurückgehen, wir müssen jetzt wirklich einmal auf die Uhr schauen."

Dann ging alles ganz schnell. Edmund entschied sich für den A-bendzug, Anke begleitete ihn zum Bahnhof. Lange standen sie am Bahnsteig, konnten nicht voneinander lassen, auch wenn es meist nur die Hände waren, die sich ineinander verhakten.

Edmund schwieg. Anke blickte ihn mit traurig-glücklichem Augenaufschlag an, warf ihren Blondschopf zu einem letzten Kuss in den Nacken. Der Zug drohte abzufahren.

„Mach es gut, Edmund. Und sieh zu, dass du bald wieder einmal kommen kannst. Ich warte sehr auf dich."

„Ja, es war wunderschön mit dir. Tschüss, mein Mädchen. Ich denke viel an dich, das kannst du glauben. Jetzt muss ich aber los. Ich melde mich, tschüss."

Er winkte am Fenster, so lange er sie sah.

So war nun einmal das Leben, man konnte es nicht im Liebesrausch verbringen. Schnell kamen wieder die Pflichten, und deren Anteil am Gesamtetat der verfügbaren Zeit ist naturgemäß deutlich höher als derjenige für Stunden des Vergnügens.

Edmunds Mutter nahm den Sohn bei seiner Ankunft herzlich in die Arme. Sie drängte ihn zu nichts, das hatte er in all den Jahren sehr geschätzt. Obwohl Edmund wusste, dass sich Frau Gerlach über jede Stunde seiner Anwesenheit bei ihr riesig freute, konnte er sich nicht an irgendwelche Vorwürfe erinnern, mit denen ihn die Mutter ermahnt hätte, er könne doch etwas mehr Zeit für sie ganz persönlich einplanen. Wann er kam, das war seine Angelegenheit, wann er ging, das entschied auch er allein. Frau Gerlach wusste, dass Edmund dem gesamten Dorf noch sehr verbunden war. Überall hatte er Freunde und Verbündete. Dieses Bekanntenpotenzial in seiner meist knappen Zeit ‚abzuarbeiten', bedurfte einigen Geschicks.

So lachte er mit Freunden gern über eine für seine Mutter typische Feststellung, die sich bei einem seiner Kurzbesuche zu seinem Anliegen, er möchte noch ein wenig durch das Dorf schlendern, in folgender Weise geäußert hatte:

„Ich freue mich ja, wenn es dir bei uns in Erlenwalde immer wieder gefällt und du zu vielen Leuten den Kontakt hältst. Du kannst, wenn du mich besuchst, auch jederzeit gehen, wohin du willst. Aber wenn du erst einmal im Ort verschwindest, dann kommst du leider so schnell nicht wieder. Das ist es, das ist das Schlimme dabei."

Sie sagte das sehr gütig, hatte längst alles akzeptiert, auch Dinge, die noch gar nicht geschehen waren. Und er musste ihr in seinem Inneren Recht geben. Ging er in seinem Heimatort erst einmal auf Pilgertour, war der Ausgang dieser Aktion jedes Mal ungewiss, blieb er garantiert irgendwo kleben, wie die Mutter es nannte. Etwas mehr Alkohol im Blut als bei seinem Weggang hatte er dann meist auch, aber wie alle Mütter der Welt verzieh sie ihrem Sohn eine Menge, wenn sie dadurch auch selbst auf einen Teil der raren Zeit verzichten musste, die Edmund für seinen Besuch aufbringen konnte.

Rückkehr nach Polen

Bei Edmunds Rückkehr nach Polen erwartete ihn eine große Überraschung. Er sollte versetzt werden, sogar innerhalb der nächsten Tage. Sein zukünftiges Einsatzgebiet liege im Nordwesten des Landes, teilte man ihm mit. Als Wohnsitz war Bromberg (Bydgoszcz) vorgesehen, seine dienstliche Tätigkeit würde sich auf das Gebiet des ehemaligen Westpreußen erstrecken. Die Aufgabenstellung entsprach dem, was man ihm bereits in Deutschland erläutert hatte. Für ihn ergab sich jetzt nur die Frage, ob er sich all diesen Anforderungen bereits gewachsen zeigte. In den wenigen Wochen in Warschau hatte er sich intensiv mit den in Polen für sein Fachgebiet geltenden Regelungen und territorialen Besonderheiten vertraut gemacht. Aber würde das schon ausreichen, um hier erfolgreich arbeiten zu können? Hinzu kam das Sprachenproblem. Auch hier konnte er auf erste Fortschritte verweisen, denn zu bestimmten fachlichen Inhalten verständigte er sich mit seinen polnischen Kollegen bereits in deren Landessprache. Auch beim Einkauf einiger Waren seines täglichen Bedarfes wirkte er längst nicht mehr so hilflos wie in den ersten Tagen, wobei er allerdings stets darauf achtete, sich von freundlichen und hilfsbereiten jungen Damen bedienen zu lassen. Dass daran in diesem Land kein Mangel herrschte, hatte Edmund längst festgestellt. Ihm fiel besonders auf, dass die Polinnen noch immer mit sehr viel Grazie diverse Variationen von Röcken und Kleidern trugen, kurze und lange, einfarbige und bunte. Hierbei dachte er zuweilen etwas wehmütig an seine Landesschwestern, bei denen mittlerweile die Hosenmode derart dominierte, dass es die Männer oftmals schon traurig stimmte. Er war in Deutschlands Straßenbild tatsächlich selten geworden, der Anblick wohlgeformter Damenbeine, aber vielleicht gab es irgendwann wieder einmal einen entgegengesetzten Modetrend, stellte er in seiner optimistischen Grundhaltung bei sich fest. Der Leitspruch, ein Optimist finde alles halb so schlimm oder doppelt so gut, gefiel ihm schon immer.

Auch in der Dekolletierung zeigten sich die jungen Polinnen erfrischend offenherzig. Ihn erfreute das, denn er war immerhin nicht busenblind, wie es Naturvölkern nachgesagt wird, bei denen dieses reizvolle Merkmal der Weiblichkeit nicht als Sexsymbol gilt und deshalb nicht schamhaft verhüllt wird. Schließlich kam er zu der Überzeugung, die polnischen Frauen seien sich ihrer Weiblichkeit und ihres Körpers mehr bewusst als die deutschen.

Was seinen Dienstauftrag anbetraf, gab es für Edmund keine Wahlmöglichkeit. Er konnte dem ihm offerierten Einsatzplan nur zustimmen. Sich im Inneren lange gegen Entscheidungen zu wehren, auf die er ohnehin keinen Einfluss hatte, war nicht seine Art. Er begann sofort mit den Vorbereitungen, einiges hatte er bereits vorsorglich erledigt. Sein Schriftmaterial befand sich in zwei stabilen Aktenkoffern, die benötigte Software auf dem Laptop mit Zubehör, da waren im Grunde keine Schwierigkeiten zu erwarten. Und wenn etwas fehlte, dann ließe sich das ergänzen. Somit konnte Edmund einen Großteil der ihm bis zur Abreise verbleibenden Zeit dafür verwenden, die lückenhaften Kenntnisse über Land und Leute seines zukünftigen Einsatzgebietes zu vertiefen.

Noch in Deutschland hatte er eine Reihe älterer Menschen kennen gelernt, die 1945 oder danach ihre westpreußische Heimat verlassen mussten und bei sich bietenden Gelegenheiten oftmals über ihr Herkunftsland ins Schwärmen gerieten. Des Weiteren existierten zu diesem idyllischen Flecken Erde zahlreiche Publikationen. In allen Berichten, den mündlichen und schriftlichen, schwang meist eine gewisse Nostalgie mit, die sich mit ewigem Heimweh und niemals erloschener Heimatliebe verband.

Zu Bromberg, seinem zukünftigen Arbeitsort, waren Edmund einige weniger erfreuliche Details in Erinnerung geblieben. Mehrfach hatten ihm ältere Vertriebene vom 3. September 1939, dem Blutsonntag von Bromberg, berichtet, als die vor der einrückenden deutschen Wehrmacht zurückweichenden polnischen Truppen in dieser Stadt an der hier ansässigen deutschen Zivilbevölkerung einen grauenvollen Racheakt mit vielen Toten vollzogen. Auch von der polnischen Gegendarstellung erhielt Edmund Kenntnis, bei der davon ausgegangen wird, dass die polnischen Soldaten in den Straßen der Stadt von deutschen Bürgern beschossen worden seien, wodurch der Konflikt ausgelöst wurde.

Für Edmund zählten allein die Fakten zu diesen für ganz Europa schicksalhaften Tagen. Dazu gehörte unumstößlich der Einmarsch deutscher Kampftruppen in Polen am 1. September 1939, womit die Schrecken des Zweiten Weltkrieges begannen. Am 3. September erfolgte die Kriegserklärung Englands und Frankreichs an Deutschland. Besonders Frankreich galt als starker Verbündeter Polens. Die Hoffnung der polnischen Regierung und der Bevölkerung auf schnelle Eröffnung einer Westfront gegen Deutschland erfüllte sich jedoch nicht. Ob damit das über ganz Europa gekommene große Leid hätte gemindert oder gar verhindert werden können, vermag im Nachhinein niemand zu beurteilen.

Edmund verdrängte schließlich seine Gedanken an dieses düsterste Kapitel des 20. Jahrhunderts. Er freute sich auf seine Aufgabe, war gespannt, was ihn in seinem neuen Einsatzgebiet erwarten würde.

An einem Sonntag bestieg er den Eilzug von Warschau in Richtung Thorn (Torun), gelangte von dort nach Bromberg. Er wollte in Ruhe sein neues Quartier in Besitz nehmen und dafür am Montag, seinem ersten Arbeitstag, nicht unnötig viel Zeit verlieren.

Es war Herbst. Ein prachtvoll blauer Himmel stand über dem Land. Edmund sog alle Eindrücke der an seinem Wagenfenster vorüber eilenden Landschaft gierig ein. Entspannt genoss er die Bahnfahrt in allen ihren Nuancen. An das, was in den nächsten Tagen in dienstlicher Hinsicht auf ihn zukam, verschwendete er noch keinen Gedanken. Die Zukunft würde für ihn zahlreiche Herausforderungen bereithalten, dessen war er sich voll bewusst. Sein Blick richtete sich zum wiederholten Male himmelwärts. Dieses lupenreine Blau, in dem nicht der leiseste Hauch eines Wölkchens sichtbar wurde, zeigte sich nur im Herbst, im September und Oktober. Das hatte er bereits in seinen Jugendjahren beobachtet. Überhaupt, so erinnerte er sich, war er schon damals ein interessierter Himmelsgucker. Dabei zogen ihn nicht nur die Sterne in ihren Bann. Bei Feldarbeiten auf dem elterlichen Acker hatte er durch beharrliches Beobachten die Fähigkeit erworben, die annähernd genaue Tageszeit am Stand der Sonne zu bestimmen. Ständig eine Uhr bei sich zu tragen, das entsprach damals durchaus nicht der Normalität.

In Bromberg angekommen, bereitete es Edmund nur wenig Mühe, das für ihn reservierte Quartier zu finden. Mangelt es an Sprachkenntnissen, dann ist es zweckmäßig, einen gut lesbaren Zettel mit der gesuchten Wohnanschrift parat zu haben. Edmund führte einen solchen bei sich, suchte unter den Vorübereilenden gezielt Personen aus, die ihm aufgeschlossen und hilfsbereit erschienen. Auf diese Weise kam er schnell zum Erfolg. Vorzugsweise waren es Frauen, die er ansprach, aber das wurde ihm in dieser Situation möglicherweise nicht bewusst.

Seine Unterkunft befand sich in einer älteren Stadtvilla, erbaut in der Zeit, als Bydgoszcz noch Bromberg hieß. Zwar wurde er von einem freundlichen polnischen Ehepaar in sein Zimmer mit Kochnische und Sanitärzelle wortreich eingewiesen, aber viel verstand er nicht. Bereits im Vorfeld war geklärt worden, dass sie nicht als seine Wirtsleute fungieren würden. Er wohnte also völlig separat, musste alles selbst organisieren, von der Verpflegung bis zum Wäsche waschen, doch so ganz unrecht war ihm das gar nicht. In eine zu starke Abhängigkeit wollte er sich in seinen privaten Stunden nicht begeben, außerdem musste er damit rechnen, des Öfteren im Außendienst tätig zu sein.

In der Dienststelle in Bromberg, die für Edmund in der nächsten Zeit der zentrale Anlaufpunkt und Arbeitsplatz sein würde, lebte er sich anfangs nur schwer ein. An seinen polnischen Kollegen lag das durchaus nicht. Sie erwiesen sich ihm gegenüber von Beginn an als kooperativ und hilfsbereit. Dem nahe liegenden Gedanken, in ihm einen arroganten Bevormunder sehen zu können, wirkte Edmund stets konsequent entgegen. Anstehende Entscheidungen wurden ausführlich diskutiert und danach gemeinsam getroffen. Das Sprachenproblem stellte aber letztlich eine größere Hürde dar, als Edmund es sich eingestehen wollte. Man hatte ihm zwar in Herrn Wiezorek einen Sachbearbeiter mit leidlichen Deutschkenntnissen zur Seite gestellt, aber ihm wurde mehr und mehr bewusst, dass er seiner Aufgabe auf längere Sicht nur durch eine diesbezüglich erworbene Unabhängigkeit gerecht werden konnte. Sein Ziel, in möglichst kurzer Zeit polnisch zu erlernen, nahm er nun immer entschlossener in Angriff.

Herrn Wiezorek lag viel daran, Edmund bei der Erledigung der Arbeitsaufgaben wirksam zu unterstützen, wurde doch dadurch auch sein eigener Status spürbar aufgewertet. Besonders bei der Analyse der territorialen Besonderheiten ihres Verantwortungsbereiches erwies er sich für Edmund als unverzichtbare Stütze.

„Herr Dr. Gerlach, Sie sehen müde aus, kann ich Ihnen helfen?"

Edmund hörte das gar nicht gern, wusste aber, dass Herr Wiezorek Recht hatte. Das tagsüber zu bewältigende Arbeitspensum sowie das nächtliche Sprachstudium hinterließen bei Edmund erste Spuren.

„Ach, Herr Wiezorek, Sie helfen mir doch bereits nach besten Kräften. Nein, nein, mir geht es gut, Sie brauchen sich keine Sorgen zu machen. Vielleicht muss ich etwas mehr schlafen, aber weiter ist es nichts."

Sich eine Krankheit oder Schwäche andichten zu lassen, das wollte Edmund keinesfalls. Er lenkte das Gespräch wieder hin zu den Fachaufgaben.

„Worüber wir uns vor allem Gedanken machen müssen, Herr Wiezorek, ist der Umstand, dass wir es in unserem Gebiet mit stark zergliederten Handels- und Betriebsstrukturen zu tun haben. Hier ein effizientes System der Lebensmittelüberwachung aufzubauen, erfordert ganz spezifische, zugeschnittene Lösungen. Da müssen wir viel Geduld aufbringen und uns noch mancherlei einfallen lassen."

Manchmal war sich Edmund nicht sicher, ob ihn Herr Wiezorek auch dann verstand, wenn er ihm einen Sachverhalt völlig ungezwungen in deutscher Sprache schilderte, teilweise auch in etwas verschachtelten Sätzen. Sie hatten sich inzwischen so weit kennen gelernt und zueinander Vertrauen gefasst, dass sie sich auch zu einem solchen Problem austauschen konnten.

„Macht es Ihnen etwas aus, Herr Wiezorek, wenn ich mich Ihnen gegenüber in Deutsch äußere? Soll ich mich lieber einer einfacheren Ausdrucksweise bedienen und gleichzeitig versuchen, meine ersten polnischen Vokabeln einzuflechten?"

Sein Gegenüber teilte diese Besorgnis nicht.

„Nein, Herr Dr. Gerlach, ich verstehe Sie sehr gut, wenn auch mein eigenes Deutsch etwas holprig klingt. Durch die Zusammenarbeit mit Ihnen gelingt mir das Sprechen immer besser, das haben bestimmt auch Sie bereits festgestellt. Dennoch, wenn Sie versuchen, sich zunehmend der polnischen Sprache zu bedienen, kann das für Sie nur von Vorteil sein."

Damit hatten sie den Sprachkompromiss gefunden, der für die nächste Zeit als Basis ihrer persönlichen Kommunikation diente. Edmunds polnischer Wortschatz vergrößerte sich von Tag zu Tag, was sich auch auf seine Kontakte zu den anderen Mitarbeitern der Dienststelle positiv auswirkte.

Vom Schreibtisch in die Praxis

Je tiefer sich Edmund in sein umfangreiches Aufgabengebiet einarbeitete, um so mehr reifte in ihm die Erkenntnis, dass er allein von der Zentralstelle in Bromberg aus die spezifischen Bedingungen vor Ort, in den unterschiedlich organisierten Produktions-, Handels- und Verarbeitungsbetrieben der Praxis, nicht ausreichend genau würde kennen lernen. Gerade das hielt er aber für außerordentlich wichtig. Auch seine bereits in Deutschland gesammelten Erfahrungen bestärkten ihn in der Auffassung, er müsse sich einen tieferen Einblick in die an der Basis herrschenden landestypischen Strukturen verschaffen, auf die er sein veterinärmedizinisch geprägtes Arbeitsprogramm einschließlich der Software würde einzustellen haben. Kurz, er war entschlossen, für zwei oder drei Monate in einer ländlichen Tierarztpraxis mitzuarbeiten, an der Seite eines erfahrenen Veterinärmediziners.

Der Leiter der Bromberger Dienststelle brachte für Edmunds Vorschlag anfangs nur wenig Verständnis auf, ließ sich als Ergebnis eines längeren Gespräches jedoch überzeugen, das ihm vorgetragene Anliegen nach besten Kräften zu unterstützen. Schließlich würde Edmund in der Region bleiben, käme nach dieser zeitlich begrenzten Visite in der Praxis an seinen Arbeitsplatz zurück, so war es vereinbart. Mit der abschließenden Aussage, die Zustimmung des Warschauer Ministeriums müsse aber dennoch eingeholt werden, wurden Edmunds Erwartungen nochmals gedämpft. Glücklicherweise erwies sich das jedoch nicht als unüberwindbare Hürde. In Beantwortung des gestellten Antrages wurde von der Zentrale mitgeteilt, diese Entscheidung solle vor Ort getroffen werden. Wenn dadurch ein Vorteil für die Realisierung des Gesamtvorhabens zu erwarten sei, bestehe aus ministerieller Sicht keine Veranlassung, die Zustimmung zu verweigern. Nun gab es kein Zurück mehr. Edmund war sich zwar selbst nicht sicher, ob er hier das Richtige tat, wusste auch nicht, was auf ihn zukommen würde, aber die Würfel waren gefallen. Es begann die Suche nach einem geeigneten Einsatzort.

Nachdem sich für Edmunds geplante Tätigkeit in der nordwestpolnischen Provinz kurzfristig keine Lösung anbot, erledigte er in Bromberg weiterhin umsichtig seine Arbeit. Zu den ihm übertragenen Aufgaben gehörte auch die Organisation und Durchführung von Lehrgängen für praktisch tätige Tierärzte aus der gesamten Region. Gegenstand seiner Schulungstätigkeit war im Wesentlichen die Einführung einheitlicher veterinärmedizinischer und lebensmittelchemischer Programmsysteme bei Berücksichtigung neuester Standards.

An einem von Edmunds Softwarekursen nahm auch Dr. Szymaniak teil, ein Tierarzt aus der Umgebung von Nakel (Nakło). Edmund stellte schnell fest, dass er es hier mit einem aufgeschlossenen, vielseitig interessierten Kollegen zu tun hatte. So kam es zwischen beiden während der Schulungspausen zu dem einen oder anderen außerdienstlichen Gespräch. Beide beherrschten von der Sprache des jeweils anderen große Teile, sodass sie sich mit Hilfe ihrer variabel einsetzbaren Ausdrucksmittel ungezwungen und problemlos verständigen konnten. Während der gemeinsamen Arbeit entdeckten beide ein gehöriges Maß an gegenseitigen Sympathien, doch bereits nach wenigen Tagen näherte sich der Lehrgang seinem Ende.

„Sie haben uns die vorgegebenen Schulungsinhalte sehr gut erläutert, Herr Dr. Gerlach. Leider stehe ich in meiner Praxis bei der Nutzung von Informationstechnik noch völlig am Anfang, doch nehme ich von diesem Lehrgang eine Menge an neuem Wissen mit nach Hause. Ich danke Ihnen dafür sehr!"

Dr. Szymaniak reichte Edmund die Hand, während er sich leicht verbeugte.

Edmund nahm die positive Einschätzung des Schulungsverlaufes freudig entgegen. Die seinerseits aufgewendete Mühe schien nicht vergeblich gewesen zu sein.

„Die Teilnehmer unseres Kurses sind meinen Erläuterungen stets mit Interesse gefolgt, das war zumindest mein Eindruck. Ich habe die Pflichtstunden gern bestritten, jeder Tag mit Ihnen hat mir Freude bereitet."

Edmund gab damit einen Teil des empfangenen Lobes zurück.

Zwar sprach es keiner von beiden aus, aber für einen Außenstehenden wäre leicht erkennbar gewesen, dass sie das nunmehr erreichte Ende des Kurzlehrganges bedauerten. Dr. Szymaniak wollte es bei den flüchtigen letzten Worten nicht bewenden lassen.

„Falls Sie am heutigen Abend nichts Besonderes vorhaben, würde ich mit Ihnen gern noch einige gemeinsame Stunden verbringen. Was halten Sie von einem Abendessen mit typisch polnischen Delikatessen? Ich lade Sie ein! Nehmen Sie das Angebot an?"

Edmund war zugleich erstaunt und erfreut. Damit hatte er nicht gerechnet. Wieder ein wunderbares Beispiel polnischer Gastfreundschaft, dachte er bei sich. Die Aussicht auf ein kostenloses opulentes Abendbüfett war nicht der Grund, der ihn heiter stimmte. Sorgen finanzieller Art hatte er nicht, einen fröhlichen Abend wie diesen konnte er sich jederzeit auch selbst leisten. Aber dem ungezwungenen Gespräch mit dem polnischen Viehdoktor sah er erwartungsvoll entgegen.

„Ja, ich willige ein. Das ist sehr nett von Ihnen, Herr Dr. Szymaniak, herzlichen Dank! Ich freue mich auf unseren Treff!"

Am Abend wurde Edmund von seinem Gastgeber ermuntert, einige Spezialitäten der polnischen, im Besonderen der westpreußischen Küche zu probieren, an die er sich bisher noch nicht herangewagt hatte. Dr. Szymaniak erwies sich als Kenner und Genießer.

„Wenn Sie hier zwangsläufig mit so vielem Fremden konfrontiert werden, dann darf in dieser Palette das Angenehme auf gar keinen

Fall fehlen. Diesbezüglich hat die polnische Küche viele Köstlichkeiten zu bieten, von denen müssen Sie während Ihres Aufenthaltes so viele wie möglich ausprobieren. Ich denke da beispielsweise an unser Nationalgericht Bigos, einen Eintopf aus Rindfleisch, Sauerkraut, Pilzen und zahlreichen Gewürzen. Wenn Sie einverstanden sind, können wir diese landestypische Besonderheit bereits am heutigen Abend ausprobieren. Ich selbst bin auch ein großer Freund unserer Piroggen, einer polnischen Pasteten-Variante der Maultaschen. In den nächsten Wochen ergeben sich für Sie mit Gewissheit weitere Gelegenheiten, Spezialitäten unserer heimischen Küche auszuprobieren."

Nachdem sie sich den von einer umsichtigen Serviererin aufgetischten kulinarischen Genüssen in ausreichendem Maße hingegeben hatten, verplauderten sie eine Stunde um die andere, wobei ihnen gar nicht bewusst wurde, wie oft sie ihre mit polnischem Wodka gefüllten Gläser aneinander stießen, verbunden mit Wünschen auf beste Gesundheit und länderübergreifende Freundschaft. Hieraus ergab sich schließlich eine Situation, wie sie Edmund bereits aus der Heimat kannte, weshalb ihn der Vorstoß Dr. Szymaniaks nicht sonderlich überraschte.

„Wir kennen uns erst seit einigen Tagen, Herr Dr. Gerlach, aber ich habe das Gefühl, es wären bereits mehrere Monate. Wie viele Gemeinsamkeiten wir bei unseren Interessen und grundsätzlichen Auffassungen in dieser kurzen Zeit entdecken konnten, das ist unglaublich! Selbst wenn sich ab Morgen unsere Wege wieder trennen, sollten wir nun nicht einfach auseinandergehen. Ich hoffe, Sie stimmen mir zu, wenn ich vorschlage, dass wir uns auf das persönliche ‚Du' einigen. Ist Ihnen das recht?"

„Natürlich, da willige ich gern ein! Ich heiße Edmund."

„Und ich Jozsef, wie bei Maria und Josef mit dem Jesuskind, man schreibt den Namen im Polnischen nur etwas anders."

Beide reichten sich die Hand, umarmten sich kurz. Sie waren sich sicher, eine Freundschaft von längerem Bestand geschlossen zu haben.

„Komm, darauf müssen wir nochmals anstoßen. ‚Na zdrowie' heißt das bei uns, bei euch ‚auf die Gesundheit', so viel weiß ich bereits!"

„Prosit, Jozsef, es möge nützen!"

Edmund war es, der jetzt das Heft des Handelns in die Hand nahm. Noch am Beginn des gemeinsamen Abends wäre es ihm nicht in den Sinn gekommen, mit Jozsef über Dinge zu sprechen, die ihn derzeit persönlich sehr beschäftigten, aber nun erschien ihm das gar nicht mehr so abwegig. Vielleicht wusste er einen Rat, konnte ihm irgendwie helfen.

„Jozsef, es ist schon spät, wir müssen jetzt zu einem Ende kommen. Eines möchte ich dir zum Schluss jedoch gern noch sagen: Ich bin mit der Tätigkeit, die ich hier übernommen habe, nicht zu 100 Prozent zufrieden. Das liegt nicht an den polnischen Kollegen hier in Bromberg, sondern an dem gesamten Einsatzkonzept. Mir fehlen genauere Kenntnisse zu den in euerem Land vorherrschenden Praxisbedingungen, natürlich im Hinblick auf unser Fachgebiet. Allein mit der Theorie lassen sich bestimmte Aufgaben nicht lösen. Ich möchte gern für einen begrenzten Zeitraum hier irgendwo in einer tierärztlichen Praxis tätig sein. Vielleicht kennst du einen Kollegen, bei dem so etwas möglich wäre?"

Jozsef stutzte. Ein mit Aufträgen der höchsten Dienststellen ausgestatteter Deutscher bemühte sich um einen Praxiseinsatz? Er konnte es kaum glauben.

„Ja, Jozsef, das ist ernst gemeint. Und du wirst staunen: Die Zustimmung meiner Vorgesetzten liegt ebenfalls bereits vor. Was sagst du nun?"

Jozsef gewann schnell seine Fassung wieder. Selbstverständlich ergaben sich hierfür bestimmte Möglichkeiten. Und plötzlich schoss ihm blitzartig ein entscheidender Gedanke durch den Kopf:

Weshalb sollte dieses Vorhaben nicht bei ihm selbst realisiert werden? Es sprach im Grunde nichts dagegen. Sein Arbeitspensum bewegte sich ohnehin am oberen Limit, da wäre ihm ein mithelfender Fachmann sehr willkommen. Das war jedoch nicht alles. Er beschäftigte sich gedanklich bereits seit langem damit, in seiner Praxis ein dem neuesten Stand entsprechendes System der Informationstechnik zu installieren. Ihm fehlte die dafür erforderliche Zeit und, er musste es sich selbst eingestehen, zu großen Teilen auch die notwendige Fachkenntnis. Da wäre ein Mann wie Edmund für ihn ein wirklicher Glücksfall.

Jozsef wurde plötzlich bewusst, dass er minutenlang geschwiegen hatte, während seine Gedanken bereits weit in die Zukunft vorausgeeilt waren.

„Entschuldige bitte, Edmund, ich musste mit dem, was du mir soeben aufgetischt hast, erst einmal selbst fertig werden. Du bist ein verrückter Kerl, aber du hast dir bestimmt alles gut überlegt. Ich möchte dir unbedingt helfen, wir kriegen das schon hin. Aus meiner Sicht wäre es sogar möglich, dass du zu mir kommst, nur kann ich das jetzt nicht spontan entscheiden. Ich prüfe das, muss auch mit meiner Frau darüber reden, doch die Chance besteht. Morgen fahre ich zurück und bemühe mich, alles so schnell wie möglich zu klären. Meine Entscheidung teile ich dir in den nächsten zwei oder drei Tagen mit."

Sie verabschiedeten sich an diesem Abend zu später Stunde sehr herzlich voneinander. Trotz des reichlich genossenen Alkohols konnte Edmund lange nicht einschlafen. Jozsef würde bestimmt alles versuchen, ihn in seinem Praxisgebiet unterzubringen. Für ihn, Edmund, verlief bei seinem Einsatz in Polen bisher alles im Sinne der behördlich vorgegebenen Strategie, sowohl in Warschau als auch in Bromberg. Er hatte darauf wenig Einfluss, sein Arbeitskonzept entsprach den staatlichen Vorgaben, die auf der bilateralen

Vereinbarung der polnischen Dienststellen mit den deutschen Behörden basierten. Das alles war ohne sein direktes Zutun geschehen. Was sich jedoch jetzt für ihn abzeichnete, entsprach seinen ureigensten Wünschen. Das würde er weitgehend selbst verantworten müssen, hatte sich für mögliche Misserfolge letztendlich zu rechtfertigen. Aber es war entschieden, es blieb dabei, er würde sich der Herausforderung stellen. Er war jung und anpassungsfähig. Was sollte ihm geschehen?

Wie von Edmund nicht anders erwartet, hielt sich Dr. Jozsef Szymaniak strikt an sein Versprechen und meldete sich telefonisch aus seiner heimatlichen Tierarztpraxis. Es müssten zwar noch einige Formalitäten geklärt werden, teilte er mit, aber grundsätzlich stünde der Aufnahme einer Tätigkeit durch Edmund in seinem Betreuungsgebiet nichts im Wege. Seine besondere Bitte Edmund gegenüber wäre es, er möge vor allem die gesamten Fragen der Finanzierung seines Einsatzes korrekt klären. Jozsef sicherte zwar zu, dass Edmund seine praktischen tierärztlichen Verrichtungen vor Ort bezahlt bekäme, aber für Tätigkeiten zu Forschungs- und Studienzwecken müsse die Vergütung aus zentralen Finanzmitteln erfolgen, was auch für sonstige Nebenkosten zuträfe.

Da Edmund in kluger Voraussicht die für seinen Praxiseinsatz erforderlichen Genehmigungen bei den zuständigen Dienststellen bereits eingeholt hatte, kam man ihm nun in relativ unbürokratischer Weise entgegen. Innerhalb weniger Tage waren alle Details geklärt, sodass seiner Abreise nach Nakel nichts mehr im Wege stand. An einem Montag im November bestieg er den Omnibus, der ihn ein weiteres Stück durch Polen, auf der nun bereits dritten Etappe seines ungewöhnlichen Auslandseinsatzes, davontrug.

Obwohl Edmund ein begeisterter Autofahrer war, bereiteten ihm auch Bus- und Bahnreisen große Freude. Da konnte er sich entspannt zurücklehnen, durch das Fenster die vorüber eilende Natur genießen und seinen Gedanken nachhängen.

Seine Fahrt nach Nakel führte vornehmlich durch eine von weiten Ackerflächen geprägte Landschaft. Wie er zum wiederholten Male feststellen musste, boten abgeerntete Felder im Herbst überall ein ähnliches Bild. Die von der Getreideernte zurückgebliebenen Stoppelflächen waren längst umgepflügt, zeigten sich im Schwarzbraun ihrer fruchtbaren Ackerkrume oder waren mit einer Folgefrucht bestellt. Die im Herbst ausgesäten Kulturpflanzen präsentierten sich im November in einem unterschiedlich intensiven Grün, welches beim Raps aufgrund seines zu diesem Zeitpunkt bereits fortgeschrittenen Entwicklungsstadiums besonders kräftig hervortrat, während die Getreideflächen dagegen verblassten. Die Pflänzchen nutzten die kürzer werdenden Tage zu einem kaum spürbaren, aber stetigen Wachstum, um vor dem jederzeit möglichen Frosteinbruch die für ihr erfolgreiches Überwintern unter der Schneedecke erforderliche Mindestgröße zu erreichen.

Unterbrochen wurden die Äcker immer wieder von großflächigen Wiesen und Weiden. Diese vermittelten um diese Jahreszeit einen trostlosen Eindruck. Vergilbte Grasspitzen erhoben sich in unterschiedlicher Höhe über den graugrünen Rasenteppich, in größeren Abständen ragten einige stehen gebliebene Stängel minderwertiger, vom Weidevieh als Futter verschmähter Pflanzen gen Himmel, neben denen die zahlreichen Maulwurfshügel in ihrer Dimension eher bescheiden, wie umgestülpte Mittagsteller wirkten. Die von Mai bis Oktober auf einem Teil dieser Flächen in den verschiedensten Farbvarianten anzutreffenden Milchviehherden und Jungrindergruppen waren längst in Ställen untergebracht, sie konnten sich von dem spärlichen Grasbewuchs nicht mehr sättigen. Die sinkenden Temperaturen stellten für die Tiere dagegen kein Problem dar. Sie schützten sich mit einem verstärkten Haarwuchs, ihrem dichten Winterfell.

Edmund war all das nicht fremd, hatte er doch im Landwirtschaftsbetrieb der Eltern wichtige Abläufe des bäuerlichen Wirtschaftens zur Genüge kennen gelernt. Einen vielseitigeren Beruf als den des Bauern konnte er sich nicht vorstellen. Mit Romantik hatte dieser jedoch wenig zu tun. Was Feierabend und Urlaub anbelangte, sah es bei dieser Berufsgattung meist schlecht aus. Dennoch erinnerte er sich gern an die auf dem Acker oder in den Viehställen zugebrachten Tage seiner Jugend, das hatte ihn geprägt. So leicht warf ihn im Leben nichts aus der Bahn. Er, der Bauernsohn, wäre dann, wenn die Notwendigkeit bestanden hätte, mit Sicherheit auch ein guter Landwirt geworden.

Wie bei Reisen mit Bus und Bahn üblich, hatte sich Edmund mit Lektüre eingedeckt, um eventuelle Wartezeiten oder eintönige Fahrstrecken sinnvoll zu überbrücken. Doch alles verblieb in der Reisetasche, so erlebnisreiche Stunden wie auf dieser Bustour entlang des Netzebruchs würden ihm ganz gewiss so schnell nicht wieder geboten. Die Landstraße verlief nördlich des 1772-74 auf Veranlassung von Friedrich dem Großen erbauten Bromberger Kanals, durch den eine Schiffsverbindung zwischen Oder, Warthe, Netze und Weichsel geschaffen wurde, die nachhaltig zur wirtschaftlichen Entwicklung dieses Landstriches beitrug.

Etwas Vergleichbares wie das Netzebruch mit seiner von verschwenderischer Fülle geprägten Naturausstattung hatte Edmund vorher noch nicht gesehen. Die in den Seen südlich von Bromberg entspringende Netze schuf in ihrem nördlich der Warthe gelegenen Einzugsgebiet eine Bruchlandschaft, die in ihren Strukturen abwechslungsreicher nicht sein konnte. Der östliche Abschnitt wurde von urigen, weite Flächen bedeckenden Feuchtgebieten geprägt, mit einem oftmals bis zum Horizont reichenden meterhohen Schilf- und Grasbestand. Wasserliebende Lurche und Reptilien wie Frösche und Ringelnattern fanden in diesem Biotop nahezu ideale Lebensbedingungen, als Nutzer dieses Natureldorados natürlich auch die Weißstörche. Durch die wechselseitig auftretenden, sehr feuchten und dann wiederum trockenen Standorte entwickelte sich eine Vielfalt an Gehölzen und Gräsern, wie sie anderenorts kaum noch anzutreffen ist. Die schnelle Folge von Wald und Wiese, Wasser, sumpfigem Morast, Moor und Heide auf engstem Raum versetzte Edmund in einen Zustand von ungläubigem Staunen und schwärmerischer Bewunderung.

Prägend für das westlicher gelegene Mündungsgebiet der Netze in die Warthe ist kultiviertes Bruchgelände, wodurch fruchtbare Ackerflächen entstanden. Folgerichtig kam es in der hier gelegenen Stadt Landsberg (Gorzow) zur Gründung einer Landwirtschaftlichen Versuchs- und Forschungsanstalt, in der nach dem Ersten Weltkrieg ein überaus ertragreiches Samengemisch für den Ackerfutterbau entwickelt wurde, das weithin bekannte Landsberger Gemenge. Edmund erinnerte sich, dass diese Mischkultur auch von den Bauern seiner brandenburgischen Heimat geschätzt wurde, konnte noch immer die drei Komponenten des ‚Landsbergers' benennen: Welsches Weidelgras, Zottelwicke und Inkarnatklee, letzterer wegen seiner intensiv rot gefärbten Blüte auch als Blutklee bezeichnet. Daraus wiederum ergibt sich ein Bezug zur Inkarnation, der religiösen Fleischwerdung des Geistes. Mancherorts wird der Farbton ‚inkarnat' auch für ‚fleischfarben' verwendet.

In besonderem Maße war es aber die Vogelwelt dieser Region, die Edmund an den Fensterausguck fesselte. Als südlich von Nakel großflächige Seen auftauchten, wurden diese bereits von weitem durch unzählige im Luftraum kreisende Möwen angezeigt. Auf den Wasserflächen zogen stolze Höckerschwäne majestätisch ihre Bahn, hin und wieder kreisten Rohrweihen über dem breiten Schilfgürtel der Seeufer. Nicht zu übersehen auch die allgegenwärtigen Stockenten, wobei Edmund sogar vom Fenster seines Fahrzeuges aus zu erkennen vermochte, dass sich unter dieses Entenvolk auch andere Vertreter dieser Spezies gemischt hatten, beispielsweise Reiher- und Tafelenten. In den die Wasserflächen umgebenden Feucht- und Überschwemmungsgebieten fanden weitere Vogelarten wie Kiebitz und Wachtelkönig ein Refugium. Aber all das entfachte seine Begeisterung nicht annähernd so wie die auf den Feldern nach Futter suchenden Schwärme von Ringeltauben. Es handelte sich manchmal um weit mehr als einhundert Tiere auf einem einzigen Ackerstreifen. Diese ungemein kräftige, graublau gefärbte Wildtaube mit der ockerfarbigen Brust und dem weißen Halbmond am Hals, der ihr zu ihrem Namen verhalf, hatte es ihm besonders angetan. Obwohl er hier nicht die Wildform seiner geliebten Haustauben einschließlich der Brieftauben vor sich hatte, gehörten sie schließlich alle zur großen Familie ‚Columba', der Tauben also, zu der er sich, ohne es erklären zu können, mit wachsendem Enthusiasmus hingezogen fühlte. Ein im Frühling auf dem Ast einer knorrigen Eiche balzender Ringeltäuber, das war für ihn oftmals der Höhepunkt eines Waldspazierganges, das Nonplusultra schlechthin. Als Schulbuben hatten sie versucht, solche in ihrem Liebesrausch etwas unvorsichtigen Naturburschen mit dem Katapult zu erlegen, was nur in den seltensten Fällen gelang. Im Erwachsenenalter lauschte er lieber andächtig den eindrucksvollen Balzrufen des Tieres, suchte nach dessen Versteck im Geäst der Bäume, um das gesamte Ritual des Liebesspiels beobachten zu können. In solchen Momenten dachte er manchmal an Hermann Löns. Von ihm hatte er viel gelesen, große Teile seiner Publikationen, aber auch das Wichtigste zu seiner Biographie. Hier, im Netzedistrikt, kam ihm zu diesem einfühlsamen Naturbeobachter, Künstler und Jäger vieles ins Bewusstsein. Löns wurde hier geboren, 1866 in Kulm an der Weichsel. Seine Kindheit und Jugendzeit verbrachte er in Deutsch Krone (Walcz), besuchte das dortige Gymnasium. Die Erlebnisse dieser Zeit prägten ihn für sein gesamtes Leben. Beim Durchstreifen der südlichen Ausläufer des riesigen Wald- und Heidegebietes Tucheler Heide entwickelte er seine Fähigkeiten zu intensiver Naturbeobachtung, die ihn später, nach sei-

ner Übersiedlung nach Münster-Westfalen, zu den unvergleichlichen Tier- und Landschaftsschilderungen befähigten. Vor allem
dort wurde er als Dichter der niedersächsischen Heidelandschaft
und Tierwelt bekannt. Sein Leben endete 1914 in einem Gefecht
des Ersten Weltkrieges, bei dem er als Kriegsfreiwilliger vor Reims
fiel.

Ein vorderer Platz in Edmunds Erinnerung gebührte dessen Kurz-
geschichte vom ‚Ruf des Ringeltäubers'. „Ku, ku, kukurru", das
waren die Töne, denen Löns gebannt lauschte. Für ihn ergab sich
daraus ein tiefsinniger Bezug zu unseren menschlichen Gefühlen.
Edmund konnte diese Zeilen zitieren: „Sein Ruf brachte Hand zu
Hand, Auge in Auge und Mund zu Mund. Oh du, du, du, du! rief er
seiner Täubin zu, und wir beide befolgten seinen Ruf."

Einfach schön, dachte Edmund träumerisch, Tauben und Mädchen,
das passt zusammen. Manchmal muss man auch mit geöffneten
Augen träumen können!

Als der Linienbus plötzlich in Nakel hielt, erschrak Edmund für
einen Moment, denn das abrupte Ende der idyllischen Überland-
fahrt hatte ihn in seiner Gedankenwelt überrascht. Schnell raffte er
seine Reiseutensilien zusammen, verlies das Gefährt und betrat
erwartungsvoll den Boden seiner neuen Wirkungsstätte. Die Tierarztpraxis von Dr. Szymaniak lag einige Kilometer außerhalb des
Ortes in einer aus nur wenigen Häusern bestehenden Ansiedlung.
Jozsef hatte Edmund zugesagt, ihn mit seinem Auto abzuholen, und
so begrüßten sich beide herzlich wie alte Freunde, die sich eine
längere Zeit nicht begegnet waren.

„Wohin hast du mich denn gelockt, Jozsef? Ich bekomme langsam
Angst, mich gar nicht wieder zurückzufinden."

Edmund war bestrebt, alles so scherzhaft wie möglich herüberzu-
bringen, aber überzeugend gelang ihm das nicht. Für einen Moment
verließ ihn nun selbst ein wenig der Mut, der ihn ursprünglich dazu
verleitet hatte, sich auf dieses Abenteuer einzulassen.

Natürlich sah Jozsef das alles wesentlich entspannter, bemerkte aber dennoch den leisen Ton der Unsicherheit, der in Edmunds Worten mitschwang.

„Sei ganz unbesorgt, ich achte schon darauf, dass dir nichts passiert! Du wirst sehen, dir gefällt es am Ende hier bei uns so gut, dass du gar nicht wieder weggehen möchtest!"

Es war nur eine Floskel, die Jozsef gebrauchte, um Edmund etwas Mut zu machen. Er glaubte nicht im Entferntesten daran, bei seinem deutschen Kollegen ein nachhaltiges Interesse für einen länger währenden Aufenthalt in seiner Region wecken zu können. Er selbst dagegen fühlte sich mit seiner Umgebung tief verwurzelt, war er doch hier geboren, in dem nicht weit von seinem derzeitigen Wohnort entfernt gelegenen Exin (Kcynia). Besonders urige Wälder und die für diese Gegend typischen Niedermoorareale hatten es ihm angetan. Er benötigte nur wenige Minuten, um sich bei Spaziergängen im Frühjahr inmitten eines konzertanten Vogelgezwitschers wiederzufinden. Stets bemühte er sich, die gefiederten Bewohner der Wald- und Feldflur nicht nur an ihrem Äußeren zu erkennen und zu unterscheiden, sondern auch an ihrem Gesang. Jozsef konnte den einzelnen, oftmals wirr durcheinander erklingenden Chorstimmen die jeweils dazu gehörende Vogelart mit Sicherheit zuordnen. Einmal weilte ein Verwandter aus der nahe gelegenen Stadt bei ihm, ein Jugendlicher von 18 Jahren, und berichtete, draußen sänge ein Vogel auf einem hohen Baum besonders schön. Die Frage, um welche Art von Vogel es sich dabei handele, konnte er nicht beantworten. Jozsef überzeugte sich selbst und erblickte einen Star, den talentierten Stimmenimitator, der mit seinem lustigen Singen, Zwitschern und Flöten den nahenden Frühling ankündigte. Er konnte nicht glauben, dass ein junger Mann diesen Allerweltsvogel, der manchmal im Herbst in riesigen Schwärmen fast den Himmel verdunkelt, nicht zu bestimmen vermochte.

Für Jozsef verströmte der Wald nicht nur im Frühling mit den sich wie ein Bodenteppich ausbreitenden Buschwindröschen und dem in unzähligen Varianten des Grün sprießenden Maiwuchs der Bäume einen einzigartigen Reiz, sondern zu jeder Jahreszeit. Während des Sommers im Schatten riesiger Buchen zu spazieren, dabei mit etwas Glück das Rot- und Rehwild mit seinem heranwachsenden Nachwuchs zu beobachten, auch daraus ergaben sich für den Naturfreund Stunden der Entspannung und Zufriedenheit. Ähnliches galt für den Herbst und den Winter, der eine mit seinem reichen Segen an Waldfrüchten wie Eicheln und Bucheckern sowie den fast zur Plage gewordenen Rotten von Wildschweinen, der andere mit den überdimensionalen weißen Mützen auf Baum und Strauch sowie der Fülle von Tierspuren im weichen Schnee. Jozsef würde Edmund mit möglichst vielen Naturschönheiten seiner Heimat vertraut machen, nahm er sich fest vor. Dass er in ihm diesbezüglich einen gleichgesinnten Partner finden würde, davon war er überzeugt. So weit glaubte er seinen neu gewonnenen deutschen Freund bereits zu kennen.

Jozsef und seine Gattin waren sich einig geworden, Edmund zunächst in ihrem eigenen Haus ein Zimmer zuzuweisen, wobei es sich jedoch nur um eine Übergangslösung handeln sollte. Edmund nahm dieses Angebot freudig an, erlaubte es ihm diese Regelung doch, sich ohne jeden äußeren Druck mit seiner neuen Umgebung vertraut zu machen. Dennoch kam er in den ersten Tagen seines Aufenthaltes kaum zum Verschnaufen. Sich in seiner neuen Behausung wohnlich einzurichten, die notwendigen Behördengänge zu erledigen und die Arbeitsbedingungen in Jozsefs Praxis zu studieren, all das ließ ihm kaum Freiräume.

Auch dieser Zeitabschnitt ging vorüber, draußen hielt der Winter Einzug, und so geschah es des Öfteren, dass Edmund mit dem Ehepaar Szymaniak an den langen Abenden bei einer Flasche Wein oder einem Wodka beisammen saß und sich Gespräche zu den verschiedensten Themen entwickelten, nach Möglichkeit jedoch zu keinen dienstlichen. Frau Szymaniak zuliebe bedienten sie sich vorwiegend der polnischen Sprache, mit der Edmund mittlerweile gut vertraut war. Bei Jozsefs Gattin handelte es sich um eine selbstbewusste, stets gepflegt wirkende Polin, die es verstand, ihre fraulichen Reize durch eine sportlich betonte, zugleich aber mit viel modischem Geschmack ausgewählte Garderobe wirkungsvoll zu unterstreichen. Auf Edmund wirkte sie anfangs etwas distanziert, doch ihr beiderseitiges Verhältnis entspannte sich von Tag zu Tag, sodass er sein anfängliches Urteil schnell revidieren musste. Der einzige Sohn der Szymaniaks besuchte eine Internatsschule in Warschau und fand nur an bestimmten Wochenenden die Zeit für ein Zusammensein mit den Eltern.

Bei einer der abendlichen Gesprächsrunden plauderte Jozsef wieder einmal über eines seiner Lieblingsthemen, die Ornithologie, das Beobachten und Bestimmen von Vögeln. Es war sein Hobby, hierzu verfügte er über ein gewaltiges Wissen. Edmund fiel auf, dass sich bisher noch keine Gelegenheit ergeben hatte, sich auch über seine heimliche Leidenschaft, die Taubenzucht, auszutauschen. Das wollte er nun nachholen.

„Mit unseren Freizeitinteressen liegen wir gar nicht weit auseinander, lieber Jozsef. Natürlich interessiert mich die Vogelwelt in ihrer Gesamtheit ebenfalls, da kann ich durchaus mitreden, wie du gewiss bemerkt hast. Speziell sind es aber die Tauben, die mich faszinieren. Ich züchte sie in Deutschland seit meiner Jugend. Mich wundert jetzt selbst, dass ich dir davon noch gar nichts erzählt habe."

Jozsef zeigte sich für den Moment verblüfft. Ein Tierarzt, der privat Taubenzucht betreibt, war ihm noch nicht begegnet.

„Ich kann dich mit deinen Tauben nur bewundern. Sich Haustiere zu halten, wenn man tagsüber fast niemals zu Hause ist, das muss man sich gut überlegen. Mir reicht schon unser Hund. Selbst bei dem müssen wir jedes Mal darüber nachdenken, wer ihn betreuen kann, wenn wir gemeinsam eine Urlaubsreise unternehmen. Ihn mitzunehmen, das ist manchmal möglich, aber wir lassen ihn lieber auf dem Hof, wenn es irgendwie einzurichten geht."

Bei ihren trauten abendlichen Zusammenkünften übernahm im Regelfall Jozsef die Gesprächsführung. Er war von Natur aus ein guter Unterhalter, auch fiel es Edmund durchaus noch nicht leicht, sich bei längeren Abhandlungen in Polnisch auszudrücken. So hatte er nichts dagegen, wenn meist Jozsef den Gesprächsfaden aufnahm und ihn dann auch so schnell nicht wieder fallen ließ.

Doch beim Thema Tauben gab Edmund seine Zurückhaltung auf. Da redete er unentwegt, das hatten ihm bereits seine Kommilitonen während des Studiums gelegentlich unter die Nase gerieben. Schon damals war er gebrandmarkt als Taubenkönig, doch damit konnte er gut leben. Der Nachname Kolumbus, also Täuberich, würde zu ihm besser passen als zu dem berühmten Christoph Kolumbus, dem Entdecker Amerikas, dichteten sie ihm gelegentlich an. Er war nun einmal vom Taubenvirus befallen, und daran würde sich wohl sein Leben lang nichts mehr ändern.

Edmund ließ sich auch beim Ehepaar Szymaniak nicht bremsen. Der ‚Zauber der Taube' zog ihn wieder und wieder in seinen Bann, darüber konnte er in nicht enden wollenden Worttiraden philosophieren. Mit Fachliteratur zu diesem Thema beschäftigte er sich kontinuierlich. Im Ergebnis dieser Studien hatte er immer deutlicher erkannt, dass diese Geschöpfe unter all unseren Haustieren von jeher eine Sonderstellung einnahmen. Vor etwa 7000 Jahren domestiziert, schlossen sie sich dem Menschen immer enger an. Dieser verehrte sie über die Jahrtausende als Götterboten, Kultobjekte, Glücks- und Friedensbringer, als Symbol für Verständigung, Treue und Hoffnung. Das Treuesymbol bezieht sich vor allem auf diese zum Partner, da ein miteinander verbundenes Taubenpaar sich ein

Leben lang nicht mehr trennt. Täuber und Täubin leben folglich in ewiger Eintracht, eben wie Turteltäubchen.

Treue beweisen Tauben auch gegenüber ihrer Heimat, dem gewohnten Umfeld, der Familie mit dem Nistplatz und dem Nachwuchs. In großer Entfernung von ihrem Heimathof aufgelassene Brieftauben verausgaben sich notfalls bis zum Äußersten, um wieder in ihre Behausung, ihren Schlag zu gelangen. Edmund waren Fälle bekannt, in denen Tauben in ihrem niemals nachlassenden Bestreben, auch bei widrigsten äußeren Bedingungen ihr heimatliches Ziel zu erreichen, bis zur totalen Erschöpfung weiterflogen und das Grundstück ihres Züchters nur mit letzter Kraft erreichten. Manchmal gelang auch das nicht, wurde der Heimkehrer wenige Kilometer vor dem heimatlichen Hof kollabiert und im Extremfall auch tot aufgefunden. Leider handelte es sich dann meist um die willensstärksten Tiere, die niemals aufgaben und letztlich irgendwo entkräftet vom Himmel fielen. Unglaublich, welch unbeugsamer Heimkehrdrang diesen Tieren in Notsituationen innewohnte.

Glücklicherweise waren das im Taubensport seltene Ausnahmefälle, ergab sich aus den realen Abläufen von Flugwettbewerben ein völlig anderes Bild. Gesunde und gut trainierte Brieftauben erreichen ihre Ziele meist mit hoher Sicherheit, die Zuverlässigkeitsrate für ihre Heimkehr wird durchschnittlich mit 98 Prozent beziffert.

All das sprudelte förmlich aus Edmund heraus. Die Szymaniaks waren seinen Ausführungen bisher mit sichtbarem Interesse gefolgt. Dennoch wollte Edmund das Taubenthema nicht überstrapazieren, wusste nicht, ob seine Polemik an dieser Stelle angebracht war.

„Jetzt sagt mir bitte ehrlich, ob es euch nun reicht, was ihr heute über meine gefiederten Lieblinge erfahren habt. Langweilen möchte ich euch keinesfalls, wir können das auch gern bei anderer Gelegenheit fortsetzen.‟

„Nein, rede ruhig weiter. Das interessiert uns wirklich, mich ganz speziell. Einen so kenntnisreichen Taubenexperten wie dich habe ich bisher noch nicht kennen gelernt, obwohl es auch in Polen, wie du inzwischen weißt, zahlreiche und sehr erfolgreiche Taubenzüchter gibt."

Jozsef hatte andächtig zugehört, Edmunds Ausführungen eröffneten ihm eine völlig neue Blickrichtung auf diese Tiere. Das war Edmund nicht entgangen.

„Du wirst doch nun nicht etwa selbst noch anfangen, dir welche zu halten?"

Jozsef erkannte sofort, dass Edmunds Bemerkung nicht ernst gemeint war, doch so abwegig erschien ihm diese Möglichkeit im Augenblick gar nicht. Mit seiner allgemein positiven Lebenseinstellung neigte er zuweilen dazu, sich für Neuerungen schnell zu begeistern, kam dann jedoch nach gründlicherem Nachdenken zu rationalen Erkenntnissen.

„Reizen würde mich das schon, aber ich bleibe lieber bei meiner Ornithologie. Die Vögel in Wald, Feld und Flur sind immer für mich da, ich brauche mich mit ihnen nicht zu beschäftigen, wenn ich es nicht möchte, sie benötigen keine ständige Betreuung. Dennoch, Respekt vor euch Taubenzüchtern! Da muss man schon einiges an Zeit, Kraft und Geld investieren. Was du uns heute über Tauben, ihre Faszination und Symbolkraft berichtet hast, enthielt für mich so viele neue Aspekte, dass du es gern noch ergänzen kannst."

Edmund bestätigte ihn.

„Deine Meinung über uns Taubenzüchter trifft ins Schwarze. Um dieser Passion nachzugehen, muss man in gewisser Weise ein bisschen verrückt sein, einen Tick haben. Das gilt wohl für jedes Hobby, beispielsweise auch für Briefmarkensammler. Nur normal zu sein, ist doch langweilig! Wir Taubenliebhaber investieren unser Geld und die Freizeit nicht in Wein, Weib und Gesang, sondern in unsere gefiederten Freunde. Ein Außenstehender kann das oftmals nicht nachvollziehen."

„Bringst du es dann auch fertig, Tauben zu schlachten?"

„Ja, Jozsef, das ist unumgänglich. Ein Taubenpaar brütet, wenn man es nicht daran hindert, mindestens viermal im Jahr jeweils zwei Eier aus. Das ergibt acht Jungtauben, einschließlich der Eltern sind es dann zehn. Der Bestand hat sich also verfünffacht, und das bei jedem Pärchen. Ich plädiere für die bäuerliche Tierhaltung, wie sie sich seit Jahrhunderten bewährt hat. Unsere tierischen Hausgenossen müssen sachgerecht gehalten, gepflegt und versorgt werden, dienen aber dem Menschen auch als Helfer bei der Arbeit, zur Freizeitgestaltung oder als Nahrung. Selbst engagierte Tier- und Umweltschützer haben erkannt, dass bei Haustieren, Heimtiere ausgenommen, eine Art oder Rasse, die keinen Nutzen bringt, früher oder später zum Aussterben verdammt ist.

Eine Schlachtung muss stets sachgerecht erfolgen, ohne dem Tier Qualen zu bereiten. Die Würde des Tieres ist unbedingt zu wahren.

Zu den von mir erwähnten bäuerlichen Regeln gehört es übrigens auch, immer erst die Tiere zu füttern, bevor man sich selbst an den Tisch setzt. Das gilt morgens und abends. Aus meinem Elternhaus kenne ich das ebenfalls nicht anders."

Auch für Jozsef als Tierarzt gehörte das Töten schwer erkrankter Tiere zu den beruflichen Aufgaben.

„Edmund, du weißt ja selbst, dass es für uns Tierärzte manchmal nur eine einzige Alternative gibt, um ein Tier von seinen Qualen zu erlösen. Auch Hausschlachtungen sind bei uns noch vielerorts üblich, dorthin werde ich oftmals zur Fleischbeschau gerufen. Jeder, der Fleisch oder Wurst verzehrt, muss sich doch bewusst sein, dass für seinen Genuss zuvor jemand ein Tier töten musste, aber leider wird das von vielen vergessen. Dennoch muss ich zugeben, mit der Notwendigkeit des Schlachtens von Tauben bisher noch nicht konfrontiert worden zu sein."

„Zartes Taubenfleisch hatte früher", entgegnete Edmund, „einen weitaus höheren Stellenwert als in heutiger Zeit. Fleischmahlzeiten konnten sich die Menschen viel seltener leisten, auch die Bauern nicht. Das Fleisch von Rindern und Schweinen ließ sich nur durch Räuchern, Pökeln oder Trocknen konservieren. Die für uns jetzt unverzichtbare Kühltechnik gab es nicht. So erfolgten die Hausschlachtungen bei den Landwirten ausschließlich in den Wintermonaten. Frischfleisch ließ sich im Sommer durch das Schlachten von Geflügel gewinnen, neben Enten und Hühnern vor allem von Tauben. Die Letzteren gehörten fast zu jedem Bauernhof, waren pflegeleicht und brachten reichlich Nachkommen."

Jozsef füllte zum wiederholten Male die Gläser.

„Trinken wir also auf euch Taubenzüchter und euer fliegendes Kapital. Wie du inzwischen weißt, ist unser herrlicher Wodka unter den polnischen Landweinen noch immer einer der Mildesten. Einen weiteren Schluck werden wir deshalb heute ganz bestimmt noch vertragen."

Nun schaltete sich Jozsefs Gattin in das Gespräch ein. Vorsichtig ermahnte sie ihren Mann, er hätte morgen eine Menge an Terminen.

„Ach, Maria, das schaffe ich schon! Du kennst mich doch. Die Arbeit hat immer Vorrang, dann schlafe ich eben etwas weniger in der heutigen Nacht und so oft kommt das ja nicht vor."

Edmund sah nun ebenfalls keinen Grund, das Bett aufzusuchen, gab dem Gespräch zunächst jedoch eine neue Richtung, indem er sich zu Kirchen- und Glaubensfragen äußerte.

„Wie ich bemerkte, seid ihr, ebenso wie ich, gläubige Christen. Wir konnten uns darüber zwar noch nicht austauschen, aber in eurer Wohnung erblicke ich mehrere Kruzifixe, im Regal auch christliche Bücher."

„Ja, Edmund, das ist richtig. Auch diesbezüglich sind wir typische polnische Bürger. Du weißt, hier dominiert der katholische Glaube, zu dem auch wir uns bekennen, wie insgesamt 95 Prozent unserer

Landsleute. Wir verehren zutiefst unseren Papst Johannes Paul II. und sind mächtig stolz, dass er 1978 als erster Nichtitaliener nach 455 Jahren zum Oberhaupt aller Katholiken gewählt wurde. In hohem Maße verehrt wird bei uns auch die Gottesmutter Maria, diese fast noch mehr als ihr Sohn Jesus."

„Meine Glaubensrichtung ist evangelisch-lutherisch, aber ich denke, wir sollten nicht das betonen, was uns unterscheidet, sondern eher das Gemeinsame."

Jozsef und Maria nickten zustimmend, daraus würde sich in ihren gegenseitigen Beziehungen ganz bestimmt kein Konfliktpotenzial ergeben. Jozsef und Maria, Maria und Jozsef, diese zufällige Übereinstimmung mit der biblischen Weihnachtsgeschichte war Edmund bereits am Tag seiner Ankunft aufgefallen. Es musste ein Zufall sein, denn dass ihre Vornamen bei ihrer damaligen Partnerwahl im positiven Sinne zu ihrer dauerhaften Bindung beigetragen haben sollten, konnte er sich keinesfalls vorstellen. Vermutlich existierten für die Szymaniaks als Ehepaar diesbezüglich im gesamten Polen viele Vornamensvettern.

Nun hatte ihn Edmund hergestellt, den Bezug zur Bibel. Dazu wollte er sich, was die Rolle der Taube anbelangte, ebenfalls gern noch äußern. Er holte tief Luft, redete auch zu dieser Thematik wie entfesselt.

„Auch als Göttervogel tritt die Taube in der Bibel unzählige Male in Erscheinung. Beispielsweise entließ Noah, als seine Arche bereits 150 Tage durch die Fluten trieb, eine Taube in die Lüfte. Sie kehrte zur Arche zurück, fand keinen Ort, an dem sie hätte landen können. Für Noah ergab sich die ernüchternde Erkenntnis, dass alles ringsum noch von der Sintflut beherrscht wurde. Sieben Tage später ließ er die Taube erneut fliegen. Sie kehrte mit dem Ölzweig im Schnabel, dem Reis des Olivenbaumes, zurück. Folglich begann der Wasserspiegel zu sinken. Pablo Picasso nutzte diese Begebenheit als Motiv für die Darstellung seiner weltberühmten Friedenstaube. Nach weiteren sieben Tagen ließ Noah die Taube ein drittes Mal starten. Sie kehrte nicht zur Arche zurück. Noah wusste nun, sie hatte Land gefunden. Die Sintflut war vorüber. Für Noah war dieses Tier eindeutig ein Symbol der Hoffnung, von ihm erwartete er die Botschaft seiner Rettung.

Im Neuen Testament erhielt die Taube eine noch größere Bedeutung. So ließ sich der Heilige Geist bei der Taufe Jesu im Jordan in Gestalt einer Taube auf ihn herab. Auch am Pfingstwunder mit der Ausgießung des Heiligen Geistes ist die Taube beteiligt."

Edmund ließ es dabei bewenden. Abschließend erwähnte er noch den in Deutschland mehr und mehr um sich greifenden Brauch, bei Eheschließungen weiße Hochzeitstauben aufsteigen zu lassen, manchmal nur ein Pärchen, je eine aus der Hand von Braut und Bräutigam, oftmals aber auch einen ganzen Schwarm. Sie sollen die vielen guten Wünsche, die dem Brautpaar von allen Gästen übermittelt werden, in den Himmel tragen.

An einen so ausführlichen Redebeitrag wie soeben zu den Tauben hatte sich Edmund bisher in polnischer Sprache noch nicht herangewagt. Zwar musste er sich die eine oder andere Vokabel von seinen Freunden zuflüstern lassen, glitt teilweise auch ins Deutsche ab, aber insgesamt gelang alles zur allgemeinen Zufriedenheit. Der Gedanke an die Hochzeitstauben ließ Edmund nicht sogleich los.

„Wenn ich selbst einmal heirate, dann müssen ebenfalls Tauben aufsteigen. Sollten sie wirklich all das an Symbolik verkörpern, was man ihnen nachsagt, dann kann eine mit der Beteiligung von Hochzeitstauben geschlossene Ehe eigentlich nur glücklich verlaufen."

Jetzt konnten sich alle drei ein Lächeln nicht verkneifen. Maria wagte einen leisen Protest.

„An den Tauben allein wird es am Ende wohl nicht liegen. In der Ehe muss jeder Partner seinen Beitrag zur Sicherung der familiären Harmonie leisten. Ihr Männer müsst euch dessen noch mehr bewusst sein als wir Frauen, denn wir neigen schon von Natur aus eher dazu, uns in einem gemeinsamen Nest glücklich zu fühlen."

Hier wollte sie ein bisschen provozieren. Jozsef kannte diese Art von hintergründigem Humor seiner Frau, fühlte sich deshalb in keiner Weise angesprochen.

Gutmütig erwiderte er: „Selbstverständlich, mein Liebling, wenn du es so sagst, dann wird es bestimmt auch so sein. Doch diesen Brauch mit den Hochzeitstauben finde ich großartig! Es wird wohl nicht lange dauern, dann können wir das auch hier in Polen erleben. Möglicherweise gibt es das bereits, wir wissen es nur noch nicht."

Die Zeiger der Uhr waren nun tatsächlich weit vorgerückt, Maria mahnte energisch zur Nachtruhe. Jozsef blickte gedankenversunken vor sich hin. Nun wirkte auch er müde, und selbst bei einer Frohnatur wie ihm zeigte der genossene Alkohol seine Wirkung. Doch er saß und saß, die Sache mit den Tauben berührte ihn tiefer, als er es sich anfangs vorgestellt hatte.

„Hör einmal, Edmund, eines fällt mir jetzt noch ein, das muss ich sofort loswerden! In meine Praxis ist vor ziemlich langer Zeit eine Brieftaube mit verletztem Flügel gebracht worden. Mir war das längst entfallen, aber nun, wo wir uns so intensiv mit diesem Thema beschäftigen, erinnere ich mich daran. Sie wurde von Kindern auf dem Feld gefunden, konnte nicht fliegen. Ich versuchte damals mein Bestes, das Tier zu retten, ihm seine Flugfähigkeit wiederzugeben. Vereinbarungsgemäß brachte der jetzige Besitzer die Taube später nochmals zur Nachkontrolle zu mir. Es sah alles recht gut aus, die Verletzung war verheilt, der kleine Patient flog auch schon einige Meter. Ich vermute, inzwischen verfügt diese Brieftaube, falls sie noch existiert, wieder über ihr vollständiges ursprüngliches Flugvermögen. Das Verrückte an der Sache war jedoch, dass die Taube einen deutschen Ring trug."

Edmund war sofort hellwach.

„Was sagst du da, man brachte dir eine Taube mit einem deutschen Ring?"

„So war es tatsächlich, Edmund. Ich selbst hätte das gar nicht erkannt. Die Ringnummer sagte mir ohnehin nichts, aber mir fiel die Kennung ‚DDR' auf. Ich fragte den Besitzer danach, doch dieser gab sich zunächst unwissend, zeigte sich wenig auskunftsbereit. Nach einigem Hin und Her äußerte er die Vermutung, es müsse sich um eine deutsche Taube handeln. Mehr könnte er dazu jedoch nicht sagen."

„Natürlich ist das die Länderkennung für ostdeutsche Brieftauben vor der Wiedervereinigung. Dieser polnische Züchter wusste das auch, aber er wollte es lieber für sich behalten, um irgendwelchen Verpflichtungen zur Rückmeldung des Tieres in die DDR aus dem Wege zu gehen. Über Ländergrenzen hinweg ist das auch etwas schwierig, das wollen wir ihm als Entschuldigung einmal zugestehen."

Edmunds spontanes Interesse an dieser Taube überraschte Jozsef dann doch gehörig.

„Ich schlage vor, wir reden morgen nochmals darüber. Niemals hätte ich gedacht, dass diese kleine Geschichte dich so sehr elektrisiert. Und hättest du uns heute nicht so viel über Tauben erzählt, wäre ich keinesfalls auf die Idee gekommen, die damalige Behandlung dieser verletzten Taube zu erwähnen. So wichtig erschien mir das nicht."

Zwar kam Edmund noch längst nicht von dem Gedanken an diese in Westpreußen gestrandete deutsche Brieftaube los, aber er fügte sich nun der Aufforderung des Hausherrn, das abendliche Gespräch zu beenden.

„Eine Bitte habe ich noch, lieber Jozsef: Kannst du mir morgen aus deinen Unterlagen die Wohnanschrift des Besitzers dieser Taube heraussuchen?"

„Ja, ich denke schon."

Er verließ das Zimmer und schlug die Tür etwas heftiger zu, als er es selbst gewollt hatte.

Am nächsten Morgen hielt es Jozsef Szymaniak nicht lange im Bett. Selbst wenn er in Ausnahmefällen am Vorabend dem Alkohol ein Quäntchen zu viel zugesprochen hatte, begann er sein Tagwerk stets in gewohnter Weise. Ihn drückten einige Pflichttermine, er musste alsbald aus dem Haus. Zuvor jedoch dachte er an sein Versprechen, das er Edmund gegeben hatte. Es bereitete ihm keine Mühe, aus seiner Tierpatientendatei die Anschrift des Taubenbesitzers herauszusuchen. Es handelte sich um Miroslav Kuczynski aus dem Ort Freimühlen (Wolsko). Er notierte die Adresse auf einem Zettel und legte diesen für Edmund auf den Tisch, ehe er mit seinem Auto davonfuhr.

Der Rote auf fremdem Terrain

Für den bei dem Brieftaubenauflass im ungarischen Szeged nach Westpreußen abgedrifteten roten Täuber bestand kaum noch Hoffnung auf ein Überleben. Das Schicksal schien für diese mit verletztem Flügel im freien Feld notgelandete Taube besiegelt. Wie sollte sie jemals wieder von dort wegkommen, wie sich ernähren und vor Feinden schützen?

Vom Schock des Absturzes hatte sich der Rote zwar nach etwa einer Stunde einigermaßen erholt, aber es bestand für ihn kein Handlungsspielraum. Alternativen zu seinem ratlosen Herumsitzen gab es nicht. Der Abend brach an, das Unwetter war abgezogen, die Sonne stand tief im Westen. Für den Roten begann die Qual der Einsamkeit. Tauben als Schwarmtieren ist ein Alleinsein unbekannt. Selbst als einzelnes Pärchen, bei dem zumindest die Zweisamkeit gesichert ist, fühlen sie sich nicht wohl. Mit hereinbrechender Dunkelheit wurde die Isolation von seinesgleichen für ihn nahezu unerträglich, er hatte sich noch nie so verlassen gefühlt. Was sollte er tun, wie diese Nacht verbringen? Sich zu verkriechen, um für einen möglichen Fressfeind unentdeckt zu bleiben, konnte er sich nicht entschließen. Eine Übernachtung am Boden war für ihn etwas völlig Neues, wäre für ihn in gesundem Zustand niemals in Frage gekommen. Tauben sind Fluchttiere, haben gegen Räuber wie Marder und Habichte keine Abwehrchance, müssen sich allein auf ihr blitzartiges Reaktionsvermögen verlassen. Im Vertrauen auf diese Fähigkeit bevorzugen sie auch in den Nächten einen Ruheplatz mit freier Sicht, falls sie die Stunden der Dunkelheit nicht in ihrem sicheren Taubenschlag verbringen können.

So verharrte der Rote bis zum Morgengrauen auf dem von ihm als Schlafplatz gewählten Stein. Die nicht enden wollende Finsternis erschien ihm wie eine Ewigkeit, bei jedem Geräusch zuckte er zusammen, auch wenn es sich nur um eine durch die Grashalme huschende Maus handelte. Ein herumstöbernder Steinmarder hätte ihn vermutlich aufgespürt, aber der Notlandeplatz des Roten lag so weit ab vom Rand der nächsten Ansiedlung, dass er sich außerhalb des Jagdreviers dieses Beutegreifers befand, der vorwiegend im Umfeld von Gebäuden auf Nahrungssuche geht. Dem Fuchs entging er mit viel Glück ebenfalls, dessen Pirsch erfolgte in dieser Nacht in eine andere Richtung. Da am verletzten Flügel des Roten Blut ausgetreten war, bestand in hohem Maße die Gefahr, dass die hungrige Fuchsfähe diese Witterung bei günstigem Wind auch aus größerer Entfernung wahrgenommen hätte.

Mit der überstandenen Nacht war für den Roten noch nichts gewonnen. Da er bereits am Vortag, kurz vor dem Start aus dem Kabinenexpress in Szeged, lediglich einen gehörigen Schluck Wasser zu sich genommen hatte, plagte ihn nun der Hunger. Sein enormer Energieverbrauch während des kräftezehrenden, nicht enden wollenden Fluges zeigte Wirkung. Er konnte sich nur mit großer Anstrengung auf den Beinen halten, wobei das Trippeln zu Fuß ganz und gar nicht die Sache von Tauben ist. Dazu kam der verletzte Flügel, den er nicht in der Waagerechten zu halten vermochte. Die Handschwingen in dessen Vorderteil schleppten über die nasse, schmierige Ackerkrume, sodass die Federn schnell mit Erde verklebten und immer schwerer wurden. Er quälte sich dennoch vorwärts, suchte verzweifelt nach etwas Fressbarem, fand aber so gut wie nichts. Die Samen einiger Unkräuter waren alles, was sich ihm bot.

Die Situation des Roten verschlechterte sich von Stunde zu Stunde. Der herabhängende, inzwischen als ein klumpiges, lehmverschmiertes Gebilde mitgeschleppte rechte Flügel behinderte das Tier schließlich in einem solchen Maße, dass es sich nur noch wenig fortbewegte. Hinzu kamen nicht enden wollende Schmerzen, denn die beim Aufprall an den Leitungsdraht entstandene Verletzung brach wieder auf, wenn der Täuber versuchte, mit dem Schnabel zumindest einen Teil der Erde aus seinem Gefieder zu entfernen.

In einer Ackerfurche fand er schließlich eine kleine Wasserpfütze. Er sog den labenden Trunk gierig ein, bekam dadurch ein neues Gefühl der Hoffnung, während er sich in den Minuten davor bereits selbst aufgegeben hatte. Sein Kreislauf stabilisiert sich innerhalb weniger Minuten, die Mattigkeit schien von ihm zu weichen. Er nahm die Geschehnisse um ihn herum wieder bewusster wahr, begnügte sich nicht damit, in absoluter Gleichgültigkeit vor sich hin zu starren. So entging ihm auch der Greifvogel nicht, der bei seiner Suche nach Beute entlang des Waldrandes beharrlich am Himmel kreiste. Im Roten erwachte sofort der Erhaltungstrieb. Instinktiv duckte er sich, suchte Deckung unter einem nahen Gebüsch und wartete mit eingezogenem Kopf, bis er sich außer Gefahr wähnte. Auch bei ihm als eigentlichem Hausbewohner funktionierte das Verharrungsvermögen in Gefahrensituationen noch genau so wie bei einem Wildtier, mit einer für Menschen schier unvorstellbaren Geduld. Da verliert der Faktor Zeit jede Bedeutung, geht es einzig und allein darum, jede Chance zur Erhaltung des eigenen Lebens zu wahren. So verging für den Roten ein weiterer Tag, ohne dass für ihn die leiseste Hoffnung auf Rettung bestand. Seiner zweiten Nacht inmitten des unwegsamen Geländes sah er mit Grauen entgegen. Zusätzlich hatte sich auch sein körperlicher Zustand rapide verschlechtert. Der Nahrungsmangel, die Verletzung und das verschmutzte Gefieder ergaben in der Summe Belastungen, denen er keine größere Widerstandskraft mehr entgegen zu setzen vermochte. Er befand sich noch immer in unmittelbarer Nähe seines Notlandeplatzes, hatte mit seinem Handikap nur eine kurze Distanz zurücklegen können. Mit einbrechender Dunkelheit begann es zu regnen. Sein verletzter Flügel konnte den Körper nicht mehr wie gewohnt abdecken. Während gesunde Tauben stundenlang auf dem Dach im Regen sitzen können, ohne dass ihr Untergefieder durchnässt, weil die Wassertropfen von den oberen Deckfedern wie von einer imprägnierten Regenjacke abperlen, kamen diese Schutzfunktionen beim Roten nicht zur Wirkung. Vor allem auf seiner rechten Körperseite drang das Regenwasser ungehindert bis auf die Haut, kühlte den gesamten Organismus aus und behinderte das durchnässte Tier in einer solchen Weise, dass es zu keinerlei Reaktionen mehr befähigt war. Das Leben pulsierte noch in ihm, als der neue Tag begann, aber sich zu bewegen, das hatte der Täuber aufgegeben. In Erwartung des nahen Todes hockte er apathisch auf einer Erdscholle.

Am gleichen Tag beschloss im nahe gelegenen Freimühlen eine Gruppe von Kindern, einen Streifzug durch die Felder und den angrenzenden Wald im Umfeld ihres Wohnortes zu unternehmen. Zwei Jungen und ein Mädchen begaben sich auf den Weg. Der Regen war vorüber, die ersten Sonnenstrahlen erwärmten die feuchtigkeitsgesättigte Landschaft, sodass überall gespenstische Nebelschwaden von emporsteigendem Wasserdampf sichtbar wurden. Die Kinder kannten das, wurden dadurch nicht im Mindesten abgehalten, sich ungezwungen in der taufrischen Landschaft zu tummeln. Sie durchstreiften des Öfteren die Umgebung ihres Dorfes, meist ohne ein bestimmtes Ziel, einfach zur Befriedigung ihres unbändigen Bewegungsdranges. Die Schönheiten der Natur nahmen sie unbewusst in sich auf, schätzten dieses Idyll sehr, sahen darin aber nichts Besonderes. Das war einfach so, war schon immer da, und selbstverständlich würde es auch so bleiben. Dabei beschäftigten sie sich mit den unterschiedlichsten Dingen, meist in Abhängigkeit von der jeweiligen Jahreszeit. Die Palette reichte von der Suche nach Blumen, Pilzen oder Vogelnestern bis hin zum Bauen von Laubhütten oder Ähnlichem.

Einer der Jungen namens Jirka stieß plötzlich einen Laut der Überraschung aus.

„Da, seht einmal, dort sitzt ein ziemlich großer Vogel! Seid still! Er bewegt sich nicht, vielleicht können wir noch etwas näher an ihn herankommen."

Der zweite der Buben namens Petr konnte die Aussage zu dem erblickten Vogel beim Näherschleichen schnell präzisieren, verfügte er doch über recht solide Kenntnisse der hier heimischen Ornis.

„He, das ist doch kein Vogel, der hier normalerweise vorkommt! Das ist eine Taube, aber keine Wildtaube, sondern eine vom Bauernhof, eine rote Haustaube."

Sie näherten sich dem Tier weiter, stellten aber bei diesem trotz der sich stetig verkürzenden Distanz keinerlei Fluchtreaktion fest. Das Mädchen Jana hielt sich die Hand vor den Mund, um einen Flüsterton zu erzeugen.

„Ich glaube, die Taube schläft oder sie ist tot. Jetzt sieht man sogar, dass ihre Augen geschlossen sind."

Die Jungen bestätigten das mit Kopfnicken, ließen nun, auf den letzten Schritten, auch nicht mehr die übergroße Vorsicht walten wie am Beginn der Anschleichaktion. Ohne Worte waren sie sich einig: Die Taube konnte nur tot sein, so wie sie in ihrer Körperstarre auf dem Erdhügel hockte, aber weshalb saß sie dann überhaupt noch und fiel nicht einfach auf die Seite? Tote Vögel hatten sie schon häufig gefunden, doch diese lagen stets am Boden, verharrten niemals in sitzender Haltung. Alles klärte sich schnell auf. Jirka ergriff die Taube, was ihm problemlos gelang, da das Tier nicht den geringsten Versuch unternahm, seinen Händen auszuweichen.

„Sie lebt, sie bewegt sich! Aber seht euch an, wie nass, dreckig und blutverschmiert sie ist! Vielleicht stirbt sie noch, ehe wir mit ihr zu Hause ankommen."

Nun trabten alle drei zurück zum Dorf. Jeder wollte die Taube einmal tragen, aber Jirka gab sie nicht aus den Händen. Beim Festhalten des Taubenkörpers hatte er inzwischen bemerkt, dass sich an den Füßen ein Ring befand. Es handelte sich also um eine verunglückte Brieftaube, darin war er sich sicher. In diesem Metier kannten sich die drei Retter aus. Für Dorfkinder gibt es während ihres Heranwachsens irgendwann eine Phase, in der sie sich mit Tauben beschäftigen, unabhängig davon, ob sie selbst welche halten können oder nur gelegentliche Teilhaber bei anderen sind. Selbstverständlich kannten sie im Ort alle Taubenzüchter. Zu einem von ihnen, Miroslav Kuczynski, bestand ein sehr freundschaftliches Verhältnis. Er hatte sie bereits mehrfach zu sich eingeladen, zeigte ihnen die Brieftauben, seine ‚Renner der Lüfte', wie er sie nannte. Dorthin brachten sie ihren Fund. Herr Kuczynski zeigte sich keineswegs erfreut. Was sollte er mit diesem völlig hilflosen Tier anfangen, für das nur geringe Überlebenschancen bestanden? Und sollte es wirklich durchkommen, würde sich für ihn ein enormer Pflegeaufwand ergeben, was sich mit seinen beruflichen Verpflichtungen gar nicht vereinbaren ließ. Doch mit diesen Überlegungen wollte er die Kinder nicht belasten, musste dennoch ihre Euphorie über das glückliche Auffinden der Taube etwas bremsen.

„Da habt ihr mich ja von euerem Streifzug mit einem schönen Mitbringsel bedacht! Es war richtig von euch, das unglückliche Tier nicht seinem Schicksal zu überlassen. Aber ob wir es retten können, das weiß ich selbst nicht. Die Taube befindet sich in einem schrecklichen Zustand. Ich versuche mein Bestes, doch ohne einen Tierarztbesuch wird es wohl nicht gehen."

„Können wir Ihnen helfen?"

Die kleinen Retter wollten nun ebenfalls ihren Anteil leisten, und Herr Kuczynski bemühte sich, die Kinderseelen nicht zu enttäuschen.

„Na gut, wir müssen sofort etwas unternehmen, sonst kommt tatsächlich jede Hilfe zu spät."

Der Züchter wusste genau, worauf es als Erstes ankam. Unter Beteiligung der Kinder wurden die lehmbeschmutzten Federpartien der Taube mit lauwarmem Wasser gereinigt, wobei sie bei dem verletzten Flügel besondere Vorsicht walten ließen. Danach erfolgte der behutsame Einsatz eines Föhn, bis sich das Gefieder wieder in einem luftig-lockeren Zustand präsentierte. Miroslav Kuczynskis anfängliche Skepsis schwächte sich nun etwas ab.

„Ein schöner Rotgehämmerter ist das schon, der könnte mir gefallen! Es ist ein Männchen, wie es aussieht."

Die Taube stand danach wieder deutlich entspannt in ihrer Box, zwar mit hängendem Flügel und auf wackeligen Beinen, aber ihre Lebensgeister kamen zurück. Nun begann sie, verhalten nach dem hingestreuten Futter zu picken, danach auch die Tränke aufzusuchen, sodass sich die Mienen der vier Beobachter zusehends aufhellten. Sterben würde das Tier nun nicht mehr, das wussten sie jetzt, aber ob eine Heilung der Verletzung möglich war, das konnte in diesem Moment niemand beurteilen.

„Ich werde mit ihr zum Tierarzt fahren, das verspreche ich euch. Es wäre schön, wenn ihr eueren neuen Liebling auch in den nächsten Tagen ein bisschen betreuen würdet. Ihr könnt kommen, wann ihr wollt, ich muss nicht immer dabei sein. Tagsüber bin ich auf meiner Arbeitsstelle, wie ihr wisst. Das Futter stelle ich hin, das Tränkwasser müsst ihr täglich erneuern, den Kot herauskratzen und frischen Sand einstreuen."

Er brauchte Jana, Jirka und Petr nicht lange zu bitten, mit Freude stimmten sie einer Übernahme der ihnen übertragenen Aufgabe zu. Sofort entwarfen sie einen Plan, wer an welchen Tagen als Taubenbetreuer fungieren sollte. Wie sich jedoch später herausstellte, hätte das Versorgungssystem auch ohne Einsatzplan funktioniert, denn zur Fütterungszeit traf sich meist die gesamte Gruppe beim Roten. Dessen Konstitution verbesserte sich täglich. Den Kindern gegenüber verlor er jegliche Scheu, setzte sich auf die ausgestreckte Hand und ließ sich mit kleinen Leckereien wie Erdnüssen und Sonnenblumenkernen verwöhnen. Wegfliegen konnte er nicht, das Malheur mit dem Flügel war noch nicht behoben, eine Heilung noch immer ungewiss.

Miroslav Kuczynski hatte inzwischen bei seinen Sportfreunden nachgefragt, ob sie ihm einen Tierarzt nennen könnten, der über Spezialkenntnisse bei der Behandlung von Verletzungen bei Vögeln verfügt. Ihm wurde Dr. Szymaniak in Nakel empfohlen. Ob Vögel oder Tauben, sagte sich Züchter Kuczynski, das sei im Grunde kein Unterschied, und somit entschied er sich für eine Autofahrt dorthin. Einen Tierarzt für Großtiere, speziell für Pferde und Rinder, hätte er auch im näheren Umfeld seines Wohnortes gefunden, aber ob dieser den verletzten Flügel einer Taube behandelt hätte, das war nicht sicher. So begab sich Miroslav voller Ungewissheit auf die Autotour zum Praxisbesuch bei Dr. Szymaniak. Die gründlich durchgeführte Untersuchung erbrachte die Diagnose, dass eine reale Chance zur Heilung der Taube bestand. An den Gelenken fand sich keine Verletzung, das war entscheidend. Nach erfolgter Desinfektion der Wunde wurde eine leichte Bandage mit stabilisierender Schiene angelegt, um dem Tier wieder die normale Flügelhaltung zu ermöglichen. Man müsse nun etwas Geduld haben, meinte der Tierarzt, vereinbarte mit dem Züchter einen nochmaligen Termin zur Vorstellung des Tieres und geleitete ihn mit dem optimistischen Ausblick zur Tür, er sei der festen Überzeugung, dass die Taube eines Tages wieder durch die Lüfte segeln könne.

Die moderat ausgefallene Behandlungsgebühr entrichtete Miroslav gern, hatte er doch zunehmend Gefallen an dem Roten gefunden, zumal nun die berechtigte Hoffnung bestand, die Taube wieder fit zu bekommen. Dazu zeigte ihm die unbequeme Fragerei des Tierarztes nach der Bedeutung der Nummer und der Buchstaben auf dem Fußring, dass es sich hier um etwas Exotisches handeln müsse. Er war nun fest entschlossen, diesen deutschen Täuber zur Blutauffrischung und zur möglichen Leistungsverbesserung in seinen eigenen Brieftaubenbestand zu integrieren.

Zu Hause angekommen, wurde er bereits von den Kindern empfangen, die seinem Eintreffen ungeduldig entgegen gefiebert hatten.

„Herr Kuczynski, was hat der Tierarzt gesagt? Konnte er der Taube helfen? Wird sie wieder gesund?"

Jana war es, die den Züchter mit einem Schwall aus ihr heraussprudelnder Fragen überschüttete.

„Nun wartet erst einmal, bis ich die Taube wieder in ihren Stall gesetzt habe. Dann erzähle ich euch, wie es heute beim Tierarzt war. Aber so viel kann ich euch schon jetzt verraten: Es sieht gut aus! Wenn wir uns große Mühe geben, dann kann sie, sobald ihre Verletzung ausgeheilt ist, mit großer Wahrscheinlichkeit wieder fliegen."

Die Kinder jubelten! An ihnen sollte es nicht liegen, wenn es darum ging, den Pflegling während der längeren Therapiephase sachgerecht zu betreuen.

Nachdem an diesem Nachmittag der Züchter Kuczynski den Kindern alle weiteren Einzelheiten seines Besuches beim Tierarzt mitgeteilt hatte, begaben sich diese zufrieden auf den Heimweg.

„Bis morgen, Herr Kuczynski, Sie können sich auf uns verlassen!"

Mit diesen Worten verschwanden sie durch das Eingangstor des Hofes.

Während dieser Tage weilte auch Eva, die Tochter der Familie Kuczynski, im Hause ihrer Eltern. Sie arbeitete in Thorn als Lehrerin, kam aber an arbeitsfreien Tagen gern in ihren Heimatort. Nun wurde sie ungewollt Zeuge der vielen Aufregungen, die sich bezüglich der verletzten Taube ergaben.

„Vati, was ist das denn für eine Taube? Weshalb macht ihr so viel Aufhebens um sie? Wie ich mitbekommen habe, kann sie nicht fliegen. Das wird doch nichts mit einer Heilung, ihr werdet sie wohl dauerhaft pflegen müssen."

Eva gefiel die Sache nicht, wusste sie doch, dass ihr Vater manchmal beruflich über mehrere Tage abwesend war. Die Mutter hatte dann in Haus, Hof und Garten ohnehin alle Hände voll zu tun. Wer sollte in solchen Fällen das verletzte Tier betreuen?

„Deine Zweifel, liebe Tochter, kann ich verstehen. Sie plagten mich in den vergangenen Tagen ebenfalls. Aber seit ich beim Tierarzt war, sehe ich das anders. Er war fest davon überzeugt, dass die Verletzung ausheilt. Du wirst sehen, es wird uns gelingen, der Taube wieder ihr volles Flugvermögen zurückzugeben."

„Und wer pflegt den kleinen Patienten, wenn du nicht da bist?"

„Das übernehmen die Kinder, du kennst sie ja, man kann ihnen vertrauen."

Eva als Lehrerin war die Letzte, die Schülern von vornherein mit Misstrauen begegnete. So hatte sie es währen ihrer Ausbildung nicht gelernt und es war auch nicht ihre Überzeugung. Aus ihrer bisherigen praktischen Tätigkeit im Schuldienst verfügte sie im Umgang mit Kindern bereits über einen beträchtlichen Erfahrungsschatz. Sie wusste, dass es besser ist, sie für ein Vorhaben zu begeistern, als sie gleich zu Beginn mit Bedenken und Einschränkungen zu verunsichern.

Nun stellte sie ihre eigenen Zweifel zurück und ging engagiert in die Offensive.

„Also gut, wenn du in diesem Taubenzirkus einen tiefen Sinn erkennst, will ich mich der Sache nicht verschließen. Wie du weißt, bin ich jetzt für drei Wochen hier in Freimühlen, erst dann muss ich wieder nach Thorn. Ich werde mich sowohl deines Schülertrios als auch der Taube annehmen. Vielleicht bereitet es mir sogar unerwartete Freude."

Eva hatte gesprochen, zeigte sich fest entschlossen. Ihr Vater schaute sie wohlwollend an. So war sie nun einmal, zuerst skeptisch und oftmals sogar widerborstig, dann aber schnell entschlossen und optimistisch nach vorn blickend. Wenn sie sich entschieden hatte, dann konnte man sich auf sie unbedingt verlassen, nahm sie sich mit Feuereifer auch schwieriger Aufgaben an. Bereits am nächsten

Morgen entwarf sie mit Jana, Jirka und Petr einen Wochenplan für die Betreuung der Taube, wobei sie es so einrichtete, dass sie immer gemeinsam mit einem der drei zum Dienst verpflichtet war. Durch die fürsorgliche Pflege ging der Genesungsprozess des Roten mit Riesenschritten voran. Der Täuber verlor alle Scheu vor den Menschen, saß ruhig und entspannt auf Arm oder Schulter seiner Betreuer und fraß aus der Hand, sobald sie ihm einige Körner reichten. Trotz der Bandage versuchte er zuweilen, vorsichtig mit den Flügeln zu schlagen, wobei ihm jedoch das Abheben vom Boden noch nicht gelang. Im Ergebnis der nochmaligen Konsultation Dr. Szymaniaks wurde schließlich der Verband vollständig entfernt, sodass die gymnastischen Übungen zur Regeneration der Flügelmuskulatur mit größerer Intensität ausgeführt werden konnten. Mit bewundernswerter Geduld gelang es den Kindern, die Taube zu animieren, stetig etwas länger werdende Distanzen mit einigen Flügelschlägen zu überwinden. Glückte das anfangs nur von einer Kiste zur nächsten über Entfernungen von einem bis zu zwei Metern, so konnte der Meterzahl bald die erste, danach auch die zweite Null angehängt werden. Miroslav Kuczynski war des Lobes voll.
„Was ihr durch eure Beharrlichkeit bei der Genesung des Roten erreicht habt, grenzt an ein kleines Wunder. Jana, Jirka und Petr, ich danke euch sehr! Ihr erhaltet von mir eine Belohnung. Und dass du dich, liebe Eva, hierbei so engagiert hast, hätte ich dir anfangs nicht im Entferntesten zugetraut. Ich bin auch dir dafür sehr dankbar!"
Miroslav war fast etwas gerührt. Nun würden zwar aus seinen Helfern später nicht unbedingt aktive Taubenzüchter werden, aber wie geduldig und sachkundig sie sich um den Täuber bemühten, das nötigte ihm gehörigen Respekt ab. Eva musste nun ihre Gefühle ebenfalls zum Ausdruck bringen.
„Vater, ich hätte nicht gedacht, dass sich bei mir eine so enge Beziehung zu dieser Taube aufbauen könnte! Ich kann nicht mehr über unseren Hof gehen, ohne nachzuschauen, ob es ihr gut geht und was

sie gerade tut. Wir hielten doch schon immer Tauben, aber das hat mich nur am Rande interessiert. Es war meist nur dein Betätigungsfeld. Nun ist das anders, ich verstehe es selbst nicht."

Das waren fast schon Worte des Abschieds, denn Evas Zeit im Elternhaus ging vorüber, sie musste wieder ihren Dienst antreten. Sie war gern zu Hause in Freimühlen, hatte besonders zu ihrer Mutter, einer warmherzigen, bescheidenen Frau, ein sehr inniges Verhältnis. In ihrem Äußeren konnten beide nicht gegensätzlicher sein. Die Mutter blieb der bäuerlichen Tradition ihrer Heimat verbunden, konnte die wenigen Tage zählen, die sie während ihres bisherigen Lebens außerhalb des Ortes verbracht hatte. Sicherlich war sie als junges Mädchen ebenfalls chic gekleidet, hatte lustig getanzt und sich bemüht, den jungen Burschen zu gefallen, aber während der späteren Jahre als Mutter und Hausfrau galten für sie andere Prioritäten. Die Hauswirtschaft zu führen, den Ehemann zu versorgen, ebenso die Tochter, und sich nach besten Kräften im kleinen Bauernhof nützlich zu machen, darauf kam es ihr an. Modische Kleidung benötigte sie nur selten, vornehmlich bei den wenigen Dorffesten, die sie mit ihrem Gatten hin und wieder besuchte. Im Alltag genügten ihr robuste Arbeitskleider, ergänzt durch bunte Schürzen und Kopftücher sowie ein zweckmäßiges Schuhwerk, das im Hausinneren aus Pantoffeln, im Außenbereich vornehmlich aus Gummistiefeln bestand.

Eva hingegen entsprach mit ihrer attraktiven Erscheinung fast sämtlichen Klischees einer jungen Polin. Sie verstand es geschickt, durch sorgfältig ausgewählte Garderobe die Vorzüge ihrer schlanken, wohlproportionierten Figur unübersehbar zu betonen. Dekolletierte Blusen, taillenbetonende Gürtel und eine imposante Kollektion an Miniröcken gehörten zu ihrer Standardausrüstung. Man sah ihr nicht an, dass sie ihren 20. Geburtstag bereits hinter sich hatte. Auf ihrem makellosen, jugendlich wirkenden Gesicht lag meist ein freundliches Lächeln, wodurch sie schnell die Herzen der Menschen gewann. Ihre dunklen, glatten Haare verliehen ihr ein fast madonnenhaftes Äußeres. Trotz ihrer großstädtischen Erscheinung verleugnete sie niemals ihre Wurzeln, ihre Herkunft aus ländlichem Milieu. Im Gegenteil war sie eher stolz darauf, strahlte es doch den Hauch von etwas Exotischem aus, wenn sie in der Stadt berichten konnte, unter welch teilweise archaischen Bedingungen sie ihre Kindheit und Jugend verbracht hatte. All das war ihr niemals fremd geworden. Kaum im Elternhaus angekommen, schlüpfte sie sofort in ihre Arbeitsjeans und packte bei den vielen zu erledigenden Arbeiten fleißig mit an. Sie hatte sich den Blick dafür bewahrt, schnell zu erkennen, woran er fehlte. Die Eltern mussten sie auf die am dringlichsten zu erledigenden Arbeiten meist gar nicht erst hinweisen.

Doch diese Tage lagen nun hinter ihr. Es ging zurück nach Thorn, sie musste wieder ihre Rolle als Lehrerin ausfüllen. Sie liebte ihren Beruf, freute sich auf ihre Schüler, dennoch blickte sie auf den Kurzurlaub bei den Eltern mit einer unbeschreiblichen inneren Zufriedenheit zurück. Erlebnisreich und erholsam, so behielt sie diese Zeit in Erinnerung. Auch an ihre für die Betreuung des roten Täubers geopferten Freizeitstunden musste sie denken. Diesen Aufwand bereute sie keinesfalls. Durch dieses Geschöpf hatte sich bei ihr eine zuvor nie gekannte Beziehung zu Tauben entwickelt. Bei ihren zukünftigen Telefonaten mit Mutter und Vater würde sie sich ganz bestimmt auch nach dem Wohlbefinden des Roten erkundigen, das wusste sie ganz gewiss.

Der Heilungsprozess des Täubers nahm nach Evas Abreise weiterhin einen zügigen Verlauf. Ihm gelang es bereits, das Gehöft der Kuczynskis mit zaghaften Flugmanövern mehrere Male zu umrunden, ehe er sich erschöpft auf dem Dachfirst der Scheune niederließ. Er dehnte seine Flugübungen beständig aus, zog die Luftkreise weiter, oftmals bis in die Feldflur hinein. Das freiwillige Trainieren war ihm bereits als Jungtier anerzogen worden. In seinem Geburtsort, bei dem deutschen Züchter Helmut Schneider, gehörten regelmäßige Übungsflüge der Brieftauben in Hausnähe zum Tagesprogramm. Die Tauben befanden sich ein bis zwei Stunden in der Luft, umkreisten ihren Schlag in weiten Flugbahnen. Ohne intensives Training sind die Tauben nicht in der Lage, ihr anspruchsvolles Wettflugprogramm zu meistern, dessen ist sich jeder Taubensportler bewusst. Muss anfangs, im Frühjahr und bei jungen Tauben, der Trainingseifer durch geschickte Stimuli erst entfacht werden, entwickelt sich bei erfahrenen Flugstrategen eine solche Freude am Durchstreifen des Luftraumes, am Steigen, Fallen, Schwenken und schließlich Herabsegeln, dass sie ihre Pflichtübungen aus eigenem Antrieb absolvieren.

So kannte es der Rote, das ständige Herumsitzen war nichts für ihn. Miroslav beobachtete ihn oft bei seinen Trainingseinheiten. Er kam dabei mehr und mehr zu der Überzeugung, dass ihm mit der Reaktivierung dieses Täubers ein Volltreffer geglückt war.

Nachdem der Rote noch immer seine separate Kleinvoliere bewohnte, die er nach seinen Flügen gern wieder aufsuchte, sah der Züchter nunmehr die Zeit gekommen, den Täuber an das Zusammenleben mit dem übrigen Teil seines umfangreichen Taubenbestandes zu gewöhnen. Naturgemäß suchen Tauben von sich aus die Gesellschaft ihrer Artgenossen. Nicht umsonst heißt es, dass Tauben dort zufliegen, wo bereits Tauben sind, selbst wenn sich diese Volksweisheit doppelsinnig nicht nur auf diese Tiere, sondern auch auf Materielles allgemein bezieht. Dennoch wird jeder Fremdling von der angestammten Schlagbesatzung sofort heftig attackiert. Die Revierbesitzer haben alle Nistbereiche bereits unter sich aufgeteilt und verteidigen diese vehement. Um eine Brutzelle kämpfende Täuber entwickeln eine solche Aggressivität, dass es im Ergebnis dieser Gefechte nicht selten zu Blutungen im Kopfbereich kommt. Dauerhafte Schäden entstehen dabei jedoch bei keinem der Kontrahenten. Der Schwächere erkennt rechtzeitig, wenn für ihn der Zeitpunkt zum Rückzug gekommen ist. Flügelschlagend und schnabel-hackend mit anderen Täubern die Kräfte zu messen, dazu war der Rote noch nicht fähig. So konnte er sich, nachdem ihn Miroslav in den Gemeinschaftsschlag gesetzt hatte, nur unauffällig in eine Ecke verkriechen, um nicht unangenehme Beißattacken der Stammbesatzung zu provozieren.

Dem Roten blieb über einen längeren Zeitraum nichts anderes übrig, als sich zurückzuziehen und jedem Angriff anderer Täuber auszuweichen. An Gegenwehr war nicht zu denken. Er verhielt sich eher wie eine Täubin, die es auch nur in seltenen Fällen wagt, sich einem mit maskulinem Gehabe gebärdenden Männchen in den Weg zu stellen. So lebte er in den Tag hinein. Sein früherer Stolz, als ihm als kraftstrotzendem Jüngling im heimatlichen Schlag niemand so schnell den Platz streitig machte, war dahin. Das kränkte ihn. Doch was sollte er tun? Im Grunde ging es ihm nicht schlecht. Er erhielt, wie alle anderen Tauben, täglich ausreichendes Futter und frisches Wasser, doch glücklich war er nicht. Auch gelang es ihm nicht, eine stabile Bindung zu den angestammten Mitgliedern des Taubenschwarms aufzubauen. Er flog zwar gemeinsam mit ihnen, aber viele Male scherte er aus dem Verband aus und steuerte geradewegs gen Südwest, in Richtung seines Geburtsortes. Dieser Heimkehrdrang erfasste ihn immer stärker. Auf Dauer würde er sich nicht damit abfinden, den Rest seines Lebens an seinem jetzigen Aufenthaltsort zu verbringen. Doch jeden dieser Ausreißversuche musste er abbrechen, der rechte Flügel begann bei längeren Flugstrecken so stark zu schmerzen, dass er in einigen Fällen fast nicht mehr den Rückflug bewältigte. Die Nachwirkungen der Verletzung waren noch immer stärker, als er es sich eingestehen wollte. Irgendwann gab er die Heimkehrversuche auf, fügte sich in sein Schicksal. Er richtete sein Bestreben nun nicht mehr vorrangig darauf, seine Schlaggemeinschaft zu verlassen und nach Deutschland zurückzukehren. Daraus ergab sich für ihn die Notwendigkeit, sich stärker mit der derzeitigen Realität auseinander zu setzen. Mit diesem neuen Willen, sich dort, wohin es ihn verschlagen hatte, einzuleben und durchzusetzen, gelang es ihm zunehmend besser, sich in der Schlaghierarchie fest zu etablieren und dabei zwar keinen vorderen, aber einen gesicherten, nicht mehr anfechtbaren Platz zu behaupten.

Für das Statussymbol eines Täubers ist es im Zusammenleben mit seinesgleichen von existenzieller Bedeutung, für sich und die vorgesehene Familienplanung eine für die Jungenaufzucht geeignete Brutnische zu erobern. Diese wird ihm von seinen Konkurrenten keinesfalls freiwillig überlassen, deren Besetzung gelingt in den seltensten Fällen ohne vorherige Rangeleien.

Da er sich einen Nistplatz am Rande der für das Brutgeschäft installierten Zellenbatterie ausgesucht hatte, kam er mit den dominanten Schlagmatadoren nicht unmittelbar in Konflikt, denn auf erbitterte Rangkämpfe konnte er sich noch immer nicht einlassen. Als Mitbewerber stellte sich ihm nur ein kräftiger Jungtäuber entgegen. Dieser stritt mit ihm zwar mit unglaublicher Beharrlichkeit, war sich aber seines Kraftpotenzials selbst nicht sicher, sodass seine Gegenattacken eher halbherzig erfolgten. Nach zwei Tagen, in denen sie sich zwischenzeitlich mehr belauerten als bekämpften, gab der Jungspund auf, war das Duell entschieden.

Als stolzer Besitzer eines eigenen kleinen Terrains strahlte der Rote sofort eine gewisse Souveränität aus. Innerhalb weniger Tage war er in seinem Habitus nicht wiederzuerkennen. Seine gedrückte, fast traurig anmutende Körperhaltung hatte sich gestrafft, den Kopf trug er stolz aufgerichtet, die den Brieftauben eigenen feurigen Augen strahlten selbstbewusst, wobei die bei hellem Licht rötlich glänzende Iris als Zeichen einer robusten Vitalität nicht zu übersehen war.

Die äußeren Zeichen des erfolgreich verlaufenen Genesungsprozesses des Roten blieben auch Miroslav Kuczcynski nicht verborgen. Als die an der Pflege des Roten beteiligten Kinder wieder einmal bei ihm weilten, führte er sie in den Taubenschlag. Sie erkannten ihren alten Freund fast nicht wieder, so hatte sich bei ihm alles zum Guten gewendet. Nun erläuterte ihnen der Züchter seinen Plan.

„Wenn sich unser gemeinsamer Liebling bei uns wohlfühlen soll, müssen wir ihm eine Partnerin geben. Ich habe in meinem Bestand eine wunderschöne blaue Täubin, die würde gut zu ihm passen. Sie hat sich bereits bei den Jungtierflügen bestens bewährt, kann auch auf eine hervorragende Abstammung verweisen, das wird die richtige Wahl sein."

Den zwei Buben erschien das einleuchtend, nur Jana hegte Zweifel.

„Kann man denn unserem Roten so einfach eine Frau geben, die er gar nicht kennt? Es wäre doch bestimmt besser, er könnte sich seine Täubin selbst aussuchen."

Miroslav strich ihr verständnisvoll über das Haar.

„Weißt du, Jana, bei den Tieren ist das nun einmal etwas anders als bei uns Menschen. Bei den Haustieren bringt man die Partner, von denen man hofft, sie können gemeinsam für gesunden und rassetypischen Nachwuchs sorgen, bewusst zusammen. Man nennt das züchten. Du wirst einsehen, dass wir unseren Roten nicht erst fragen können, mit wem er sich gern anfreunden möchte. Er wird sich über jede Täubin freuen, die wir für ihn aussuchen. Und wenn sie sich dann als Pärchen gefunden haben, bleiben sie für immer zusammen."

Nun zeigte sich auch Jana beruhigt. Eine so schlimme Zumutung konnte es also für den deutschen Brieftäuber nicht sein, wenn man ihm eine junge polnische Braut zur Seite stellte. So richtig vorstellen, wie das mit dem Verpaaren dieser Tauben vor sich gehen sollte, konnte es sich Jana dennoch nicht.

„Wie wollen Sie den beiden nun klarmachen, dass sie ein Paar werden sollen? Wir können doch mit ihnen nicht darüber reden?"

Miroslav freute sich über das Interesse der Kinder, somit beantwortete er auch geduldig ihre nicht enden wollenden Fragen.

„Wir werden es so machen: Damit sich der Rote und seine zukünftige Partnerin erst einmal kennen lernen, setzen wir beide in seine Nistzelle, die durch ein Gitter in zwei Abteile getrennt ist. So können sie sich sehen, auch schon näher kommen, aber jeder hat noch sein Separee. Ihr werdet staunen, schon nach einem Tag sitzen sie sich gesellig gegenüber. Dann entfernen wir die Trennwand und ich denke ganz bestimmt, dass die junge Täubin bei ihm bleibt. Seht ihr, so einfach kann das sein, wenn alles gelingt!"

Damit beendete Miroslav seine Lehrstunde über Taubenverpaarung. Die Kinder waren zufrieden, zogen beruhigt von dannen. Der Züchter setzte später das, was er erläutert hatte, in die Tat um. Der Erfolg gab ihm Recht, es verlief alles wie geplant. Nach wenigen Tagen waren der Rote und die Blaue ein glückliches Taubenpaar.

Kalte Tage im Netzebruch

Den Winter im Netzebruch erlebte Edmund mit dessen gewaltiger Kraft und unerbittlicher Härte. Es überraschte ihn, dass bereits hier der Einfluss des asiatischen Kontinentalklimas so gravierende Auswirkungen zeigte. An Minustemperaturen um die 20 Grad konnte er sich zwar auch aus Zeiten seiner Kindheit erinnern, einen russischen Winter genannt hatten sie das damals, aber solche extremen Frosteinbrüche waren meist von kurzer Dauer, wurden schnell von Perioden der gemäßigten Art abgelöst.

Doch was sich Edmund hier darbot, überstieg das von ihm bisher Erlebte. Nach langen Monaten mit dunklen Nächten, strengem Frost, unübersehbaren Schneemassen und tief in die Kleidung eindringendem Nordwind wollte der Winter auch im März noch nicht weichen. Bei wolkenfreiem Himmel stand die Sonne tagsüber bereits als hell leuchtende Scheibe am Firmament, brachte mit ihrem Frühlingshoffnung spendenden Schein Tausende von Schneekristallen zum Glitzern, aber eine dauerhafte Wirkung zu erzielen vermochte sie nicht. Nachts sanken die Temperaturen nach wie vor auf zweistellige Minuswerte. Zwar geriet das Eis der Teiche, Flüsse und Bäche allmählich in Bewegung, bekam mit gespenstisch-düsteren Krachlauten die ersten Risse, doch an ein Abschmelzen der weißen Pracht war längst nicht zu denken. Noch stöhnten die Nadelbäume unter der Schneelast, ragten die kahlen Laubbäume mit Geisterarmen in die Winterluft.

Tierarzt Dr. Jozsef Szymaniak zog es, so oft es seine dienstlichen Verpflichtungen erlaubten, hinaus in den Wald. Wenn er danach, mit frostgerötetem Gesicht, wieder in seinem Hause eintraf, hatte er meist viel zu berichten. Bei einer dieser Gelegenheiten wandte er sich besorgt an Edmund.

„Manchmal denke ich, mein Freund, in deinen Adern fließt etwas zu viel Preußenblut. Dein Pflichtbewusstsein in allen Ehren, ich bewundere es manchmal, aber ich kann mich des Eindruckes nicht erwehren, du sitzt hier zu viele Stunden an deinem Computer. Oder fürchtest du dich vor der Kälte?"

Edmund, der sich tatsächlich wieder einmal hoffnungslos in seiner Software verstrickt hatte, drückte schnell die Taste für ‚Speichern' und konnte sich nun entspannt dem Gedankenaustausch mit Jozsef widmen. Im wurde sofort bewusst, dass dieser die kleine Attacke auf seine angeblich preußische Beamtenmentalität nicht sonderlich ernst gemeint hatte, aber ein Fünkchen Wahrheit war darin tatsächlich zu entdecken.

„Ob du es glaubst oder nicht, lieber Jozsef, ich wäre manchmal auch lieber in eurer wunderschönen Landschaft unterwegs, aber dafür, so meine Überzeugung, bin ich nicht hier. In erster Linie muss ich mich bemühen, mit all dem klarzukommen, was hier auf mich einstürmt und was ich am Ende meines Dienstauftrages an Ergebnissen abzurechnen habe. Manchmal glaube ich wirklich, das alles gar nicht bewältigen zu können."

Jozsef sah das anders. Was sie alle, er persönlich und viele seiner Kollegen, von der engagierten Tätigkeit Edmunds bereits profitiert hatten, konnte sich sehen lassen. So bemühte er sich sofort, Edmund bezüglich seiner Selbstzweifel zu beruhigen.

„Nun übertreibe bitte nicht! Wir sind allesamt mit deiner Arbeit zufrieden. Die Anpassung unseres Dokumentations-, Abrechnungs- und Überwachungssystems in der Veterinärverwaltung lässt sich nun einmal nicht in wenigen Wochen bewerkstelligen. Meiner Ansicht nach liegen wir im Zeitplan. Du brauchst keine Gewissensbisse zu haben, wenn du ab und an einmal nach draußen flüchtest, um die Schönheiten unserer Bruchlandschaft sowie insgesamt Land und Leute besser kennen zu lernen."

Edmund ließ sich überzeugen, versprach Jozsef, entweder allein oder gemeinsam mit ihm auch diesem Aspekt seines Polenaufenthaltes die ihm gebührende Aufmerksamkeit zu schenken. Um Edmunds Interesse noch stärker zu wecken, berichtete ihm Jozsef von einigen kleinen Abenteuern seiner jüngsten Pirschgänge.

„Du glaubst gar nicht, wie aufregend es ist, bei Neuschnee durch von Menschen unberührte Waldstücke und Feldfluren zu stampfen. Fast wie auf dem Bildschirm deines Computers siehst du anhand der frischen Fährten, wer dort des Nachts unterwegs war. Wenn man sich damit etwas beschäftigt, ist es gar nicht so schwierig, die Spuren der einzelnen Nachtwandler zu unterscheiden. Der Wildreichtum hier in unserer Gegend ist beeindruckend. Zur Jagd gehen muss ich deshalb aber nicht, ich begnüge mich mit dem Beobachten."

Nun hatte sich Jozsef ereifert. In schwärmerischer Euphorie gewann in den nächsten Minuten der ihm innewohnende leidenschaftliche Naturliebhaber die Oberhand.

Er erläuterte Edmund die wichtigsten Erkennungsmerkmale einzelner Tierfährten, auf die man in diesem Gebiet bei einer Winterwanderung stoßen konnte. Schalenwild wie Rot- und Rehwild gab es zur Genüge, auch der Bestand an Wildschweinen hatte in den vergangenen Jahren in einer solchen Weise zugenommen, dass die dadurch auf den Ackerflächen verursachten Schäden den Bauern manche Sorge bereiteten. So war Jozsef keinesfalls überrascht oder gar entsetzt, als er eines Tages auf eine Wolfsfährte stieß. Eine gewisse Anzahl dieser über Jahrhunderte gnadenlos verfolgten Räuber konnte hier dem natürlichen Gleichgewicht nur gut tun. Völlig sicher war er sich bei der Bestimmung des Trittsiegels dieses Raubtieres nicht, auch ein stattlicher Hund konnte eine solche Spur hinterlassen haben, aber je länger er der Fährte folgte, um so mehr war er überzeugt, einem Wolf nachzuschleichen. Wildtiere bemühen sich stets, Energie zu sparen, wodurch sie manchmal ihr Überleben sichern. So versucht auch der Wolf, wie Jozsef wusste, im Tiefschnee zu schnüren, seine Tritte hintereinander zu setzen, in einer

Linie. Ein solches Bild bot sich ihm hier dar, ein Haushund kam als Verursacher dieses Fährtenmusters wahrscheinlich nicht in Frage. Auch Opfern des harten Winters war Jozsef mehrfach begegnet. Nicht alle Tiere können langen Frostperioden trotzen, auch viele Vogelarten nicht. Besonders leid tat es ihm, als er eine verendete Schleiereule fand. Dieser nächtliche Mäusejäger hat es in der verschneiten Winterlandschaft besonders schwer, ausreichend Nahrung zu finden. Bauerscheunen mit offenen Einfluglöchern und eingelagertem Getreide, welches die Mäuse anlockt, wurden auch hier immer seltener. Bei manchen Vogelarten, die nicht nach dem Süden ziehen, braucht es manchmal Jahre, ehe sich eine Population von den Verlusten eines andauernden Winters wieder erholt.

Edmund folgte andächtig den anschaulichen Schilderungen Jozsefs. All das traf seinen Nerv, weckte sein uneingeschränktes Interesse. „Du machst mich sehr neugierig", entgegnete er. „Deine Heimat scheint so viele Überraschungen bereit zu halten, dass man sie gar nicht alle auskosten kann. Aber ich werde dich gelegentlich auf einem deiner Streifzüge begleiten, ich verspreche es."

Jozsef freute sich, war es ihm offensichtlich doch gelungen, Edmund noch nachhaltiger von der westpreußischen Landschaft zu begeistern, die in ihrem herben Reiz, ihrer Einmaligkeit und teilweisen Unberührtheit in Mitteleuropa ihresgleichen sucht. Auch mit wichtigen Kulturgütern der Städte und Dörfer wollte er ihn noch vertraut machen, das hatte er sich fest vorgenommen.

Aber allein ein verbissener Arbeitseifer war Edmund wiederum auch nicht zu Eigen, diesen konnte ihm Jozsef bestenfalls unterstellen. So oft es seine Zeit erlaubte, hatte er sich durchaus bereits in der freien Natur umgesehen, auch während der unwirtlichen Winterperiode. Wetterfühlig war er keineswegs, seine eigene körperliche Konditionierung betrieb er stets mit bewundernswerter Ausdauer. Regelmäßige Joggingtouren gehörten seit Jahren zu seinem festen Fitnessprogramm. Er bevorzugte dafür einsame Waldwege, nur war das jetzt, während seines in Polen erlebten Winters, der verharschten Schneedecke wegen nicht möglich. Sich auf den Straßen zu bewegen, am Rande des ständigen Autoverkehrs, das mochte er nicht. So schaute er manchmal den Kindern zu, die mit niemals ermüdendem Eifer auf Schlittschuhen die zahlreichen mit Eis bedeckten Wasserflächen der Netzeniederung für ihren Freizeitspaß nutzten. Ob sie Eishockey spielten, in Wettläufen ihre Schnelligkeit testeten oder, was vor allem für die Mädchen galt, kleine Eislaufkunststücke probierten, sie taten es mit einer Ausdauer, die bei Erwachsenen oftmals Staunen und Bewunderung hervorrief.

Edmund erging es ähnlich. Er beobachtete mit sichtlichem Vergnügen, wie es die Kinder fertig brachten, mit viel Gekreische unentwegt auf den Beinen zu bleiben, sich unablässig zu bewegen. Seine Gedanken gingen zurück in das Brandenburg seiner Kindheit. Hier hatte er das in ähnlicher Form erlebt. In Ermangelung geeigneter Berge spielte sich der Winterspaß der Dorfjugend auf dem Eis der Teiche ab. Ob dabei das Thermometer einige Frostgrade mehr oder weniger anzeigte, war von untergeordneter Bedeutung. In ihrem ständigen Bewegungsdrang verspürten das die Jungen und Mädchen nicht. Erkältungskrankheiten waren ein Fremdwort. Edmund erinnerte sich an Erlebnisse, die ihm heute durchaus nicht in jedem Falle als nachahmenswert erschienen. Berechtigte Ermahnungen seiner Eltern, auf den zugefrorenen Teichen vorsichtig zu sein und Stellen mit dünner Eisdecke zu meiden, hatte es damals auch für ihn gegeben. Dennoch, auf den froststarren Gewässern riskierte er manchmal zu viel, vielleicht auch, um den Mädchen zu imponieren. Dann versanken die Schlittschuhe samt Schuhwerk und Beinen im Wasser. Um sich möglichen Ärger mit der Mutter zu ersparen, trat er bei einem solchen Zwischenfall nicht umgehend den Heimweg an. Es wurde weiter Eishockey gespielt. Am Abend hatte sich der Schaden, trotz erheblicher Minusgrade, weitgehend bereits von selbst minimiert, waren die Füße, Strümpfe und Schuhe fast wieder trocken. Auch von dem zu befürchtenden schlimmeren Schaden, dem für die Gesundheit, war glücklicherweise nichts zu spüren.

Die Fahrt zum Roten

Die langen Wintermonate hatte Edmund konsequent für die Erledigung seiner Arbeitsaufgaben genutzt. Nun, bei Anbruch des Frühlings, konnte er diesbezüglich eine positive Bilanz ziehen. Seine Entscheidung, sich mit spezifischen Praxisbedingungen der polnischen Land- und Nahrungsgüterwirtschaft näher vertraut zu machen, um angepasste Lösungsschritte für die Erledigung seines Auslandsauftrages erarbeiten zu können, erwies sich als richtig und notwendig. Die Anzahl der von ihm aufgesuchten Betriebe überstieg inzwischen die dafür ursprünglich vorgesehene Größenordnung, auch konnte er nun ein Softwaresystem anbieten, das nicht nur eine regionale Bedeutung besaß, sondern zunehmend Standardcharakter erhielt. Zwischenzeitlich stand Edmund in ständigem Kontakt mit den deutschen und den EU-Dienststellen, die für seine Delegierung verantwortlich zeichneten und diese finanzierten. Auch in fachlicher Hinsicht war er auf diese Unterstützung angewiesen. Auf sich allein gestellt hätte er eine Aufgabe dieses Umfanges nicht bewältigen können.

Als Jozsef eines Abends von einer seiner Praxistouren, bei der er eine große Anzahl körperlich anstrengender Trächtigkeitsuntersuchungen bei Kühen vorgenommen hatte, sichtlich ermüdet an seinem Wohnhaus eintraf, erwartete ihn Edmund bereits an der Tür.

„Jozsef, ich möchte mit dir gern etwas bereden. Passt es dir heute?"

Jozsef hätte sich für diesen Tag lieber vollständig zurückgezogen, war von seinem Tagesprogramm ausgelaugt. Doch einfach abschmettern wollte er das Anliegen seines Freundes wiederum auch nicht.

„Es wäre mir lieber, wir könnten das verschieben. Jetzt muss ich mich erst ein wenig regenerieren, das war heute ein harter Arbeitstag. Diese rektalen Eingriffe in den Leib der Kühe bringen auch den stärksten Mann ins Schwitzen. Ich wundere mich manchmal, wie das unsere Berufskolleginnen bewältigen, und deren Anteil nimmt bekanntlich immer mehr zu. Etwas essen möchte ich natürlich auch und meine Tagesdokumentation wartet dann ebenfalls auf Erledigung. Ist es wirklich so dringlich?"

Edmund schluckte, antwortete nicht sofort. Aus seiner Sicht war sein Anliegen wichtig, aber ob Jozsef das ebenfalls so einschätzen würde, da war er sich nicht sicher.

„Ich will dir sagen, worum es geht. Die Angelegenheit mit der hier in der Nähe gestrandeten deutschen Brieftaube hatte ich in den vergangenen Wochen tatsächlich aus den Augen verloren. Die viele Arbeit, du weißt! Doch gestern fand ich deinen Zettel mit der Anschrift des polnischen Züchters, der das Tier des verletzten Flügels wegen zu dir gebracht hatte, zufällig wieder. Ich wundere mich selbst, wie nachlässig ich damit bisher umgegangen bin. Doch jetzt möchte ich mich der Sache annehmen, unbedingt und möglichst sofort."

„Manchmal gibst du mir wirklich Rätsel auf. Einerseits läuft bei dir alles streng nach Plan, lassen sich deine preußischen Wurzeln nicht verleugnen, andererseits entwickelst du in bestimmten Situationen eine spontane Entschlusskraft, die einem fast den Atem nimmt. Ein Vorhaben, das eine so lange Zeit in Vergessenheit geriet, soll nun völlig unaufschiebbar sein? Nimm es mir bitte nicht übel, aber wir reden morgen darüber. Damit wirst du wohl leben können."

Edmund musste akzeptieren. Es passierte nicht oft, dass es zwischen ihm und Jozsef zu einer Meinungsverschiedenheit kam. Doch wegen dieser Bagatelle ließ sich Edmund den Abend nicht vermiesen, zeigte Verständnis für Jozsefs kleines Stimmungstief. Er kannte solche Tage selbst, an denen man nach anstrengenden Dienststunden nichts anderes mehr hören und sehen möchte.

Am folgenden Abend war es dann so weit. Edmund erläuterte Jozsef bei einer Flasche Bier sein Vorhaben. Er wollte sich telefonisch bei Miroslav Kuczynski anmelden, nur war er sich nicht darüber im Klaren, welchen Grund er für seinen Besuch angeben sollte. Eine Visite der deutschen Taube wegen, von deren Existenz er durch seinen polnischen Tierarztkollegen erfahren hatte, sah doch zu sehr nach einer amtlichen Kontrolle aus.

Jozsef bot sich an, ihn bei dieser Besuchsfahrt zu begleiten, denn er hätte immerhin den Vorwand gehabt, sich nach seinem ehemaligen Patienten zu erkundigen, doch das wollte wiederum Edmund nicht. So einigten sie sich auf die einfachste Variante, wonach bei dem Züchter Kuczynski nur nachgefragt werden sollte, ob er einverstanden sei, dass sich ein deutscher Taubenliebhaber einmal seine Schlaganlage einschließlich des Tierbestandes ansieht. Jozsef übernahm diese Vermittlung gern, erreichte auch schnell eine Terminvereinbarung, sodass dem Trip Edmunds nach Freimühlen nichts mehr im Wege stand.

Am vereinbarten Besuchstag wurde Edmund von Herrn Kuczynski freundlich empfangen. Edmund stellte sich höflich vor und erläuterte kurz, durch welche Umstände es ihn in diese Gegend verschlagen hatte, fand dabei viele lobende Worte zur eindrucksvollen Landschaft des Netzebruchs und zur Gastfreundschaft der Menschen, denen er hier begegnet war.

Miroslav Kuczynski hörte das gern, fand den jungen Deutschen schnell sympathisch und kam, da er das Anliegen des Besuchers kannte, sogleich auf den Taubensport zu sprechen. Er bat Edmund in ein Nebengelass, sein Züchterzimmer, wie er es nannte. Edmund hatte den Raum bereits als solches erkannt, denn überall, an den Wänden und in den Schränken, zeugten in liebevoller Aufmachung präsentierte Trophäen von langjährigen Wettflugerfolgen der Tauben dieser Züchterpersönlichkeit.

Miroslav erwies sich als überaus gesprächig, was Edmund durchaus überraschte und was ihm gar nicht so sehr in den Kram passte, weil er vor allem die Tauben sehen wollte, insbesondere den deutschen

Irrgast. Aber Miroslavs fast philosophische Betrachtungen musste er sich notgedrungen anhören.

„Vielleicht ist Ihnen bekannt, Herr Doktor, dass die Länder im Osten Europas, speziell unser jetziges Polen einschließlich der ehemals deutschen Gebiete Preußen und Schlesien, schon immer Hochburgen der Taubenzucht waren. Ich beschäftige mich jetzt zwar mit Brieftauben, war in meinen jungen Jahren aber begeisterter Züchter von Rassetauben, wie es übrigens bei vielen meiner Mitstreiter der Fall ist. Deshalb kenne ich mich auch bei der letztgenannten Zuchtform, wo es vor allem um das Erringen von Schönheitspreisen auf Ausstellungen geht, recht gut aus."

„Wer ein Herz für Tauben hat, den begeistert jede einzelne Spezies, das kann ich nachfühlen."

Edmund wollte den Redefluss von Miroslav nicht unnötig unterbrechen, nur sein ungeteiltes Interesse bekunden. So setzte dieser seinen Monolog unbeeindruckt fort.

„Noch heute trägt eine Reihe der im Deutschen Rassetauben-Standard aufgeführten Taubenrassen Namen, die auf ihre Entstehung in den von mir genannten Gebieten hinweisen. Ich hatte bei einem Besuch in Deutschland die Gelegenheit, das einmal zu studieren, war erstaunt, was sich dabei an Bezeichnungen erhalten hat. Weil mich das so beeindruckte, schrieb ich es mir damals sogar auf. Ich nehme an den hier verwendeten deutschen Namen für unsere heute anders benannten Städte und Gebiete keinen Anstoß, im Gegenteil, ich finde es gut, dass regionale Zuchttraditionen auf diese Weise dauerhaft gewürdigt werden."

Miroslav stand auf, kramte aus seinen Akten eine Übersicht hervor und gab diese Edmund zur Kenntnis. 14 Beispiele konnte er nennen, beginnend mit den Breslauer Tümmlern über die Königsberger Farbenköpfe bis hin zu den Stargarder Zitterhälsen.

Edmund unterbrach ihn an dieser Stelle. Ihm war das alles nicht unbekannt, konnte doch auch er für sich verbuchen, was Miroslav als typisch für viele polnische Züchter herausgestellt hatte, nämlich dass sich Taubenliebhaber im Allgemeinen in beiden der grundsätzlich verschiedenen Zuchtrichtungen ihrer Pfleglinge auskennen, einerseits der Zucht auf Schönheit bei Rassetauben, andererseits der auf extreme Flugleistungen bei Brieftauben.

„Was die Erhaltung der von Ihnen genannten Rassebezeichnungen anbelangt, so verwunderte es mich zu Zeiten der existierenden DDR tatsächlich, dass von Organen der Partei- und Staatsführung daran kein Anstoß genommen wurde. Mir ist bekannt, dass beispielsweise viele Straßenbezeichnungen geändert wurden, weil dafür deutsche Ortsnamen aus West- und Ostpreußen, Schlesien sowie Randgebieten der damaligen Sowjetunion verwendet worden waren. Ich kenne dafür zahlreiche Beispiele aus Dresden. Diese Straßen erhielten Namen von Orten aus der Oberlausitz, die nach der politischen Wende 1989/90 nicht mehr revidiert, sondern beibehalten wurden."

Edmund wollte es dabei bewenden lassen und zum praktischen Teil seines Besuches übergehen, doch Miroslav ergriff nochmals das Wort.

„Wie mir von Dr. Szymaniak mitgeteilt wurde, sind Sie der Brieftauben wegen zu mir gekommen. Darüber haben wir noch gar nicht gesprochen. Sind Sie ein ebenso begeisterter Anhänger des herrlichen Wettflugsportes mit Tauben wie ich? Damals kam ich mehr durch Zufall zu diesen Tieren, aber nun lassen sie mich nicht wieder los. Das kostet viele Stunden meiner Freizeit, doch meine Frau und auch die Tochter bringen dafür viel Verständnis auf, ansonsten wäre es nur die halbe Freude."

Die Frage nach seinem Interesse am Brieftaubensport konnte Edmund mit einem deutlichen ‚Ja' beantworten, selbst wenn es ihm im Moment aus beruflichen Gründen nicht möglich war, diesem Hobby zu frönen. So antwortete er nur kurz.

„Natürlich geht es mir hierbei ähnlich wie Ihnen, aber gegenwärtig besitze ich keine Tauben. Hier in Polen welche zu halten, verbietet sich für mich von selbst, und zu Hause habe ich derzeit niemanden, der die Tiere über einen so langen Zeitraum betreuen könnte."
Jetzt sah Edmund auf die Uhr, doch als nun das Stichwort ‚Brieftauben' gefallen war, musste Miroslav auch hierzu seine Gedanken äußern.

„Mit der Grenzöffnung nach Westen ergaben sich für den Taubensport bei uns in Polen viele neue Impulse, bei Ihnen wird es nicht anders gewesen sein. Zwar sind wir nach wie vor stolz auf unseren ursprünglichen polnischen Brieftaubenstamm, der sich in einem Zeitraum von mehr als 100 Jahren entwickelt hat, doch die teilweise kostenintensiven Importe aus Belgien und den Niederlanden nach 1990 führten unstrittig zu einer weiteren Leistungssteigerung."
Einen ähnlichen Effekt konnte Edmund auch für den Wettflugsport in den östlichen Bundesländern Deutschlands bestätigen.

„Die von Ihnen genannten Staaten einschließlich des angrenzenden Ruhrgebietes müssen weltweit als die absolut führenden Hochburgen der Brieftaubenzucht angesehen werden. Dort sind sie zu Hause, die legendären Supertauben mit nachweislich überragenden Einzelleistungen und allseits bekannten Namen, bei deren Nennung jedem Taubenexperten ein Leuchten in die Augen tritt."
Edmund sah hier eine Gelegenheit, für sich einige Pluspunkte zu sammeln, indem er den Schwerpunkt des Gespräches nochmals auf Polen und die ehemals deutschen Gebiete lenkte.

„Auch die polnischen Brieftaubenzüchter genießen bei uns in Deutschland eine hohe Wertschätzung. Werden auf Taubenmessen polnische Tiere angeboten, finden sie meist schnell einen Käufer. Bei denen stimmt das Preis-Leistungs-Verhältnis, hört man dann zuweilen. Sie fliegen gut und sind nicht zu teuer. Wo befinden sich denn hier in Polen die Schwerpunkte des Flugsportes mit Brieftauben?"

Damit rief Edmund nochmals Geister, die er so schnell nicht loswurde. Seine mehr aus Höflichkeit gestellte Frage hätte er sich zu großen Teilen auch selbst beantworten können, erinnerte er sich doch an Gespräche mit Heimatvertriebenen, die ihm des Öfteren von ihrem Taubenhobby in der zurückgelassenen Heimat berichteten. Bei Miroslav allerdings traf er mit seinem hierfür bekundeten Interesse ins Schwarze.

„Der Brieftaubensport wird in Polen überall ausgeübt, aber er konzentriert sich auf industrielle Ballungsgebiete. Der Schwerpunkt liegt im oberschlesischen Bergbau- und Hüttenbezirk. Manche nennen es das Ruhrgebiet des Ostens, dieses weltbekannte Industriezentrum zwischen Breslau und Krakau mit den Städten Beuthen, Kattowitz, Gleiwitz und anderen. Die Brieftauben gelten von jeher als die Rennpferde des kleinen Mannes, insbesondere des Bergmannes alter Prägung. Um geringe Geldbeträge gewettet wurde bei den Flugwettbewerben damals ebenfalls, ähnlich wie beim Pferdesport."

Als nun von Miroslav mit dem Wettgeschehen auch der geschäftliche Aspekt des Taubensportes angesprochen wurde, kam Edmund nicht umhin, sich hierzu ebenfalls zu äußern.

„Ging es damals bei den Bergleuten tatsächlich um überschaubare Wetteinlagen, beispielsweise auch im deutschen Ruhrgebiet, so hat sich daraus in bestimmten Regionen der Welt mittlerweile ein regelrechter Geschäftsbetrieb entwickelt. Geradezu unglaubliche Dinge hört man diesbezüglich aus Ostasien, aus Japan und China, auch aus einigen arabischen Ölstaaten. Dorthin wird jährlich ein Großteil der allerbesten europäischen Brieftauben verkauft, in Einzelfällen für Beträge um die 100.000 Deutsche Mark je Tier, manchmal auch deutlich darüber. Diese Tauben bilden dann in diesen Staaten die Basis für landeseigene elitäre Zuchtlinien, gelten als Statussymbol einer finanzkräftigen kleinen Oberschicht. Die Wettleidenschaft treibt dort illustre Blüten. Da geht es bei vorderen Plätzen in Flugwettbewerben nicht um Peanuts! Mancher Züchter nimmt nach Auswertung der Zieleinkunft, gemeinsam mit seiner Siegertaube, plötzlich einen nagelneuen PKW mit nach Hause."

Edmund versuchte nun, dem Gespräch eine Wende zu geben, die auf sein eigentliches Anliegen hinsteuerte, die Besichtigung von Miroslavs Taubenbestand.

„Herr Kuczynski, als ich vorhin Ihren Hof betrat, sah ich bereits Ihre neben dem Garten errichtete Schlaganlage. Diese möchte ich mir gern einmal etwas genauer ansehen. Ich hoffe, Sie sind damit einverstanden."

Taubenzüchter lieben die Gemeinschaft, sind durch ihre Mitarbeit in Vereinen ohnehin gezwungen, miteinander zu kommunizieren und Erfahrungen auszutauschen. Gegenseitige Besuche gehören zum Alltag, mancher fühlt sich geehrt, wenn ein benachbarter Sportfreund seine Taubenunterkünfte besichtigen möchte.

Da Edmunds Besuch angemeldet war, konnte Miroslav die Schläge zuvor gründlich säubern. Eigentlich gehört die Beseitigung der Taubenexkremente zum regelmäßigen Pflichtprogramm jedes Züchters, aber manchmal fehlt dafür die Zeit, sodass eine unangemeldete Besichtigung zuweilen unerwünscht ist. Hier war das anders. Edmund wusste, was sich gehört.

„Ihre Anlage beeindruckt mich sehr. Alles praktisch angeordnet, sauber, luftig und hell, da fühlen sich die Tiere wohl und bleiben gesund. Auch Ihr Taubenbestand präsentiert sich in bestem Zustand, alles munter und agil, mit straffem Gefieder. Da werden Sie auch mit den Flugleistungen zufrieden sein."

Miroslav schränkte das ein. Er verwies auf Einzeltiere, die wegen ihrer hervorragenden Wettflugergebnisse der letzten Jahre in seinem Bestand eine Sonderstellung innehatten, wünschte sich aber eine insgesamt stabilere Mannschaftsleistung.

Zwangsläufig fiel Edmunds Blick nun auch auf den Roten, der sich in seiner dezentral gelegenen Nistzelle niedergelassen hatte. Tauben

176

des roten Farbenschlages gab es ansonsten bei Miroslav nicht, er züchtete nur in Blau, sodass es Edmund nicht schwer fiel, den Roten auszumachen.

„Ach, dort sitzt vermutlich der ehemalige Patient, von dem mir Dr. Szymaniak erzählte. Kann er denn wieder fliegen, ist seine Flügelverletzung vollständig ausgeheilt?"

Miroslav war es gar nicht recht, dass sich Edmunds Aufmerksamkeit so schnell auf den Roten richtete, aber er konnte nun nicht ausweichen, musste die ihm gestellte Frage beantworten.

„Ja, er ist wieder im Vollbesitz seiner Kräfte. Es war gut, dass ich mit ihm zu Dr. Szymaniak fuhr. Wenn ich daran denke, in welchem Zustand dieser Täuber damals von den Kindern zu mir gebracht wurde, dann erscheint mir seine Heilung noch immer wie ein kleines Wunder! Dort sitzt übrigens seine Täubin auf dem Gelege. Er hat sich hier inzwischen bei mir sehr gut eingelebt."

„Wenn er hier bereits eine kleine Familie gegründet hat, dann ist das ein gutes Zeichen für sein Wohlbefinden."

Miroslav konnte das bestätigen, zeigte sich sehr zufrieden.

„Seine Nachzucht mit einer meiner Täubinnen erfüllte bisher alle meine Erwartungen. Bei den Wettflügen, die wir mit den Jungtieren dieses Pärchens bisher durchführten, schnitten sie hervorragend ab, belegten stets vordere Plätze. Junge Tauben mit einem solchen Leistungspotenzial im Bestand zu haben, das wünschte ich mir schon immer. Für die diesjährige Flugsaison bin ich sehr zuversichtlich. Nachdem mich die mit meinen Reisetauben in den vergangenen Jahren erzielten Ergebnisse nicht vollständig zufrieden stellten, besteht nun die berechtigte Aussicht auf deutliche Verbesserungen. Der Rote ist jetzt im besten Alter, da kann er mir mit weiterer Nachzucht noch manche Freude bereiten."

„Darf ich ihn einmal in die Hand nehmen?"

Miroslav wusste, dass Edmunds Anliegen darauf hinauslief, die Ringnummer abzulesen. Er tat zunächst, als hätte er die Frage überhört oder nicht verstanden, ergriff eine andere Taube und erläuterte deren Vorzüge. Edmund hörte geduldig zu, ließ dann aber nicht locker und kam nochmals auf den Roten zu sprechen. Miroslav wirkte nun gereizt, bemühte sich aber, seine Gemütsregung zu verbergen.

„Na gut, nehmen Sie ihn, meinetwegen notieren Sie auch die Ringnummer, um die Herkunft des Tieres abzuklären. Aber eines sage ich Ihnen mit aller Deutlichkeit: Ohne meine wochenlange Pflege und den gesamten Aufwand mit dem Tierarzt wäre der Täuber längst nicht mehr am Leben. Ich habe deshalb auch kein schlechtes Gewissen, ihn jetzt zu behalten."

Edmund erwiderte nichts. Er wusste selbst nicht, wie er sich in dieser Situation verhalten sollte. Rechtmäßig gehörte die Taube dem noch unbekannten deutschen Züchter. Dieser hätte an Miroslav für dessen Aufwendungen eine Entschädigung zahlen müssen, aber wie das alles zu organisieren sei und ob dafür eine reale Möglichkeit bestand, wusste Edmund nicht. Auf jeden Fall war er entschlossen, die Herkunft des Roten anhand der Ringnummer aufzuklären.

Die Stimmung zwischen Miroslav und Edmund hatte sich angesichts der ungeklärten Sachlage um den Irrgast deutlich abgekühlt. Sie verabschiedeten sich nun schneller als ursprünglich beabsichtigt, doch wollte Edmund den Hof nicht unter Mitnahme der im Raum stehenden Unklarheiten verlassen.

„Herr Kuczynski, ich danke Ihnen, dass Sie mir meinen Besuch bei Ihnen ermöglichten! Der deutschen Taube wegen brauchen Sie sich keine Gedanken zu machen. Ich werde deren deutschen Züchter ermitteln, das möchte ich Ihnen nicht verschweigen. Dieser wird vermutlich froh sein, überhaupt zu erfahren, wo dieses Tier verblieben ist. Nach Rücksprache und im gegenseitigen Einvernehmen wird in solchen Fällen die Situation oftmals so belassen, wie sie nun einmal ist, doch vermag ich das bei diesem Täuber nicht einzuschätzen. Der auch mir bisher unbekannte deutsche Züchter wird jedoch die viele Mühe, die Sie mit dem Roten hatten, unbedingt anerkennen, dessen können Sie sicher sein!"

Edmund wollte sich nicht festlegen, wusste nicht, ob es sich bei dieser Taube um ein durchschnittlich veranlagtes Tier ohne besonderen züchterischen Wert handelte, das dem polnischen Sportfreund ohne weiteres überlassen werden konnte, oder möglicherweise doch um einen wertvollen Superstar.

Miroslav seinerseits zeigte sich mit Edmunds vager Einschätzung zufrieden. Er fasste Vertrauen zu dem jungen Deutschen, hatte das Gefühl, dieser würde das Problem in einer von ihm zu akzeptierenden Weise klären.

Eine Ringparabel

Als Edmund wieder bei Jozsef in Nakel eintraf, erwartete ihn dieser voller Ungeduld. Die damals völlige Nebensächlichkeit der Behandlung einer verletzten Taube entwickelte sich nun auch für ihn zu einer Geschichte mit ungewissem Ausgang. Edmunds Eifer, mit dem dieser die Aufklärung der Odyssee dieses Tieres betrieb, hatte auch bei ihm erste Spuren hinterlassen.

Jozsefs Frau Maria erblickte Edmunds ankommenden PKW zuerst. Sie rief ihren Gatten, der soeben von einem ausgedehnten Waldspaziergang mit seinem Hund zurückgekehrt war. Jozsef ging Edmund eilig entgegen, fragte sofort nach dem Ergebnis seiner Mission in Freimühlen.

„Dein Interesse an dieser Taubengeschichte freut mich ehrlich, lieber Jozsef, es verwundert mich fast. Aber ich schlage vor, wir gehen erst einmal in das Haus, holen uns etwas zu trinken und reden dann darüber. Für einen Plausch in deiner romantischen Sitzecke im Garten ist es jetzt am Abend zu kühl. Dort werden wir in den nun hoffentlich kommenden wärmeren Tagen ganz gewiss noch manche gemütliche Stunde verbringen."

Maria hatte alles mit angehört. Das Ergebnis von Edmunds Besuch bei dem Taubenzüchter interessierte sie weniger.

„Setzt euch in das Wohnzimmer. Ich hole euch das Bier, wenn ihr wollt, auch einen zusätzlichen kleinen Verstärker."

Jozsef blickte seine Frau liebevoll an. Sie tat das gern, sah darin keineswegs die Verpflichtung einer untertänigen Ehefrau. Wenn sich die Männer nach getaner Arbeit zu einem Fachgespräch, wie sie es nannten, zusammensetzten, dann wollte auch sie gern ihren Teil zum Gelingen dieser kleinen gemütlichen Session beitragen, ohne an der Unterredung unmittelbar beteiligt zu sein.

Edmund war mit dem Ergebnis seiner Erkundungsfahrt nach Freimühlen durchaus zufrieden.

„Dieser Miroslav Kuczynski ist ein ganz vernünftiger Kerl. Zu Brieftauben verfügt er über ein solides Wissen, das muss ich ihm zugestehen. Im Grunde hat er mir jeden meiner Wünsche erfüllt, zeigte mir vorbehaltlos seinen gesamten Taubenbestand einschließlich des eingebürgerten Roten. Den hast du als Tierarzt fachgerecht behandelt, das kann ich dir bestätigen! Er präsentiert sich in ausgezeichneter Verfassung, hat nach langer Therapiephase und beharrlichem Training sein vollständiges Flugvermögen wiedererlangt. Er ist mit einer blauen Täubin verpaart, von dem Pärchen existiert bereits einiger hoffnungsvoller Nachwuchs."

Jozsef freute sich über die erfolgreiche Genesung seines damaligen Patienten, war aber mit Edmunds Auskünften noch nicht vollständig zufrieden.

„Zu welcher Regelung habt ihr euch denn bezüglich des Roten geeinigt? Wollt ihr die Sache nun einfach als erledigt betrachten oder hattest du eine Möglichkeit, die Ringnummer abzulesen, um eine Rückmeldung der Taube nach Deutschland vornehmen zu können? Vor allem möchte ich gern wissen, wie sich der polnische Züchter dazu geäußert hat."

Edmund füllte nochmals die Gläser, überlegte sich seine Antwort genau, denn welchen Standpunkt Jozsef in dieser Angelegenheit vertreten würde, das war in diesem Moment völlig offen. Einer Taube wegen einen deutsch-polnischen Konflikt auszulösen, wenn auch nur innerhalb eines eng begrenzten Personenkreises, ein solches Dilemma wollte Edmund unbedingt vermeiden.

„Die Ringnummer habe ich, mit dem Länderkennzeichen ‚DDR'. Diese Angaben reichen aus, um den deutschen Züchter dieser Taube eindeutig zu ermitteln. Das werde ich auch tun und diesen informieren, ganz gleich, zu welcher Regelung es dabei am Ende kommt."

„Welchen Standpunkt Herr Kuczynski dazu vertritt, weiß ich nun aber noch immer nicht."

„Er ist sich seiner Sache ziemlich sicher, völlig korrekt gehandelt zu haben. Die Rettung der Taube ist hauptsächlich sein Verdienst, ich denke, darüber sind wir uns alle einig. Ob er sie nun einfach behalten kann oder wie der Sportfreund in Deutschland reagieren wird, nachdem er die Information erhalten hat, vermag ich nicht zu beurteilen."

Jozsef hielt sich mit einer Meinungsäußerung nun ebenfalls zurück. Er bestärkte Edmund in dessen Absicht, den Kontakt nach Deutschland herzustellen und über das Nachweissystem des Verbandes Deutscher Brieftaubenzüchter den Sportfreund zu ermitteln, dem dieser Ring zugeteilt worden war. Edmund kannte das Prinzip der verwendeten Nummernstruktur, besaß auch Kontaktadressen zu Funktionsträgern des deutschen Verbandes, die ihm behilflich sein würden.

Mit Hilfe der Vereinsnummer des Züchters war die regionale Zuordnung problemlos möglich. Über das Verzeichnis des dort tätigen Ringwartes wiederum ließ sich das Mitglied ermitteln, zu dessen Bestand die Taube mit der laufenden Nummer 302 gehörte. Auch das Geburtsjahr des Tieres war im Ring eingestanzt.

Es vergingen nur wenige Tage, bis Edmund die Rückmeldung aus Deutschland erreichte. Helmut Schneider hieß der Züchter des Roten. Edmund erhielt dessen vollständige Anschrift einschließlich der Telefonnummer. Des Weiteren wurde ihm mitgeteilt, der Täuber sei von einem Flug aus dem ungarischen Szeged im Juni des Jahres 1989 nicht zurückgekehrt. Es hätte sich damals um einen so genannten Katastrophenflug gehandelt, bei dem eine unverhältnismäßig große Anzahl an Tauben verloren ging, darunter viele leistungsstarke Spitzentiere.

Edmund konstatierte zufrieden das Ergebnis seiner Recherchen, konnte sich nun ein genaueres Bild davon machen, unter welchen Umständen der Rote in das Netzebruch gelangt war.

Die Nachricht aus Deutschland ließ Edmund so schnell nicht los. Welch eine Dramatik muss sich damals bei diesem Ungarnflug abgespielt haben? Wie war es möglich, dass eine flugerprobte Brieftaube von turbulenten Luftböen über Hunderte von Kilometern, vom südlichen Ungarn bis nach Westpreußen, einfach davongetragen wurde. Für den Roten bestand vermutlich keine Chance, den eigenen Willen durchzusetzen, eine Flugrichtung einzuschlagen, die er kraft seines Orientierungssinnes möglicherweise bereits angepeilt hatte. Der Ausgang war bekannt, zumindest der des besagten Wettfluges. Für das Schicksal des Roten selbst war jedoch noch längst nicht alles geklärt.

Die Anfrage aus Polen zur Ringnummer wurde vom deutschen Brieftaubenverband auch an den Züchter Helmut Schneider weitergeleitet, das war Edmund mitgeteilt worden. Über den Verbleib seines Roten war dieser inzwischen also informiert. Nun bemühte sich Edmund, zu ihm einen direkten Kontakt herzustellen, denn mehr als die nüchterne Mitteilung, für eine seiner Tauben habe es eine Rückmeldung aus Polen gegeben, lag Herrn Schneider nicht vor.

Edmund telefonierte mit ihm. Zunächst zeigte sich Helmut sehr erfreut über die Nachricht, sein Roter sei noch am Leben. Welch wichtiger Bestandteil der gesamten Zucht- und Wettflugstrategie des Sportfreundes Schneider dieser Brieftäuber ursprünglich war, wurde Edmund bewusst, als ihm dieser am Telefon das Folgende mitteilte:

„Lieber Herr Dr. Gerlach, erst einmal herzlichen Dank für Ihre Bemühungen, das Schicksal meines verunglückten Schützlings aufzuklären. Das Ausbleiben dieser Ausnahmetaube bedeutete für mich damals einen unwiederbringlichen Verlust, ich konnte das in meinem Bestand bis heute nicht ausgleichen. Im Vertrauen auf die Leistungsstärke der durch ihn repräsentierten Blutlinie hatte ich damals beim Ungarnflug auch seine gesamte Verwandtschaft eingesetzt. Davon ist nun so gut wie nichts mehr da, denn bis auf zwei Tauben ging diese gesamte Familie verloren. Der verbliebene Rest erfüllt leider nicht meine Erwartungen."

In den Worten Helmut Schneiders schwang eine gewisse Resignation mit, das merkte Edmund.

„Wie haben sich diese hohen Verluste bei Ihnen konkret ausgewirkt?"

„Bei der Meisterschaft in unserer Reisevereinigung, im Wettbewerb mit den hier beteiligten Sportfreunden, konnte ich inzwischen keinen Blumentopf mehr gewinnen. Das sah vorher ganz anders aus, da konkurrierten meine Tauben erfolgreich um die Medaillenplätze. Ich sehe derzeit auch keine Möglichkeit, aus diesem Tief wieder herauszukommen. Manchmal spiele ich bereits mit dem Gedanken, dieses schöne Hobby gänzlich aufzugeben."

Dass dieser eine verunglückte Wettflug bei gerade diesem Züchter zu einer so gravierenden, extrem negativen Langzeitwirkung geführt hatte, machte auch Edmund betroffen. Er wollte Helmut gern helfen. Aber was konnte er tun?

„Können Sie Ihre Reisemannschaft nicht durch die Hereinnahme einiger weniger Top-Tauben wieder verstärken? Es gibt doch in Ihrem weiteren Umfeld ganz bestimmt Sportfreunde, die Ihnen gern helfen. Man muss dafür ja nicht immer gleich einen größeren Geldbetrag aufwenden."

Helmut lachte gequält. „Es ist gut gemeint von Ihnen, ich weiß das. Diesen Versuch habe ich bereits unternommen. Er hat nicht viel gebracht, vielleicht hatte ich dabei auch nicht das glückliche Händchen. Den Roten müsste man noch haben, das wäre es. Auch wenn er in der Flugleistung nicht mehr der Alte sein sollte, nach seiner Verletzung und der langen Abwesenheit, aber nochmals mit ihm Jungtauben zu züchten, das käme einer Erfolgsgarantie gleich!"

„Solch wertvolle Tauben sind rar gesät. Ich kann nachfühlen, wie sehr Sie das schmerzt."

„Da Sie den Wert dieses Tieres ansprechen, Herr Dr. Gerlach, möchte ich nur erwähnen, dass solche Elitetauben in heutiger Zeit mit hohen Geldbeträgen gehandelt werden. Es geht hier nicht nur um einige einhundert Mark, sondern mit Sicherheit um einen respektablen fünfstelligen Betrag. Das sollte man diesem polnischen Züchter einmal verdeutlichen. Interessenten dafür gibt es viele, vor allem aus dem Ausland, das wissen Sie so gut wie ich. Ich darf gar nicht darüber nachdenken, was mir hier verloren ging, obwohl ich den Verkauf des Roten zum damaligen Zeitpunkt niemals in Betracht zog. In der DDR waren diese lukrativen Geschäfte ohnehin nicht möglich."

Das Telefonat dauerte bereits länger, als es Edmund erwartet hatte. Er wollte nun zu einem Ende kommen.

„Ich verstehe Sie, Herr Schneider. Sie geben die Hoffnung noch nicht auf, Ihren Roten vielleicht doch noch zurückzubekommen. Gut, ich werde mich nochmals an den polnischen Züchter wenden, der ihn gerettet hat und bei dem er sich jetzt befindet. Vielleicht finden wir eine Lösung, aber viel Hoffnung machen kann ich Ihnen nicht. Bei meinem ersten Gespräch mit ihm ergab sich für mich der Eindruck, er möchte das Tier unter allen Umständen behalten. Im Moment weiß ich noch nicht, mit welchen Argumenten ich versuchen kann, ihn zum Einlenken zu bewegen."

Der in Aussicht gestellte Versuch Edmunds, eine Rückführung der Taube zumindest zu versuchen, stimmte Helmut Schneider hoffnungsvoll.

„Ich werde mich erkenntlich zeigen, Herr Dr. Gerlach, wenn Ihr Vorstoß gelingt. Für die bisher entstandenen Aufwendungen will ich gern aufkommen, das ist mir die Sache wert! Ich hoffe, wir hören voneinander, mit positiven Nachrichten! Machen Sie es gut!"

Auch Edmund verabschiedete sich, legte nachdenklich den Hörer aus der Hand. Worauf hatte er sich hier bloß eingelassen?

Zweiter Besuch in Freimühlen

Das fernmündliche Gespräch mit Helmut Schneider ging Edmund in den nächsten Tagen nicht aus dem Sinn. Hatte er sich hier etwas zu weit aus dem Fenster gelehnt, als er diesem versprach, sich um die Rückgabe des Roten zu bemühen? Was ging ihn das Ganze überhaupt an? Mit dem polnischen Züchter Kuczynski würde es Probleme geben, das stand fest. Er konnte sich hier nur Ärger einhandeln, ganz gleich, zu welcher Lösung es käme, denn einer der Beteiligten wäre am Ende in jedem Falle unzufrieden.

Edmund beschloss, den Rat Jozsef Szymaniaks einzuholen. Dieser äußerte unverblümt seine Meinung, obgleich er wusste, dass Edmund davon nicht sonderlich begeistert sein würde.

„Ich habe mich schon geärgert, dir überhaupt von dieser Taube erzählt zu haben. Was soll die ganze Aufregung? Die Sache liegt nun schon eine längere Zeit zurück. Der deutsche Züchter hatte sich mit dem Verlust längst abgefunden, hier in Polen wird der Täuber liebevoll betreut. Was willst du also mehr? Du hast doch mit deinen Dienstaufgaben wirklich alle Hände voll zu tun. Weshalb schaffst du dir nebenher noch unnötigen Stress? Ich verstehe dich in dieser Angelegenheit nicht!"

„Ich kann doch jetzt nicht einfach so tun, als sei nichts gewesen!"

„Das ist deine Privatsache, da mische ich mich nicht ein. Wenn du nochmals nach Freimühlen fahren willst, dann tue es! Du kannst dich jetzt selbst anmelden, ihr kennt euch ja nun bereits."

Das waren deutliche Worte, wie sie Edmund von Jozsef bisher nicht kannte. Doch er wollte Jozsefs Meinung hören und dieser sah keinen Grund, ihm seinen Standpunkt nicht in aller Klarheit zu verdeutlichen.

Edmund fehlten im ersten Augenblick die Worte. Zu dem, was ihm Jozsef soeben vorgehalten hatte, fielen ihm keine Gegenargumente ein. Eines dann aber doch, und dieses besaß aus seiner Sicht eine solche Priorität, dass sich allein damit alle seine weiteren diesbezüglichen Unternehmungen begründen ließen.

„Ich habe Helmut Schneider am Telefon versprochen, nochmals mit Miroslav Kuczynski zu reden, um vielleicht doch noch einen gütlichen Weg zur Rückgabe der Taube nach Deutschland zu finden. Er hat mein Wort, daran fühle ich mich gebunden, soll daraus nun werden, was da will."

Das war es nun. Jozsef sah wenige Chancen, in diesem Disput zu einem anderen Ergebnis zu kommen als dem, dass Edmund sich nochmals nach Freimühlen begab.

Alles Weitere vollzog sich innerhalb weniger Tage. Edmund meldete sich bei Miroslav an, ohne den eigentlichen Grund seines nochmaligen Besuches zu benennen. Die damals geführten Gespräche sowie die Besichtigung der Schlaganlage und des Taubenbestandes hätten ihn sehr beeindruckt, argumentierte Edmund, deshalb würde er gern noch einmal wiederkommen, außerdem sei die Fahrstrecke nicht sonderlich weit.

Miroslav schlug als Termin ein Wochenende vor, dann sei er zu Hause und könne sich Edmund in dem erforderlichen Maße widmen.

Als der vereinbarte Termin herangerückt war und sich Edmund auf den Weg nach Freimühlen begab, grübelte er während der gesamten Fahrt darüber nach, wie er es anstellen könne, Miroslav zumindest zu einem ernsthaften Gespräch über das weitere Schicksal des Roten zu bewegen. Sollte es bei ihm zu einem sofortigen und unmissverständlichen ‚Nein' kommen, dann war alle weitere Liebesmüh vergeblich. Ob Männer wie dieser polnische Züchter eine in dieser Form geäußerte Meinung revidieren würden, darüber bestanden bei Edmund erhebliche Zweifel.

Nach Prüfung verschiedener Vorgehensvarianten kam er zu dem Schluss, es sei wohl am besten, von vornherein sein Anliegen in wahrheitsgerechter Form vorzutragen und einen für alle Beteiligten vertretbaren Kompromiss anzustreben.

Bei seiner Ankunft in Freimühlen wurde Edmund bereits erwartet. Die Toreinfahrt zum Grundstück der Familie Kuczynski stand offen, in einer Ecke des Hofes parkte ein Auto, das er bei seinem ersten Besuch nicht erblickt hatte. Miroslav kam ihm freundlich entgegen.

„Es freut mich, Sie hier bei mir nochmals begrüßen zu können! Kontakte unter Taubenliebhabern sind von stabiler Natur, das ist meine Erfahrung. Das gilt in besonderem Maße für internationale Beziehungen. Aber kommen Sie erst einmal hinein, wir sitzen gerade beim Kaffee, dazu möchte ich Sie ebenfalls herzlich einladen!"

Edmund zögerte. War er hier vielleicht in eine kleine familiäre Runde hineingeraten, auch noch mit Besuch, denn der fremde PKW ließ darauf schließen.

„Herr Kuczynski, ich störe doch hoffentlich nicht? Wenn bei Ihnen unvermittelt Gäste eingetroffen sind, dann passt unser Taubenkram vermutlich nicht in das Nachmittagsprogramm. Den Kaffee nehme ich gern an, doch was das Übrige anbelangt, können wir uns kurz fassen. Dafür habe ich durchaus Verständnis."

Miroslav lachte. Einen Konflikt zwischen deutscher Höflichkeit und polnischer Gastfreundschaft gab es hier wirklich nicht, da konnte er Edmund sofort beruhigen.

„Kommen Sie nur herein! Es ist unsere Tochter, die über das Wochenende bei uns weilt. Sie arbeitet in Thorn als Lehrerin, kommt uns aber gern besuchen, wenn es ihr Zeitplan erlaubt. Ich glaube sogar, sie hat nicht einmal etwas dagegen, wenn wir uns zeitweilig über Tauben unterhalten. Sie wuchs bei uns mit diesen Tieren auf, dazu ist ihr nichts fremd."

Gemeinsam betraten sie das Wohnzimmer. Edmund war erleichtert. Am Tisch saßen tatsächlich nur Frau Kuczynski, die Edmund bereits kannte, und eine bildhübsche junge Dame, die von Miroslav bereits avisierte Tochter des Ehepaares. Ihr wurde Edmund durch Miroslav als Herr Dr. Gerlach aus Deutschland vorgestellt, wobei er schnell hinzufügte, dass der Name seiner Tochter Eva sei.

Nach freundlichem Händedruck nahm Edmund Platz, bedankte sich für die Einladung und bediente sich an dem köstlichen Streuselkuchen. Den liebe er besonders, gab er zu verstehen, und in einer solchen Qualität hätte er ihn in seiner Heimat nur selten genießen können. Der Bann war gebrochen, es entwickelte sich ein lebhaftes Gespräch, bei dem Edmund von Eva auch mit deren sehr soliden Kenntnissen der deutschen Sprache überrascht wurde.

Wie in Züchterkreisen üblich, schloss sich eine Besichtigung der Taubenschläge an. Der Vorschlag dazu kam von Miroslav. Er hielt es für seine Pflicht, einem fachkundigen Besucher diesen Rundgang anzubieten. Diese Gepflogenheit gehört also auch in Polen zur Normalität, dachte Edmund bei sich. Er kannte das aus seiner Heimat. Dort gehörte das nicht nur bei Taubenzüchtern zum üblichen Ritual, sondern im Grunde bei der gesamten Bauernschaft.

Bei ihm ergab sich, wenn auch etwas weit hergeholt, spontan eine Assoziation zur Dorfkirmes in seinem heimatlichen Erlenwalde, die er als Schulbub mehrfach erlebt hatte. Diese fand in jedem Ort dieser Region an einem anderen Wochenende statt, damit sich die Bauern gegenseitig besuchen konnten, und stets im Herbst, nach dem Einbringen der Ernte. Zuvor hatte man dafür keine Zeit. Ob der Termin dann tatsächlich dem eigentlichen Anlass entsprach, der Erinnerung an die Einweihung einer neu erbauten Kirche, der Kirchweih, stand dabei nicht im Vordergrund. Das konnte durchaus im Frühjahr oder Sommer geschehen sein, nur war in diesen arbeitsreichen Monaten an ein ausgiebiges Feiern nicht zu denken.

Besichtigungen der Rinder-, Pferde- und Schweineställe gehörten bei einer Kirmes, außer Volksbelustigungen mit Tanz und Ähnlichem, zum absoluten Muss. An den Tagen zuvor war das Ab-

schrubben sämtlicher Mist- und Futterreste von den Wirtschafts-
gängen sowie das Putzen aller Stallfenster ein wichtiger Teil des
pflichtgemäßen Vorbereitungszeremoniells, selbst wenn das ansonsten während des gesamten Jahres in dieser gründlichen Form
kaum erfolgte.

Ob Bauern oder Taubenzüchter, eine Inspektion des Tierbestandes
durch Gäste war also unumgänglich, in Polen wie in Deutschland.
Edmund kam das entgegen, konnte er doch sein Anliegen bezüglich
des Roten auf diese Weise besser vorbringen, als er es am Kaffee-
tisch im Kreise der Familie hätte tun können.

Edmund kam beim Anblick von Miroslavs Reisemannschaft nicht
sofort wieder auf die deutsche Taube zu sprechen. Er erkundigte
sich zunächst nach der Fütterungsstrategie des Züchters.

„Wenn ich Ihren Taubenbestand betrachte, dann fällt mir auch heute wieder auf, welche Vitalität die Tiere ausstrahlen. Sie verfügen
über einen Glanz im Gefieder, wie man ihn nicht oft sieht. Wir wissen ja beide, dass nur gesunde Tauben bei Wettkämpfen erfolgreich
bestehen können. Ihr Fütterungskonzept würde mich interessieren,
diesbezüglich scheinen Sie eine optimale Lösung gefunden zu haben."

Das hört er bestimmt gern, war Edmund überzeugt. Es war aus seiner Sicht auch keineswegs eine plumpe Schmeichelei, sondern sein
ehrlicher Eindruck. Miroslav erläuterte ihm kurz sein bewährtes
System der Phasenfütterung, bei dem sich der Rhythmus innerhalb
der sieben Tage einer Woche weitgehend nach dem Energiebedarf
der Tiere richtete.

„Es wird Ihnen nicht neu sein, Herr Dr. Gerlach, dass die Tauben
unmittelbar nach einem schweren Sonntagsflug mit leicht verdau-
lichem Futter zu versorgen sind, mit einer Diätmischung. Zur Wo-
chenmitte hin verabreiche ich dann allmählich höhere Anteile ener-
giereicher Komponenten, das sind vorwiegend ölhaltige Sämereien
und Mais. An den zwei Tagen vor dem nächsten Flug wird dieses

Powerfutter den Tauben zur beliebigen Aufnahme angeboten, damit sie den hohen Belastungen standhalten und über genügend Energiereserven verfügen."

Neu war das für Edmund tatsächlich nicht. Nun wollte er zur Sache kommen, steuerte energisch das eigentliche Ziel seines Besuches an.

„Wenn es Ihnen auch nicht gefällt, Herr Kuczynski, aber wir müssen noch einmal über den roten Täuber reden. Wie ich es Ihnen bereits bei meinem ersten Besuch angekündigt hatte, ermittelte ich anhand der Ringnummer den deutschen Züchter dieser Taube. Zum einen war dieser Sportfreund erfreut, eine Nachricht zu deren Verbleib zu erhalten, zum anderen ist er verzweifelt, weil mit dem Verlust dieses Roten und dessen gesamter Taubenverwandtschaft seine bis dahin erfolgreiche Brieftaubenzucht am Boden liegt. Er hätte den Roten sehr gern zurück, würde Sie auch für Ihre Aufwendungen, die Tierarzt- und Futterkosten, entschädigen. Glauben Sie nicht, dass sich dafür eine Lösung finden lässt?"

Miroslavs Gesichtszüge verfinsterten sich. Nein, das wollte er nicht, bei aller Sympathie für Edmund.

„Nun kommen Sie mir tatsächlich wieder mit dieser unliebsamen Geschichte! Ich glaubte, wir hätten das abgehakt, schon nach unserem ersten Gespräch. Deutlicher kann ich es Ihnen auch heute nicht sagen: Ohne mein sofortiges Handeln hätte das Tier damals nur noch wenige Stunden gelebt! Ich habe diesbezüglich genügend Aufwand investiert, das Ganze ist verjährt, wir sollten uns darüber nicht weiterhin die Köpfe heiß reden."

Weitere Worte hielt Miroslav für überflüssig, auch an der gesamten Schlagbesichtigung war ihm die Lust vergangen. Er gab Edmund zu verstehen, dass er sich an diesem Tage auch seiner Tochter widmen müsse, denn so oft käme diese nicht in ihr Heimatdorf.

Beide begaben sich in das Wohnhaus, Edmund hatte verstanden. Er wollte nur noch seine Tasche holen und sich unverzüglich auf den

Rückweg begeben. Seine Mission sah er als endgültig gescheitert an, eine weitere Diskussion würde zu nichts führen.

Miroslavs Tochter Eva erkannte sofort, dass zwischen den Männern etwas nicht stimmte. Es musste etwas geschehen sein, was beiden die Laune dauerhaft verdarb.

„Euere Schlagbesichtigung ging aber schnell. Ich dachte immer, wenn sich Taubenexperten begegnen, findet sich Gesprächsstoff ohne Ende. Oder konntet Ihr Euch zu einem Problem nicht einigen?"

Diese Frage sollte scherzhaft klingen, aber gänzlich gelang Eva das nicht. Ein besorgter Tonfall war deutlich herauszuhören.

Vater Miroslav fiel es schwer, das Streitproblem offen anzusprechen, zumal er wusste, dass auch Eva das weitere Schicksal des Täubers keineswegs gleichgültig sein konnte. Schließlich war sie damals an dessen intensiver Pflege maßgeblich beteiligt.

„Unser Roter soll wieder nach Deutschland gebracht werden. Der Züchter, bei dem er aufwuchs, möchte ihn zurück haben. Herr Dr. Gerlach steht mit ihm in Verbindung. Ich bleibe aber bei meinem Standpunkt: Das Tier bleibt nun bei uns, das hat sich so ergeben und dabei werden wir es belassen!"

Eva erschrak, sie hörte erstmals von diesem Konflikt. Natürlich würde auch sie die Taube gern behalten, aber so gar nicht mit sich reden lassen, wie es der Vater hier demonstrierte, das war nicht ihre Art.

„Wollen wir nicht noch einmal in Ruhe miteinander sprechen? Vielleicht finden wir eine Lösung, mit der beide Seiten leben können. Ich schlage vor, wir hören uns die Argumente von Dr. Gerlach für die Rückgabe der Taube erst einmal an, denn ich vermute, du hast ihn in dieser Angelegenheit noch gar nicht richtig zu Wort kommen lassen."

Miroslav Kuczynski schwieg. Mit Widerstand seiner Tochter hatte er nicht gerechnet, wegen der liebevollen Zuneigung für das Tier, die von ihr während des langwierigen Pflegeprozesses zu beobachten war.

Ermuntert durch Evas Einwand, unternahm Edmund einen letzten Versuch, Miroslav mit schlüssigen Argumenten vom Sinngehalt seines Anliegens zu überzeugen.

„Herr Kuczynski, Ihren großen Anteil an der Rettung des Roten erkennen wir vorbehaltlos an. Es hat sich doch auch für Sie bereits gelohnt, mit ihm zu züchten, einmal abgesehen von der angekündigten Entschädigung durch Herrn Schneider, den deutschen Sportfreund. Die Jungen des Roten, die Sie bereits besitzen, berechtigen zu großen Hoffnungen. Sie bestätigen das selbst. Nun brütet das Paar bereits wieder, auch dieser Nachwuchs gehört Ihnen. Bei Herrn Schneider dagegen ist aus der Blutlinie des Roten nichts mehr da, worauf er im Weiteren aufbauen könnte. Ist denn bei dieser Sachlage sein Wunsch nach Rückführung dieses Tieres wirklich nicht zu verstehen?"

Jetzt platzte Miroslav der Kragen. Er fühlte sich angegriffen, wähnte sich völlig im Recht.

„Herr Dr. Gerlach, ich glaubte anfangs wirklich, zwischen uns könnte sich eine Art von Züchterfreundschaft entwickeln. Doch wie Sie mich bezüglich dieses roten Täubers immer wieder attackieren, das reicht mir jetzt! Mein ‚Nein' ist endgültig, bitte begreifen Sie das nun!"

Der scharfe Ton, in dem Miroslav reagierte, ließ alle anderen verstummen. Er verstieg sich in seiner Erregung zu Äußerungen, die er in einer weniger angespannten Situation vermutlich für sich behalten hätte.

„Ihr Deutschen glaubt stets, im Recht zu sein! Wir Polen bekamen das bekanntlich in der Geschichte mehrfach zu spüren. Schon damals bei den Preußen, vor dem Ersten Weltkrieg, wurden wir Polen benachteiligt, das lässt sich nicht leugnen! Dann, nach diesem Krieg, erhielten wir mit der Wiedergründung des polnischen Staates die uns zustehende Souveränität. Was aber danach unter Hitler passierte, brauche ich Ihnen wohl nicht zu erzählen! Vielleicht sind wir jetzt, im Ergebnis dieser schlechten Erfahrungen, etwas zu hellhörig, aber das ist nun einmal so. Ihr Vorgehen bei der Klärung der Angelegenheit mit dem Roten gefällt mir ebenfalls nicht. Sie fangen wieder an zu fordern und zu begehren. Wir werden das Gespräch jetzt beenden! Von meiner Seite ist dazu alles gesagt."

Die übrigen drei im Zimmer versammelten Personen schauten verblüfft drein. Auf diesen Gefühlsausbruch des Familienoberhauptes waren sie nicht vorbereitet.

Miroslavs Frau blickte erschreckt zu Boden. Ein solches Verhalten diesem Gast gegenüber konnte sie nicht gutheißen, aber ihrem Mann widersprechen, das hatte sie in ihrer langen Ehe nur selten getan. Sie wagte es auch in diesem Falle nicht. Edmund verstand den Stimmungswandel Miroslavs erst recht nicht. Musste er sich in dieser Weise anschuldigen lassen, für Dinge, die er gar nicht zu vertreten hatte?

Ihm verschlug es die Sprache. An einer Weiterführung des Streitgespräches lag ihm nichts. Die Erfolgsaussicht tendierte gegen Null. Er ergriff seine Tasche und war im Begriff, das Haus zu verlassen, als sich Eva nochmals an den Vater wandte.

„Wie du über die Angelegenheit mit der Taube denkst, das ist deine Sache. Aber unseren Gast in dieser Weise mit Vorwürfen zu überhäufen, nur weil er eine andere Meinung vertritt als du, das enttäuscht mich."

Sie war den Tränen nahe, kehrte dem Vater den Rücken zu und sprach Edmund an.

„Ich kann Sie für den Ausgang dieses Disputes nur um Entschuldigung bitten. Wir kommen hier zu keinem Ergebnis, deshalb verstehe ich Sie, wenn Sie jetzt wegfahren. Ich begleite Sie bis zu Ihrem Auto."

Edmund reichte Herrn und Frau Kuczynski bei der Verabschiedung die Hand, die auch Miroslav nicht verweigerte. Eva plagten Schuldgefühle, obwohl sie sich selbst nichts vorzuwerfen hatte. Ehe Edmund sein Fahrzeug bestieg, reichte sie ihm ihre Visitenkarte, unternahm einen letzten Versuch, der verfahrenen Situation ein wenig an Brisanz zu nehmen.

„Rufen Sie mich doch bitte in Thorn einmal an. Wir müssen über alles noch einmal in Ruhe reden. So kenne ich meinen Vater gar nicht. Was aber die Taube anbelangt, da sehe nun auch ich keine Möglichkeit mehr, mit ihm zu einer Einigung zu kommen. Sie haben es ja selbst erlebt: Sobald man dieses Thema anspricht, erregt er sich solchermaßen, dass jedes weitere sachliche Gespräch unmöglich wird. Ich wünsche Ihnen eine gute Heimfahrt. Auf Wiedersehen!"

Edmund drückte erleichtert ihre Hand. So abwegig konnte sein Vorschlag betreffs des Roten also nicht sein, wenn sogar die Tochter des Hauses eine Lösung in etwa diesem Sinne für möglich hielt, das Ganze aber an der Starrköpfigkeit des Vaters scheiterte.

„Auf Wiedersehen", verabschiedete er sich betont freundlich und leger. „Ich bin enttäuscht, das gebe ich zu, aber es gibt schlimmere Dinge im Leben. Gut, ich werde Sie anrufen, also adieu!"

Aufarbeitung des gescheiterten Schlichtungsversuchs

Nach dem Scheitern seiner Mission widmete sich Edmund wieder mit gewohntem Engagement seinen Arbeitsaufgaben. Zwar lag er bei der Erledigung seiner dienstlichen Verpflichtungen im geplanten Terminsoll, aber es blieb noch viel zu tun. Zur Dauer seines Polenaufenthaltes gab es zwischen seinen deutschen und polnischen Vorgesetzten mittlerweile konkrete Absprachen. Er sollte noch einmal für eine Woche nach Deutschland zurückkehren, zu Erholungszwecken und einer letzten Abstimmung mit seiner Dienststelle für die abschließende Etappe seines Auslandseinsatzes, danach aber seine Arbeiten in Polen beenden. Sehr viel Zeit blieb also nicht mehr.

Mit Helmut Schneider hatte Edmund sofort nach seiner Rückkehr aus Freimühlen telefoniert. Er berichtete ihm ausführlich von seinen Bemühungen zur Rückführung des Roten, insbesondere von deren Scheitern. Um bei Helmut keine weiteren unberechtigten Hoffnungen zu nähren, teilte er ihm auch seine nunmehrige Überzeugung mit, dass jeder weitere Versuch zur Klärung dieses Problems sinnlos sei.

Dieser konnte seine Enttäuschung nicht verbergen, hatte er doch fest damit gerechnet, seine derzeitige Misere im Wettflugsport mit Hilfe des Roten überwinden zu können. Doch nun, so die Reaktion von Helmut, müsse er resignieren. Es bliebe ihm nichts anderes übrig, als sein geliebtes Hobby des Taubensportes aufzugeben, denn für langwierige Experimente mit zugekauften anderen Tieren sei er nun wohl zu alt.

Edmund plagte kein Schuldgefühl. Seine Bemühungen waren gescheitert, er konnte in dieser Angelegenheit nichts mehr tun. Als ihm das vollends bewusst wurde, wich jegliche Anspannung von ihm. In solchen Situationen besann er sich manchmal auf Bonmots der alten Lateiner, von denen ihn einige bereits über viele Jahre begleiteten. Schon während der letzten zwei Oberschuljahre, insbesondere aber während seines Studiums, weckten diese zeitlosen Redewendungen sein Interesse. Viele davon hatte er noch immer parat. So war es ihm nicht gelungen, das Streitproblem um den roten Täuber nach dem Grundsatz ‚sine ira et studio' (ohne Zorn und Eifer) zu lösen. Zu seiner eigenen Rechtfertigung erinnerte er sich danach an das Zitat ‚ultra posse nemo obligatur' (mehr zu tun, als er kann, ist niemand verpflichtet). Mit diesem sich selbst gegebenen Freispruch konnte Edmund gut leben. Er betrachtete von nun an das aufregende Geschehen um den Roten als für ihn erledigt.

Eines war dabei für ihn ebenfalls in den Hintergrund gerückt, das Versprechen an Eva Kuczynski nämlich, sie zur nochmaligen Aufarbeitung des mit ihrem Vater geführten Streitgespräches anzurufen. Das lag bereits eine geraume Zeit zurück. Sollte er nun wirklich noch zum Telefon greifen, wo im Grunde für ihn alles geklärt war, wo er für sich selbst beschlossen hatte, in dieser Angelegenheit nichts mehr zu unternehmen? Dem stand seine Zusage zur Kontaktaufnahme mit Eva entgegen. Wie sollte er damit umgehen? Er schob die hierfür zu treffende Entscheidung ständig vor sich her, kam aber gedanklich nicht davon los. Versprochen ist versprochen, diese einfache Weisheit war ihm in seinem Elternhaus oft genug zu Ohren gekommen, also musste er zu seinem Wort stehen.

Eva zeigte sich überrascht, als bei ihr das Telefon klingelte und sich am anderen Ende der Leitung Edmund meldete. Er begann sofort mit einer Entschuldigung.

„Guten Abend, es ist schön, dass ich Sie antreffe! Mit meinem Anruf hat es nun doch etwas länger gedauert, als ich es mir damals bei Ihnen in Freimühlen vorgenommen hatte. Bitte verzeihen Sie die Verzögerung, aber Sie wissen ja, die viele Arbeit!"

„Ich hatte bereits nicht mehr damit gerechnet, von Ihnen zu hören. Das abrupte Ende Ihres Besuches bei meinen Eltern sowie das ungeklärte Problem mit dieser Taube belasten mich noch immer. Nach

Ihrem damaligen Weggang versuchte ich verzweifelt, meinen Vater doch noch zum Einlenken zu bewegen, aber ohne Erfolg. Mit ihm ist in dieser Frage nicht zu reden, ich kann das nicht verstehen. Auch wie er Sie brüskiert hat, das ärgert mich noch heute. Deshalb würde es mich erleichtern, wenn zumindest wir, Sie und ich, uns dazu noch einmal austauschen könnten. Sehen Sie das ebenso?"

Edmund überlegte kurz, wie er reagieren könnte. Selbst wenn er von der Sinnlosigkeit jeder weiteren Diskussion zu dem Streitproblem überzeugt war, konnte er doch den Vorschlag dieser jungen Dame, der fast einer Bitte gleichkam, nicht einfach abschmettern.

„Ich gebe zu, dass ich mir vorgenommen habe, die Angelegenheit um den roten Brieftäuber endgültig zu den Akten zu legen. In Dinge, die aussichtslos sind, soll man nicht unnötigerweise Kraft investieren. Doch ein klärendes Gespräch mit Ihnen zum unglücklichen Ende meines Besuches in Freimühlen schlage ich nicht aus. Haben Sie denn eine Vorstellung, wie das erfolgen soll? Am Telefon kann ich mir das schlecht vorstellen."

Eva hatte eine Vorstellung. Weil sie vom ersten Tage an fest mit Edmunds Anruf rechnete, hatte sie gedanklich bereits verschiedene Varianten entwickelt, zu welchem Ergebnis es dabei aus ihrer Sicht kommen müsse.

„Ich stimme Ihnen zu, telefonisch funktioniert das nicht. Ließe es Ihre Zeit zu, sich mit mir zu diesem Gespräch nochmals persönlich zu treffen? Einen Ort finden wir dann schon."

„Es wird die einzige Lösung sein, ich kann es einrichten. Wir müssen das nicht gleich heute entscheiden. Wer von uns einen Vorschlag parat hat, der meldet sich. Können wir so verbleiben?"

Edmund wollte Zeit gewinnen, musste erst einmal seine Gedanken ordnen. Ihm ging das fast zu schnell. Nun würde das ganze Theater um den Roten nochmals neu belebt, eigentlich gefiel ihm das nicht. Aber er hatte nicht widersprochen, nun schien eine weitere Unterredung unausweichlich. Eva willigte ein, sah nun ebenfalls keinen Grund, das Telefonat fortzusetzen.

„Ja, es ist gut, ich bin einverstanden. Nochmals vielen Dank für Ihren Anruf, auf Wiedersehen!"

Auch Edmund verabschiedete sich. Er konnte nicht verstehen, weshalb sich diese junge Polin so beharrlich mit dem Geschehen um die deutsche Brieftaube beschäftigte.

Aufregende Stunden in Thorn

Im Gespräch mit Eva hatte Edmund auch erwähnt, dass er bald für eine Woche nach Deutschland reisen würde. Danach beginne die letzte Etappe seines Einsatzes in Polen. So zeigte er sich über die Reaktion Evas nach nur wenigen Tagen keinesfalls verwundert. Sie wollte eine Klärung des strittigen Problems herbeiführen, bevor Edmund in seiner Heimat den deutschen Züchter des Roten kontaktierte.

Eva meldete sich schriftlich. Sie versetzte Edmund damit bewusst in die Lage, in Ruhe über ihr Angebot nachzudenken, was ihm am Telefon nicht möglich gewesen wäre. So wollte sie auch einer eventuellen vorschnellen Absage vorbeugen.

Evas Text lautete wie folgt:

„Lieber Herr Dr. Gerlach, nachdem wir uns in der vorigen Woche auf ein nochmaliges persönliches Treffen einigten, schlage ich Ihnen vor, dieses hier bei mir in Thorn durchzuführen. Ich vermute, bei Ihren umfangreichen dienstlichen Verpflichtungen ergaben sich für Sie bisher nur wenige Gelegenheiten, so bedeutsame Städte wie diese kennen zu lernen. Es wurde von kriegsbedingten Zerstörungen weitgehend verschont, erstrahlt somit noch immer in seiner mittelalterlichen Pracht. Polen hat auch kulturell eine Menge zu bieten, da gibt es bei Ihnen bestimmt einigen Nachholbedarf. Ich werde, wenn Sie meinem Vorschlag zustimmen, Theaterkarten besorgen, dann erfüllt Ihre Fahrt hierher einen zusätzlichen guten Zweck. Als Termin schlage ich den Freitag der nächsten Woche vor. Bitte antworten Sie bald! Über eine Zusage Ihrerseits würde ich mich sehr freuen!

Viele herzliche Grüße von Eva Kuczynski."

Ein Zurück gab es nun für Edmund nicht mehr. Er zögerte nicht lange, bestätigte den vorgeschlagenen Termin und richtete seine Dienstgeschäfte so ein, dass ihn an besagtem Freitag keinerlei andere Verpflichtungen an der Fahrt nach Thorn würden hindern können.

An dem für das Treffen vereinbarten Tag startete Edmund seinen PKW rechtzeitig vor der für die Begegnung festgelegten Uhrzeit. Mit der Stadt Thorn war er noch nicht sehr vertraut, möglicherweise auftretende Orientierungsschwierigkeiten musste er einkalkulieren. Er wollte sicher gehen, Eva nicht zu verfehlen.

Schließlich verlief alles wie geplant. Edmund wurde von Eva bereits erwartet, obwohl er sich vorgenommen hatte, als Erster am vereinbarten Punkt zu erscheinen. Etwas verlegen, aber sichtlich erfreut trat sie ihm entgegen, reichte ihm die Hand und begann sofort, unablässig zu reden. Geschickt versuchte sie dadurch, ihre innere Anspannung zu verbergen.

„Hatten Sie eine gute Fahrt? Bereitete es Ihnen Schwierigkeiten, unseren Treffpunkt hier in Thorn zu finden? Zwar zweifelte ich nicht daran, Sie zu unserer Verabredung hier begrüßen zu können, aber nun, da Sie vor mir stehen, freue ich mich ganz besonders! Herzlich willkommen in Thorn!"

Als Vergnügungstour sah Edmund seine Fahrt nach Thorn keineswegs an, eher als einen Pflichttermin, um möglicherweise einen unbedeutenden deutsch-polnischen Konflikt aus der Welt zu schaffen. Seinem Wunsch entsprach diese Begegnung nicht. Bei ihm bestand, nach der fast einem Rauswurf gleichenden Abreise bei Evas Vater, keinerlei Erklärungsbedarf mehr. Doch dann hatte Eva die Initiative ergriffen, ihn mit ihrer Hartnäckigkeit dazu gebracht, hierher nach Thorn zu reisen. Nun konnte er den weiteren Geschehnissen nicht ausweichen, ganz gleich, wie sich alles entwickelte. Edmund unterdrückte alle seine Vorbehalte und passte sich der natürlichen Fröhlichkeit Evas an.

„Ich freue mich ebenfalls, Ihnen heute nochmals zu begegnen. Vielen Dank für die Einladung, es war eine gute Idee von Ihnen. Ich bin gespannt, was Sie mir zu Thorn an Neuigkeiten zeigen und erläutern werden. Bereits die bei meiner Herfahrt erhaschten ersten Eindrücke stimmten mich sehr erwartungsvoll."

Nun war der Bann gebrochen. Eva hatte sich gut vorbereitet, offenbarte sofort ihren Plan für den Abend und den nachfolgenden Tag, denn dass Edmund in Thorn übernachten müsse, ergab sich als logische Konsequenz aus dem späten Theaterbesuch ganz von selbst. Edmund sah das ebenso, wollte für diese bis dahin offene Frage auch gleich zu Beginn eine Klärung herbeiführen.

„Bevor wir unser abendliches Kulturprogramm starten, möchte ich mir gern ein Quartier für die Nacht sichern. Sie werden mir dazu doch sicherlich ein geeignetes Hotel empfehlen können."

Eva druckste herum, wurde verlegen, verlor hier erstmals einen Teil der ihr ansonsten anhaftenden Selbstsicherheit.

„Natürlich gibt es hier gute Hotels, ich kann Sie bei Ihrer Auswahl gern beraten. Doch bitte entschuldigen Sie im Voraus, ich weiß gar nicht, ob ich es Ihnen zumuten kann, aber für diese eine kurze Nacht kann ich Ihnen auch gern die Couch in meinem Wohnzimmer anbieten. Meine Wohnung ist zwar nicht besonders groß, aber zu einem separaten Schlafraum für jeden von uns reicht es darin allemal."

Nun war es ausgesprochen, dieses durchaus missverständliche Angebot, welches aber einer gewissen Logik nicht entbehrte. Nach kurzem Überlegen kam auch Edmund zu diesem Schluss. Er war nicht nach Thorn gekommen, um sich im Hotel auszuschlafen. Weshalb sollte er dann in den wenigen verbleibenden Nachtstunden nicht sein Haupt irgendwo betten, ganz gleich, ob komfortabel oder einfach nur unkompliziert und praktisch?

„Wenn Sie es mir anbieten und ich Ihnen damit keine größeren Unannehmlichkeiten bereite, stimme ich dieser Lösung gern zu. Dann können wir uns ja gleich in das Abenteuer ‚Weltstadt Thorn' stürzen!"

Eva erkannte das ironische Augenzwinkern Edmunds bei seiner Äußerung zu Thorn durchaus, war aber dennoch wenig begeistert. Für geringschätzige Bemerkungen über ihre derzeitige Wirkungsstätte hatte sie wenig Verständnis, sah dafür keinen Grund, selbst wenn alles nicht so ganz ernst gemeint war.

„Ich werde Ihnen beweisen, Herr Dr. Gerlach, dass sich Thorn mit Dresden oder Leipzig durchaus messen kann, selbst wenn Sie das jetzt noch skeptisch sehen! Zwar erreichen wir bezüglich der Anzahl von Einwohnern längst nicht die von den genannten zwei Großstädten zu bietenden 500.000, aber worauf wir hier in Thorn verweisen können, darauf sind wir stolz. Ich denke, morgen werden Sie anders denken als bisher."

Oh, dachte Edmund, da habe ich mit meiner schnoddrigen Bemerkung wohl doch die Seele meiner Gastgeberin unbeabsichtigt verletzt.

„So war das nicht gemeint. Für das, was ich in Polen bisher zu sehen bekam, hege ich Respekt und Bewunderung! Wenn Sie mir nun Ihre Stadt etwas näher bringen möchten, bin ich für jede Information dankbar und zu allen Unternehmungen bereit."

Eva atmete tief und erleichtert. So aufgeschlossen, wie sich Edmund zeigte, konnte sie nun das von ihr vorbereitete Tourismusprogramm starten.

Sie einigten sich, zunächst Edmunds Auto nahe der Wohnung Evas abzustellen und seine Reisetasche im Haus zu deponieren. Für seine Entscheidung, sich hier in dieser einen Nacht einzuquartieren, konnte sich Edmund nun nur noch beglückwünschen. Evas Zweiraumwohnung zuzüglich Küche, Bad und Flur wurde jedem gehobenen Anspruch gerecht. Sie hatte alles so geschmackvoll eingerichtet, dass sich Edmund vom ersten Augenblick an in diesem Gemütlichkeit ausstrahlenden Refugium wohlfühlte.

Eva erwies sich als einfühlsame Gastgeberin.

„Bitte nehmen Sie doch Platz, bis zum Abend bleibt noch ausreichend Zeit. Ich bereite uns einen Kaffee und erzähle Ihnen etwas über Thorn, denn in den wenigen Stunden, die Sie hier verweilen, kann ich Sie nur zu einem Bruchteil unserer Sehenswürdigkeiten persönlich hinführen."

Edmund lehnte sich entspannt zurück. In den vielen Monaten seines Auslandseinsatzes war er auf sich allein gestellt, musste sich täglich selbst versorgen. Nun bereitete es ihm sichtlichen Genuss, von jemandem liebevoll bewirtet zu werden. Etwas einsam war es für ihn in Polen tatsächlich, trotz der vielen dienstlichen Kontakte, die sich für ihn im Rahmen seiner Tätigkeit zwangsläufig ergaben. Er hatte sich darüber niemals tiefgreifende Gedanken gemacht, aber jetzt, im bequemen Sessel beim Nachmittagskaffee, wurde ihm bewusst, worunter er im Alltag an manchen Abenden litt.

Es war ihm recht, dass Eva zu reden begann, denn nicht einmal dazu hatte er in diesem Moment sonderliche Lust. Über den von ihr gewählten Wohn- und Arbeitsort Thorn wusste sie viel zu erzählen, übte sie hier doch seit nunmehr zwei Jahren ihren Lehrerberuf aus. So verschaffte sie Edmund schnell einen Überblick zu dem, was er am Folgetag würde zu sehen bekommen, ergänzt durch Fakten, die sie zusätzlich als wissenswert erachtete.

„Thorn hat sowohl eine deutsche als auch eine polnische Geschichte, das zu wissen ist sicherlich für uns beide von Bedeutung. Gegründet wurde die Stadt am rechten Ufer der Weichsel im 13. Jahrhundert vom Deutschen Orden, gelangte in der Folgezeit als Handelsmetropole zu hoher Blüte, war auch Mitglied der Hanse. Ein Kuriosum von Thorn ist der Schiefe Turm als Bestandteil der Stadtmauer. Wem es eine Minute lang gelingt, sich mit dem Rücken an diese Schräge zu stellen und dabei mit den Schuhabsätzen die Mauer zu berühren, der war seinem Partner noch niemals untreu. So wird es hier seit Generationen behauptet. Für Sie und mich ist das vermutlich ohne Bedeutung, da wir keine Partner haben, denen wir treu sein müssen. Oder sehe ich das falsch?"

Diese intime Frage ging Edmund nun fast zu weit. Was sollte das, weshalb interessierte sie sich gerade jetzt, wo es um völlig andere Dinge ging, für sein Privatleben?

Eva bemerkte ihren Fauxpas sofort, sprach umgehend weiter, ohne eine Antwort auf ihre taktlose Frage abzuwarten, die Edmund zu geben ohnehin nicht bereit gewesen wäre.

„Besonders stolz sind die Bürger unserer Stadt auf einen ihrer größten Söhne, den berühmten Astronomen Nikolaus Kopernikus, der hier 1473 geboren wurde. Sein spätgotisches Geburtshaus in der jetzt nach ihm benannten Straße kann ich Ihnen morgen zeigen, wenn Sie es möchten. Dass Kopernikus seine revolutionären Erkenntnisse zum Bau des Planetensystems später vor allem in Frauenburg beziehungsweise Frombork sammelte und veröffentlichte, tut seiner Verehrung hier in Thorn keinen Abbruch."

„Mich interessiert das sehr. Sein Geburtshaus sehe ich mir morgen gern an! Vielleicht gelingt es mir irgendwann sogar, einmal Frauenburg zu besuchen, vielleicht."

„Ich möchte Sie nun nicht gleich in den ersten Stunden Ihres Aufenthaltes mit Informationen überhäufen, aber eines muss ich unbedingt noch anfügen: Den Hinweis auf unsere jahrhundertealte Tradition der Herstellung von Pfefferkuchen oder Lebkuchen, ich weiß nicht genau, welche Bezeichnung bei Ihnen in Deutschland gebräuchlich ist. Die hiesige Spezialität sind die Thorner Kathrinchen. Sie dürfen sich diese Köstlichkeit nicht entgehen lassen! Man kennt sie in ganz Polen und exportiert sie auch in benachbarte Länder."

Eine bessere Kurzbeschreibung der Geschichte und Gegenwart von Thorn konnte sich Edmund gar nicht wünschen. Schnell waren die Stunden vergangen. Eva erinnerte an die anstehende Abendveranstaltung. Sie müsse dafür noch einige Vorbereitungen treffen, wofür

wohl bei Männern, wie sie bemerkte, nicht ganz so viel Zeit einzu-
planen sei.

Als sich Edmund erkundigte, für welche Art von kulturellem Ereignis sich Eva denn entschieden habe, wollte sie dieses bisherige Geheimnis noch immer nicht lüften, gab dann aber doch nach.

„Ich hätte Ihnen das gern so lange wie möglich verheimlicht, es
sollte eine Überraschung werden, aber da wir keine Kinder mehr
sind, kann ich es Ihnen verraten: Wir besuchen einen Konzertabend
mit Musik von Frederic Chopin. Entsprechen dessen unvergleichli-
che Klaviersonaten auch Ihrem Geschmack? Chopin wird bei uns
als größter polnischer Komponist und Pianist sehr verehrt, selbst
wenn er während seiner wichtigsten Schaffensperiode in Frankreich
lebte."

Edmund stimmte dem Konzertbesuch freudig zu. Eine solche Gelegenheit bot sich für ihn an seinem derzeitigen Aufenthaltsort Nakel
nicht, so nahm er dieses Angebot dankbar an.

Der Konzertabend selbst bescherte beiden unauslöschbare Eindrücke. Nach Verklingen der letzten Akkorde und dem nachfolgenden
euphorischen Beifall erhob sich Edmund schweigend, wollte und
konnte seine Gedanken nicht in Worte fassen. Die Musik Chopins
hatte sein Inneres in einer Weise aufgewühlt, wie er es selbst niemals für möglich gehalten hätte.

So war es Eva, die zuerst den Weg aus dem Himmel der Musik auf
den Boden des Theaterfoyers wiederfand.

„Da Sie hier ein so seltener Gast sind, überlasse ich Ihnen die Entscheidung, wie wir nun den Rest des angebrochenen Abends gestalten. Haben Sie dafür einen Vorschlag? Sie wollen sich nach diesem
bezaubernden Konzertabend doch nicht etwa mit mir in das nerven-
zerfetzende Nachtleben von Thorn stürzen?"

Eva lachte. Sie wollte mit dieser Andeutung Edmund dazu bringen,
sich aus seiner noch immer angespannten Gemütsverfassung zu
lösen. Es gelang ihr auch. Edmund wurde schlagartig bewusst, dass

er sich nicht bei allem, was hier passierte, allein auf Eva verlassen könne, sondern er nun selbst aktiv werden müsse.

„Bei uns in Deutschland ist es üblich, einen solchen Tag wie den heutigen mit einem gemeinsamen Abendessen ausklingen zu lassen. Das wird hier bei Ihnen nicht anders sein. Ich lade Sie gern dazu ein, wir werden ein geeignetes Lokal gleich hier in der Nähe ganz bestimmt finden."

Eva traf dieser Vorschlag nicht unvorbereitet. Die bei einem solchen Ereignis üblichen Gepflogenheiten waren ihr durchaus bekannt. So musste sie nicht lange überlegen, um ihre Version der Gestaltung der nächsten Stunden vorzuschlagen.

„Es ist nett von Ihnen, mich einzuladen! Aber bedenken Sie bitte, was wir noch zu erledigen haben. Der Hauptgrund Ihres Besuches ist doch ein klärendes Gespräch darüber, wie im Weiteren mit dieser roten Brieftaube zu verfahren ist. Wollen wir das in einer öffentlichen Gaststätte diskutieren? Ich biete Ihnen an, das Ganze in meine Wohnung zu verlegen. Dort haben wir die erforderliche Ruhe. Auf ein Abendessen müssen Sie dennoch nicht verzichten, das verspreche ich Ihnen!"

Das Argument mit dem in vertraulicher Atmosphäre zu führenden Streitgespräch, wenn es zu einem solchen tatsächlich kommen sollte, leuchtete Edmund ein. Dennoch gefiel ihm nicht, dass Eva in allem die Initiative an sich riss. Über die Finanzierung seines Aufenthaltes in Thorn hatten sie noch gar nicht gesprochen. Er durfte Eva keinesfalls etwas schuldig bleiben, wollte darauf bestehen, die Konzertkarten, das Essen und die Übernachtung als seinen Anteil zu übernehmen. Aber würde Eva das annehmen? Es schien ihm eher, als wolle sie ihn vollständig als ihren Gast betrachten.

Er unternahm einen halbherzigen Versuch, diesen für ihn nicht ohne Vorbehalt zu akzeptierenden Lösungsvorschlag noch zu kippen.

„Bei Ihnen muss man wirklich aufpassen, nicht unter die Räder zu kommen! Was Sie unbedingt wollen, das setzen Sie auch durch.

Man kann fast nichts dagegen tun. Zuerst überzeugen Sie mich, hierher zu kommen, was ich aber keinesfalls bereue! Nun darf ich Sie nicht einmal zu einem bescheidenen Menü einladen! Sind eigentlich alle Polinnen so durchsetzungsstark?"

Edmund hatte seinen Widerstand längst aufgegeben. Evas Wohnung als Nachtquartier aufsuchen musste er in jedem Falle, diese Entscheidung war längst getroffen.

Dort angekommen, begab sich Eva sofort in die Küche, bereitete frappierend schnell ein köstliches Abendessen. Sie entzündete eine Kerze, bat Edmund um das Öffnen einer Weinflasche und bekundete nochmals, wie sehr sie sich über dessen Besuch freue. Edmund versank wohlig in seinem Sessel, glaubte zu träumen, denn niemals hätte er es für möglich gehalten, gegen Ende seines Auslandseinsatzes noch eine solch illustre Begegnung mit einer jungen Polin zu haben.

Sie verplauderten ungezwungen die Zeit, machten sich näher miteinander bekannt, redeten über berufliche Zukunftspläne und darüber, was sich in den gegenseitigen Beziehungen ihrer Länder nach dem bevorstehenden Beitritt Polens zur Europäischen Union aus ihrer Sicht ändern würde. Beide blickten optimistisch in die Zukunft, was sowohl für ihren persönlichen Bereich als auch für die große Politik galt.

Edmund war es dann, der auf den eigentlichen Grund seines Hierseins zu sprechen kam.

„Ob Sie es mir glauben oder nicht: An einer weiteren Erörterung unseres Taubenproblems liegt mir nicht viel. Nach der Abfuhr durch Ihren Vater möchte ich mich mit der Angelegenheit am liebsten nicht mehr befassen. Ein weiterer Vorstoß ist doch völlig sinnlos, nachdem ich erleben musste, wie gereizt Ihr Vater reagierte. Ich verlange von Ihnen nicht, dass Sie sich mit ihm dieses Tieres wegen überwerfen."

Eva besann sich nun ebenfalls. Sie wollte die entstandenen Irritationen aus der Welt schaffen, diese zumindest entkräften. Ihrer Ansicht nach ging es nicht an, einer solchen Bagatelle wegen im Streit auseinander zu gehen, selbst wenn es wenig wahrscheinlich war, dass sich Edmund und ihr Vater jemals wieder begegneten. Sie stand zwischen den Fronten. Einerseits fand sie es unakzeptabel, wie Edmund behandelt worden war, andererseits verstand sie auch ihren Vater, dem noch immer die vielen Polen innewohnende Überzeugung anhaftete, die Deutschen möchten stets alles haben und glaubten sich dabei auch noch im Recht.

So versuchte Eva, bei Edmund um Verständnis für die Einstellung ihres Vaters zu ringen, betonte dabei jedoch, dass sie selbst dessen Ansichten in vielen Punkten als überholt ansah und durchaus bereit sei, in ihrer Familie einige dieser veralteten Standpunkte nochmals zu diskutieren.

„Herr Dr. Gerlach, bitte versuchen Sie doch, sich einmal in die Lage meines Vaters zu versetzen. Was dieser Generation widerfahren ist, hat viele für ihr Leben geprägt. Wir können uns nur von der Überlieferung ein Bild machen, selbst erleben mussten wir das Schreckliche zum Glück nicht. Kriegerische Konflikte zwischen Deutschen und Polen gab es über viele Jahrhunderte, das darf man auf beiden Seiten nicht verschweigen. Man muss die Geschichte aufarbeiten und versuchen, sie zu verstehen, um die Zukunft bewusst zu gestalten. Diese Weisheit stammt nicht von mir, ich denke aber, sie trifft den Kern. Ich habe mich mit dieser Thematik intensiv beschäftigt, finde das fesselnder als manchen Krimi."

Edmund zeigte sich erstaunt, antwortete ihr gut gelaunt.

„Und ich dachte immer, junge Damen würden sich nur für Liebesromane interessieren."

„Gut, dann haben Sie sich eben getäuscht. Doch lassen Sie mich diesen Gedanken zur deutsch-polnischen Geschichte zu Ende bringen. Man muss nicht unbedingt weit in das Mittelalter zurückblicken, beispielsweise auf den bei uns noch im Jahre 1960 mit einer Gedenksäule gewürdigten Sieg des polnisch-litauischen Heeres unter Wladyslav II. im Jahre 1410 bei Grunwald-Tannenberg über den Deutschen Orden. Auch die darauf folgende Zeit war nicht frei von Konflikten, doch das möchte ich jetzt weglassen. Wir sollten unseren Blick lieber auf die Geschehnisse des 20. Jahrhunderts richten. Um hierbei nochmals den Tannenberg-Mythos zu bemühen: Sie wissen sicherlich besser als ich, in welcher Weise der Sieg des von Paul von Hindenburg und Erich Ludendorff befehligten deutschen Heeres über die russische Armee im August 1914, am Beginn des Ersten Weltkrieges, glorifiziert wurde. Die ‚Schmach von Grunwald' sollte nach 500 Jahren getilgt werden, unter anderem mit dem 1927 errichteten Tannenberg-Denkmal, das 1945 von der sich auf dem Rückzug befindenden Deutschen Wehrmacht gesprengt wurde."

Edmund erkannte schnell, in Eva eine gleichwertige Gesprächspartnerin zu haben. Eines ihrer Lehramtsfächer war Geschichte, auf diesem Gebiet konnte sie zu jeder Thematik mit einer Reihe hilfreicher Fakten aufwarten.

Dass Eva nun den Bogen sehr weit spannte und aus dem Konflikt um die Taube fast ein nationales Problem konstruierte, fand nicht Edmunds ungeteilten Beifall. Er sagte nichts, dachte dann aber bei sich, wenn sie auf diesem Umweg zu einer Lösung kämen, wäre der Sache schließlich auch gedient.

Er bemühte sich nun, das Gespräch nicht durch weitere emotionale Äußerungen zu belasten. So antwortete er mit betont ruhiger Stimme.

„Konflikte zwischen Nationen endeten in der Vergangenheit leider meist in Kriegen. Das gilt nicht nur für unsere beiden Länder, sondern für ganz Europa und darüber hinaus. Unrecht geschieht dabei stets auf Seiten beider Kriegsparteien, was sich auch am Beispiel unserer Staaten zeigt. Erzwungenes Unrecht führt zu neuen Span-

nungen, die dann zwischen einzelnen Volksgruppen und Glaubens-
richtungen entstehen, obwohl diese zuvor in freundlichem Einvernehmen miteinander oder zumindest nebeneinander gelebt haben."
Eva hörte aufmerksam zu, stellte einen Bezug zu ihrem eigenen
Vaterland her.

„Ich kann Ihnen nur zustimmen! Wenn ich jetzt aufzählen würde,
welches Unrecht dem polnischen Volk in den vergangenen Jahrhunderten widerfahren ist, zuletzt in verheerendem Umfang durch
die Hitlerdiktatur während des Zweiten Weltkrieges, dann kämen
Sie am heutigen Abend gar nicht mehr zu Wort. Ich lasse das also,
Sie kennen das vermutlich auch selbst."

„Ich weiß es im Wesentlichen, da war vieles ganz schrecklich. Das
soll nicht vergessen werden und darf sich niemals wiederholen!
Doch speziell in Westpreußen vollzog sich nach dem Ersten Weltkrieg eine Entwicklung, die auch den hier seit vielen Generationen
ansässigen Deutschen viele Opfer abverlangte, sie systematisch
diskriminierte. Dass dieses Gebiet, dem Versailler Vertrag entsprechend, nun dem 1919 wiederentstandenen polnischen Staat zuge-
hörte, ließ man den deutschsprachigen Teil der Bevölkerung deutlich spüren, obwohl er mehr als 50 Prozent der Bevölkerung aus-
machte. Man spricht darüber bei Ihnen nicht gern, wie ich feststellen musste. Doch um alles Geschehene zu verstehen, muss man
beide Seiten betrachten, darüber hatten wir uns ja bereits geeinigt."
Hier räumte Eva ein, während ihrer Ausbildung zu diesem Aspekt
der Entwicklung zwischen den beiden Weltkriegen des 20. Jahrhunderts nur wenig gehört zu haben. Doch die Andeutungen Edmunds weckten bei ihr das Bedürfnis, mehr davon zu erfahren.

„Herr Dr. Gerlach, glücklicherweise wurden die meisten der tiefen
Gräben zwischen Polen und Deutschen inzwischen zugeschüttet,
wir können das mit Dankbarkeit feststellen. Vor diesem Hintergrund habe ich deshalb auch kein Problem damit, die Geschehnisse
der Vergangenheit anzusprechen, ganz gleich, wer dafür verant-

wortlich zeichnete. Erzählen Sie bitte ruhig weiter, welche Konsequenzen sich hier für die Deutschen damals ergaben! Jetzt, da Sie es erwähnten, interessiert es mich sehr!"

Nun profitierte Edmund von der gründlichen Vorbereitung seines Poleneinsatzes. Einen Teil seines Wissens hatte er sich angelesen, ein anderer resultierte aus Gesprächen, die er mit Vertriebenen aus diesem ehemals deutschen Gebiet geführt hatte.

Er versuchte, sich kurz zu fassen, wollte einerseits gern der Bitte Evas nachkommen, andererseits aber diesen netten Plauderabend nicht ausschließlich der Aufarbeitung der deutsch-polnischen Geschichte widmen. So berichtete er, dass in den 1920er und 1930er Jahren in Westpreußen deutsche Namen möglichst verschwinden sollten. Deutsche durften nicht im polnischen Staatsdienst arbeiten. Die Amtssprache wurde polnisch, an den Schulen nur polnisch gelehrt, Deutschunterricht war allein auf privater Basis über Hauslehrer möglich. Als Konsequenz verließen viele Deutsche das Land, dafür zogen Polen zu, wodurch sich der Schwerpunkt in der Glaubensrichtung von zuvor evangelisch auf nun katholisch verlagerte. Viele Deutsche isolierten sich, ein Teil von ihnen wechselte auf Drängen der Behörden die Staatsbürgerschaft, wodurch es polnische Staatsbürger deutscher Nationalität gab.

Diese Fakten kannte Eva in der von Edmund geschilderten drastischen Form nicht. Sie zeigte sich betroffen, scheute sich dennoch nicht, die Ereignisse dieser Zeit in der ihr bekannten Sichtweise darzustellen.

„Soviel ich weiß, hat sich aber dennoch an den Besitzverhältnissen nur wenig geändert. Gutsbesitzer waren vorwiegend Deutsche, sie beschäftigten polnische Landarbeiter. Dass die Letzteren dadurch einen gesicherten Broterwerb hatten und im Regelfall auch korrekt behandelt wurden, möchte ich nicht bestreiten, aber den hier bei uns von älteren Menschen oft benutzten Spruch, die Deutschen seien die Kutsch- und die Polen die Arbeitspferde gewesen, hörte ich manchmal auch von meinem Vater. Der Wohlstand und der Stolz der Deutschen waren vielen Polen ein Dorn im Auge, das schürte Neid. Mein Vater hat diese Denkweise bis heute nicht überwunden, obwohl er damals ein Kind war. Vielleicht kann man ihm das auch nicht verübeln."

Edmund hätte den freundschaftlich geführten Disput an dieser Stelle gern beendet. Es war spät geworden, hinter ihm lag ein aufregender Tag, getrunken hatte er im Verlauf dieser Stunden eher ein Glas zu viel als eines zu wenig. Er sehnte sich nach Schlaf. Eva schien das weder zu bemerken noch gab sie sich mit dem zufrieden, was bisher als Ergebnis ihrer nächtlichen Diskussionsrunde auf der Habenseite stand. So fuhr sie fort zu reden, noch ehe Edmund zu einem leisen Protest die Gelegenheit erhielt.

„Über das Schlimmste, was uns geschehen konnte, müssen wir noch sprechen. Die Gräueltaten der Nazis an uns Polen, den Juden und anderen Völkern sind durch nichts zu rechtfertigen. Wie die Kulturnation Deutschland einem solch schrecklichen Diktator Gefolgschaft leisten konnte, verstehen wir Polen bis heute nicht! Geht Ihnen das nicht ebenso?"

„Was mich anbelangt, gebe ich Ihnen absolut Recht. Aus heutiger Sicht ist schwer nachvollziehbar, wie es zu dieser Katastrophe kommen konnte. Deutschland fühlte sich nach dem Ersten Weltkrieg extrem gedemütigt. Zu viele sahen in Hitler tatsächlich den ‚Führer', der Recht und Ordnung schaffen konnte, eine folgenschwere Fehleinschätzung."

Eva nickte zustimmend.

„Unserer Generation fällt es besonders schwer, das alles zu begreifen."

„Wenn Sie die Buchseiten mit diesem schwierigen Kapitel nun schon aufschlagen, dann finden sich auch in Westpreußen einige Ursachen für diese leidige Entwicklung. Wie mir bekannt ist, waren die hier ansässigen Deutschen durchaus national gesinnt, nicht aber nationalsozialistisch. In der Folgezeit ihrer Machtergreifung 1933 gewannen jedoch die Nazis auch hier zunehmend an Einfluss, wodurch sich die Spannungen zwischen Deutschen und Polen verschärften. Nach der Annexion Österreichs und dem Einmarsch Hitlers in das Sudetenland wuchs bei den auf polnischem Staatsgebiet lebenden Deutschen ebenfalls die Hoffnung auf Besserung ihrer Lage. Schrecklich für beide Völker wurde es dann bei Ausbruch des Krieges Anfang September 1939. Die in Westpreußen lebenden Deutschen standen zwischen den Fronten. In den ersten Kriegstagen wurden ihre Gebäude angezündet, für zahlreiche Deutsche erfolgten Deportationen in Richtung Osten, es gab bei ihnen auch Tote."

„Man muss tatsächlich beide Seiten sehen! Ich kann verstehen, dass Ihnen daran liegt, in diesem Krieg auch das Schicksal Ihrer Landsleute zu beleuchten."

„Bitte erlauben Sie mir dazu eine letzte Ergänzung: In Erwartung besserer Zeiten wurden die deutschen Soldaten freudig begrüßt. Bekanntlich kam es auch für wenige Jahre zu einer erfreulichen Entwicklung, nicht aber für die Polen. Der Terror der Deutschen mit Judenverfolgung, Konzentrationslagern und Erschießungen ist bekannt, da gibt es nichts zu beschönigen. Auch das Ende kennen wir. Für die in diesem Gebiet lebenden Deutschen bedeutete es den endgültigen Verlust ihrer Heimat. Viele hatten daran noch im Januar 1945 nicht geglaubt, begaben sich zu spät auf die Flucht. Dort gab es nochmals unsägliches Elend. Ja, so war das. Doch ich bin überzeugt, unsere Völker haben daraus ihre Lehren gezogen! So etwas darf sich nicht wiederholen!"

Nun steuerte auch Eva einen Schlusspunkt an, zog ein kurzes Resümee.

„Geschichte ist Geschehenes, wir können daran nichts ändern. Unsere Aufgabe ist es, daraus alles Wertvolle und Gute zu bewahren, zu würdigen und zu entwickeln. Für unser Gebiet sind das aus meiner Sicht die deutsche Vergangenheit, die polnische Gegenwart und unsere gemeinsame europäische Zukunft. Sehen Sie das ebenso?"

„Ja, absolut, ich stimme Ihnen aus vollem Herzen zu!"

Keiner von ihnen wollte bewerten, ob es notwendig war, sich gerade an diesem Abend so intensiv mit der deutsch-polnischen Geschichte auseinander zu setzen. Über eines waren jedoch beide froh: Ihr ehrlich geführter Disput hatte sie nicht entzweit, eher näher gebracht. Mit diesem guten Gefühl suchte jeder sein Nachtlager auf, Edmund das seine im Wohnzimmer, Eva das ihre im Bett ihres Schlafraumes.

Der folgende Morgen sah beide frühzeitig auf den Beinen. Die wenigen Stunden, die ihnen gemeinsam zur Verfügung standen, wollten sie nutzen, nicht verschlafen. Edmund reihte sich als Badbenutzer hinter Eva ein, damit diese danach ohne Zeitdruck das Frühstück herrichten konnte. Während Eva das Badezimmer zwischenzeitlich kurz verlies, um in der Küche einige Vorbereitungen zu treffen, suchte Edmund im Reisegepäck nach den Utensilien für seine Morgentoilette. Dadurch entging ihm, dass Eva das Bad nochmals aufgesucht hatte. In der Annahme, er sei nun an der Reihe, öffnete er dessen Tür, schreckte aber sofort zurück, denn Eva räkelte sich splitternackt unter der Dusche. Edmund stand wie gelähmt, konnte den Blick nicht abwenden von dem, was er erblickte. Wie lange er diesen makellosen Körper angestarrt hatte, vermochte er danach nicht zu sagen, aber der Bann, in den er gezogen wurde, wirkte eine geraume Zeit. Eva versuchte es nur wenige Sekunden, ihre prallen Brüste mit den Handflächen zu bedecken, gab es schließlich auf und lachte.

„Sie haben sich mehr erschreckt als ich, wie mir scheint! Ist doch nicht schlimm, eine nackte Frau ist Ihnen doch bestimmt auch schon anderswo zu Gesicht gekommen."

„Oh, bitte entschuldigen Sie, das war nicht meine Absicht! Aber nun, da Sie es nicht dramatisieren, muss ich Ihnen sagen: Sie können sehr stolz auf Ihren Körper sein! Ich musste Sie unentwegt ansehen, es ging einfach nicht anders. Also nochmals: Pardon oder sorry oder was auch immer!"

Edmund schloss die Tür, ging kopfschüttelnd durch das Zimmer, wartete geduldig auf das Freiwerden des Bades. Als es endlich so weit war und er den Raum betrat, hatte er noch immer die prickelnd nassen, unbekleideten Kurven Evas vor Augen. Die Figur dieses Mädchens, dazu dessen Unbefangenheit, darüber kam er so schnell nicht hinweg.

Über die Episode im Badezimmer sprachen sie danach nicht mehr. Wie es zuvor geplant war, verbrachten sie den Vormittag mit der Besichtigung zahlreicher Sehenswürdigkeiten Thorns. Was sich Edmund allein an eindrucksvollen Kirchenbauten darbot, versetzte ihn zunehmend in Erstaunen. Der Bummel durch das Zentrum der von Kriegsschäden weitgehend verschonten mittelalterlichen Stadt bescherte ihm ein unvergessliches Erlebnis. Die Fahrt hierher hatte sich für ihn in jedem Falle gelohnt. Dass von dem ursprünglichen Anliegen, den Streitfall um die Brieftaube zu klären, bisher kaum die Rede war, störte Edmund wenig. Aus seiner Sicht bestand von Beginn an keine Chance, zu einer einvernehmlichen Lösung zu kommen. Doch nun, da seine Rückreise nach Nakel bevorstand, wollte er das Problem zumindest nochmals ansprechen.

„Wir müssen uns jetzt verabschieden. Die Stunden hier in Thorn werde ich so schnell nicht vergessen! Alles war wunderschön, der Konzertbesuch, die Stadtbesichtigung, unsere Gespräche, ich danke Ihnen sehr! Dass Sie mein Angebot, mich an den Kosten zu beteiligen, vehement ablehnen, finde ich dennoch nicht richtig! Wie soll ich mich dafür jemals revanchieren?"

Eva winkte ab.

„Es hielt sich doch alles im Rahmen, machen Sie sich bitte darüber keine Gedanken. Wenn es Ihnen gefallen hat, freue ich mich. Das genügt mir völlig als Entschädigung."

Sie sagte das so freundlich, zugleich aber bestimmt, dass es Edmund für sinnlos hielt, hierüber weiter zu diskutieren. So rüstete er sich zum Gehen.

„Eines möchte ich Ihnen, bevor ich meinen PKW starte, noch mitteilen: Es beginnt nun bald die letzte Etappe meines Einsatzes hier in Polen. Zuvor werde ich nochmals nach Deutschland reisen, in etwa zwei Wochen. Bei dieser Gelegenheit besuche ich auch den deutschen Züchter des roten Brieftäubers. So haben wir es telefonisch vereinbart. Dieser Sportfreund interessiert sich sehr für die gesamten Umstände, unter denen es zu der derzeitigen Situation gekommen ist. Diese möchte ich ihm schildern. Wie ich am Telefon heraushören konnte, hat er sich schweren Herzens damit abgefunden, den Roten nicht zurückzubekommen."

„Handelt es sich denn hier wirklich um ein so ungewöhnlich wertvolles Tier?"

„Der Verlust des Roten hat den deutschen Züchter hart getroffen. Wenn Sie den finanziellen Wert des Tieres meinen, dann lässt sich dieser nur schätzen, doch für eines unserer Monatsgehälter würden wir ihn wohl nicht bekommen. Auch an seine Wettflugerfolge der vorangegangenen Jahre konnte Herr Schneider nicht mehr anknüpfen. Er verband große Hoffnungen damit, das Tier zurückzubekommen, denn auch über Nachkommen dieser Ausnahmetaube verfügt er in seiner Zucht nicht mehr. Bei Ihrem Vater sieht das bekanntlich anders aus. Er konnte sein Reiseteam bereits durch mehrere leistungsstarke Nachzuchttiere des Roten aufwerten. Aber wie Sie wissen, ist mit ihm nicht zu reden. Er behauptet seinen Standpunkt, glaubt sich im Recht, ich will ihm das nicht länger nachtragen. Betrachten wir also die Angelegenheit als erledigt. Ich werde das in dieser Form auch dem deutschen Züchter mitteilen."

Edmund war nun selbst erleichtert. Das ganze Drumherum hatte ihn lange genug belastet, er wollte endlich einen Schlussstrich ziehen.

Entgegen Edmunds Erwartung sagte Eva nichts. Sie blickte traurig zu Boden, war unschlüssig, wusste nicht, wessen Partei sie ergreifen sollte. Nach langer Pause kam schließlich ein einziger Satz über ihre Lippen.

„Zufrieden sein mit dieser Lösung kann ich nicht, doch dass Sie mit meinem Vater bei sich Ihren Frieden gemacht haben, rechne ich Ihnen hoch an."

Sie verabschiedeten sich, reichten sich die Hand. Plötzlich wich alle Anspannung von ihnen. Sie blickten sich tief in die Augen. So einfach die Hand des anderen loslassen, sich umdrehen und auseinander gehen, das konnten beide nicht. Edmund legte den Arm um sie, zog sie an sich, neigte seinen Kopf zu einem mehr als freundschaftlichen Kuss. Ob Eva von seiner Sympathiebekundung überrascht wurde oder diese möglicherweise sogar erwartet hatte, war Edmund egal. Hastig wandte er sich um und steuerte die Schritte in Richtung seines geparkten Autos.

Unerwartete Wendung

Die Gedanken an Edmunds Besuch ließen Eva lange nicht los. War es nun dieser Deutsche selbst, der ihr Gefühlsleben aus dem Gleichgewicht gebracht hatte, oder belastete sie vor allem dessen Streitproblem mit ihrem Vater um die Taube? Sie wusste es nicht. Das Gestalten ihres Unterrichtes fiel ihr in der Folgewoche unsagbar schwer. Sie konnte sich oftmals nicht konzentrieren, zeigte bei disziplinarischen Verstößen ihrer Schüler eine Gleichmut, die ihr sonst fremd war. Am Ende jeden Arbeitstages gab sie sich Grübeleien hin, ob sich nach diesem erlebnisreichen Wochenende nun für sie alles erledigt hatte, der Alltag ablief wie vorher, oder ob noch irgend etwas in der Luft lag, das sie nicht erfassen konnte.

Nach Tagen stand ihr Entschluss fest: Sie wollte etwas unternehmen, sie musste etwas unternehmen! Sich nochmals mit Edmund direkt in Verbindung zu setzen, bot sich nicht an. Was sollte sie ihm sagen, welchen Grund dafür angeben? Aber der Umweg über die Taube schien ihr gangbar. Sie akzeptierte die Sturheit ihres Vaters nicht, das hatte sie Edmund gegenüber unmissverständlich geäußert. Wenn sie für dieses Problem eine Lösung fände, das wäre etwas. Ihr Vater hatte ihr bisher selten eine Bitte abgeschlagen. Weshalb sollte sie ihn nicht auch dieses Mal überzeugen?

Sie konnte das Wochenende kaum erwarten, um ihren Eltern einen Besuch abzustatten. Dass es ihr vornehmlich um ein Gespräch wegen des Roten ging, ließ sie sich zunächst nicht anmerken. Alles war wie immer. Sie half in Haus und Hof, wo sie nur konnte, kochte für die Eltern, wusch die Wäsche, berichtete während der Kaffeestunde unbeschwert von ihrer Arbeit. Doch irgendwann kam sie nicht mehr umhin, ihr Anliegen vorzutragen.

„Vater, du erinnerst dich doch an diesen deutschen Tierarzt, der mit dir wegen des roten Brieftäubers verhandeln wollte. Ihr konntet euch damals nicht einigen. Hast du darüber nochmals nachgedacht?

Glaubst du nicht, dass man für dieses Problem eine Lösung finden kann?"

Die gute Stimmung des Vaters war augenblicklich dahin. Er antwortete ihr vorwurfsvoll, in einem Ton, den er seiner Tochter gegenüber ansonsten nicht pflegte.

„Jetzt fängst du nochmals mit diesem Quatsch an! Die Sache ist für mich erledigt, das sagte ich bereits! Weshalb mischt du dich hier überhaupt ein? Das geht dich nichts an, bitte merke es dir! Ich möchte davon nichts mehr hören!"

Auch Evas Mutter erschrak. Dass Miroslav sich über eine aus ihrer Sicht wirkliche Bagatelle derart erregte, verstand sie nicht.

„Willst du nicht wenigstens einmal vernünftig mit Eva darüber reden? Du weißt doch noch gar nicht, was sie dir vorschlagen will."

„Ich kann mir das schon denken, sie muss es mir gar nicht erst sagen! Ich soll den Roten abgeben, nur darum geht es. Ihr wisst doch alle selbst, welche Mühe es mich gekostet hat, dieses Tier zu retten. Nein, die Taube behalte ich, da könnt ihr reden, was ihr wollt!"

Miroslav erhob sich, verließ abrupt das Zimmer. Für ihn war das Gespräch beendet. Er zeigte nicht die geringste Bereitschaft, seinen Standpunkt zu ändern. Evas Mutter wirkte ratlos.

„Du siehst, Mädchen, ich kann hier nichts tun. Streitet euch doch nicht dieser Taube wegen! Es kann dir doch egal sein, wo sie ist, hier oder anderswo. Willst du nicht dem Vater sagen, dass du diesbezüglich von ihm nichts mehr verlangst?"

Eva kämpfte mit den Tränen. Sollte sie ihr über alle Jahre liebevolles Verhältnis zu den Eltern nun aufs Spiel setzen? Sie saß zwischen allen Stühlen, das fühlte sie. Dennoch, einfach aufgeben wollte sie nicht. Tief gekränkt zog sie sich in ihr Jugendzimmer zurück, das ihr im Elternhaus weiterhin zur Verfügung stand.

Dass der Vater mit ihr nicht einmal vernünftig reden wollte, verübelte sie ihm sehr. Schließlich war sie kein dummes Kind mehr! Ihren Trotz bekam sie nun nicht unter Kontrolle. Sie wollte allen zeigen, dass man in dieser Weise mit ihr nicht umspringen konnte, war gewillt, sich durchzusetzen, wenn auch mit unlauteren Mitteln. Sie würde den Roten einfach mitnehmen, so ihr Entschluss.

Eva wartete auf die Dunkelheit. Zum Abendessen erschien sie nicht, auch die ausdrückliche Aufforderung ihrer Mutter lehnte sie ab. Ohne Verabschiedung schlich sie später aus dem Haus, begab sich in den Taubenschlag. Das Licht anzuschalten, verbot sich von selbst. Sie wusste, auf welchem Ruheplatz sich der Rote aufhielt, aber dass es in dem Taubenabteil stockdunkel war, hatte sie nicht erwartet. Sie tastete sich nach hinten, geriet dabei mit der rechten Hand in die Nistzelle eines anderen Paares. Die hier brütende Täubin erschrak, fühlte sich bedroht, schlug heftig mit den Flügeln. ,Hoffentlich hat sie bei ihrer wütenden Abwehraktion nicht ihr eigenes Gelege beschädigt', dachte Eva irritiert.

Beim Weitergehen trat sie fast auf eine am Boden sitzende Taube. Gerade noch rechtzeitig konnte sie ihren Schritt bremsen, nachdem sie ihren Fuß bereits auf dem Rücken des Tieres abgesetzt hatte. In Panik flog dieses auf, schlug in der Finsternis an eine Bretterwand, fiel zurück und verkroch sich irgendwo. Nun wurden auch die übrigen Schlaginsassen unruhig. Einen solchen Tumult im Dunkeln waren sie nicht gewohnt, manche vermuteten möglicherweise einen eingedrungenen Marder. Mehrere verließen ihre Sitzkonsole, irrten verängstigt umher. Sollte auch der Rote unter ihnen sein, war Evas Plan gescheitert? Sie erreichte nun das Ende des Raumes, fand den Schlafplatz des Roten. Sie griff einfach zu, bekam eine Taube zu fassen, verlies vorsichtig den Verschlag. Ihre Füße langsam nach vorn schiebend, bewegte sie sich in Richtung Eingang. Einen nochmaligen Fehltritt wollte sie nicht riskieren, da sich nun im Bodenbereich zahlreiche Individuen aufhielten.

Eines wusste sie noch immer nicht: Hielt sie in ihrer Hand nun den Roten oder möglicherweise ein anderes Exemplar? Erst als sie ihre

Autotür öffnete, erhielt sie mit Hilfe der Innenbeleuchtung die Gewissheit: Jawohl, er war es!

Vorbereitet hatte sie diese Entführung nicht, mit einem kriminellen Ausgang ihres Elternbesuches nicht gerechnet. Nun fehlte ihr eine Kiste.

Eva überlegte kurz, konnte unmöglich nochmals in das Haus gehen. Sie wickelte den Roten vorsichtig in die Decke vom Rücksitz ihres Autos, legte diese danach auf den Beifahrersitz, um auch während der Fahrt ab und an darauf einen kontrollierenden Blick werfen zu können.

Alles ging gut, sie erreichte wohlbehalten Thorn. Auch der Rote erlitt keinerlei Schäden, hatte sich überraschend ruhig verhalten. Eva befreite ihn schließlich aus seiner Zwangslage, redete mit ihm.

„Du bist ja ein ganz Friedlicher, so wie du die kleinen Strapazen der Fahrt geduldig ertragen hast. Das erinnerte dich wohl an die Zeit deiner Flügelverletzung, als wir dich ebenfalls ruhigstellen mussten, damals allerdings mit lästigen Bandagen."

Sie vermutete hierzu einen Zusammenhang, zu Recht. Wenn Tauben, auch andere Tiere, ein gewisses Grundvertrauen zu den Menschen, die sie betreuen, entwickelt haben, erdulden sie mancherlei Unannehmlichkeiten. Aus ihrer Erfahrung wissen sie, dass davon für sie keine Gefahr ausgeht, ihnen nichts geschehen wird.

Edmund musste bis zu seinem Kurzurlaub in Deutschland noch vieles erledigen. Ihm war mitgeteilt worden, dass er danach nicht wieder nach Nakel zurückkehren würde, sondern während der restlichen Zeit seiner Delegierung nochmals in der Veterinärbehörde in Bromberg eingesetzt würde. Die hauptsächliche Aufgabe der Schlussetappe bestand darin, die in den Monaten seiner praktischen Tätigkeit in Nakel und Umgebung erarbeiteten Lösungsvorschläge auf breiterer Basis umzusetzen und die dort gesammelten Erfahrungen einem möglichst großen Anwenderkreis zugänglich zu machen.

Zwar glaubte Edmund, seine Arbeiten noch längst nicht in dem erforderlichen Umfang bewältigt zu haben, wollte länger in Nakel bleiben, aber seinem Einspruch wurde nicht stattgegeben. So nutzte er jede ihm verfügbare Stunde zur Lösung seiner Aufgaben, saß täglich ungewöhnlich lange am Computer. Jozsef Szymaniak mahnte ihn mehrfach, es mit dem Pflichtbewusstsein nicht zu übertreiben.

„Edmund, ich kann es manchmal gar nicht mehr mit ansehen, wenn in deinem Zimmer weit nach Mitternacht noch immer das Licht brennt. Mit dem, was du bisher an Ergebnissen abgeliefert hast, können wir und kannst du vollauf zufrieden sein. Deine Vorgesetzten haben sich deine bevorstehende Abberufung sicherlich gut überlegt. Sie sehen die mit deinem Einsatz verbundene Zielstellung als erreicht an, mit absoluter Berechtigung, wie ich meine."

Edmund wirkte nachdenklich. Er freute sich über das erhaltene Lob, doch konnte Jozsef damit die bei ihm bezüglich seiner Auftragserfüllung vorhandenen Zweifel nicht ausräumen.

„Ich bin mir nicht sicher, ob die während meiner Delegierungszeit entwickelten Lösungen alle hier vorherrschenden spezifischen Bedingungen in ausreichendem Maße abbilden und berücksichtigen, ob alles in praxisreifer Form vorliegt. Ein Kernsatz eines meiner früheren Lehrmeister lautete, er möchte von mir nicht wissen, weshalb sich ein bestimmter Auftrag nicht realisieren ließe, sondern nur, welche Lösung es für diese Aufgabe aus meiner Sicht gäbe. Nichts anderes! Das hat mich geprägt, daran musste ich später oft denken. So geht es mir nun auch hier. Ich versuche stets, ein Teil der Lösung zu sein, nicht des Problems. Das in mich gesetzte Vertrauen möchte ich unbedingt rechtfertigen, sowohl meinen deutschen als auch meinen polnischen Partnern gegenüber."

Jozsef ließ sich davon überzeugen, zollte der Einstellung Edmunds Respekt und Anerkennung. Zur Einteilung des täglichen Arbeitspensums seines deutschen Freundes äußerte er sich danach niemals wieder, obwohl er gern mit ihm die eine oder andere freie Stunde gemeinsam verbracht hätte.

Edmunds dienstliche Belastungen brachten es mit sich, dass seine Erinnerungen an das mit Eva in Thorn verbrachte Wochenende schnell verblassten. Am Folgetag seiner Rückkehr nach Nakel hatte er sie zwar angerufen, sich für die gemeinsamen wunderschönen Stunden herzlich bedankt, doch dabei war es geblieben. Er sah sich nicht verpflichtet, einen ständigen Kontakt zu Eva aufrecht zu erhalten, war daran im Grunde auch nicht interessiert. Der Streit um die Taube war beigelegt, die Angelegenheit abgehakt. Für Edmund bestand keinerlei Veranlassung, mit Eva zu irgendwelchen belanglosen Dingen weiterhin zu kommunizieren.

Umso mehr überraschte es ihn, als eines Tages sein Telefon läutete und sich mit spürbar erregter Stimme Eva meldete. Sie habe, so erläuterte sie, noch lange über ihre Begegnung in Thorn nachgedacht, im Besonderen auch über den gefundenen Kompromiss bezüglich der Brieftaube, und sei zu dem Ergebnis gekommen, die dazu getroffene Vereinbarung sei keine wirkliche Lösung. Sie fühle sich, stellvertretend für ihren uneinsichtigen Vater, dem ihr unbekannten deutschen Züchter gegenüber in der Schuld.

„Und nun, Herr Dr. Gerlach, halten Sie sich bitte fest: Die Taube befindet sich jetzt bei mir in Thorn, in einer Kiste. Ich werde sie zu Ihnen bringen, Sie können das Tierchen dann mit nach Deutschland nehmen, wenn Sie dort hinfahren."

Edmund erstarrte.

„Wie haben Sie es bloß geschafft, Ihren Vater doch noch umzustimmen? Nachdem er mich damals fast aus dem Hause warf, hätte ich das niemals mehr für möglich gehalten!"

„Das ist es eben, das ist die Krux: Auch bei meinem nächsten Besuch im Elternhaus versuchte ich vergeblich, ihn zur Einsicht zu bringen. Ich war sehr enttäuscht, von dieser Seite kannte ich ihn bisher nicht."

„Und dennoch gab er Ihnen die Taube?"

„Nein, als ich wegfuhr, nahm ich sie einfach mit. Heimlich, es wurde von niemandem bemerkt."

„Wissen Sie, was Sie da angerichtet haben?"

„Ja, ich weiß es. Als ich in Thorn mit der Taube eintraf, rief ich sofort zu Hause an, damit sich der Vater keine unnötigen Gedanken macht, wenn er den Verlust bemerkt. Wie der Vater reagierte, weiß ich noch nicht, am Telefon sprach ich mit meiner Mutter. Sie hat sich, glaube ich, sehr erschreckt. In den nächsten Tagen fahre ich wieder zu den Eltern. Es wird großen Ärger geben, ganz bestimmt. Ich hoffe nur, es geht nicht so weit, dass mich der Vater hinauswirft."

Das ist eine Verrückte, dachte Edmund bei sich. Welcher Teufel hat sie bloß geritten, als sie sich zu dieser Tat entschloss? Er konnte diesen Deal nicht mittragen, das ging einfach zu weit.

„Es ist gut gemeint von Ihnen, aber so geht das nicht. Sie müssen Ihrem Vater das Tier zurückgeben. Ich kann die Taube nicht übernehmen, glauben Sie mir, es ist unmöglich!"

„Ich bringe sie Ihnen, das ist mein fester Entschluss. Was Sie dann unternehmen, ist Ihre Entscheidung. Wenn Sie es für richtig halten, können Sie den Täuber einfach freilassen. Vermutlich fliegt er dann zurück zum Schlag meines Vaters, schließlich konnte er diese Gegend während seiner vielen Trainingsflüge nach der Flügelverletzung ausreichend erkunden. Vielleicht riskiert er auch den langen Rückflug nach Deutschland, wer weiß das schon?"

Eva legte den Hörer auf, wollte keine weitere Diskussion. Edmund behagte es keinesfalls, dass jemand mit ihm in dieser Form umging. Doch was sollte er jetzt tun? Er beschloss, den Abend abzuwarten und sich mit Jozsef Szymaniak zu beraten. Zwischen beiden hatte sich in den vergangenen Monaten ein Vertrauensverhältnis entwickelt, das es ihnen erlaubte, sich auch zu diffizilen Problemen in freundschaftlicher Weise abzustimmen.

Als Jozsef nach seiner Rückkehr von einer Dienstfahrt Edmund am Gartentisch neben dem Fliederbusch sitzen sah, auch Bierflaschen erblickte, wusste er das sofort richtig zu deuten.

„Was gibt es denn Wichtiges? Du scheinst wirklich etwas auf dem Herzen zu haben, was keinen Aufschub duldet. Also bitte, ich höre."

Obwohl Jozsef die Vorgeschichte um den Roten kannte, berichtete ihm Edmund nochmals von den Verwicklungen, die sich in aktueller Zeit um dieses Tier ergeben hatten. Er begann mit dem aus seiner Sicht unglücklich verlaufenen Besuch bei Miroslav Kuczynski, erwähnte das mit dessen Tochter in Thorn verbrachte Wochenende und bat Jozsef um einen Rat, wie er mit der nun vorliegenden Ankündigung Evas umgehen solle, sie wolle ihm die aus dem Schlag ihres Vaters entwendete Taube übergeben.

Jozsef holte tief Luft, ergriff eine der auf dem Tisch stehenden Flaschen, prostete Edmund zu, äußerte sich besorgt.

„Es ist tatsächlich eine vertrackte Situation, in die dich diese Eva gebracht hat. Natürlich war es von ihr gut gemeint, doch leider hat sie nun diesbezüglich alles verdorben, das ist ärgerlich. Jetzt spülen wir unseren Unmut aber erst einmal herunter und überlegen, was zu tun ist. Ich werde versuchen, dir zu helfen, aber ob es mir gelingt, vermag ich nicht einzuschätzen."

Nach kurzem Nachdenken schlug Jozsef vor, zunächst abzuwarten, ob Eva die Taube tatsächlich abliefert. Sollte dieser Fall eintreten, würden sie das weitere Vorgehen nochmals in Ruhe beraten. Edmund erklärte sich einverstanden, mehr konnte er vorerst nicht erwarten. Allein die Zusage Jozsefs, sich hierbei persönlich einzuschalten, erfüllte ihn mit einer gewissen Zuversicht.

Mit ihrer Einschätzung, dass sich Eva nicht würde von ihrem Vorhaben abbringen lassen, sollten beide Recht behalten. Eines Tages stand die Kiste mit der Taube vor Jozsefs Haustür. Eva hatte, vermutlich bewusst, für ihr Erscheinen eine Uhrzeit gewählt, bei der sie weitgehend sicher sein konnte, den Männern in Jozsefs Grundstück nicht zu begegnen. Auch Jozsefs Frau bemerkte nichts, eine nochmalige persönliche Rücksprache mit Eva fand somit nicht statt. Als sich am späten Nachmittag alle Hausbewohner wieder eingefunden und ihre wichtigsten persönlichen Verrichtungen erledigt hatten, bildete die abgelieferte Taubenkiste den Mittelpunkt der abendlichen Diskussion. Jozsef empfand die Geschehnisse längst nicht mehr so aufregend wie noch vor wenigen Tagen, bemühte sich, Edmunds besorgte Mine aufzuhellen.

„Jetzt werde ich mir meinen damaligen Patienten erst einmal gründlich betrachten. Öffne bitte den Verschluss des Behältnisses und gib mir das Tier. Oh, ein prächtiger Bursche ist das! Auch an dem ehemals verletzten Flügel kann ich keine nachhaltigen Schäden erkennen. Dass man solch eine Taube nicht gern hergibt, kann ich verstehen. Das gilt für beide beteiligten Züchter, den deutschen und den polnischen."

Edmund half das wenig. Er wusste noch immer nicht, wie er reagieren sollte.

„Was willst du damit sagen? Zu einer Entscheidung müssen wir kommen, so oder so, beiden recht machen können wir es nicht."

„Aber einen Kompromiss finden, der beiden ein Stück entgegenkommt, das können wir doch versuchen. Meinst du nicht? Komm, wir setzen uns nochmals an den Tisch. Mir schwebt dazu eine Lösung vor, von der ich hoffe, dass du ihr zustimmen kannst."

Nun entwickelte Jozsef einen Plan für das weitere Vorgehen. Er erklärte sich bereit, mit Miroslav Kuczynski zu sprechen, würde dafür auch zu ihm hinfahren. Dieser sollte überzeugt werden, gegen eine großzügige Entschädigung für alle bisherigen Aufwendungen auf den Roten zu verzichten. Ein wichtiges Argument hierfür ergab sich aus der Tatsache, dass bei Miroslav bereits starker Nachwuchs des Roten vorhanden war, während es bei Helmut Schneider in Deutschland diesbezüglich trostlos aussah. Würde dieser Plan gelingen, sollte Edmund bei seinem nächsten Kurzurlaub den Roten nach Deutschland mitnehmen. Damit wäre allen geholfen, prognostizierte Jozsef überzeugt.

Er hatte diese Lösungsvariante schöngeredet, glaubte auch selbst fest an deren Realisierung. Was ihm dabei als Teil der Aufgabe zufiele, das würde er schon erledigen, gab er zu verstehen. Angesichts des bestimmten Auftretens Jozsefs verzichtete Edmund darauf, die bei ihm nach wie vor bestehenden Zweifel zu äußern.

In der Folgezeit zeigte sich, dass Jozsefs Optimismus jeglicher realen Grundlage entbehrte. Sein Gespräch mit Miroslav Kuczynski brachte beide Seiten keinen Schritt näher. Dieser untermauerte nochmals seinen Besitzanspruch auf den Roten, lehnte jeglichen Kompromiss ab. Auch die abenteuerliche Weise, auf die ihm der Rote weggenommen wurde, konnte er nicht akzeptieren. Diesbezüglich musste ihm Jozsef sogar zustimmen. Eine Entscheidung aber, wie es nun weitergehen sollte, konnten allein Edmund und Eva treffen.

Das ungeklärte Problem um den Roten kam Edmund denkbar ungelegen. Seine Rückreise nach Deutschland stand unmittelbar bevor, es gab für ihn noch viel zu erledigen. Da nun endgültig entschieden war, dass er nicht wieder nach Nakel zurückkehren würde, sondern nochmals in Bromberg zum Einsatz käme, zählte für ihn jede Stunde.

Den Abend vor seiner Abreise verbrachte er gemeinsam mit Maria und Jozsef Szymaniak. Seine Einladung zu einem Restaurantbesuch hatten sie abgelehnt. Es erschien ihnen gemütlicher, zu Hause zu sitzen und nochmals angeregt miteinander zu plaudern. Dennoch sollten sie seine Gäste sein, darauf bestand Edmund. Für einen schmackhaften Imbiss und die unverzichtbare Getränkekollektion hatte er rechtzeitig gesorgt.

„Wir wollen auch heute miteinander fröhlich sein, so wie immer, das ist meine Bitte! Dennoch kann ich einen Hauch von Sentimentalität nicht unterdrücken. Es war wunderschön bei euch, besser konnte ich es mir nicht wünschen! Ich hätte es niemals für möglich gehalten, hier so liebevoll aufgenommen zu werden. Dafür danke ich euch ganz herzlich! Stoßen wir also nochmals an auf unsere Freundschaft!"

Edmund bemühte sich, schnell einen Schluck zu trinken, um keinesfalls den Schein einer Rührung aufkommen zu lassen. Auch Maria ging der Abschied nahe, empfand sie doch für Edmund, nach anfänglicher Distanziertheit, inzwischen nachhaltige Sympathien. Mit seiner unkomplizierten und fröhlichen Art hatte er im Haus oftmals für frischen Wind gesorgt, wie sie es gelegentlich ausdrückte.

Nur Jozsef gab sich ungerührt, lachte unbekümmert, füllte sein Glas bereits zum zweiten Male.

„Wir feiern doch heute keinen Abschied für immer! Unabhängig davon, wie es mit dir, Edmund, einmal weitergeht, werden wir doch ganz bestimmt in Verbindung bleiben! Das siehst du doch gewiss ebenso."

Edmund nickte zustimmend.

„Das ist richtig, den Kontakt zu euch möchte ich keinesfalls verlieren! Andererseits interessiert es mich natürlich auch, welche Spuren meine Arbeit hier bei euch hinterlassen hat. Ich hoffe, davon ist einiges längerfristig wirksam. Und von meinen mittlerweile komfortablen polnischen Sprachkenntnissen möchte ich selbstverständlich auch in Zukunft profitieren."

Im Verlaufe des Abends ließen sie nochmals viele Erlebnisse ihrer gemeinsam verbrachten Zeit Revue passieren, amüsierten sich über kleinere sprachenbedingte Missverständnisse während Edmunds Anfangszeit in Polen, gaben verschiedene Episoden zum Besten.

Unvermittelt hielt Jozsef inne, schaute nachdenklich zu Edmund, gab dem bislang launig geführten Gespräch eine jähe Wendung.

„Wenn du uns morgen verlässt, was wird dann aus der roten Taube? Du wirst doch das Tier hoffentlich nicht einfach bei uns lassen!? Du weißt, ich habe versucht, dir zu helfen, aber die Auflösung dieses Konfliktes kannst du nicht einfach mir überlassen, bei aller Freundschaft. Ich möchte damit nichts mehr zu tun haben. Du musst morgen die Taube mitnehmen!"

Edmund hatte die Entscheidung, was mit dem Roten werden sollte, bis zuletzt offen gelassen. Nicht aus Mangel an Verantwortung, nein, er wusste einfach keine Lösung. Nun drängte ihn Jozsef, das Tier nach Deutschland mitzunehmen. Er war ratlos. Hatte der bisher in fröhlicher Runde genossene Alkohol auch bei ihm erste Wirkungen gezeigt, so war er plötzlich stocknüchtern.

„Jozsef, bitte entschuldige! Eigentlich ist es nicht mein Stil, mich vor Entscheidungen zu drücken, aber was in diesem Falle richtig ist, weiß ich, ehrlich gesagt, noch immer nicht. Natürlich kann ich nicht einfach abreisen und dich mit diesem ungeklärten Problem hier sitzen lassen. Wir müssen das noch heute regeln, so schwierig es ist."

Maria stand auf, schickte sich an, das Zimmer zu verlassen. Ihre Enttäuschung, dass dieser so unbeschwert begonnene Abend nun noch mit einer Debatte um diese fremde Taube enden sollte, sah man ihr an. Sie fragte Edmund, zu welcher Uhrzeit er am nächsten Morgen mit ihnen letztmalig ein gemeinsames Frühstück einnehmen möchte und wünschte eine gute Nacht.

Jozsef und Edmund diskutierten weiter, besprachen zum wiederholten Male das gesamte Geschehen, vertraten oftmals unterschiedliche Meinungen, fanden nur schwer einen Konsens. Schließlich willigte Edmund ein, die Taube mitzunehmen. Die Angelegenheit mit der Zahlung einer Entschädigung an Miroslav Kuczynski übernahm zunächst Jozsef, wollte das später mit Edmund abgleichen. Ob der Züchter Kuczynski einen Geldbetrag überhaupt annehmen würde, vermochte Jozsef nicht zu sagen. Versuchen wollte er diesen Deal.

Es war spät geworden, sie mussten zu einem Ende kommen. Edmund zog ein Resümee.

„Fräulein Eva hätte den Roten ihrem Vater nicht wegnehmen dürfen. Ich selbst hatte unter diese Angelegenheit bereits einen Schlussstrich gezogen, doch nun ist wieder alles offen. Wir müssen es so nehmen, wie es sich jetzt darstellt. Belassen wir es also dabei, dass mein Reisebegleiter bei meiner morgigen Heimfahrt der rote Brieftäuber sein wird."

Stippvisite in Deutschland

Als sich Edmund gedanklich etwas intensiver auf seine Wochenreise nach Deutschland vorbereitete, wurde ihm bewusst, dass hierbei an Erholung nicht zu denken war, eher an eine stressige Terminjagd. Das einzige, was er sich heraussuchen konnte, war die Reihenfolge, in der er seine zahlreichen Verpflichtungen abzuarbeiten gedachte. Hierfür legte er sich bereits während der Fahrt einen Ablaufplan zurecht. In einem war er sich sicher: Seine ersten zwei Tage würden selbstverständlich Anke gehören. Er sehnte sich nach ihr, freute sich bereits seit langem auf die zärtlichen Stunden und die kurzweiligen Gespräche. Danach, so sah es sein Terminkonzept vor, folgten ein Pflichtbesuch bei seiner für die Delegierung zuständigen Dienststelle, wobei er nicht einzuschätzen vermochte, ob sich dort an nur einem Tag alle anstehenden Fachprobleme würden klären lassen. Erst danach konnte er sich um den Roten kümmern, dessen Züchter besuchen. Er hatte ihm die bevorstehende Rückgabe des Täubers noch nicht mitgeteilt. Wie dieser auf die Überraschung reagieren würde, darauf war Edmund gespannt.

Und dann, ganz am Schluss, leider wie fast immer, blieb etwas Zeit für einen Besuch der Mutter. Wenn aber sein dienstlicher Einsatz in Polen endgültig zu Ende war, wollte er sich ihr etwas mehr widmen, nahm sich Edmund fest vor.

Die Umarmungen bei der Begrüßung mit Anke wollten kein Ende nehmen. Sie wirkte erleichtert, hatte unter der Trennung mehr gelitten als Edmund. Ihre Vermutungen bei dessen damaliger Delegierung fand sie in den vergangenen Monaten bestätigt. So oft, wie es anfangs schien, waren keine gegenseitigen Besuche zustande gekommen. Der vornehmlich über das Telefon und zahlreiche Briefe geführte Kontakt bildete keinen Ersatz für ihre direkte Zweisamkeit.

„Ich bin wirklich froh, Edmund, dass du nun bald wieder für immer hier bist! Von deinem Einsatz begeistert war ich zwar von Beginn an nicht, aber dass mir die lange Trennung so schwer fallen würde, habe ich anfangs selbst nicht vermutet. Doch nun bist du da und deine letzten Wochen in Polen werden wir auch noch überstehen!"

Aus Ankes Augen strahlten Freude und Zuversicht. Die erste große Prüfung ihrer jungen Liebesbeziehung war so gut wie bestanden. Was sollte ihnen nun noch geschehen?

Edmund drückte sie fest an sich.

„Auch ich musste oft an dich denken, habe deine Nähe vor allem an den vielen einsamen Abenden vermisst. Das Ehepaar Szymaniak, bei dem ich bisher wohnte, bemühte sich sehr um mich, aber ich fühlte mich immer als Gast, konnte mich nicht ständig in deren Wohnung aufhalten. So saß ich dann allein im fremden Land und betrachtete dein Foto, so war das. Doch nun betrachte ich dein Gesicht aus nächster Nähe und sehe, wie schön es ist, schöner als jedes Foto!"

„Ach, du alter Spinner, nun übertreibe nicht gleich! Du wirst mir sicherlich viel erzählen können von Polen. Ich bin gespannt, also fahren wir zu mir, da kannst du dich erst einmal ein wenig ausruhen."

„Ich bin einverstanden, doch mit dem Erzählen, das hat doch noch Zeit. Eines kann ich dir aber bereits jetzt versichern: Bei allen Strapazen, die ein solcher Einsatz mit sich bringt, muss ich eine positive Bilanz ziehen. Es hat sich gelohnt! Ich meine das weniger aus finanzieller Sicht, dort natürlich auch, sondern viel mehr hinsichtlich der fachlichen Ergebnisse sowie der persönlichen Erlebnisse."

„Das mit den persönlichen Erlebnissen musst du mir dann etwas näher erklären. Dahinter verbergen sich doch hoffentlich nicht irgendwelche Geheimnisse?"

Anke äußerte das ohne jeden Anflug von Misstrauen.

„Du kannst beruhigt sein. Die Polinnen sind zwar reizvolle Geschöpfe, aber meine Aufgabe war es, dort zu arbeiten, sonst nichts. Ich habe doch dich, was will ich mehr?! Nein, die Landschaft ist es, die mich fasziniert. Westpreußen ist wunderschön, von diesem Landstrich bin ich tief beeindruckt!"

In bester Stimmung erreichten beide Ankes Wohnung, feierten miteinander ihr Wiedersehen, als hätten sie sich über viele Jahre nicht gesehen. Die zwei Tage verflogen in einem rasenden Tempo. Anke wollte das Ende fast nicht wahrhaben.

„Das war es nun schon wieder. Einen Pflichtmenschen wie dich zum Partner zu haben, das ist wirklich anstrengend! Aber es geht nicht anders, du musst noch einiges erledigen, ich sehe es ein."

Edmund schaute sie dankbar an. Was hätte ihm eine Freundin genutzt, die nur an sich dachte, mit wenig Verständnis für sein berufliches Fortkommen? Nun sprach er aus, was er eigentlich noch für sich behalten, es ihr erst nach seiner endgültigen Rückkehr aus Polen antragen wollte.

„Ja, wir müssen uns jetzt nochmals für kurze Zeit trennen. Du bist eine ganz Liebe! Ich freue mich schon auf unser nächstes Wiedersehen, habe mir dafür eine Überraschung ausgedacht. Wenn ich jetzt in deine traurigen Augen sehe, dann fällt es mir schwer, dieses kleine Geheimnis länger für mich zu behalten."

„Nun rede schon, verrate es mir bitte! Du kannst mich doch hier nicht mit einer ungelösten Rätselaufgabe zurücklassen!"

„Na gut, ich gebe mich geschlagen! In Polen werden wunderschöne Goldringe angeboten. Ich werde zwei davon kaufen und wenn mein Auslandseinsatz zu Ende ist, stecke ich dir einen davon als Zeichen unserer Verlobung an den Finger. Wärest du damit einverstanden oder findest du das etwa altmodisch?"

Anke ging ihm einen Schritt entgegen, umschlang ihn, sagte nichts, suchte seinen Mund. Sie hatte nichts dagegen, freute sich riesig über diese Liebesbezeugung Edmunds. Nein, altmodisch fand sie das nicht. Aus ihrer Sicht passte es durchaus in die Zeit.

Der Termin Edmunds bei seiner deutschen Dienststelle erbrachte keine wesentlich neuen Erkenntnisse. Man bat ihn um eine kurze Rechenschaftslegung zu seiner bisherigen Tätigkeit, zeigte sich insgesamt zufrieden mit den erzielten Ergebnissen. Nachdem die Schwerpunkte für die bevorstehende letzte Etappe seines Einsatzes abgestimmt waren, konnte sich Edmund bereits wieder seinen privaten Obliegenheiten widmen. Die Tatsache, den dienstlichen Teil seines Kurzurlaubs so schnell und ohne irgendwelche Komplikationen erledigt zu haben, konstatierte er mit großer Erleichterung.

Nun ging es um den Roten. Edmund wollte sich dieser Angelegenheit möglichst schnell entledigen, außerdem konnte das Tier nicht weitere Tage in der engen Transportkiste zubringen. Er meldete sich bei Helmut Schneider an, ließ noch immer nicht durchblicken, dass sich der Corpus Delicti in Form der Taube bereits bei ihm befand. Es ginge bei seinem Besuch nochmals um den roten Brieftäuber, teilte Edmund mit, das Übrige würden beide dann persönlich besprechen.

Bei Sportfreund Schneider angekommen, erkundigte sich Edmund zunächst nach dessen derzeitigen Ergebnissen in den Flugwettbewerben. Die zu erwartende Antwort kannte Edmund aufgrund einiger vorangegangener Telefonate bereits im Voraus, aber diese Vorgehensweise war unumgänglich.

„Herr Dr. Gerlach, ich kann Ihnen nur eines sagen: Es läuft schlecht! Nach dem desaströsen Szegedflug, bei dem ich mein gesamtes Spitzenteam verlor, habe ich alles Mögliche versucht, um mit meinen Tauben bei den Wettflügen wieder konkurrenzfähig zu sein, aber es gelang nicht. Mein leistungsstarker Taubenstamm basierte damals fast ausschließlich auf dem ihnen bekannten rotgehämmerten Täuber sowie dessen Verwandtschaft und Nachzucht.

Dieser Verlust ließ sich nicht ausgleichen, es ist zum Verzweifeln. Nun verliere ich mehr und mehr die Lust am Flugsport."

Edmund zögerte die Öffnung seines Überraschungspaketes noch hinaus.

„Sollte es tatsächlich nicht möglich sein, die schmerzliche Lücke, die bei Ihnen durch diesen einen missglückten Wettflug gerissen wurde, über die Zuführung anderer guter Tauben aus Beständen Ihrer Sportkameraden zu schließen?"

„Sie wollten mir alle helfen, da kann ich niemandem einen Vorwurf machen, aber es gelang einfach nicht. Dieser Rote war ein absoluter Ausnahmeflieger, ein echter Crack, für mich der Glücksfall meines Züchterlebens! So etwas wird einem nur einmal beschert. Wenn ich an den Verlust dieses Tieres denke, wird mir noch immer ganz übel."

Traurig wandte sich Helmut ab. Er war nicht gewillt, weiterhin über dieses Thema zu sprechen. Sein Ärger über den Verlust des Tieres hatte ihn lange genug gequält, nun sollte damit Schluss sein. Edmund zeigte Verständnis für diese Resignation. Wenn jemand eine Erfolgsspur gefunden hat, sich auf dem Höhepunkt seiner züchterischen Arbeit wähnt, und dann von einem Tag auf den anderen in ein tiefes Loch stürzt, dann hinterlässt das Spuren, die dem Betroffenen lange anhaften.

„Warten Sie bitte einen Moment, ich habe Ihnen etwas mitgebracht, muss es nur schnell aus dem Kofferraum meines Autos holen."

Als Edmund die Kiste herbeitrug, sah Helmut sofort, dass es sich bei seinem Mitbringsel um eine Taube handelte. Um irgendeine, so glaubte er, nicht im Entferntesten ahnend, es könne sich ein Bezug zu dem Roten ergeben.

„Es ist nett von Ihnen, dass auch Sie mir helfen wollen. Aber Sie wissen ja, wie das mit der Hereinnahme von Tauben aus anderen Zuchten ist. Es kann funktionieren, muss aber nicht. Was ist es denn für ein Prachtexemplar, das Sie mir mitgebracht haben?"

Etwas ironisch gemeint war das natürlich, was Helmut hier von sich gab. Das entging Edmund nicht, verdarb ihm aber die gute Stimmung in keiner Weise.

„Sie haben Recht, es ist ein Prachtexemplar! Sehen Sie sich das Tier bitte an, dann werden Sie mir zustimmen!"

Helmut öffnete den Transportbehälter, langte mit geübtem Griff hinein, hielt die Taube in der Hand.

„Ein herrlicher Rotgehämmerter ist das, so etwas liebe ich. Doch warten Sie mal, was sehe ich denn jetzt: Er trägt einen Ring aus DDR-Zeiten. Es ist mein Langvermisster, das gibt es doch nicht! Ich kann mich an ihm gar nicht satt sehen. Wie ist denn der Täuber zu Ihnen gelangt? Ich fasse es nicht, ihn nochmals in den Händen zu halten. Jetzt setze ich ihn in einen Käfig und versorge ihn, dann gehen wir in die Wohnung und Sie erzählen mir alles."

Helmut wirkte völlig aufgewühlt. Die Überraschung war Edmund bestens gelungen.

„Die Rückführung des Roten bis zu Ihnen verlief sehr turbulent, das können Sie mir glauben. Aber nun, da ich sehe, welche Freude es Ihnen bereitet, bin ich überzeugt, alles richtig gemacht zu haben. Ich werde Ihnen die ganze Geschichte erzählen."

Eine sofortige Frage konnte sich Helmut aber trotz dieser Ankündigung nicht verkneifen.

„Werden Sie den Roten denn nun hier lassen? Kann ich ihn behalten? Wenn dessen Rückführung für Sie oder andere mit Kosten verbunden war, dann will ich das gern begleichen!"

„Wir reden gleich über alles, aber dieses Detail können wir sofort klären: Der Täuber bleibt nun bei Ihnen."

Sie begaben sich in Helmuts Wohnung, redeten bei Kaffee und Kuchen ausführlich über die Odyssee des Roten, verabschiedeten sich als Freunde. Helmut übergab Edmund einen großzügig bemessenen Geldbetrag, den er dem polnischen Sportfreund für dessen Mühe und die Aufwendungen überreichen sollte. Sie hatten sich auf das unter Züchtern übliche ‚Du' geeignet. Helmut versprach, Edmund später davon zu unterrichten, wie sich der Rote, nach so langer Abwesenheit, in seiner alten und nun wieder neuen Heimat eingewöhnte.

Den knappen Rest der bis zu seiner Abreise verbleibenden Zeit verbrachte Edmund bei seiner Mutter. Unbeschwert begab er sich danach auf die Fahrt nach Bromberg. In den wenigen Urlaubstagen war alles so abgelaufen, wie er es sich gewünscht hatte. Den letzten Wochen seines Diensteinsatzes in Polen sah er gelassen entgegen. Alles Wesentliche, was ihm aufgetragen war, hatte er erledigt.

Turbulente Wochen

Die Einrichtung seines neuen Quartiers in Bromberg stellte Edmund vor keine nennenswerten Probleme. In dem Bewusstsein, hier nur für einen Monat wohnen zu müssen, gestaltete er sein Interieur so einfach wie möglich.

Die Arbeitskollegen in der dortigen Veterinärbehörde kannte er bereits. Seit seiner hier absolvierten Pflichtzeit hatte sich nur wenig geändert. Sein bevorstehender Weggang wurde bedauert, die von ihm während seines Einsatzes erzielten Ergebnisse fanden allgemeine Anerkennung. So sah er jedem neuen Tag entspannt entgegen, konnte einige Früchte seiner Arbeit ernten. Es war ihm nun sogar möglich, vieles von dem nachzuholen, was er sich am Beginn seines Aufenthaltes in Westpreußen vorgenommen hatte, aufgrund des stets ausgefüllten Tagesprogramms bisher jedoch nicht realisieren konnte. Die Erkundung ihm bisher weniger bekannter Örtlichkeiten und Sehenswürdigkeiten nahm nun große Teile seiner Freizeit in Anspruch.

Zunächst musste er sich eingestehen, dass er sich Bromberg selbst, in welchem er nun bereits zum zweiten Male Einzug hielt, noch kaum erschlossen hatte. So begann er, diese unweit der Mündung der Brahe in die Weichsel gelegene reizvolle Handelsstadt an freien Abenden gezielt zu durchstreifen. Hilfreiche Informationen erhielt er beim Tourismusservice sowie im städtischen Heimatmuseum. Da Bromberg bei der Einnahme durch russische Truppen im Januar 1945 nahezu unzerstört blieb, hatten viele historische Wohngebäude, Kirchen, Denkmäler, Einkaufsboulevards und mit alten Bäumen bestückte Parkanlagen die Zeit überdauert. Dank des Bromberger Kanals, des Weiteren der in den 1850er Jahren erbauten Eisenbahnverbindung in Richtung Westen über Schneidemühl und gen Osten über Thorn sowie des gut ausgebauten Straßennetzes behauptete Bromberg nach wie vor seinen Status als lebhafte Wirtschaftsmetropole.

Ein weiterer Zielpunkt von Edmunds Erkundungen war das an der Verbindungsstraße Schneidemühl-Nakel gelegene Städtchen Wirsitz (Wyrzysk). Umgeben von bäuerlich strukturierten Dörfern, fügte es sich harmonisch in die von sanften Hügeln geprägte Agrarlandschaft ein. Edmunds Interesse galt hier insbesondere dem erhalten gebliebenen Geburtshaus des bekannten Physikers und Raketenforschers Wernher von Braun (1912-1977). Die Bedeutung dieses deutschen Ingenieurs für die Eroberung des Weltraumes ist unumstritten. Nach jahrelangen Experimenten erreichten seine mit flüssigem Treibstoff angetriebenen Raketen in den Jahren 1937-45 eine damalige Rekordhöhe von 200 Kilometern. Aus dieser Technologie entwickelte sich die legendäre Saturn-Trägerrakete, die mit ebenfalls flüssigem Treibstoff den Amerikanern im Jahre 1969 die als Apollo 11-Mission in die Geschichte eingegangene erste erfolgreiche Mondlandung ermöglichte.

In der Folgezeit drang Edmund weiter in westlicher Richtung vor. Es zog ihn nach Schneidemühl, den Ort seiner familiären Wurzeln. Die ausführliche Beschreibung der Mutter fest im Gedächtnis, suchte er nach dem Gerlachhof, der Heimstätte mehrerer Generationen seiner Vorfahren. Die Nachforschungen erwiesen sich als schwierig. Ohne seine inzwischen soliden Polnischkenntnisse wäre er vermutlich gescheitert. Der ehemals am Stadtrand gelegene Bauernhof existierte nicht mehr, war abgerissen worden. An seiner Stelle und im weiteren Umfeld standen Wohnblöcke in sozialistischer Plattenbauarchitektur. Schneidemühl hatte sich ausgedehnt, den Zuzug junger Familien ermöglicht, was am besten mittels Angebot modernen Wohnraumes funktionierte.

Edmunds Enttäuschung hielt sich in Grenzen, hatte doch er selbst keinen direkten Bezug zu diesem damaligen elterlichen Anwesen. Inzwischen war ein halbes Jahrhundert vergangen, wurde vieles verändert. Niemand konnte die Zeit aufhalten. Eine kleine Narbe hatte sein Erkundungstrip bei ihm dennoch hinterlassen. Nachdenklich verließ er die Stätte. Seine Eltern hatten hier glückliche Jahre verbracht. Wie würde die Mutter seinen Bericht verkraften und welche Worte wären geeignet, ihr unnötigen Schmerz zu ersparen? Ursprünglich hatte er sich vorgenommen, auf dem Rückweg auch dem im unmittelbaren Einzugsgebiet der Netze rechtsseitig angesiedelten Weißenhöhe (Bialosliwie) sowie dem linksseitig des Flusses liegenden Samotschin (Szamocin) einen Besuch abzustatten, doch dafür fehlte ihm nach den ernüchternden Eindrücken der letzten Stunden jeglicher Antrieb. Er fuhr zurück nach Bromberg, würde diese geplanten Erkundungen später nachholen.

Abends, nach seinen ausgedehnten Streifzügen, nutzte er die Stunden, um sich das Tagesgeschehen nochmals zu verdeutlichen, einige Notizen zu Papier zu bringen und manches durch Literaturstudium zu vertiefen. Da ihm ein Gesprächspartner wie Jozsef Szymaniak fehlte, mit dem er in Nakel viele Freizeitstunden verplaudert hatte, konnte er sich ungestört seinen Eindrücken und Gedanken hingeben. Er vermisste dabei nichts, diese Phasen der Ruhe taten ihm gut.

Immer wieder war es die Einmaligkeit der Landschaft, die ihn wie mit zarten Seidenfäden fesselte. Im Einzugsgebiet der Netze und den angrenzenden Biotopen mit ihrer Vielfalt an Flora und Fauna fand Edmund alles, was man in weiten Teilen Europas mittlerweile vergeblich sucht. Das neue Schlagwort ‚Biodiversität' hätte hier seinen Ursprung haben können. Er begegnete nahezu unberührten Bruch- und Flussarealen mit unverbauten Uferzonen, denen sich Sümpfe und Feuchtwiesen anschlossen, mit reichhaltigen Lebensräumen für Insekten, Lurche und Kriechtiere. Auch Wiesenbrüter der Vogelwelt lebten hier ungestört. Allem gab die Netze ihr Gepräge, naturbelassen, im flachen Flussbett gemächlich dahindümpelnd, noch weitgehend sauber, mit einem artenreichen Fischbestand. Wenn sich Edmund abends an ihrem Ufer niederließ, zeigte sich der Fluss vor Einbruch der Nacht in einem goldenen Licht.

Die das Netzebruch dominierenden Feuchtgebiete gingen, je nach Bodenbeschaffenheit und erfolgter Wasserregulierung, in Gestrüppformationen von Grau- und Korbweiden, ertragreiche Äcker und Wiesen oder ausgedehnte Waldflächen über. Für Westpreußen befand sich hier tatsächlich zum einen seine Kornkammer, zum anderen seine grüne Lunge. Somit fand Edmund beide Attribute, die diesem Landflecken nachgesagt wurden, vollauf bestätigt. Alles wirkte harmonisch, strahlte eine beruhigende Zurückhaltung und Bescheidenheit aus, was dem Land einen liebenswerten Charme verlieh. Es wunderte Edmund nicht, dass vornehmlich die Berliner diesen Standort in früherer Zeit als Ziel ihres Sommerfrischeurlaubs auswählten.

Was die Tierwelt der Region anbelangte, so bekam er zahlreiche Raritäten selbst zu Gesicht, konnte sich zusätzlich auch auf Beobachtungen stützen, die ihm von Bewohnern der verstreut gelegenen Dörfer glaubhaft übermittelt wurden. An vorderer Stelle standen dabei wieder einmal die Vögel. Gelegentlich seinen Weg kreuzende Seltenheiten waren für ihn stets wichtige Anzeiger eines intakten Umfeldes. Insbesondere Arten, die für ihr Überleben auf Großinsekten angewiesen sind, haben es in unserer zivilisierten Welt schwer. Den in diese Kategorie gehörenden Kuckuck und den Pirol kannte Edmund aus seiner deutschen Heimat, auch wenn dort deren unüberhörbare Rufe seltener wurden. Hier im Bruch verfolgten sie seine Wanderungen mit ihren markanten Stimmlauten auf Schritt und Tritt. Besonders der Pirol hatte es ihm angetan. Seinen flötenden, wohlklingenden, volltönenden Gesang fand er ganz einfach schön. Ein nebelverhangener Morgen wurde dadurch heller, zumindest für einige Augenblicke.

Hinzu kamen Wiedehopf und Blauracke, die ihm mehrfach begegneten. Sie hatten noch vor wenigen Jahrzehnten auch westlich der

242

Oder, in Brandenburg und Sachsen, ihre Refugien, traten dort nun jedoch nur noch sporadisch auf.

Einmal beobachtete Edmund einen Seeadler, das Wappentier Polens, den ‚polnischen Adler', der mit seinen brettartigen Flügeln über einer Wasserfläche weite Kreise zog. Er erinnerte sich, ihm in Stein gemeißelt bereits in Dresden, am Kronentor des Zwingers, begegnet zu sein, als Reminiszenz August des Starken an seine polnischen Untertanen, deren Könige er und danach sein Sohn zu ihren Lebzeiten waren. Eindrucksvolle Abbildungen der Herrschaftszeit dieser sächsischen Wahlkönige von 1697-1763 in Polen schuf in Form mehrerer Romane der polnische Literat Jozef Ignacy Kraszewski. Geboren 1812 in Warschau, lebte er mehr als zwanzig Jahre in Dresden im Exil. Dort existiert heute in seinem damaligen Wohnhaus ein ihm gewidmetes Museum. Das Kraszewski-Museum bietet einen einzigartigen Einblick in die polnisch-sächsische Geschichte. Seiner Aufgabe als binationales deutsch-polnisches Museum wird es vollauf gerecht. Edmund kannte es genau, hatte sich die eindrucksvolle Präsentation mehrfach angesehen.

Allgegenwärtig zeigte sich ihm bei seinen Wanderungen auch die Nachtigall, die unumstrittene Königin unserer frei lebenden Sänger. Edmund vermutete, ihr hier in ihrer östlichen Erscheinungsform, dem Sprosser, zu begegnen. Spezialisten behaupten, sie bringe es auf mehr als einhundert verschiedene Gesangsmotive. Ihr Mythos beruht vor allem darauf, dass sie vorwiegend nachts singt, wobei sich aus ihren schluchzend und seufzend vorgetragenen Liedstrophen zu allen Zeiten ein Bezug auf nächtliche Liebespaare ableiten ließ. Sang sie vormals nur im Verborgenen, hat sie sich von Generation zu Generation mehr an die Nähe des Menschen gewöhnt, sodass man dem Wohlklang ihrer Stimme nun auch an belebteren Orten lauschen kann. Vor allem Tierarten, denen dieser Schritt gelingt, haben gute Chancen, auch in unserer hektischer werdenden Welt zu überleben. Kulturfolger gehören, das wusste Edmund, zu den Gewinnern, Kulturflüchter zu den Verlierern der Entwicklung. Zu den Letzteren zählen dabei leider viel zu viele.

An einem Sonntag rüstete sich Edmund für eine Flurbegehung, mit dem alleinigen Ziel der Besichtigung ackerbaulich genutzter Felder. Das entsprach einer alten bäuerlichen Tradition. Sonntägliche Flurbegehungen dienten der Einschätzung des Entwicklungsstandes der verschiedenen Feldfrüchte, öffneten den Blick für die als nächstes anstehenden Arbeitsschritte, enthielten aber auch Augenblicke der Beschaulichkeit, der Bewunderung von Wachstum und Gedeihen in der Natur.

Edmund ließ sich an einem Feldrand nieder, pflückte eine Kornblume und erfreute sich an dem knallig roten Klatschmohn, der einen weiten Randstreifen des von ihm benutzten Feldweges erobert hatte. Diese bunten Farbtupfer entlang und inmitten der Nutzflächen hatte er in Deutschland vielerorts vergeblich gesucht, galten doch ihre Trägerpflanzen als Ackerunkräuter, weshalb es bei der akribisch durchgeführten Saatgutaufbereitung der Kulturpflanzen üblich geworden war, andersartige Samen vollständig zu eliminieren. Dennoch aufkeimende Wildkräuter wurden später durch den Einsatz von Herbiziden am Weiterwuchs gehindert.

Edmund sinnierte. Angesichts der ihn umgebenden üppig gedeihenden Feldkulturen wurde ihm bewusst, dass in ihm als Tierarzt noch immer ein Landwirt schlummerte. Ackerbau und Viehzucht, das war der Ursprung jeglicher Menschheitskultur. Aus bescheidenen Anfängen hatte sich im Verlauf von Jahrtausenden eine Entwicklung vollzogen, die nun an die Grenzen des Möglichen stieß. Ein unbegrenztes Streben der Menschen nach immer mehr Komfort wird unsere Erde auf Dauer nicht verkraften, diese Erkenntnis gewann bei Edmund an Raum. Er hatte von Ergebnissen der Glücksforschung gehört, die belegen, dass man, um glücklich zu sein, viel weniger materielle Güter benötigt, als wir gemeinhin besitzen. Ein Thema, mit dem sich bereits Generationen beschäftigten, wie er wusste. ‚Wie viel Erde braucht der Mensch?', diese von Leo N. Tolstoi (1828-1910) in seiner gleichnamigen Erzählung so bildhaft mit dem Schicksal des russischen Bauern Pachom verknüpfte Frage kam ihm ins Bewusstsein. Dieser Pachom war mit dem wenigen ihm in seiner Heimat gehörenden Grund und Boden unzufrieden. So zog er aus in das Baschkirenland, von dem er gehört hatte, es sei dort für wenig Geld viel Land zu bekommen. Nachdem er dort mit Geschenken, Branntwein, Tee und einem wertvollen Kaftan die Gunst der Bewohner und vor allem des Stammesältesten gewonnen hatte, kam es zu einem verlockenden Angebot: Für den bescheidenen Kaufpreis von 1000 Rubeln würde er so viel Land erhalten, wie er an einem Tag umgehen kann. Er müsse aber vor Sonnenuntergang exakt an den Ausgangspunkt zurückkehren, nur dann sei die Vereinbarung gültig. Pachom schritt zügig aus, zuerst voller Optimismus, wollte zu viel, überschätzte sich maßlos, erreichte nur mit letzter Kraft den vereinbarten Punkt, brach erschöpft zusammen, war tot. Man schaufelte ihm ein Grab, so lang wie das Stück Erde, das er mit seinem Körper, von den Füßen bis zum Kopf, bedeckte, und scharrte ihn ein.

Dennoch, das Streben der Bauernschicht nach immer mehr kultiviertem Boden und höheren Erträgen war geschichtlich unumgänglich, um die stetig wachsende Bevölkerung zu ernähren. Edmund kannte den historischen Hintergrund der Agrarwirtschaft in seinen Grundzügen. So wusste er, dass sich der wissenschaftliche Landbau in Deutschland, mit deutlichem Einfluss auf ganz Europa, im Wesentlichen im östlichen Teil des Landes, zu beiden Seiten der Oder, entwickelt hatte. Neben Landsberg an der Warthe als landwirtschaftlicher Versuchs- und Forschungsanstalt fielen ihm einige herausragende Persönlichkeiten ein, die hier deutliche Akzente gesetzt hatten.

An vorderer Stelle stand der Begründer der Landwirtschaftswissenschaften in Deutschland, der gelernte Arzt Albrecht Daniel Thaer

(1752-1828), der auf seinem Gut Möglin im Oderbruch eine landwirtschaftliche Lehranstalt errichtete und grundlegende For-
schungsarbeiten zu Fruchtfolgesystemen, zur Viehzucht und Agrar-
ökonomie leistete. Er wirkte zugleich als Professor in Berlin.

In Schlesien forschte der Chemiker Franz Carl Achard (1753-1821).
Er entwickelte die Zuckergewinnung aus Rüben, errichtete dafür
1801 die weltweit erste Fabrik in Kunern (Konary). Die industrielle
Gewinnung von Rübenzucker gewann rasch an Bedeutung, begünstigt durch die von Napoleon 1806 verhängte Kontinentalsperre gegen England, wodurch die Einfuhr von Rohrzucker fast zum Erlie-
gen kam. Heute werden mit Rübenzucker 30 Prozent des Weltbe-
darfes abgedeckt.

Als weiterer Agrar- und Wirtschaftswissenschaftler des 19. Jahrhunderts gehört in diese Reihe Johann Heinrich v. Thünen (1783-
1850), der Begründer der landwirtschaftlichen Betriebslehre. Auf
seinem Gut Tellow bei Teterow (Mecklenburg) entwickelte er das
System der Thünenschen Kreise oder Ringe. In Abhängigkeit von
ihrer Verderblichkeit und den verursachten Transportkosten wird
hierbei gefordert, die von Verbraucherzentren benötigten land- und
forstwirtschaftlichen Produkte in ökonomisch optimaler Entfernung
von diesen Zentren anzubauen, in konzentrischen Ringen um diese
herum, von denen Thünen bis zu sechs inhaltlich definierte.

Von den Größen der Agrarwissenschaft dieser Zeit bildete nur Jus-
tus von Liebig (1803-1873) insofern eine Ausnahme, dass er nicht
im Einzugsgebiet der Oder, sondern im westlichen Teil Deutschlands, in Darmstadt, Gießen und München, lebte und wirkte. Als
Pionier der Agrikulturchemie führte er 1840 die künstliche Dün-
gung ein. Die im 20. und 21. Jahrhundert bei den landwirtschaftlichen Kulturpflanzen erzielten Erträge wären ohne eine optimierte
Mineraldüngung nicht annähernd denkbar.

So wechselten sich bei Edmund Arbeit und Entspannung aus-
gleichend ab.

Nochmals Eva

Edmund genoss die letzten Tage seines Aufenthaltes in Polen. Als sich dieser kurze Abschnitt seines Lebens nun dem Ende neigte, empfand er eine zunehmend tiefe Bindung an dieses Land, insbesondere an Westpreußen mit dem unvergleichlichen Netzebruch. Er bemühte sich, alle noch offenen Probleme nach Möglichkeit zu lösen, um seine Rückreise in die Heimat unbeschwert antreten zu können. Dazu gehörte auch ein geordneter Rückzug aus den turbulenten Geschehnissen um den Roten. Sein damals gegebenes Versprechen, Eva eine Nachricht darüber zukommen zu lassen, wie sich seine Fahrt nach Deutschland mit dem Täuber im Gepäck und dessen Übergabe an den ursprünglichen Besitzer gestaltet hatten, löste er pflichtbewusst ein.

Eva wiederum berichtete ihm, der Zwist um die Taube mit ihrem Vater sei noch nicht beigelegt. Sie habe sich nicht gescheut, wenige Tage nach der heimlichen Mitnahme des Täubers zu den Eltern zu fahren, um über alles in Ruhe zu reden, aber der Vater verweigerte sich. Er redete seit dem nicht mehr mit ihr, teilte sie mit. Auch die Mutter, zu der ihrerseits ein inniges Verhältnis bestand, sei verärgert, zeige kein Verständnis für ihr eigenmächtiges Handeln. Nun sei sie völlig isoliert, bereue im Nachhinein ihre nächtliche Aktion.

Edmund spürte in Evas Worten eine tiefe Verzweiflung, ihre Mitteilung glich einem Hilferuf. Er fühlte sich nicht schuldig, hatte sie zu dieser Taubenentführung niemals ermuntert. Doch an dieser kleinen Tragödie beteiligt war er schon, das ließ sich nicht leugnen. Konnte er Eva nun einfach im Regen stehen lassen? Er überlegte kurz, antwortete ihr zögernd. Das Ganze war ihm zunehmend unangenehm.

„Ich hatte geglaubt, die illustre Geschichte um den Roten wäre nun ausgestanden, doch da irre ich offensichtlich. Ob ich Ihnen helfen kann und in welcher Weise, vermag ich nicht zu sagen, doch ein nochmaliges Gespräch darüber möchte ich Ihnen nicht verwehren. Aber die Zeit drängt, mein Aufenthalt in Polen nähert sich seinem Ende. Übermorgen ist Sonnabend, da können wir uns irgendwo treffen. Was meinen Sie?"

„Ich bin einverstanden, kann es mir einrichten."

„Gut, dann komme ich zu Ihnen. Von Bromberg nach Thorn ist es nicht weit, und wo sich Ihre Wohnung befindet, das weiß ich inzwischen."

Eine nochmalige Begegnung mit Eva lag nicht in Edmunds ursprünglicher Absicht. Er sah dafür keinen Grund, verspürte für einen persönlichen Kontakt auch kein Bedürfnis. Doch ihre Stimme klang am Telefon so verunsichert, dass er sich genötigt sah, ihr in dieser misslichen Lage zu helfen, sofern das überhaupt möglich war.

Ihr Treffen in Thorn verlief in ähnlicher Weise, wie es Eva bereits während ihres ersten gemeinsamen Wochenendes organisiert hatte. Zuerst schleppte sie Edmund von einer Sehenswürdigkeit der Stadt zur nächsten, geradezu im Stil einer Stadtführerin, wobei auch die Geschichtslehrerin deutlich hindurchschimmerte. Edmund beeindruckte die Objektivität, mit der sie die Entwicklungsetappen der Stadt darstellte. Ob polnisch oder deutsch, das verschmolz bei ihr zu einem in sich verwobenen historischen Prozess, bei dem allein die Fakten zählten.

Da Eva in Edmund einen interessierten Zuhörer fand, ließ sie sich die Gelegenheit nicht entgehen, dem Gast bei ihrem Rundgang einige Kostproben ihrer soliden Geschichtskenntnisse aufzutischen.

„Ich bedauerte es bereits bei Ihrem ersten Besuch, dass Ihnen so wenig Zeit für das Kennenlernen unserer Stadt zur Verfügung stand. Ich hoffe, Sie haben nichts dagegen, wenn wir heute versuchen, einiges von dem Versäumten nachzuholen."

„Mich interessiert das alles wahnsinnig, Sie können mir das glauben, aber wir wollten doch vor allem miteinander über unser leidiges Dauerthema, den Roten, reden."

Edmund verstand Eva nicht. Am Telefon ging es ihr ausschließlich um das Letztere, nun erwähnte sie den eigentlichen Anlass für Edmunds Besuch mit keiner Silbe.

Eva blickte ihn etwas verlegen an.

„Ja, es stimmt, wir sprachen noch gar nicht darüber, wie wir uns die Zeit einteilen wollen, und ich überfalle Sie gleich mit meinem ausgedehnten Stadtbummel. Wann müssen Sie denn zurück? Ich habe geglaubt, wir machen es so wie damals: Sie übernachten bei mir und reisen morgen ab. Die Angelegenheit mit dem Roten könnten wir dann am Abend bei mir in Ruhe bereden."

Genau diese Variante war es nun, die Edmund von vornherein nicht eingeplant hatte. Seiner Auffassung nach ging es allein darum, zum wiederholten Male und hoffentlich abschließend das Taubenproblem zu erörtern, was ohne weiteres auf einer Parkbank oder in einem Cafe stattfinden konnte. Dann wollte er wieder wegfahren, so seine Vorstellungen.

„Sie dürfen jetzt bitte nicht denken, mir hätte es damals bei Ihnen nicht gefallen, aber für heute ist meinerseits eine Übernachtung bei Ihnen nicht vorgesehen. Außerdem bin ich darauf nicht vorbereitet, habe keinerlei der dafür notwendigen Utensilien eingepackt."

Über den von ihm zur Untermauerung seiner Ablehnung zusätzlich vorgebrachten Einwand musste er selbst ein Lachen unterdrücken. Auch Evas Lippen zuckten.

„Na gut, wenn es nur darum geht, dann ließe sich dafür gewiss eine Lösung finden. Eine Zahnbürste kann ich Ihnen leihen. Ich möchte Sie zu nichts drängen, doch Ihren Vorschlag, irgendwo im Stadtgetümmel ein flüchtiges Gespräch zu führen, empfinde ich als wenig hilfreich. Das hätten wir uns von vornherein ersparen können."

Das waren deutliche Worte. Edmund knickte ein.

„Was soll ich nun noch sagen? Sie haben gewonnen. Wir wollen uns nun aber von unserer kleinen Meinungsverschiedenheit nicht die Stimmung verderben lassen. Verschieben wir also unser Taubengespräch auf den Abend. Nun können Sie mir gern Ihr geliebtes Thorn etwas näher bringen."

Eva ließ sich nicht lange bitten. Während sie ihren Stadtrundgang starteten, begann sie zu erzählen. Thorn, so wusste sie zu berichten, entwickelte sich unter dem Deutschen Orden im 13. Jahrhundert zu einem wichtigen Handelsplatz an der Weichsel. Es war Ausgangspunkt vieler Kreuzzüge gegen die heidnischen Pruzzen, zunächst nach Norden, später verstärkt auch in östlicher Richtung.

Thorn kam 1793, nach der zweiten polnischen Teilung, zu Preußen, erlangte eine stetige wirtschaftliche Weiterentwicklung, wurde zur stärksten Grenzbefestigung im deutschen Osten ausgebaut. Damals lag die Westgrenze Russlands in unmittelbarer Nähe. Nach dem Ersten Weltkrieg wurde Thorn entsprechend dem Versailler Vertrag polnisch. Das Leben in der Stadt ging zunächst weiter wie gewohnt, doch die Deutschen mussten Stück für Stück ihre Rechte aufgeben, viele verließen enttäuscht die Stadt.

Nach der Invasion der Nationalsozialisten im Jahre 1939 wieder in deutscher Hand, ergab sich Thorn im Februar 1945 kampflos der Sowjetarmee. Somit blieb es unzerstört, stellt derzeit mit seinem mittelalterlichen Zentrum ein Kleinod unter den polnischen Städten dar, gilt als ‚Königin der Weichsel'.

All das sprudelte förmlich aus Eva heraus. Sie verlangsamte ihre Schritte, hielt inne, benötigte eine Atempause.

„Nun habe ich Ihnen von Thorn genug vorgeschwärmt! Ich hoffe, Sie nehmen viele neue Eindrücke mit nach Deutschland!"

Edmund konnte ihr nur beipflichten. Er zeigte sich beeindruckt, wie sachkundig und souverän Eva ihren Auftritt meisterte. Im touristischen Alleingang wäre ihm vieles verborgen geblieben, musste er sich eingestehen.

„Es war ein toller Nachmittag mit Ihnen! In diesen wenigen Stunden haben sich meine Kenntnisse zu Thorn und zu Polen allgemein in einer Weise erweitert, wie ich es mir manchmal auch von anderen schönen Flecken Ihres Heimatlandes gewünscht habe, dazu aber weder Zeit noch Gelegenheit fand. Alles war außerordentlich eindrucksvoll, ich danke Ihnen sehr! Doch nun ist es genug, mein Wissensspeicher ist prall gefüllt. Ein Kaffee wäre jetzt optimal, langsam bin ich pflastermüde."

Eva fühlte sich fast ein wenig schuldig.

„Oh, jetzt habe ich es mit meiner Besichtigungstour wohl doch übertrieben? Sie hätten auch eher Einspruch erheben können!"

„Nein, es war ganz reizend! Keine Sorge, mir geht es gut, aber nun setzen wir uns irgendwo hin."

Sie fanden ein schönes Bistro, stärkten sich und besprachen das Programm für den Rest des Tages. Ehe Eva für den Abend möglicherweise eine weitere Attraktion ihrer Stadt als Anlaufpunkt anbieten konnte, ergriff Edmund die Initiative.

„Eigentlich müsste ich mich jetzt auf den Heimweg begeben, so war es meinerseits zumindest geplant. Doch inzwischen lautet unsere Vereinbarung, dass ich bei Ihnen übernachte und erst morgen fahre. Über den Roten konnten wir noch nicht reden. Ich schlage vor, wir begeben uns zu Ihrer Wohnung und erledigen das."

Eva stimmte zu, scheute sich, Edmund nochmals zu widersprechen. Immerhin hatte sie ihn schon dazu überredet, von einer Rückfahrt noch an diesem Abend abzusehen. Sie hätte sich nun den gemeinsamen Besuch eines schönen Weinlokals vorstellen können, aber wenn Edmund nicht wollte, dann ging es auch anders.

In Evas Wohnung angekommen, sah Edmund keinen Grund, das Taubenproblem, ihren mittlerweile ungeliebten Dauerbrenner, weiter vor sich her zu schieben. Freundlich, aber sehr bestimmt begann er die Unterredung.

„Liebe Eva, ich weiß zwar nicht, ob und wie ich Ihnen bei dem Zerwürfnis mit Ihren Eltern helfen kann, aber vielleicht finden wir einen Weg.“

Eva nahm sich zusammen, doch ihre wunderbar lockere Stimmung des Nachmittags war dahin. Sie nickte, sprach mit leiser Stimme.

„Was soll ich nur machen? Ein guter Kontakt zu meinen Eltern bedeutet mir sehr viel. Unser gegenseitiges Verhältnis war in all den Jahren bestens. Nun dieser Bruch! Wenn ich daran denke, könnte ich immerzu nur weinen.“

Und wieder stiegen ihr Tränen in die Augen. Edmund war in gleichem Maße ratlos. Welche Entscheidung sollte er treffen? Er setzte sich zu ihr auf das Sofa, legte seinen Arm um ihre Schultern, suchte nach tröstenden Worten.

„Wenn ich sehe, wie unglücklich Sie sind, dann muss ich Ihnen in einer Einschätzung zustimmen: Die als gerechte Hilfsaktion gedachte Entführung der Taube erwies sich als folgenschwerer Fehler. Wenn es um dieses Tieres willen nun zu einem Zerwürfnis innerhalb Ihrer Familie kommt, dann ist der Preis zu hoch, den Sie für Ihre unbedachte Handlung zahlen müssen. Am Ende spielte auch ich mit, das kann ich nicht leugnen. Es hat sich alles nicht gelohnt. Wäre nur alles beim Alten geblieben, aber dieser Wunsch lässt sich nun nicht mehr erfüllen.“

Eine Lösung fanden sie nicht, hockten noch immer Seite an Seite auf der Couch. Beide schwiegen. Die Nähe ihrer Körper löste in ihnen ein Gefühl der Zuneigung aus, das sie aus ihrer bisherigen Beziehung nicht kannten. Edmund wurde sich dessen als erster bewusst, wollte das nicht. Er musste etwas tun, um diese prickelnde Situation zu beenden, ohne Eva zu brüskieren. So küsste er ihre Wange, erhob sich, versuchte sich in einem Kompliment.

„Sie sind ein wunderbares Mädchen. Wir kennen uns ja kaum, dennoch reden wir miteinander, als wären wir gemeinsam im Sandkasten aufgewachsen. Die Zeit mit Ihnen verfliegt schnell wie ein Windhauch!"

Edmunds einfühlsame Worte verfehlten ihre Wirkung nicht. Eva zeigte sich erfreut, fühlte sich geschmeichelt, fand ihr Lächeln wieder.

„Schön haben Sie das gesagt! Doch nun weiß ich noch immer nicht, was ich meinen Eltern sagen soll."

„Glauben Sie nicht, dass es sich über die Zahlung einer finanziellen Entschädigung regeln lässt?"

„Da kennen Sie meinen Vater schlecht! Ich glaube, das lässt sein Stolz nicht zu. Wenn er diesem Vergleich freiwillig zugestimmt hätte, sähe es anders aus, aber nun, da man ihm gar keine Wahl ließ, wird er nicht mitspielen."

„Und wenn ich ihn selbst aufsuche und einen Geldbetrag anbiete? In solchen Fällen vertreten rational denkende Mitbürger bei uns zuweilen den Standpunkt, dass ein Onkel, der ein Geschenk mitbringt, stets willkommener ist als eine Tante, die nur Klavier spielt."

„Ich verstehe den Sinn dieser Worte durchaus, doch es wird nichts bringen, das können Sie sich ersparen."

„Dann bleibt uns nur eine letzte vage Chance zur Klärung: Wenn ich wieder in Deutschland bin, spreche ich mit dem Taubenzüchter, bei dem sich der Rote jetzt befindet. Ich werde ihm vorschlagen, den Täuber noch für eine Zuchtsaison zu behalten, dabei mit ihm einige Jungtauben aufzuziehen und ihn danach an seinen Retter, Ihren Vater, abzugeben. Wir müssen alles versuchen, diesen Streit zu schlichten!"

Eva hegte auch hier erhebliche Zweifel, ließ es sich aber nicht anmerken. Dennoch, diesen letzten Hoffnungsschimmer gab es für sie. Etwas Besseres fiel auch ihr nicht ein. Nur Edmund konnte ihr helfen, dessen war sie sich bewusst.

„Ich kann Ihnen und auch mir nur wünschen, dass Sie bei dem Gespräch mit dem deutschen Züchter etwas erreichen. Lassen wir es also dabei, zu einem anderen Ergebnis werden wir heute ohnehin nicht kommen."

„Ich versuche alles, das verspreche ich Ihnen."

Für Eva war diese Diskussion damit beendet, sie wechselte das Thema.

„Jetzt werde ich nachsehen, was mein Kühlschrank zu bieten hat. Gleich können wir gemeinsam eine Abendmahlzeit einnehmen, das haben wir uns heute redlich verdient."

Als Edmund zusah, was Eva an Köstlichkeiten auftischte, wurde ihm bewusst, dass sich diese nicht zufällig in ihrem Vorrat befanden. Sie hatte damit gerechnet, ihn am Abend in ihrer Wohnung zu bewirten, konstatierte er mit zwiespältigem Gefühl.

Bei einem Glas Wein ließen sie den Abend ausklingen, wobei es bei einem Glas nicht blieb. Eva wurde immer gesprächiger, berichtete über ihre Tätigkeit an einer Thorner Schule, streute Erlebnisse aus ihrer Jugend ein. Auf die unbeschwerte Zeit ihrer Kindheit im Elternhaus blickte sie gern zurück. In einem ländlichen Umfeld aufgewachsen zu sein, sah sie als großen Reichtum an. Das war nicht immer leicht, brachte auch gewisse Nachteile mit sich, hatte sie aber für das Leben gestählt. Vor Schwierigkeiten schreckte sie so schnell nicht zurück.

Edmund hörte aufmerksam zu, war froh, nicht derjenige sein zu müssen, der die Rolle des Erzählers zu übernehmen hatte. Obwohl er sich bemühte, nicht durch neugierig wirkende Fragestellungen tiefer in Evas Leben einzudringen, als sie das selbst wollte, beschäftigte ihn doch eine Frage, die er in einem ihm passend erscheinenden Moment auch stellte.

„Sie leben hier allein, gefällt Ihnen das? Als ich bei unserem Stadtrundgang beobachtete, wie mehrere junge Männer Ihnen bewundernde Blicke zuwarfen, dachte ich mir, dass Ihnen von denen doch wenigstens einer zusagen müsste."

Eva bemerkte den nicht ganz ernst gemeinten Unterton in Edmunds Worten, ging aber dennoch auf die Fragestellung ein.

„Nein, für immer allein bleiben möchte ich nicht. Natürlich unterhielt ich schon Beziehungen zum anderen Geschlecht, aber nichts war von Dauer. Vermutlich bin ich meist an die falschen Typen geraten. Manchmal erkannte ich erst ziemlich spät, dass etwas nicht stimmte, aber zum Glück noch rechtzeitig. Der Richtige kommt schon noch, da bin ich optimistisch!"

Diesbezüglich konnte ihr Edmund nur zustimmen.

„Ich vermute fast, Sie sind zu wählerisch. Über einen Mangel an Angeboten können Sie sich doch gewiss nicht beklagen! Muss es denn unbedingt ein Prinz sein? Aber das müssen allein Sie entscheiden, es geht mich nichts an. Bitte entschuldigen Sie meine ungeschickte Frage! Doch wenn jemand so aufgeschlossen und kontaktfreudig ist, wie ich Sie bisher kennen lernte, dann wundert man sich eben, wenn er in keiner Partnerschaft lebt. Sorry!"

Sie prosteten sich zu. Eva hatte ihm seine dumme Frage nicht verübelt, sah das Ganze sehr gelassen. Sie plauderten weiter, tranken und lachten.

Edmund saß wieder neben Eva auf der Couch. Seine rechte Hand suchte nach der ihren, streichelte den Arm, glitt ab und landete auf ihren Schenkeln. Auch dort hörte das Streicheln nicht auf. Eva tat, als bemerke sie es nicht. Edmund hatte seine Gefühle nun nicht mehr unter Kontrolle. Er zog Eva an sich, umfasste sie in spontaner Erregung, küsste sie wild und heiß. Diese ließ es mit sich geschehen, reagierte zunächst betont passiv, konnte dann jedoch nicht widerstehen und erwiderte Edmunds ungezügelte Leidenschaft mit gleicher Hingabe. Sie umklammerten sich, konnten nicht mehr voneinander lassen. Wer dann dem anderen welches Kleidungsstück vom Körper riss, konnten sie später nicht mehr sagen. Edmund vergrub sein Gesicht in ihren tiefschwarzen Haaren, danach im Busenspalt ihrer straffen Brüste. Eva umschlang ihn mit ihren Schenkeln, als wolle sie ihn für immer an sich binden. Nachdem die über sie hereingebrochene emotionale Flutwelle langsam abebbte, blickten sich beide tief in die Augen, erschreckt, erstaunt, doch voller innerer Zuneigung. Zu bereuen gab es nichts, für keinen von ihnen. Edmund fand als erster wieder zu sich.

„Du, was soll ich dir sagen als dieses ‚Du'? Wir sind verrückt, alle beide! Es hat uns einfach übermannt und keiner hat gebremst, ich nicht und du ebenfalls nicht. Bist du mir böse?"

„Nein, Edmund, ich habe dir nichts vorzuwerfen. Es war unser gemeinsamer Wille, was sonst? Wir sind jetzt noch zu aufgewühlt. Lass uns jetzt ein paar Stunden schlafen und morgen früh reden, einverstanden?"

Edmund stimmte zu, musste mit den Geschehnissen der letzten Stunde erst selbst fertig werden. Noch am Nachmittag hätte er den unerwarteten Ausgang dieses Abends für absolut unmöglich gehalten, doch nun war es passiert. Sie hatten eine deutsch-polnische Beziehung der intimsten Art praktiziert. In wenigen Tagen würde er endgültig nach Deutschland zurückkehren. Mit diesem Gedanken glitt er in einen tiefen Schlaf.

Der nächste Morgen sah beide früh auf den Beinen. Eva bereitete einen duftenden Kaffee, weckte Edmund zärtlich, zeigte sich weder verlegen noch irgendwie gehemmt. Auch in Edmunds Verhalten gewann wieder der nüchtern denkende Akademiker die Oberhand. Beide verhielten sich wie erwachsene Menschen, die gemeinsam etwas gewagt hatten, was nicht für die Öffentlichkeit bestimmt war, wozu sie aber mit ihrer ganzen Persönlichkeit standen. Über den vergangenen Abend reden wolle sie aber noch, so lautete Evas Wunsch. Doch wer fing damit an? Zunächst keiner von ihnen, doch dann war es tatsächlich Eva, die sich nach vorn wagte.

„Ich konnte lange nicht einschlafen, habe über uns nachgedacht. Du wolltest das alles nicht, ich weiß es. Doch mir allein die Schuld dafür geben kannst du nicht, dazu gehören immer zwei."

„Ach, Eva, von Schuld kann doch gar keine Rede sein. Dass ich damit im Vorfeld meiner Fahrt hierher keinesfalls gerechnet hatte, gebe ich zu. Doch was geschehen ist, das ist geschehen, so ist nun einmal das Leben. Es wäre eine Lüge, würde ich bestreiten, gestern mit dir einen unvergleichlich schönen Abend verbracht zu haben."

Eva schien erleichtert. Selbst wenn es Edmund nicht aussprach, so hegte sie doch den Verdacht, er könnte ihr innerlich vorwerfen, ihn in eine Situation gebracht zu haben, die er als Überrumpelung ansah. Schließlich war sie es, die Edmund den Vorschlag unterbreitet hatte, bei ihr zu übernachten. Das musste sie unbedingt klarstellen.

„Eines wirst du mir sicherlich glauben: Ich würde niemals mit einem Mann schlafen, für den ich nichts empfinde. Der gestrige Abend bedeutet mir also sehr viel, das kann ich nicht einfach so vergessen. Dennoch bin ich realistisch genug, mich nicht irgendwelchen Illusionen hinzugeben. Du fährst in wenigen Tagen zurück in deine Heimat, für immer, weil dein Auftrag hier erledigt ist. Ob du besuchsweise irgendwann kurzzeitig zurückkehrst, weiß ich nicht. Also war es das für uns. Mach dir bitte keine unnötigen Gedanken, ich werde schon damit fertig. Wenn du dich heute von mir verabschiedest, dann werden wir uns vermutlich niemals wieder begegnen. So ist das nun einmal, es lässt sich nicht ändern."

Eva sprach immer leiser, wollte ihre Fassung bewahren, aber es gelang ihr nicht. Schließlich flog sie an Edmunds Brust, ergriff die Revers seines Jacketts.

Edmund schwieg lange, Evas offenes Statement verblüffte ihn. Ja, es war so, wie sie es einschätzte. Er würde Polen verlassen, ohne Wenn und Aber. Etwas anderes stand nicht zur Debatte.

„Du bist so vernünftig, dass mir fast die Worte fehlen. Machen wir es uns also nicht unnötig schwer und verabschieden uns. Die Stunden mit dir werde ich niemals vergessen, dessen bin ich gewiss. Du warst hinreißend, im wahrsten Wortsinn. Adieu, Eva, und tschüss! Sei bitte nicht traurig! Bevor ich aus Bromberg endgültig abreise, rufe ich bei dir an."

Sie bemühten sich, die Minuten der Trennung nicht über Gebühr zu dramatisieren. Jeder musste seinen eigenen Weg gehen, es ging nicht anders, und beide wussten das.

Weitere Turbulenzen um den Roten

Nachdem Helmut Schneider den Roten wieder bei sich wusste, sah er seiner Zukunft als Brieftaubenzüchter voller Optimismus entgegen. Nicht dass er diesem Heimkehrer erneut die von ihm vormals erbrachten Spitzenergebnisse bei Flugwettbewerben zutraute, nein, darauf setzte er nicht. Die lange Zeit seiner Abwesenheit konnte nicht spurlos an ihm vorüber gegangen sein, das gebot die züchterische Logik. Seinen Wert für Helmut sollte er nun als Zuchttier nachweisen. Welch wertvolles genetisches Potenzial in diesem Täuber steckte, wusste er bereits, hatte er ihn doch damals, vor dem verunglückten Szegedflug, bereits mit einigen hoffnungsvollen Söhnen und Töchtern erfreut.

Helmut beriet sich mit seinen Sportfreunden, welche Einzelschritte sich zur erneuten Eingewöhnung des Roten empfahlen. An dessen Ringnummer erinnerten sich alle, war sie doch in den Ergebnislisten der zurück liegenden Jahre auf den vorderen Plätzen mit hoher Beständigkeit aufgetaucht. Seine damals spektakulären Wettflugerfolge blieben unvergessen, waren noch lange nach seinem Verschwinden Gegenstand hitzig geführter Diskussionsrunden im Versammlungsraum ihres Vereinslokals.

Ein erfahrener Brieftaubenzüchter aus Helmuts Nachbarort riet ihm, den Roten nicht zu schnell freizulassen.

„Wenn du den Täuber vor allem für die Zucht einsetzen willst, dann darfst du es nicht riskieren, ihn eventuell im Freiflug nochmals zu verlieren. Da gibt es zu viele Unwägbarkeiten. Er kann dem Habicht zum Opfer fallen oder sonst irgendwie abhanden kommen. Setze ihn in eine geräumige Voliere und gib ihm eine Täubin, dann läuft das Weitere von selbst."

In das Gespräch mischte sich ein weiterer Sportfreund ein.

„Dass dir der Rote, solltest du ihn freilassen, von selbst wegfliegt, glaube ich nicht. Wir kennen doch alle das unglaubliche Erinnerungsvermögen unserer Brieftauben! Selbst wenn sie zwangsweise mehrere Jahre von ihrem Heimatschlag getrennt wurden, fanden sie sich, bei erfolgter Rückkehr, sofort wieder in ihrem alten Umfeld zurecht. Sogar ihre angestammte Nistzelle suchten sie wieder auf. Aber ich denke auch, du solltest dich auf dieses Experiment nicht einlassen. Sperre ihn ein und du hast eine Sorge weniger."

Helmut ließ sich überzeugen, bereitete alles so vor, wie es ihm seine Mitstreiter empfahlen. Der Rote erhielt ein mit feinmaschigem Draht umzäuntes Areal, welches ihm sogar für bestimmte Flugübungen einen ausreichenden Freiraum bot. Die Auswahl der ihm zugedachten Täubin bereitete Helmut einiges Kopfzerbrechen. An die Qualität dieser Auserwählten stellte er einen hohen Anspruch, sollte sie doch dem Roten eine ebenbürtige Partnerin sein. Schließlich entschied er sich für ein dunkel gefärbtes Weibchen, deren Blautöne bereits zu einem aufgehellten Schwarz tendierten. Auch sie konnte bei ihren Wettflugergebnissen auf einen respektablen Kontostand verweisen, einige von ihr errungene Siegerpokale zierten bereits Helmut Schneiders Trophäenvitrine.

Was sich nun ereignete, raubte dem Züchter manche Stunde seines Nachtschlafs, nämlich gar nichts. Der Rote saß apathisch auf seinem Ruhebrett, fraß wenig, interessierte sich nicht im Geringsten für die ihm zugedachte Taubendame. Helmut fand keine Erklärung, beriet sich wiederum mit seinen Züchterkollegen. Diesen erschien das Verhalten des Roten keineswegs ungewöhnlich. Sie konnten auf Beispiele verweisen, bei denen in eine neue Umgebung versetzte Brieftauben die ihnen dadurch aufgezwungenen Lebensumstände nicht akzeptierten.

„Helmut, überlege dir doch bitte einmal, womit sich der Rote jetzt urplötzlich abfinden muss. Wie du erzähltest, gewährte ihm der Sportfreund in Polen uneingeschränkten Freiflug. Bei dir sitzt er jetzt, in der Anfangsphase seiner erneuten Eingewöhnung, erst einmal fest. Ihm wird das nicht gefallen, das verstehe ich. Dann das neue Umfeld, auch daran muss er sich erst wieder gewöhnen. Hinzu kommt die erzwungene Trennung von seiner polnischen Partnerin, dieser trauert er offenkundig nach. Du musst viel Geduld mit ihm haben!"

Helmut verstand dennoch nicht.

„Ich bin der Meinung, er kann doch vor allem froh sein, seine Heimat wiedergefunden zu haben. Darum hat er doch in der Zeit, als er bei mir die Wettflüge bestritt, mit eiserner Energie unzählige Male gekämpft. Nun soll es ihm hier plötzlich nicht mehr gefallen? Ich kann mir das alles nicht erklären!"

Der Hinweis auf die erforderliche Geduld wurde von Helmut schließlich doch beherzigt. Er beschäftigte sich mit dem Roten mehr als mit jeder seiner anderen Tauben, gewöhnte ihn kontinuierlich an sich, reichte ihm manchen Erdnusskern als zusätzliche Leckerei. Von der anfänglichen Verhaltensstörung war bald nichts mehr zu spüren, das Tier wirkte zunehmend vital, bewegte sich aktiv in seinem Gehege. Etwas länger dauerte es, bis er die ihm zur Seite gestellte Täubin umwarb. Als Helmut hiervon die ersten zögerlichen Versuche beobachtete, wusste er, nun würde sich alles zum Guten wenden. Er sollte sich nicht täuschen. In wenigen Tagen wurden sich beide Tauben einig, schnäbelten verliebt, bauten ein Nest, in dem sie alsbald zwei schneeweiße Eier bebrüteten. Die Täubin nachts bis zum späten Vormittag, danach der Täuber bis zur nachmittäglichen Kaffeestunde. Anschließend wurde das Brutgeschäft wieder vom weiblichen Partner übernommen. Ziemlich genau war das geregelt, entsprach dem für alle Haustaubenpaare üblichen Brutrhythmus.

Als die Jungen schlüpften, wurden sie vom Elternpaar zärtlich umsorgt. Jetzt sah Helmut den Zeitpunkt gekommen, diesem Pärchen wieder den Genuss des freien Fliegens zu verschaffen. Aus eigener Erfahrung wusste er, dass Tauben ihre Jungen stets aufopferungsvoll betreuen, ihnen im Kropf das Körnerfutter zum Nest bringen, welches die Taubenküken als geborene Nesthocker vor dem Erlangen des eigenen Flugvermögens nicht verlassen können. Der Rote würde hierbei keine Ausnahme bilden, von dieser Gewissheit konnte Helmut ausgehen.

An einem herrlichen Sonnentag öffnete er die Ausflugklappe des Verschlages. Zuerst bemerkte es die Täubin. Sie schlüpfte hindurch und startete sofort zu einem ausgiebigen Rundflug um den Häuserblock. Hier war sie aufgewachsen, kannte jedes Gebäude, jeden Baum, fühlte sich bei ihren Flugmanövern sichtlich wohl. Lange genug hatte sie darauf verzichten müssen, ihres Partners wegen.

Doch nun durfte auch der Rote durchstarten. Mit der Lockerheit seiner Täubin ging er dieses Unternehmen jedoch nicht an. Zögerlich begab er sich zur Startluke, blickte lange in verschiedene Richtungen, wirkte verunsichert. Fremd war ihm die Umgebung nicht, hatte er hier doch unbeschwerte Stunden seiner Jugend verbracht, aber vieles schien ihm nicht mehr vertraut. Zu lange war alles her, viele in der Fremde gewonnene neue Eindrückte überlagerten das ihm angeborene Heimatgefühl. Schließlich lüftete er die Flügel, vollführte zwei Probestarts, wobei er sich nur wenige Zentimeter in die Luft erhob, um sofort wieder zu landen. Dann siegte seine Entschlossenheit, er hob ab und segelte davon.

Helmut beobachtete den gesamten Ablauf mit gespannter Aufmerksamkeit. Würde sich der Rote zu seiner Täubin gesellen, die bereits in der Rolle eines Lockvogels auf dem Dachfirst ausharrte, oder sollten einige seiner Sportfreunde aus dem Verein Recht behalten, von denen die Meinung vertreten wurde, die Rückführung einer sehr lange an einem anderen Ort eingewöhnten Brieftaube könne auch misslingen?

Erst einmal geschah nichts. Helmut sah den Roten weder im Luftraum kreisen noch auf dem Dach landen. Er war verschwunden, während einer ganzen Stunde und einer weiteren. Dem Züchter dauerte es nun zu lange, er begab sich in das Haus. Im Moment konnte er nichts tun. Er grübelte. Hatte sich der Täuber bei seinem ersten Erkundungsflug in das ihm nun fremd gewordene Terrain zu weit vorgewagt, sich verirrt, verflogen? Oder war er nicht in Form, verfügte nicht über eine ausreichende Flugkondition, denn immerhin saß er mehrere Wochen in dem Verschlag, zuvor auch tagelang in einer engen Kiste? Helmut versuchte, sich durch verschiedene Tätigkeiten in seinem Grundstück abzulenken, doch die Gedanken an den Roten konnte er nicht verdrängen.

Nach dem Abendessen begab er sich nochmals zu den Tauben. Die Täubin des Roten wärmte die Jungen, hier hatte alles seine Ordnung. Doch was war mit dem weggeflogenen Täuber? Helmut blickte tiefer in das Halbdunkel des Taubenschlages und sah ihn endlich, seinen Prachtvogel. Er war zurückgekehrt, wann, das wusste keiner, aber er hockte auf seinem Brett.

Helmut murmelte erleichtert, nur für sich, einige undeutliche Worte.

„Das ging zum Glück gut! Ich kann gar nicht sagen, wie froh ich bin. Du hast mir heute aber einen gehörigen Schrecken eingejagt, mein Bester!"

Nun konnte nichts mehr schief gehen. Der erste Flugtag des Rückkehrers fand ein glückliches Ende, Helmuts Geduld bei dessen Eingewöhnung wurde belohnt. Er öffnete an diesem Abend eine Flasche Wein. Seine Frau nahm das zunächst mit Staunen zur Kenntnis, doch als er ihr den Grund erklärte, stieß sie mit ihm gern auf das kleine Erfolgserlebnis ihres taubenbegeisterten Gatten an.

Die zwei Jungtauben des Roten und seiner Täubin wuchsen schnell heran, erlangten bald ihre Selbstständigkeit. Nun von seinen Versorgungspflichten entbunden, unternahm das Vatertier täglich lange Ausflüge, wurde stundenlang im Hof nicht gesehen. Ein solches Verhalten kannte Helmut von seinen Tauben nicht, konnte sich keinen Reim auf die deutlich spürbare Unruhe des Roten machen. Natürlich verkörperte dieser den Prototyp einer Flugtaube, die den

Luftraum mit sichtlichem Vergnügen durchpflügte, aber so viele Stunden freiwilliger Trainingseinheiten traute er selbst diesem nicht zu. Oder ging er feldern, suchte Ackerflächen mit verlockendem Futterangebot auf? Helmut stand vor einem Rätsel. Allabendlich kontrollierte er dessen Nistzelle, niemals vergeblich, denn zur Nachtruhe seinen angestammten Schlafplatz aufzusuchen, versäumte der Rote niemals.

Eines jedoch beunruhigte Helmut zusätzlich: Das Tier wich ihm bei versuchten Annäherungen zunehmend aus, zeigte nicht mehr das bisherige uneingeschränkte Vertrauen zum Züchter. Dieser konnte sich auch diese Verhaltensänderung nicht erklären, hatte er den Täuber doch niemals gejagt, um ihn zum Fliegen zu animieren. Hinzu kam eine auffällige Vernachlässigung seiner Täubin. Nachdem die Jungen der ersten Brut flügge waren, hätte das Paar längst zu einer weiteren Brut schreiten müssen, doch nichts geschah. Helmut musste sich widerstrebend eingestehen, dass sein Roter nicht mehr der war, den er von früher her kannte. Die lange Abwesenheit hatte ihn verändert, weshalb und wodurch, das vermochte er nicht zu deuten. So kam schließlich das völlig Unerwartete: Eines Abends fand Helmut den Platz des Tieres leer. Hatte ihn der Habicht geschlagen oder war er freiwillig weggeflogen? Helmut wusste es nicht. Ein Verdacht kam dennoch bei ihm auf, den er am Folgetag seiner Frau gegenüber äußerte.

„Ich vermute, Elfriede, der Rote ist tatsächlich abgehauen. Seine stundenlangen Flugübungen hat er nicht aus Jux und Tollerei absolviert, er wollte weg. Sollte sich bei ihm wirklich eine so starke Bindung an sein neues Domizil in Polen und seine dortige Täubin entwickelt haben? Sei es nun, wie es ist, aber es stimmt mich unendlich traurig."

„Denkst du nicht, er ist dem Habicht oder Sperber zum Opfer gefallen? Inzwischen soll es hier sogar wieder die schnellen Wanderfalken geben."

„Auszuschließen ist das nicht, aber unwahrscheinlich. Einen so spritzigen Flugstrategen wie ihn fängt so leicht kein Greifvogel. Mir fiel auf, wie wachsam er im freien Gelände stets um sich schaute. Auf dem Dach überraschen ließ er sich wohl kaum. Und einmal in der Luft, gelingt es einem Greif nur selten, gut trainierte Brieftauben zu erbeuten. Diese sind meist wendig und schnell genug, um zu entkommen."

Doch all das nutzte Helmut wenig. Der Rote war weg, auf irgendeine Weise. Er würde auch nicht wieder auftauchen, darüber war sich Helmut als erfahrener Züchter im Klaren. Nun konzentrierten sich all seine Erwartungen auf die zwei Jungtauben, die er hinterlassen hatte. Sie müssten der Grundstein für den Neuaufbau einer konkurrenzfähigen Reisemannschaft sein, diese berechtigte Hoffnung bestimmte sein Denken. Das würde funktionieren, da war sich Helmut sicher. Er nahm sich vor, alles Erdenkliche zu versuchen, um diese Chance zu nutzen. Der Glaube an diese Option half Helmut in der Folgezeit, den nochmaligen Verlust des Roten zu verschmerzen. Es musste auch ohne ihn gehen, eine andere Möglichkeit bestand nun nicht mehr.

Urlaubsreise nach Menorca

Die letzten Tage von Edmunds Einsatz in Polen verliefen unspektakulär. Seinen Auftrag hatte er erfüllt, zur Zufriedenheit der Auftraggeber. Er konnte in Ruhe seine dienstlichen Obliegenheiten regeln, alle weiterführenden Aufgaben übergeben. Für jedes der von ihm bearbeiteten Projekte stand als Verantwortlicher ein ausgebildeter Nachfolger bereit, darauf hatte Edmund von Beginn an geachtet. Auf seinem Arbeitsgebiet war für Polen die Weichenstellung in Richtung EU-Beitritt erfolgt, das erfüllte ihn mit einer tiefen inneren Genugtuung.

Seine polnischen Kollegen gestalteten ihm zu Ehren einen zünftigen Abschiedsabend. Edmunds Absicht bestand ursprünglich darin, sich in Form eines kleinen Abendbüfetts für die ihm erwiesene Gastfreundschaft und den engagierten Einsatz seiner polnischen Mitstreiter zu bedanken, doch das wurde ihm verwehrt. Der Dank gebühre in besonderem Maße ihm, bekam er zu hören, sodass er sich an diesem Abend nicht als Gastgeber, sondern eher als Gast fühlen solle. Somit wurde er von der Pflicht entbunden, sich um die Bereitstellung der benötigten Speisen und Getränke zu bemühen. Das sei nicht seine Aufgabe, wurde ihm signalisiert.

Wie liebevoll dann alles hergerichtet war, übertraf alle seine Erwartungen. Wenn die Polen einmal feiern, dann erfolgt das gründlich, dies wurde Edmund nochmals verdeutlicht. So fiel sein kurzes Abschiedsstatement ausgesprochen herzlich aus. Er musste sich bei seinen Dankesworten keinerlei Zwang auferlegen. Die durchweg positive Einschätzung entsprach seiner Überzeugung, entsprach dem, was er erlebt hatte. Leicht fiel ihm der Weggang nicht. Die Zeit in Polen hatte sein Leben in nachhaltiger Weise bereichert.

Zurück in Deutschland, begab sich Edmund mit Anke auf eine Urlaubsreise. So war es mit seiner Dienststelle vereinbart, auch Anke forderte nach der langen Zeit der Trennung ihr Recht. Als Reiseziel wählten sie Menorca, die kleine Schwesterinsel des viel berühmteren Nachbarn Mallorca. Sie suchten die Ruhe, wollten sich vor allem mit sich selbst beschäftigen, sich wiederfinden, denn die lange andauernde Fernbeziehung hatte bei beiden ihre Spuren hinterlassen, obwohl sie es sich gegenseitig nicht eingestanden.

Über ein Reisebüro fanden sie in Cala Morell ein ihren Vorstellungen entsprechendes Ferienhaus. So begaben sie sich voller Erwartungen in eine ihnen bisher unbekannte Welt mediterranen Flairs. Der Luftreise nach Menorcas Flughafen Mao, mit vorheriger Zwischenlandung in Palma de Mallorca, erwies sich als Routinehandlung, gehörte mittlerweile zum europäischen Standardprogramm des Luftverkehrs. Das eigentliche Urlaubsabenteuer begann mit der Übernahme des Mietwagens in Mao einschließlich der Fahrt quer über die Insel zu dem 50 Kilometer entfernten Ziel Cala Morell. Jeder Ort, den sie passierten, lud zum Verweilen ein, jede Landschaft versprühte ihren Reiz. Um möglichst viel davon in sich aufzunehmen, drosselte Edmund das Fahrtempo zeitweilig so sehr, dass er zum Verkehrshindernis wurde, zum Ärger einiger einheimischer Straßenbenutzer. Auch ihr mehrmaliges Anhalten zum Fotografieren eindrucksvoller Gebäude oder reizvoller Gesteinsformationen konnte ihren Erlebnishunger auf Sehenswürdigkeiten der Insel nur geringfügig stillen. Sie hielten es bereits an diesem ersten Tag für unumgänglich, viele der von ihnen per PKW durchstreiften Flecken zur genaueren Erkundung später nochmals aufzusuchen.

Am Ferienhaus ihrer Wahl angekommen, erfasste Anke Edmunds Hand, sprach leise und ergriffen.

„Ist das hier nicht ein phantastisches Stück Erde? Das werden ganz bestimmt zwei herrliche Wochen! Ich freue mich riesig, dich nun endlich einmal ganz allein für mich zu haben, nach unserer langen Trennung. Geht es dir nicht ebenso?"

Edmund nickte, drückte sie an sich, wirkte gelöst und erwartungshungrig.

„Es ist wirklich beglückend, all das, was uns hier umgibt, mit dir völlig entspannt genießen zu können. Doch jetzt nehmen wir erst einmal unser Quartier in Besitz. Ich muss doch wenigstens wissen, wo ich mit dir in den folgenden Nächten schlafen kann!"

Anke lachte.

„Du weißt, manchmal kann ich dem nicht zustimmen, was du für besonders wichtig hältst. Schlafen, pah, viel erleben möchte ich hier, die Natur genießen! Aber vielleicht lässt es sich miteinander vereinbaren, das ausgiebige Schlafen mit dir und meine Sehnsucht nach Wärme, Wasser und Sonne. Ich denke, du wirst deine Freude an mir haben!"

Plötzlich war sie ganz Hausfrau, sorgte sich um das Essen, denn das gehöre, wie sie Edmund zu verstehen gab, schließlich auch zu einem erholsamen Urlaub. Zum Glück hatte der Vermieter im Kühlschrank einige Vorräte deponiert. Schnell zauberte sie für beide eine erste Mahlzeit herbei, drängte dann darauf, zumindest den Großteil ihrer Reiseutensilien sachgerecht zu verstauen, was nach Edmunds Auffassung auch zu einem späteren Zeitpunkt hätte erfolgen können.

Doch Anke setzte sich durch. Möglichst immer und überall Ordnung zu halten, das hatte sie von ihrer Mutter gelernt. Edmund registrierte es mit Wohlwollen. Eine Frau an seiner Seite zu wissen, bei der Pflichtbewusstsein und Ordnungssinn einen hohen Stellenwert genossen, das entsprach durchaus seinen Vorstellungen.

Bereits auf den zweiten Blick wurde ihnen bewusst, dass die Insel hielt, was sie versprach beziehungsweise was man ihnen versprochen hatte. Jeder Tag bescherte ihnen neue Überraschungen. Hier wurde erfolgreich versucht, die Sünden der im Südwesten gelegenen großen und kleinen Schwestern zu vermeiden. Der mediterrane Charme der Insel konnte bewahrt werden, was die UNESCO mit der Anerkennung des gesamten Terrains als Biosphärenreservat honorierte. Anke und Edmund empfanden es als angenehm, weder an den Badeständen noch in den idyllisch gelegenen Orten einem Massenauflauf von Urlaubern zu begegnen, begrüßten das von der Inselverwaltung gezielt gesteuerte vernünftige Maß an Tourismus aus vollem Herzen.

Auch sie selbst fühlten sich als umweltbewusste Individualurlauber. Alles ringsum versprühte seinen Zauber. Sie trafen auf weite Wald- und Weideflächen, begrenzt durch unerwartet abwechslungsreiches Hügelland und endend in fast unberührten Badebuchten. Das türkisblaue Wasser des Mittelmeeres mit verspielten Wellen, umweht von einer sanften Meeresbrise, zog sie an wie ein Magnet. Nicht schnell genug konnten sie dann ihre Kleider abwerfen, ausnahmslos alle, das störte hier niemanden. Wenn Ankes gebräunter Körper elastisch durch das wohlig warme Wasser glitt, folgte ihr Edmunds Blick mit sichtbarem Entzücken.

„Manchmal denke ich, aus dir hätte auch eine verführerische Meerjungfrau werden können. Du weißt es ja von unserem lieber Goethe: ‚Halb zog sie ihn, halb sank er hin...' Nur die Sache mit der Jungfrau dürfte man dann nicht so wörtlich nehmen."

Evas tropfenüberzogenes Gesicht strahlte ihn kurz an, sie tauchte augenblicklich wieder hinab in die Fluten. Ihrer Reize war sie sich durchaus bewusst.

Der abendliche Abschied von ihren Badebuchten fiel ihnen meist nicht leicht, erst spät begaben sie sich auf den Heimweg. Die Wahl ihres Quartiers erwies sich als ausgesprochener Glücksgriff. Der Vermieter, ein Deutscher namens Martin, hatte sich auf einem in Küstennähe gelegenen Grundstück ein landestypisches Feriendomizil errichtet, in dem es an nichts fehlte. Bereits das Weiß der Außenfassade des geschmackvoll in die Landschaft eingebetteten Gebäudes vermittelte ein südländisches Flair, gerade so, wie es Urlauber aus nördlichen Gefilden mögen. An der Rückseite des Hauses befand sich der unumgängliche Pool, der es den Gästen allabendlich ermöglichte, sich vor der Nachtruhe nochmals die letzten

Rückstände des Salzwassers vom Körper zu spülen. Wärme, Wasser und Sonne hatte Anke gesucht und nun auch gefunden, doch dem Wasser kam wohl der erste Rang zu. Dieses war es vor allem, das salzige und das süße, welches Ankes und Edmunds Tagesablauf eindeutig dominierte.

Hausvermieter Martin bemühte sich nach besten Kräften, seinen Gästen den Aufenthalt so angenehm wie möglich zu gestalten, beispielsweise durch die Organisation von Motorbootfahrten entlang der Küste oder durch romantische Grillabende am Hauspool. Besonders mit seinen Kenntnissen zur Geschichte der Insel Menorca fesselte er das Interesse der Urlauber zu wiederholten Malen.

Seiner zuweilen geäußerten Befürchtung, er würde seinen Zuhörern damit möglicherweise kostbare Stunden ihrer wohlverdienten Erholungszeit stehlen, widersprach besonders Edmund energisch.

Die Historie dieser kleinen Insel ergab ein so wechselvolles Bild jahrtausendelanger Entwicklung, wie es für einen Landflecken in Europa einmalig erscheint. Martin verwies auf nachweisbare Spuren der ersten Besiedlung vor 4000 Jahren. 1000 Jahre später entstanden ummauerte Wohnstätten. Reste dieser gewaltigen steinernen Einfriedungen sind noch heute in großer Zahl vorhanden.

Die nachweisbaren kulturhistorischen Einflüsse nach Beginn der Zeitrechnung sind römisch, byzantinisch, arabisch (um 900 n.Chr.), am Ende des 13. Jahrhunderts spanisch, als Folge der christlichen Rückeroberung Spaniens von den Arabern. Am Beginn des 18. Jahrhunderts besetzten die Briten diese Insel dreimal, 1756 wurde sie französisch, kam 1802 endgültig zu Spanien.

Auch zur Erkundung der Insel erhielten beide deutsche Urlauber von Martin wertvolle Hinweise. Mancher zusätzlichen Anregung hätte es gar nicht bedurft, denn getreu ihrem selbst gewählten Motto, die zwei Urlaubswochen als kombinierte Erholungs-, Erlebnis- und Bildungsreise zu gestalten, nutzten sie jeden Tag.

Besonders erfreuten sie sich an den von Wind und Meer geformten bizarren Felsformationen, die die Badebuchten umgaben. Insgesamt zeigte die Küste einen rauen Charakter, verlief in unregelmäßiger Linie, ermöglichte somit die Nutzung vieler natürlicher Häfen. Die in das Meer hinausragenden äußersten Landzipfel, die Kaps, waren völlig öde, leer, ohne Vegetation. Der im Untergrund felsige, von Steinen durchsetzte Boden zog sich oftmals weit in das Landesinnere hinein. Eine landwirtschaftliche Nutzung solcher Areale war nur unter erschwerten Bedingungen möglich, insbesondere für den Ackerbau. Somit dominierten Weideflächen mit den ortstypischen rotbraunen Milchkühen, zahlreichen Schafen und edlen schwarzen Pferden, Vertretern einer nur auf der Insel heimischen Rasse.

Überall stießen Anke und Edmund auf prähistorische Bauten, deren ursprüngliche Funktion auf zahlreichen Hinweistafeln als Wohnbehausungen, Wachtürme oder Anlagen zur religiösen und zeremoniellen Nutzung angegeben war.

Voller Bewunderung stellten sie fest, welch riesige, akkurat behauene Steinquader damals von den Erbauern bewegt worden sind. Zusammengesetzt wurden die Steine stets ohne Mörtel, auch bei der Errichtung der die Felder umgebenden Steinwälle, deren Toröffnungen meist durch ein Gatter verschlossen wurden. Diesen Natursteinmauern begegnete das Urlauberpaar auf Schritt und Tritt. Sie sollen sich über insgesamt 1500 Kilometer hinziehen, teilte man ihnen mit. Manche Nebenstraßen wurden dadurch in einem solchen Maß verengt, dass die Begegnung zweier PKW nicht möglich war. Edmund stellte lakonisch fest, nun habe er die Erklärung dafür, weshalb eine so große Anzahl dieser Fahrzeuge an den Seiten Kratzspuren aufwies.

Sie fanden sämtliche im Werbeprospekt angekündigten Vorzüge Menorcas bestätigt. Unstrittig konnte es für sich in Anspruch nehmen, als Sonneninsel zu gelten. Regentage waren die Ausnahme. An den vielen Sonnentagen erstrahlte der Himmel in einem besonderen, reinen, leuchtenden Blau. Besonders Anke entpuppte sich als ausgesprochene Sonnenanbeterin, nutzte jede Gelegenheit, sich einer Ganzkörperbestrahlung zu unterziehen. Dessen nicht genug, drängte sie Edmund oftmals, sich am Abend mit ihr zu den Klippen zu begeben, um das eindrucksvolle Naturschauspiel des im Meer versinkenden Himmelskörpers zu beobachten. Sie fing dann an zu träumen.

„Ist es nicht phantastisch, dass wir jetzt hier am Mittelmeer sitzen und den Sonnenuntergang beobachten können? Hättest du es vor der Grenzöffnung für möglich gehalten, so etwas jemals zu erleben? Die in unserer Jugendzeit allgegenwärtigen Westschlager mit Südseeromantik, Palmeninseln und Liebesabenteuern in lauschiger Sommernacht fanden wir Teenager damals zwar ganz toll, glaubten aber niemals an ein solches Glück für uns. Nun ist es Wirklichkeit! Ich könnte die ganze Welt umarmen, begnüge mich aber vorerst einmal mit dir!"

Sie tat es auch, hielt Edmund ganz fest, als gelte es, ihn am Weglaufen zu hindern. Diese Gefahr bestand jedoch nicht, denn auch er drückte sie fest an sich, streichelte zärtlich ihren Rücken.

„Wir sind zwei richtige Glückspilze. Es ist schön hier, vor allem natürlich, weil du dabei bist!"

Die malerischen Felsenklippen boten einen erhabenen Anblick, das Herz ging ihnen auf. Sie blickten auf das Meer, sprachen kein Wort. Noch stand die Sonne am Horizont, näherte sich langsam der Wasserfläche. Weit hinten entdeckten sie ein Segelboot, alles war still. Plötzlich richtete sich Edmund auf, starrte wie elektrisiert zu einer Einbuchtung der nahen Steilküste.

„Dort flog soeben eine Felsentaube hinein, jetzt noch eine, ich kann es fast nicht glauben!"

Er sprang sofort auf, schob den Oberkörper mit großer Vorsicht weiter bis zum vorderen Rand der Klippe, um einen besseren Einblick in die von den Tauben angeflogene Felsspalte zu bekommen.

Und tatsächlich, am Eingang dieses Gesteinsüberhanges saßen weitere Tiere. Er hatte eine Nisthöhle der Felsentauben aufgespürt, war nun von seiner Entdeckung mehr als entzückt. Mit vor den Mund gelegtem Zeigefinger um Ruhe bittend, wandte er sich flüsternd an Anke.

„Den Sonnenuntergang musst du dir heute leider allein anschauen. Ich lege mich jetzt hier auf den Bauch, krieche noch ein Stück nach vorn und beobachte, was passiert. Dass ich hier noch Felsentauben begegne, bedeutet mir sehr viel, auch wenn du das nicht so ganz verstehst. Ich erkläre es dir später!"

Anke kannte Edmunds Leidenschaft für Tauben, akzeptierte das auch, aber dass an diesem romantischen Abend nun ausgerechnet diese scheuen Klippenbewohner seine gesamte Aufmerksamkeit in Anspruch nahmen, konnte sie nur schwer nachvollziehen.

„Also gut, wenn mein Herr und Gebieter es wünscht, dann beobachten wir anstatt des Sonnenunterganges die Felsentauben. Ich sehe aber keine, deshalb gehe ich zurück in unser Quartier. Wir sehen uns später, bis dahin tschüss."

Sie gab sich keine sonderliche Mühe, ihre Verärgerung zu unterdrücken.

Mit zunehmender Dunkelheit verminderte sich die Aktivität der Tauben. Anfangs flogen sie mehrfach hin und her, einige saßen auf Simsen am Höhleneingang, doch schließlich verschwand eine nach der anderen zu den in der Dunkelheit der Felsengrotte liegenden Nistplätzen. Beobachten konnte Edmund etwa zehn Tiere, er schätzte die Anzahl der hier angesiedelten Exemplare auf mindestens das Doppelte.

Wieder im Quartier angekommen, empfing ihn Anke mit einem liebevoll zubereiteten Abendessen sowie einer in Reserve stehenden Flasche Wein, die sie später gemeinsam genießen wollten. Sie hatte es längst bereut, Edmund an der Küste so abrupt allein gelassen zu haben, trauerte nun auch ihrem verpassten Sonnenuntergang nicht mehr nach.

„Du wolltest mir von den Felsentauben erzählen, das dürfen wir nicht vergessen. Wenn du es auch nicht glaubst, aber es interessiert mich wirklich. Wir setzen uns dann an den Pool, trinken etwas und du berichtest, einverstanden?"

Edmund war es. Er hatte viel über diese Spezies gelesen, die Columba livia, sie aber in freier Natur nie zu Gesicht bekommen. Noch ganz unter dem Eindruck seiner ersten Begegnung mit diesen außergewöhnlichen Tieren bereicherte er Ankes Wissen mit all dem, was ihm zu seiner neuen Entdeckung einfiel. Sie sei die Wildform, der Urahn all unserer Haustauben, erläuterte er, und sämtliche im Verlauf der Jahrhunderte herausgezüchteten Taubenrassen würden von ihr abstammen.

Die vier in Deutschland vorkommenden Wildtaubenarten, die Ringel-, Türken-, Turtel- und Hohltaube, seien keine direkten Verwandten der Haustaube, schloss er seinen Kurzbericht ab.

Mit der genauen Einordnung der Felsentaube in das von der Naturwissenschaft benutzte System wollte er Anke nicht belasten, obwohl er sich sehr genau an Ordnungshierarchien erinnerte, die man ihn während seines Studiums diesbezüglich gelehrt hatte.

‚Sieh keine Ordnung für gering an', so lautete die Eselsbrücke, nach der die Lebewesen aufgrund ihrer Verwandtschaft in verschiedene Gruppen eingeteilt werden, in der Folge ‚Stamm-Klasse-Ordnung-Familie-Gattung-Art'.

Anke zeigte sich geduldig, als ihr Edmund erläuterte, die Felsentaube verfüge über eine insgesamt taubenblaue Grundfarbe, wobei zwei schwarze Querbinden jedes Flügelschild zieren. Verbreitet sei sie in Europa an der englischen und französischen Westküste, in Griechenland, der Türkei und Nordafrika. In Italien und Spanien besiedele sie bevorzugt Inseln, speziell Sardinien, Sizilien und die Balearen. Ihr gutes Orientierungsvermögen und die Fähigkeit, weite

Strecken in hohem Tempo zurückzulegen, gab sie als Erbgut an die heutigen Brieftauben weiter.

Die Domestikation der Felsentaube vollzog sich im Wesentlichen im Vorderen Orient, in den ersten Hochkulturen Mesopotamien, Ägypten, Griechenland und der Türkei. Dort errichtete monumentale Bauwerke wurden von den Tauben als Felsen betrachtet und als Brutstätten genutzt. Somit gelangten die damaligen Bewohner dieser Regionen an die Nester der Tiere, entnahmen die schmackhaften Jungtauben. Dort gab es damals und zum Teil bis heute regelrechte Taubentürme mit eingebauten Nischen als Brutstätten für unzählige Tauben. Im Ergebnis einer Züchtung über Jahrhunderte sind dann, neben den Rassetauben, auch die heutigen Brieftauben entstanden.

Edmund ergriff das Weinglas, musste erst einmal die Kehle befeuchten. Vieles von dem, was er berichtete, war Anke bisher unbekannt. Nun wollte auch sie unbedingt Felsentauben beobachten, das Thema hatte sie fasziniert. Das Glück war ihnen hierbei hold. In den Folgetagen richteten sie ihre Aufmerksamkeit gezielt auf mögliche Vorkommen dieser Tiere und wurden wiederholt fündig. Die Steilküste von Menorca bot den Tauben so viele Bruthöhlen und schützende Felsüberhänge, dass sich eine noch sehr stabile Population entwickeln konnte. Edmunds anfängliche Befürchtungen, er müsse bereits den letzten Vertretern ihrer Art nachjagen, bestätigten sich glücklicherweise nicht. Sogar in einem Steinbruch nahe der Stadt Ciutadella traf er sie an. Mancher Besucher von Menorca nahm die dortigen Felsentauben möglicherweise gar nicht wahr, doch für Edmund bedeuteten sie eine nicht erwartete Bereicherung seines Urlaubs.

Zweite Heimat in Polen

Hinter Miroslav Kuczynski lag ein langer Arbeitstag. In seinem Betrieb hatte es Ärger gegeben. Ein wichtiger Auftrag konnte nicht rechtzeitig realisiert werden, es drohte der Verlust einer größeren Einnahmesumme. Über einen Zeitraum von zwei Wochen waren Überstunden zu leisten, an diesem Tag hatten die Beschäftigten damit begonnen. Endlich zu Hause angekommen, setzte er sich in die Gartenlaube, um in Ruhe einen Kaffee zu trinken, bevor die abendlichen Pflichten zur Versorgung seiner Haustiere begannen, insbesondere der Tauben. Diese saßen alle bereits im Schlag, erwarteten ihre noch ausstehende letzte Futterration und danach die nächtliche Ruhe.

Plötzlich zuckte Miroslav zusammen. Auf dem Dachgiebel war eine Taube gelandet. Er hatte ihren Flügelschlag vernommen und sah sie jetzt, wenn auch nur undeutlich, da es bereits dunkelte. Was bedeutete das? War eines seiner Tiere beim Freiflug von einem Greifvogel verjagt worden, wodurch es sich in panischer Angst weit vom heimatlichen Hof entfernt hatte und erst jetzt, zu später Abendstunde, zurückkehrte? Er stand auf, lockte den Ankömmling mit dem allen seinen Tauben vertrauten Pfiff, doch es erfolgte keine Reaktion. Ein Mitglied seiner Schlagmannschaft konnte es also nicht sein. Aber was war es dann? Miroslavs Müdigkeit war nun verflogen, das ungewöhnliche Verhalten des gelandeten Gastes beanspruchte seine volle Aufmerksamkeit. Das Tier wirkte abgekämpft, völlig erschöpft, saß geduckt, in sich zusammengesunken. Miroslav holte seine Futterbüchse, klapperte damit, ein Ritual, das von vielen Taubensportlern praktiziert wird, um die Aufmerksamkeit hungriger Exemplare anzuregen. Und tatsächlich, die Taube hob den Kopf, äugte in Richtung des Züchters. Jetzt kam diesem die Erleuchtung: Das war doch sein Roter, sein Pflegling, der ihm von der eigenen Tochter weggenommen wurde! Miroslav stand fassungslos, starrte

276

immer wieder zum Dachfirst. Ein Irrtum war ausgeschlossen. Ja, es war der Rote, so unwahrscheinlich das anmutete. Er musste versuchen, ihn vom Dach zu bekommen, hinein in den Taubenschlag, dort wäre er sicher. Wo sich seine damalige Nistzelle befand, das müsste dem Roten noch immer bekannt sein, war Miroslav überzeugt. Doch die Zeit drängte, die Dunkelheit verbreitete sich schnell.

Schließlich kam der Täuber vorsichtig näher, flog zur unteren Dachkante, wirkte unentschlossen. Miroslav sprach ruhig auf ihn ein, lockte und pfiff, und tatsächlich, die Schrecken der langen Reise schienen von dem Tier abzufallen. Nach einem Fehlversuch landete der Ankömmling auf dem Anflugbrett der ihm vertrauten Schlagluke, äugte vorsichtig hinein und entschloss sich widerstrebend, auch die letzten Schritte zu wagen, hinein in das Innere. Miroslav betätigte schnell die Verriegelung, hatte ihn nun wieder in seiner Obhut, den schmerzlich vermissten Weltenbummler.

Der Züchter überlegte kurz, was er in seiner Euphorie zuerst unternehmen sollte. Er entschied, zunächst seiner Frau die überaus erfreuliche Nachricht zu überbringen und danach den Rückkehrer näher in Augenschein zu nehmen. Das Letztere wollte er in Ruhe erledigen, denn es interessierte ihn brennend, ob der Rote die freiwillig unternommene Ochsentour unbeschadet überstanden hatte.

Der Täuber wirkte bereits nach einer kurzen Verschnaufpause gut erholt, nahm das ihm angebotene Futter und Wasser bereitwillig an, schien sich in dem Schlagmilieu, das ihm vor Monaten zur zweiten Heimat geworden war, schnell wieder zurecht zu finden. Nur sein ehemals angestammter Individualbereich, seine Nistzelle, war inzwischen neu besetzt. Er flog sie an, wurde aber unwirsch weggebissen. Ein anderer Täuber präsentierte sich als neuer Revierbesitzer, duldete hier keinen Konkurrenten.

Schnell gab der Rote das ungleiche Gerangel auf, zog sich verschüchtert in einen Winkel zurück. Nach dem anstrengenden Flug fehlten ihm die Kraft und Frische, sich auf Machtkämpfe mit Artgenossen einzulassen. Miroslav beobachtete die erste halbe Stunde der Eingewöhnung voller Sorge. Würde er sich hier wieder heimisch fühlen und dableiben? Mit einem herzlichen Empfang können Tauben, die der Schlaggemeinschaft länger fernbleiben, niemals rechnen, das wusste Miroslav. Ihren ursprünglichen Platz in der Rangordnung hatten sie dann längst verloren, mussten sich mühevoll wieder neu positionieren. Nochmals verlieren wollte Miroslav den Roten jedoch keinesfalls. Er musste etwas für ihn tun, seine Reaktivierung im Taubenschwarm in irgendeiner Weise unterstützen. Der Gedanke beschäftigte ihn die halbe Nacht. Erst als er glaubte, eine Lösung gefunden zu haben, übermannte ihn der Schlaf.

Miroslavs Gattin brachte für die Tauben nur wenig Verständnis auf. Im Notfall wurden sie zwar auch von ihr versorgt, sogar mit Akribie, aber das geschah aus reiner Tierliebe, so wie sie es auch bei ihren anderen Haustieren handhabe. Die Angelegenheit mit dem roten Brieftäuber interessierte sie jedoch in hohem Maße, war hierin doch ihre Tochter in einer nicht sehr erfreulichen Weise verwickelt. Deshalb hörte sie ihrem Ehemann aufmerksam zu, als dieser am anderen Morgen beim Frühstück auf den zurückgekehrten Hofgenossen zu sprechen kam.

„Es scheint in der Welt doch eine Gerechtigkeit zu geben, die sich irgendwann von selbst einstellt. Wie du weißt, war ich immer davon überzeugt, dass Eva nicht rechtens handelte, als sie mir den roten Täuber wegnahm. Nun ist er wieder da, ohne mein Zutun, ich kann es fast noch immer nicht glauben!"

Auch Frau Kuczynski war erleichtert. Sie sah nun beste Chancen, das Zerwürfnis zwischen Vater und Tochter einvernehmlich zu beenden.

„Willst du nicht gleich mit Eva telefonieren und ihr die Rückkehr des Roten mitteilen?"

Vater Miroslavs Miene verdüsterte sich.

„Natürlich können wir ihr das mitteilen, aber das kannst bitte du übernehmen. Ich will ihr ihre damalige Unbesonnenheit zwar nicht ein Leben lang nachtragen, aber sie muss sich bei mir entschuldigen. Einen Grund, nun von mir aus auf sie zuzugehen, sehe ich auch jetzt nicht, nachdem sich alles in Wohlgefallen aufgelöst hat. Dabei bleibe ich!"

Die Mutter blickte besorgt. Zu genau kannte sie ihre Tochter, die sich nach wie vor zu keiner Schuld bekannte. Würde sich Eva dennoch zu einer Entschuldigung durchringen können, eines Friedensschlusses mit ihrem Vater wegen?

Dieser grübelte intensiv darüber nach, wie für den Roten der Stress seiner erneuten Eingewöhnung zu mindern sei. Die Gefahr, er könne bei einem dauerhaft empfundenen Unbehagen wieder verschwinden, war zu groß. Er musste ihm eine Täubin zur Seite stellen, um ihm zu helfen, die gewohnte Sicherheit zurückzufinden. Den schnellsten Erfolg versprach die Anpaarung an seine damalige Partnerin, doch diese lebte inzwischen in einer neuen Beziehung, zusammen mit einem robusten, schimmelfarbigen, sehr dominanten Täuber. Miroslav wollte dennoch versuchen, das ursprüngliche ,Traumpaar' des Roten mit seiner blauen Täubin neu zu beleben, denn immerhin hatten sie in ihrer bisherigen gemeinsamen Zuchtperiode für Nachwuchs gesorgt, der allen hohen Ansprüchen gerecht wurde.

Er entschloss sich, den neu angepaarten Schimmeltäuber wegzusperren, zusammen mit einer anderen Täubin in einen separaten Verschlag, in der Hoffnung, beide würden sich dann anfreunden. Für den Roten ergab sich dadurch die Chance einer Annäherung an seine damalige Partnerin. Bereits nach einigen Tagen konnte Miroslav voller Freude beobachten, dass die alten Bande schnell wieder geknüpft waren. Der Rote umwarb das Weibchen voller Inbrunst, balzte wie in vergangenen glücklichen Tagen. Danach saß das Paar vertraut in seinem Nest, schmiegte sich eng aneinander. Bald lagen zwei schneeweiße Eier in der mit Strohhalmen ausgepolsterten Brutschale, der Plan des Züchters war zu dessen Zufriedenheit aufgegangen.

Miroslav erfreute sich täglich an der Entwicklung des Geschehens im Umfeld dieses Taubenpaares. Nachdem beide das Gelege im Wechsel hingebungsvoll bebrüteten, hegte er keinerlei Zweifel daran, dass diese Bindung nun dauerhaft bestehen würde. So entschloss er sich, den vom übrigen Taubenbestand zwischenzeitlich isolierten schimmelfarbigen Täuber wieder in die Gemeinschaft zu integrieren. Der Versuch, ihn mit einer anderen Täubin zu verpaaren, war misslungen. In der Einzelhaltung war er abgestumpft, beachtete die ihm zugedachte neue Partnerin in keiner Weise.

Bei seiner Rückführung in die Taubengemeinschaft passierte etwas, womit Miroslav nicht gerechnet hatte. Der Schimmeltäuber stürmte sofort in die von ihm zuvor bewohnte Nistzelle, stürzte sich kampfbereit auf den dort brütenden Roten, verwickelte diesen in ein mit heftigem Flügelschlagen und wütenden Schnabelhieben geführtes Gefecht. Das Geschehen wogte hin und her. Keinem der Kämpfer gelang es, den anderen aus der Streitarena zu vertreiben. Miroslav blieben die mit dem Gefecht verbundenen Geräusche nicht verborgen. Er stürzte sogleich hinzu, doch er kam zu spät. Entsetzt musste er konstatieren, dass sich dort, wo zuvor die weißen Eier gelegen hatten, nur noch eine schmierige Masse befand, bestehend aus Resten von Eiweiß und Eigelb, vermischt mit zerstörten Schalen. Miteinander kämpfenden Tauben selbst kann nichts Ernsthaftes geschehen, selbst wenn einige Blutstropfen fließen, das wusste der Züchter. Irgendwann würde es einen Sieger geben, der Unterlegene den Kampf rechtzeitig beenden. Hier kam es schließlich so, wie es sich Miroslav im Stillen gewünscht hatte. Der Rote behielt die Oberhand, damit sowohl sein Weibchen als auch den angestammten Nistplatz. Alles begann von vorn, alsbald lagen neue Eier im Nest.

Der Schimmeltäuber wurde nie sein Freund, doch auf einen erneuten Versuch zur Verdrängung des Roten ließ es dieser nicht ankommen.

Die Aussöhnung

Von ganzem Herzen freuen konnte sich Eva nicht, als sie von der Rückkehr des Roten zu ihrem Vater erfuhr. Alles, was sie zur Schlichtung des Streites um dieses Tier unternommen hatte, erwies sich nun als sinnlos. Vergebliche Liebesmüh war es gewesen, den Täuber heimlich aus dem Schlag des Vaters zu entnehmen, danach Edmund zu überzeugen, an dieser Aktion mitzuwirken, schließlich das Streitobjekt nach Deutschland zu transportieren, alles überflüssig und folgenschwer. So hatte sie es sich nicht vorgestellt. Der Täuber befand sich nun wieder bei ihrem Vater, das war der alte und neue Stand, den es nun zu akzeptieren galt.

Eine Anfrage Edmunds, ob das Tier möglicherweise wieder in Freimühlen eingetroffen sei, gab es bisher nicht. In Deutschland hatte man das Hickhack um den Roten offensichtlich aufgegeben, betrachtete die Angelegenheit als erledigt, ganz gleich, mit welchem Ausgang. Eva zögerte lange, konnte sich nicht entschließen, den Kontakt zu Edmund nochmals aufzunehmen. Sie tat es schließlich dennoch, teilte ihm die Rückkehr des Roten drei Wochen später telefonisch mit.

Von Edmunds Reaktion auf die Nachricht war sie enttäuscht. Zwar zeigte er sich vom Verhalten dieser Taube überrascht, konnte nicht verstehen, dass sie trotz bester Haltungsbedingungen bei dem deutschen Züchter wieder nach Polen flog, aber es schien ihn nicht sonderlich zu berühren. Der Täuber habe sich nun einmal so entschieden, erwiderte Edmund, offensichtlich der Zuneigung zu seiner polnischen Partnerin wegen, daran ließe sich nichts ändern. Es sei schon verwunderlich, was ein männliches Wesen aus Liebessehnsucht manchmal auf sich nimmt, fügte er lakonisch hinzu. Er versprach Eva, den Züchter Schneider vom Verbleib des Roten zu unterrichten, doch mehr könne er nun nicht mehr tun und die strittige Angelegenheit sei damit endgültig aus der Welt geschaffen. Die guten Wünsche, die er ihr abschließend übermittelte, hörte sie fast nicht mehr. Etwas zu schnell legte sie den Hörer auf.

Eva war nun bestrebt, das angespannte Verhältnis zu ihren Eltern, insbesondere zum Vater, wieder zu normalisieren. Sie suchte dafür das persönliche Gespräch, trotz aller Ungewissheit, wie es ausgehen würde. An einem Wochenendtag rollte ihr PKW auf den heimatlichen Hof. Entschlossen betrat sie das Haus, die Mutter kam ihr freudig entgegen.

„Es ist schön, dich wieder einmal zu Hause zu sehen! Komm, setz dich! Kann ich dir etwas anbieten?"

„Nein, Mutter, ich brauche jetzt nichts. Ich freue mich ebenfalls, euch wohlbehalten anzutreffen! Einer muss doch anfangen aufzuhören, aufzuhören mit dem Streit, um wieder gemeinsam ins Gespräch zu kommen. Leicht fällt mir das nicht, wie du dir sicherlich denken kannst."

„Ich werde dir beistehen, so gut es geht, aber du hast den Vater mit deiner unüberlegten Wegnahme der Taube sehr verärgert. Er konnte das bis heute nicht verwinden, du musst das verstehen. Nun ist das Tier wieder aufgetaucht, der Streitfall hat sich von selbst erledigt. Doch dein Vertrauenskonto beim Vater steht nach wie vor im Minus, um eine Besserung musst du dich selbst bemühen."

„Was soll ich denn tun? Das ist nun einmal geschehen und die alleinige Schuld von mir ist das ebenfalls nicht. Der Vater ließ damals einfach nicht vernünftig mit sich reden. Wo ist er eigentlich?"

„Er arbeitet irgendwo draußen im Hof, vielleicht auch im Garten oder im Taubenschlag. In einer halben Stunde kommt er zum Essen, dann könnt ihr miteinander reden."

„Und was soll ich ihm sagen?"

„Er erwartet von dir eine Entschuldigung, nicht mehr und nicht weniger. Ich bitte dich, sei nicht stur und ringe dich dazu durch, auch mir zuliebe! Du wirst es überleben."

Eva entgegnete nichts, beschäftigte sich intensiv mit dem Abwasch. Als der Vater eintrat, wandte sie sich um, reichte ihm die Hand und begrüßte ihn freundlich. Auch Miroslav Kuczynski schien erfreut, seine Tochter wieder einmal zu Hause anzutreffen, zeigte das aber nicht vordergründig.

Beide, Vater und Tochter, wirkten gehemmt. Keinem von ihnen fielen die Worte ein, die eine Entspannung der unliebsamen Situation hätten bewirken können. Die Mutter bemerkte das, begann deshalb selbst das Schlichtungsgespräch.

„Jetzt tut bitte nicht so, als wäret ihr euch fremd geworden! Es ist mein ausdrücklicher Wunsch, dass wir dieses Ärgernis mit der Taube endgültig ausräumen und zwar sofort! Eva ist bereit, sich bei dir, Miroslav, für ihre Eigenmächtigkeit zu entschuldigen. Ich hoffe, du akzeptierst das und ihr macht miteinander euren Frieden!"

So energisch gab sich Frau Kuczynski nur selten, doch einen Dauerzwist in der Familie, noch dazu wegen einer aus ihrer Sicht ausgesprochenen Lappalie, konnte sie nicht dulden. Die zwei Angesprochenen spielten mit. Eva entschuldigte sich, wenn auch widerwillig, Vater Miroslav bestätigte es mit einem Kopfnicken. Er war im Grunde über diese Lösung froh, mit der wieder eine normale Beziehung zu seiner Tochter hergestellt wurde, ohne dass er selbst dazu etwas beitragen musste.

Auch von Eva wich nun jegliche Anspannung. Nach der harmonisch verlaufenen Kaffeestunde zeigte sie sich bereits wieder zu Scherzen aufgelegt, genau zu dem Thema, das am Beginn dieses Tages noch Gegenstand heftiger familiärer Zerwürfnisse war.

„Darf ich mir denn jetzt den Roten einmal ansehen? Ich nehme ihn nicht wieder mit, da brauchst du keine Angst zu haben, lieber Vater!"

Eva blitzte der Schalk aus jedem Augenwinkel. Miroslav kannte die Ironie seiner Tochter zu gut, als dass er ihr diese noch-

malige Anspielung auf ihren gerade beigelegten Konflikt hätte verübeln können.

„Sieh ihn dir nur an, unseren treuen Hofgenossen! Er ist wieder gut
in Form. Du hättest ihn sehen sollen, wie er hier ankam. Er muss
lange unterwegs gewesen sein, war nur noch ein Schatten seiner
selbst."

Nun erhob sich Eva schnell, eilte in den Taubenschlag. Sie brauchte
nach dem Roten nicht zu suchen, er saß auf seinem angestammten
Ruheplatz. Zuerst betrachtete sie ihn lange, in Gedanken versunken,
dann versuchte sie mit leisen Lockrufen, seine Aufmerksamkeit zu
erringen. Es dauerte mehrere Minuten, doch schließlich wendete er
den Kopf, erinnerte sich offensichtlich an die Zeit, als Eva ihn während seiner Rehabilitationszeit mit ähnlichen Lauten täglich begrüßt
hatte.

Eva nahm ihn in die Hand, streichelte sein Gefieder, drückte ihn an
sich. Ihr erschienen wieder die Bilder, als sie ihn aufopferungsvoll
gepflegt hatte, dachte auch an den Augenblick, als erstmals Edmund auftauchte. Erinnerungen kamen hoch an die gemeinsamen
Tage und Nächte mit ihm in Thorn, ihre gut gemeinte Rückführak-
tion des Roten, an alles Schöne, was sie mit Edmund und der Taube, diesen beiden Deutschen, erlebt hatte. Edmund gab es für sie
inzwischen nicht mehr, nur den Roten. Vielleicht lag es daran, dass
sie nun zu diesem Wesen eine besondere Zuneigung empfand, vielleicht war es auch nur die während der Pflegeperiode des verletzten
Tieres entstandene Beziehung, die sie so innig mit dem Täuber
verband. Eva wusste es selbst nicht, machte sich darüber auch keine
Gedanken. Sie nahm sich vor, ihr Augenmerk weiterhin auf das
Tier zu richten, sich mit ihm zu beschäftigen, so gut es ihre Zeit
erlaubte.

Nachdem der Familienfrieden wieder hergestellt war, ließ sich Eva
öfter an den Wochenenden in Freimühlen sehen. Mit Einverständnis
des Vaters nahm sie dann bei ihrer Rückkehr nach Thorn den Roten

mit, um ihn dort freizulassen. Da Miroslav diese Taube mit dem deutschen Ring nicht zu Wettflügen in seinem polnischen Verband einsetzten konnte, stellte Evas Eigeninitiative ein allseits willkommenes Trainingsprogramm dar. Dem Roten tat es sichtlich gut, er verfügte über eine ausgezeichnete Konstitution, auch Miroslav kam es entgegen, denn an der Fitness seiner Tauben war ihm stets sehr gelegen.

In Thorn bezog Eva in das Auflasszeremoniell um den Roten die gesamte Nachbarschaft ihrer Mietwohnung ein. Kehrte sie am Sonntag von ihrem Elternbesuch zurück, warteten einige ihrer Bekannten bereits auf das Startereignis. Bei ihrem Treff vor dem Haus öffnete Eva die Kiste, entnahm die Taube und warf sie, nach gemeinsamem Abzählen der Ziffern eins bis drei, unter kräftigen Hurrarufen aller Anwesenden in den Abendhimmel. Der im Grunde belanglose Vorgang bedeutete für die Großstädter ein freudig miterlebtes Naturereignis, das insbesondere die Kinder faszinierte. Einige von ihnen durften von Mal zu Mal den Roten auch selbst ergreifen und starten lassen, was mit Begeisterung angenommen wurde. Sie bestürmten danach Eva mit Fragen, wie es dem Tier unterwegs ergehen würde, wie es ihm gelang, seinen Schlag zu finden und wo dieser stünde. Eva antwortete geduldig, beruhigte die besorgten Gemüter der Kinder.

„Beim nächsten Besuch in meinem Heimatort bringe ich die Taube wieder mit hierher. Dann könnt ihr sehen, dass sie wohlauf ist, ihren Rückweg sicher gefunden hat."

Ihr lag viel daran, der jungen Generation ein möglichst umfangreiches Weltwissen zu vermitteln, wozu auch diese kleinen Begegnungen mit Tieren, verbunden mit der Klärung einfacher natürlicher Sachverhalte, wesentlich beitrugen. In ihrem Unterricht versuchte sie, die Schüler zu inspirieren, sich als kleine Forscher, Sammler oder Erfinder zu betätigen, um sich spielerisch weiterzubilden. Wie auch andere ihrer Lehrerkollegen musste sie bei einer zunehmenden

Zahl ihrer Pfleglinge feststellen, dass deren Kenntnisse mit der Wirklichkeit nicht mehr Schritt hielten. Das galt insbesondere für simples Umweltwissen. So waren auch schon auf die Frage, wie viele Eier ein Huhn pro Tag legen könne, Zahlen bis zur Zehn geschätzt worden. Diese Defizite führten bei einigen Kindern, die sich vorwiegend in geschlossenen Räumen, vor Fernsehapparaten und Computern, aufhielten, zu echten Naturwissensstörungen. Die Möglichkeit, dass sich bei ihnen eine Distanziertheit zur Natur entwickelte, fast eine gewisse Angst vor dieser, bestand ganz real. Eva als geborenes Landkind erkannte diese Gefahr bereits in ihren Anfängen, versuchte stets, dieser verhängnisvollen Entwicklung ein Stoppsignal entgegen zu stellen, selbst wenn ihr das manchmal nur in Form einer harmlosen Brieftaube möglich war.

Es gab auch Tage, an denen sich Evas Rückkehr aus Freimühlen bis in die Nachtstunden verzögerte. Der Rote verblieb dann zwangsläufig bis zum nächsten Morgen im Transportbehälter. Bei Tagesanbruch ließ sie ihn im Badezimmer für eine kurze Zeit frei, um ihn mit Futter und Wasser zu versorgen, ehe er von Evas Balkon aus starten durfte. Ihr gegenüber verlor der Täuber jegliche Scheu. Wenn sie in ihrer Wohnung mit ihm redete, saß er völlig entspannt auf ihrer Schulter.

Dass es sich bei dem Roten um eine Brieftaube handelte, war für Eva Anlass genug, diese namengebende Eigenschaft auf ihre praktische Anwendbarkeit hin zu testen. Sie erprobte, wie der Transport von Schriftgut mittels Taubenexpress früher gehandhabt wurde. Dafür schob sie einen kleinen Zettel mit einer kurzen Nachricht an die Eltern hinter den Fußring des Roten, befestigte ihn mit dem winzigen Fetzen eines Klebestreifens und schickte damit den Boten auf die Reise. Alles funktionierte wie gewünscht, sie erhielt umgehend vom Vater die telefonische Bestätigung für ihr geglücktes Experiment. Eva betrachtete das alles als einen Spaß. Eine praktische Bedeutung dieser Form der Informationsübermittlung in der heutigen Zeit konnte sie sich beim besten Willen nicht vorstellen, doch irgendwann sollte sie eines Besseren belehrt werden.

Als an Evas Schule die Ferien begannen, nahm sie sich vor, ihre polnische Heimat näher zu erkunden. Mit ihrem Auto und einem mitgeführten Fahrrad unternahm sie kurze Tagestouren, dehnte diese schließlich weiter aus. Wenn es möglich war, plante sie ihre Fahrtroute so, dass diese an ihrem Elternhaus vorbeiführte, wo sie dann den Roten mitnahm, um ihn an verschiedenen von ihr angesteuerten Zielpunkten freizulassen. Das bereitete ihr große Freude. Der Vater unterstützte sie bei der Organisation dieser Flugübungen. Der Rote kam mit der Präzision eines Uhrwerkes stets wohlbehalten im heimatlichen Schlag an.

Bei einer ihrer Touren begab sie sich nach Ostpreußen, in die Rominter Heide. Auch hierbei befand sich der Rote in ihrem Reisegepäck. Ihr Trip führte sie in die Nähe der russischen Grenze, in die während des Zweiten Weltkrieges fast völlig zerstörte Kleinstadt Goldap. Sie stellte ihr Auto ab und verstaute auf dem Fahrrad ihre für diesen Tag benötigte Ausrüstung. Den kleinen Transportbehälter mit dem Roten deponierte sie auf dem Gepäckträger. Sie wollte das Tier später an einer ihr als geeignet erscheinenden Stelle freilassen.

Eva durchstreifte auf schmalen Radwanderwegen den wildromantischen Urwald, traf auf sanftes Hügelland, dem sich ausgedehnte Heideflächen anschlossen, die wiederum von unendlich scheinenden dunklen Wäldern abgelöst wurden. Auch dem für dieses Gebiet namengebenden Fluss Rominte folgte sie, beobachtete dabei verschiedenartige Wasservögel sowie zahlreiche, sich an Flussbiegungen im flachen Uferbereich tummelnde Fischschwärme.

In einer am Naturlehrpfad gelegenen Informationsstelle für Touristen fand sie umfangreiche Angaben zur Geschichte und den wichtigsten Attraktionen der Rominter Heide. Das weitgehend naturbelassene Waldgebiet war beliebtes Jagdrevier der damaligen preußischen Landesherren. Das hier beheimatete kapitale Rotwild mit seinem prächtigen Geweih genoss europaweit höchste Anerkennung, lockte über viele Jahrzehnte die Reichen und Mächtigen ihrer Zeit in das Gebiet. So ließ hier der deutsche Kaiser Wilhelm II. ein Jagdschloss errichten, auch die sich als Reichsjägermeister brüstende Nazigröße Hermann Göring gab sich hier des Öfteren ein Stelldichein.

Noch gewaltiger als die imposanten Rothirsche zeigten sich den Besuchern die urigen Wisente, die Eva in einem Gehege erblickte. Hier erfuhr sie, dass dieses europäische Wildrind seine letzte Zuflucht im Urwald von Bialowieza fand. Nach verheerender Dezimierung des Bestandes im Ersten Weltkrieg wurde kurz danach auch das letzte Exemplar erlegt. Nun lebten nur noch wenige Tiere in Zoos und Tiergärten. Über die 1923 gegründete ‚Internationale Gesellschaft zur Erhaltung des Wisents' gelang es, ein Zuchtprogramm zu realisieren und diese Tiere schrittweise wieder auszuwildern. Trotz nochmaliger Verluste im Zweiten Weltkrieg existierte nun in der Region, auch grenzüberschreitend zu Russland, Weißrussland, Litauen und der Ukraine, eine stabile Population.

Der Nordosten Polens präsentierte sich den Touristen auch als Pferdeland. In einem der weitläufig eingezäunten Areale erblickte Eva einige kleinwüchsige, graufarbene Pferde, die ihr in ihrer polnischen Heimat noch niemals begegnet waren. Mit ihren temperamentvollen, grazil und in eindrucksvoller Harmonie der Gliedmaßen ausgeführten Galopp- und Trabeinlagen erregten sie sofort ihre Aufmerksamkeit. Sie musste ergründen, was es mit diesen Tieren auf sich hatte, erhielt von einem der dort tätigen Betreuer auch umfassende Auskünfte. Es handelte sich um das Konik. Dieses gilt als eine Form des osteuropäischen Wildpferdes, mit enger verwandtschaftlicher Beziehung zum Tarpan, dem ursprünglichen Wildpferd Mitteleuropas, welches seine letzte Zuflucht im ostpolnischen Grenzland zur Ukraine fand, im 19. Jahrhundert jedoch ausstarb.

Der eigentliche Urtyp dieser Tierart, das Przewalskipferd, besiedelte vornehmlich asiatische Gebiete östlich des Ural. Kleine Herden dieses Wildpferdes leben heute wieder wild in der Mongolei. Auch das Konik wurde rückgezüchtet, besiedelt wieder in kleiner Stückzahl den Bialowieza-Nationalpark.

Wer in Polen auf Pferde zu sprechen kommt, endet irgendwann unausweichlich bei den Trakehnern, der mit dem Brandzeichen einer doppelten Elchschaufel gekennzeichneten Rasse. Der von Eva angesprochene Ranger erwies sich auch diesbezüglich als sehr sachkundig, erteilte gern Auskunft. Das vom preußischen Soldatenkönig Friedrich Wilhelm I. im Jahre 1732 begründete ‚Königliche Stutamt Trakehnen' galt bis zum Ende des Zweiten Weltkrieges als eine der ersten Adressen der Pferdezucht in Deutschland und Europa. Das ursprüngliche Zuchtziel bestand in der Bereitstellung von Kavalleriepferden, die sich den harten Anforderungen von Kriegen gewachsen zeigten. So entstand ein leichtes, wendiges, anspruchsloses ostpreußisches Warmblutpferd, bei dem durch planmäßige Zucht, vorzugsweise die Einkreuzung orientalischer Araberhengste, hervorragende Eigenschaften wie Härte, Ausdauer und Adel entwickelt wurden. Trakehnerpferde leisteten während der Flucht der Deutschen aus Ostpreußen im Winter 1944-45 bei eisiger Kälte schwerste Zugarbeiten. Von den Tausenden mitgenommenen Tieren erreichte nur ein Bruchteil den Westen. Aus den damaligen Restbeständen entwickelte sich wieder ein blühendes Zuchtgeschehen. Im Ort Trakehnen, jetzt zur Enklave Kaliningrad gehörend, ist die Tradition der Zucht dieser Pferderasse erloschen.

Voller Dankbarkeit für die Bereicherung ihres Wissensschatzes zu diesem ihr bisher wenig bekannten Flecken ihres Heimatlandes radelte Eva weiter. Sie genoss den Tag in vollen Zügen. Das Grün der Natur ringsum sowie das aus den dicht gedrängt stehenden Bäumen und Sträuchern erschallende Vogelgezwitscher versetzten sie in eine fast euphorische Stimmung. Sie steuerte ihr Fahrrad entschlossen von einer Wegbiegung zur nächsten, empfand dabei keinerlei Anstrengung. Durch ihre bereits zuvor absolvierten Touren hatte sie sich eine Kondition antrainiert, die ihr Sicherheit verschaffte. Nach etwa zwei Stunden tauchte im Gelände unerwartet ein Hügel auf, dessen Anstieg sie mit Schwung in Angriff nahm. Energisch trat sie in die Pedale, musste jedoch feststellen, dass sich der Steigungswinkel mehr und mehr erhöhte, wodurch ihre Kräfte schließlich erlahmten und sie erschöpft vom Rad steigen musste. Den Rest der Wegstrecke bis zur Hügelkuppe ging sie zu Fuß, führte den Drahtesel an ihrer Seite.

Oben angekommen, bot sich Eva der Blick über ein Meer wogender Wipfel aus Laub und Nadeln. Etwas Ähnliches war ihr in dieser Unendlichkeit noch nicht zu Gesicht gekommen. In südlicher Richtung blinkte die sich in sanften Wellen kräuselnde Wasserfläche eines Waldsees, auf dem sie ein Schwanenpaar mit Jungtieren entdeckte, das ruhig dahin zog.

Eva stärkte sich für die Weiterfahrt. Auf ihren Touren führte sie stets eine ausreichende Tagesration an Schnitten, Obst und Getränken mit, konnte sich dadurch auch in Gebiete wagen, in denen nicht damit zu rechnen war, nach anstrengenden Stunden des Pedaltretens auf eine Verpflegungseinrichtung zu stoßen.

Mit frischen Kräften versehen, schwang sie sich wieder auf ihr Gefährt. Sie freute sich auf die Abfahrt, die auf der Gegenseite des Hügels eine nicht sehr lange, dafür aber steile Strecke hinabführte. Der Radweg schlängelte sich hier entlang einer Abbruchkante des Gesteins. Evas Rad kam schnell ins Rollen, rauschte mit ihr in zunehmendem Tempo talwärts. Noch spürte sie keinerlei Furcht, bremste nur wenig, genoss das kleine Abenteuer dieser Schussfahrt. Nach vorn blickend, erkannte sie die nächste enge Wegbiegung, hatte keine Bedenken, auch diese zu meistern. Plötzlich jedoch, inmitten der Kurve, kam sie ins Rutschen. Die auf der Fahrbahn lagernden feuchten Blätter und das am Rande wuchernde Moos machten den Boden glitschig, boten den Reifen keinen Halt. Eva bremste, das Fahrrad glitt zur Seite, sie stürzte über den Lenker, hielt sich an diesem fest. Mitsamt des Gefährtes schoss sie unaufhaltsam auf die Gesteinskante zu, erkannte die Gefahr, viele Meter abzustürzen. Sie konnte das Fahrrad nicht mehr festhalten, ließ es in die Tiefe abgleiten. Jetzt ging es nur noch um sie selbst, ihr eigenes Überleben. Mit ihrem Körper bereits gefährlich am Abhang nach unten rutschend, ergriff sie verzweifelt eine junge Birke, die sie mit einem ihrer Arme erreichen konnte. Schon glaubte sie, hier den entscheidenden Halt gefunden zu haben, als sie bemerkte, wie das Wurzelgeflecht des Bäumchens nachgab, es sich aus dem Erdreich löste. Sie fand keinen anderen Festpunkt, stürzte ab.

Es waren nur einige Meter, aber dem ersten Unglück folgte ein nächstes. Sie landete unsanft auf dem Vorderteil ihres Fahrrades, verspürte sofort einen stechenden Schmerz im linken Fuß. Was ihr genau passiert war, wusste sie nicht, doch alles tat weh, der gesamte Rücken bis zu den Beinen. Sie versuchte aufzustehen, doch das war unmöglich. Nun kniete sie neben dem Fahrrad, weiter kam sie nicht. Jede Belastung des verletzten Fußes verursachte höllische Schmerzen. Schließlich sank sie zu Boden, dachte verzweifelt darüber nach, was sie unternehmen könne. Eines wurde ihr bewusst, darüber war sie dankbar, trotz ihrer misslichen Lage: Ihr Kopf war in Ordnung, blieb unverletzt, sie verspürte keine Übelkeit. Hätte sie bei dem Sturz auch noch ihr Bewusstsein verloren, nicht auszudenken!

Doch wer sollte sie hier finden, wer den Notdienst für die erforderliche schnelle Hilfe benachrichtigen? ‚Benachrichtigen', das war es! Für Eva glich dieses Wörtchen einer göttlichen Botschaft, nur hierin konnte die Lösung für ihre Rettung liegen. Sie dachte sofort an den Roten. Wie war es dem ergangen? Hatte er den Absturz in seiner Transportkiste unbeschadet überstanden? Sie kroch zu ihm hin, öffnete den Verschluss des Behältnisses, nahm ihn in die Hand. Er wirkte verschüchtert, war mit dem sich beim Abgleiten mehrfach überschlagenden Fahrrad vehement herumgewirbelt worden, aber verletzt zu sein schien er nicht. Eva streichelte behutsam sein Gefieder, redete mit ihm, setzte ihn zurück in seine Kiste.

Sie wusste nun, was zu tun war, schrieb eine kurze Nachricht, befestigte sie am Fußring des Täubers und schickte diesen damit auf die Reise, nach Freimühlen zu ihren Eltern. Die Stunden der Helligkeit würden für die Taube ausreichen, um dieses Ziel mit hoher Wahrscheinlichkeit noch am gleichen Tage zu erreichen.

Als Miroslav Kuczynski an diesem Abend seinen Taubenschlag kontrollierte, stellte er beruhigt fest, dass der Rote auf seinem Schlafplatz ruhte. Eva hatte ihn also auf einer ihrer Touren wieder freigelassen. Wo das war, wusste er nicht, aber sie würde ihm darüber bei ihrem nächsten Besuch berichten. Er wollte die Behausung seiner kleinen Renner bereits verlassen, da alles in Ordnung schien, ihm nichts Besonderes auffiel, als sich der Rote aus seiner Hockstellung erhob, wodurch seine Füße sichtbar wurden. So erblickte Miroslav im letzten Moment den Zettel, der hinter dem Ring steckte. Eine Nachricht von Eva also, dachte er bei sich. Er selbst brachte für solche Späße nur wenig Verständnis auf, aber wenn es Eva Freude bereitete, weshalb sollte er es ihr dann verbieten.

Behutsam entfernte er den Papierfetzen vom Fuß des Roten und begab sich damit in die Wohnung. So spannend waren Evas Mitteilungen nun tatsächlich nicht, als dass er sie sofort hätte lesen müssen, zudem verfügte er im Taubenschlag über keine ausreichende Beleuchtung, um das Studium des in winzigen Buchstaben verfassten Textes augenblicklich beginnen zu können.

Als er das Wohnzimmer betrat, in dem seine Frau mit Bügeln beschäftigt war, berichtete er ihr von seinem Fund.

„Eva hat uns mit dem Roten wieder einmal eine Nachricht zugesandt. Wollen wir doch einmal nachsehen, wo sie ihn hat starten lassen, welche Strecke er heute bewältigen musste. Einen erschöpften Eindruck machte er vorhin auf mich allerdings nicht, besonders weit ist er heute vermutlich nicht geflogen. Es kann aber auch anders sein, er erholt sich meist erstaunlich schnell."

Miroslavs Frau unterbrach ihre Arbeit, beide gingen näher zur Lampe, um die schwer zu entziffernden Worte deutlicher zu sehen. Erschreckt erkannten sie folgenden Text:

‚Bin verunglückt, mit Fahrrad, Fuß verletzt, benötige Hilfe. Standort: Rominter Heide, ca. 30 km südlich Goldap.'

Frau Kuczynski erblasste, blickte verzweifelt zu ihrem Mann.

„Das ist ja furchtbar, wir müssen sofort etwas unternehmen! Wie können wir ihr nur am schnellsten helfen?"

Miroslav schlug vor, zunächst den örtlichen Notdienst zu verständigen, um über diesen Weg einen Kontakt nach Goldap herzustellen. Seinem Anliegen wurde sofort entsprochen. Die Verantwortlichen in Goldap versicherten, alles zu versuchen, um der Tochter so schnell wie möglich beizustehen. Das Hauptproblem bestand in der ungenauen Ortsangabe.

Inzwischen war es dunkel, eine nächtliche Suchaktion nahezu sinnlos. Miroslav wurde mitgeteilt, man werde sofort ein größeres Suchkommando losschicken, sobald das erste Tageslicht einen solchen Einsatz ermöglichte. Auf Befragung teilte Miroslav noch Evas Autokennzeichen mit. Auch danach sollte gesucht werden. Wenn sie mit dem Fahrrad verunglückt war, wie es auf dem Zettel stand, dann musste sie irgendwo ihren PKW abgestellt haben. Evas Eltern fanden in dieser Nacht keinen Schlaf, wussten nicht, was sie zur Rettung Evas unternehmen konnten. Im Morgengrauen bestiegen sie ihr Auto, begaben sich auf die Fahrt nach Goldap, ohne einen Plan, wie sie sich von dort aus an der Suchaktion würden beteiligen können.

Als Eva den Roten auf die Reise schickte, hingen all ihre Hoffnungen an ihm. Er würde die Nachricht sicher an den Zielort bringen, nur diese eine Annahme ließ sie für sich gelten. Allein dieser Gedanke gab ihr die Kraft, sich für die nächsten Stunden und die hereinbrechende Nacht notdürftig einzurichten. Mit einer Rettung noch an diesem Abend rechnete sie nicht, dafür war sie realistisch genug. Doch der Fuß schwoll unaufhörlich an, den Schuh hatte sie längst ausgezogen. Hochlegen, stillhalten, kühlen, das war es, was ihr blieb, um die starken Schmerzen zu lindern.

Am Ende einer Waldschneise erblickte sie die letzten Strahlen der untergehenden Sonne. Blutrot verschwand der Feuerball hinter den Baumwipfeln. Ihr graute vor der Finsternis. Allein in einem riesigen Waldgebiet, ohne jegliche Ausrüstung für ein Nachtlager, dazu körperlich weitgehend hilflos, viel schlimmer hätte es nicht kommen können.

Es war nicht allein der verletzte Fuß, der ihr Sorgen bereitete. Die am Rücken erlittenen Prellungen schmerzten bei jeder Bewegung. Sie schleppte sich zu einem Felsüberhang, unter dem sich ein trockener Lagerplatz befand, auf dem sie die Nacht verbringen konnte. Es gelang ihr, mit einem Ast im unmittelbaren Umkreis etwas trockenes Laub zusammen zu kratzen, um sich zumindest eine Isolierung gegen die Bodenkälte zu verschaffen. Als Zudecke musste ihre mitgeführte Regenschutzplane genügen, mehr stand nicht zur Verfügung.

Sie begann zu frösteln. Die Nachtkühle kroch aus jedem Winkel. Sie konnte sich dagegen nicht schützen, kauerte in Seitenlage wie ein hilfloses Bündel Elend. Ein Durstgefühl kam in ihr hoch, ließ ihre Kehle austrocknen. Diese Wahrnehmung beunruhigte sie. Reagierte ihr Körper auf das anschwellende Bein und die Blessuren im Rückenbereich bereits mit fieberähnlichen Symptomen?

Eva zwang sich zu innerer Ruhe, doch das war leichter gesagt als getan. Hier musste sie durch, die nächsten Stunden überstehen,

dann würde ihr der neue Tag hoffnungsvollere Möglichkeiten er-
öffnen. An Schlaf war nicht zu denken, dafür sorgte schon der
schmerzende Fuß. Hinzu kamen die ihr ungewohnten Laute aus der
Finsternis. Ein Wald wie der Rominter Heideforst kommt niemals
zur Ruhe, schon gar nicht nachts. Aus Furcht vor Verfolgung durch
den Menschen stellten sich im Verlauf der Jahrhunderte viele Tiere
auf eine nachtaktive Lebensweise um, begaben sich in dieser Zeit
auf Nahrungssuche. Eva hörte ständig Geräusche, suchte dabei, um
sich zu beruhigen, nach natürlichen Erklärungen, doch wohl war ihr
dabei nicht.

Zuerst meldete sich eine Eule. Eva als Landkind wusste durchaus,
dass sich hinter diesem Sammelbegriff verschiedene in Polen beheimatete Arten wie Uhu, Waldkauz, Steinkauz, Waldohreule und
Schleiereule verbargen, vermochte aber den Erzeuger dieser Rufe
nicht näher zu bestimmen. Sie dachte an ihre Mutter. Wäre diese in
ihrer Situation, hätte ihr die Angst fast den Verstand geraubt. Den
nächtlichen Ruf dieses Vogels der Finsternis deutete sie immer als
böses Vorzeichen, diesbezüglich war der Aberglaube tief in ihr
verwurzelt. Bei der Vorstellung an die Reaktion ihrer Mutter auf
Eulenrufe zeigte sich auf Evas Lippen sogar ein zaghaftes Lächeln.
Dieser scheue Vogel erschreckte sie nicht, erzeugte auf ihrer Haut
nicht den leisesten Schauer. Sie betrachtete diese nächtlichen Mäusejäger eher als ein Symbol der Weisheit.

Plötzlich brach es laut durch das Gebüsch, gleich über ihr, in der
Nähe des Radweges, von dem sie abgestürzt war. Die Geräusche
verstärkten sich, ertönten immer und immer wieder. Welches Tier
konnte so unvorsichtig sein, bewegte sich mit einer solch uneingeschränkten Selbstverständlichkeit im Gelände? Dann hörte Eva
verschiedene Grunzlaute. Ah, entfuhr es ihr leise, Wildschweine,
vermutlich eine ganze Rotte. Sie zeigten keine Eile, hatten offensichtlich einen guten Fressplatz mit Eicheln oder Bucheckern gefunden. Irgendwann zogen sie ab, es wurde still. Evas Kopf rutschte

zur Seite, für eine kurze Zeit überfiel sie der Schlaf. Als sie im Unterbewusstsein versuchte, sich zu drehen, war sie sofort wieder wach. Jede Bewegung ihres Fußes verursachte einen stechenden Schmerz. Sie hätte schreien können, stöhnte aber nur. Doch was war das? Träumte sie noch oder war es tatsächlich da, dieses leise, weit entfernte Heulen? Sie lauschte angestrengt in die Dunkelheit. Da war er wieder, ungewohnt, doch unverkennbar, der Nachtgesang von Wölfen. Eva wusste, dass sie sich in der Rominter Heide wieder angesiedelt hatten. Nun schauerte es sie doch. Fragen türmten sich in ihrem Kopf. Würden sie sich ihr nähern oder markierten sie mit dem Heulen nur ihr Revier, weit weg von ihr? Könnten sie auf ihrem Jagdzug zufällig auf ihre Spur stoßen, sie hier verletzt auffinden, wehrlos am Boden liegend, und sie deshalb attackieren? Oder wich ein Wolfsrudel jedem Menschen grundsätzlich aus?

Nach allem, was sie gehört hatte, musste sie nicht befürchten, von den Wölfen angegriffen zu werden. Doch wie könnte sie sich wehren, wenn es tatsächlich geschah? Der Gedanke an eine für sie realisierbare Abwehrstrategie lenkte sie ab, minderte ihre Furcht. Wenn sie sich weit in ihre kleine Nische unter dem Felsvorsprung zurückzog und den Zugang mit dem Fahrrad verbarrikadierte, das müsste funktionieren. So recht an die Wirksamkeit ihres Verteidigungsplanes zu glauben vermochte sie dennoch nicht, aber sich einfach dem Schicksal ergeben, das widersprach ihrer Lebensphilosophie. Auch erinnerte sie sich an Abenteuerliteratur über die Wildnis Kanadas, die sie in ihrer Jugendzeit gefesselt hatte. Dort wehrte man sich gegen nächtliche Wolfsangriffe stets durch das Entzünden eines Lagerfeuers. Doch an die Mitnahme von Streichhölzern hatte sie nicht gedacht, genau so wenig wie an die Möglichkeit, allein und verletzt eine finstere Nacht in der Rominter Heide zubringen zu müssen.

Als das Wolfsgeheul verstummte, wusste Eva nicht, ob sie sich deshalb beunruhigen oder freuen sollte. Die schauerlichen Töne strapazierten zwar ihre Nerven, aber wenn sich diese Tiere zu ihrem weithin hörbaren Konzert versammelten, jagten sie nicht. Jetzt, nach der eingetretenen Stille, könnten sie sich in Trab gesetzt haben, möglicherweise in Richtung ihres Notlagers. Etwas in ihrem Inneren weigerte sich, diesen Gedanken weiter zu verfolgen.

Als Eva, noch inmitten ihrer verzweifelten Überlegungen, den Kopf hob, erblickte sie am fernen Osthimmel den ersten Silberstreif. Die Nacht ging vorüber, es wurde hell, ihr war nichts Böses geschehen. Trotz ihrer nach wie vor prekären Lage durchströmte sie ein Gefühl der Dankbarkeit. So sprach sie ein kurzes Morgengebet. Nun würde alles gut werden, sie sah dem neuen Tag voller Hoffnung entgegen. Schon begannen die ersten gefiederten Waldbewohner ihr morgendliches Ständchen, die Buchfinken, Singdrosseln, Grasmücken, Gartenrotschwänze und Meisen. Die Anspannung der Nacht wich vollends. Für Eva hieß es nur noch warten, warten auf Rettung. Die Möglichkeit, die Benachrichtigung ihrer Eltern mit Hilfe des Roten könnte nicht funktioniert haben, zog sie gar nicht in Betracht.

Wieder vergingen Stunden. Eva saß, grübelte, wartete, weinte manchmal auch. Mit dem aufkommenden Hunger fand sie sich ab, das ließ sich nicht ändern. Schlimmer war der unablässige Durst, der ihren geschundenen Körper seit Stunden quälte. Erst kürzlich hatte sie ihren Schülern in Thorn von Tantalus erzählt, dem König der griechischen Sagenwelt, Sohn des Zeus, der den Menschen Geheimnisse der Götter verriet und dafür hart bestraft wurde. Er musste in der Unterwelt, mit ständigem Hunger und Durst, im Wasser stehen, ohne trinken zu können, und nach Früchten haschen, ohne sie zu erreichen. Auch Eva erblickte in ihrem Umfeld einen kleinen Wassertümpel, ohne ihn erreichen zu können, auch Büsche mit Waldbeeren, an die sie nicht herankam. Nun erlebte sie selbst Tantalusqualen, stellte sie entmutigt bei sich fest, hoffte aber noch immer, diesen bald entkommen zu können.

Vor allem mit dem Fuß musste umgehend etwas geschehen. Die zunehmende Schwellung bereitete ihr Schmerzen, die sie fast nicht ertrug. An Aufstehen war nicht zu denken, selbst beim Kriechen auf Armen und Knien musste sie all ihre Willenskräfte bündeln, um nicht sofort wieder zusammenzubrechen.

Gegen Mittag hörte sie entferntes Hundegebell. Als sich dieses näherte, begann sie zu rufen, immer wieder. Der Schall ihrer Stimme verhallte, es tat sich nichts. Das Suchkommando war an ihr vorübergezogen, hatte ihr Versteck übersehen. Ihr wurde bewusst, dass ihr Lagerplatz tatsächlich an einer völlig unübersichtlichen Stelle lag. Vom Radweg aus konnte man sie nicht entdecken, sie lag mehrere Meter unterhalb, verdeckt durch Felsgestein und dichtes Gebüsch. Nach oben klettern konnte Eva keinesfalls, aber sie musste sich bemühen, zu einer nahen Lichtung zu gelangen, um auf sich aufmerksam zu machen.

Sie versuchte, auf das Fahrrad gestützt, sich nur unter Gebrauch des gesunden Beines fortzubewegen. Über wenige Meter gelang es, erforderte aber von ihr einen übermäßigen Krafteinsatz, den sie bereits nach kurzer Zeit nicht mehr aufbringen konnte. Sie ließ das Rad liegen, kroch am Boden weiter, Stück um Stück. Wieder hörte sie Hundegebell, brachte nochmals die Kraft auf, laut zu rufen. Dann wurde ihr schwarz vor Augen, die Anstrengungen der vergangenen Stunden forderten ihren Tribut. Als sie später ihr Bewusstsein wiedererlangte, lag sie in einem weiß bezogenen Bett, angeschlossen an zahlreiche medizinische Schläuche.

Edmund in Deutschland

Für Anke und Edmund begann nach ihrem erlebnisreichen Menorcaurlaub wieder der Alltag. Edmund arbeitete sich in seinem Institut schnell ein, engagierte sich mit all seiner Kraft für die nach der Wiedervereinigung Deutschlands anstehenden umfangreichen Aufgaben. Einen Schwerpunkt stellte die Schaffung effektiver Strukturen im öffentlichen Dienst dar, was auch sein Arbeitsgebiet betraf. Die Belegschaft wurde drastisch reduziert. Edmund gehörte inzwischen zum erweiterten Leitungsgremium, musste über Stellenstreichungen mit entscheiden. Nicht alle diesbezüglichen Vorgaben ließen sich durch altersbedingtes Ausscheiden von Mitarbeitern und unterbleibende Neubesetzung der frei gewordenen Stellen realisieren. Bei allen Maßnahmen waren zahlreiche soziale Gesichtspunkte zu berücksichtigen. Hierbei stets Gerechtigkeit zu üben, schien nahezu aussichtslos.

Edmunds Arbeitstag endete meist spät. Da überall die elektronische Datenverarbeitung in einem anfangs nicht für möglich gehaltenen Tempo Einzug hielt, ergaben sich für ihn, der in diesem Metier das Hauptfeld seiner Betätigung sah, ständig neue Aufgaben. Niemals hätte er daran geglaubt, dass es innerhalb weniger Jahre gelingen könnte, fast ausnahmslos jeden Schreibtisch mit einem Personalcomputer auszurüsten. Hinzu kamen viele in dieser Weise modernisierte Arbeitsplätze in den Labors. Schrittweise wurde alles elektronisch vernetzt. Nicht nur in Politik und Gesellschaft, auch auf dem Gebiet der Informationsverarbeitung vollzog sich eine kleine Revolution.

Anke litt unter Edmunds Arbeitseifer, fühlte sich vernachlässigt. Es gab immer häufiger Wochenenden, an denen sie sich nicht sahen. Sie langweilte sich dann, wollte allein nichts unternehmen, sich aber Edmund auch nicht aufdrängen. Dieser bemerkte Ankes Leidensdruck kaum, sah keinen Grund, aus seiner Sicht andere wichtige Dinge hintan zu stellen, nur um mit der Liebsten einige vergnügliche Stunden zu verbringen. Dafür bot sich später ausreichend Zeit, wenn sie erst eine gemeinsame Wohnung besäßen, gab er ihr gelegentlich zu verstehen. Längerfristig verfolgten beide dieses Ziel, nur stellte sich ihnen eine Reihe von Hindernissen in den Weg, die irgendwann zu überwinden waren. Hauptsächlich ging es um die Arbeitsstellen. Beide fühlten sich in ihren derzeitigen Beschäftigungsverhältnissen wohl, wollten diese gern weiterführen. Das Problem ihrer räumlichen Trennung ließ sich auf diese Weise nicht lösen. Edmund fiel es zuweilen nicht leicht, sich in Ankes Gefühlslage hinein zu versetzen. Beklagte sie sich über unzureichende Zuwendung, bat er sie um mehr Verständnis für seine vielen Verpflichtungen. Im dienstlichen Sektor waren es nicht allein die vielen Überstunden, die ihm wenig persönlichen Freiraum ließen. Er besaß auch den Ehrgeiz, sich ständig weiter zu qualifizieren, besuchte Lehrgänge, arbeitete an wissenschaftlichen Veröffentlichungen für Fachzeitschriften, hielt Vorträge, kurz, über mangelnde Beschäftigung brauchte er sich nicht zu beklagen. Hinzu kam, dass er sich stets bemühte, die Bindungen zu seiner Mutter nicht zu vernachlässigen, sie in ihrem sich verschlechternden Gesundheitszustand nach besten Kräften zu unterstützen. Brieftauben konnte sie im heimatlichen Hof nicht mehr betreuen, auch nicht Edmund zuliebe, obwohl es dieser gern gesehen hätte. Da sein Interesse an diesen Tieren nach wie vor groß war, eher zunahm, pflegte er zahlreiche Kontakte zu anderen Sportfreunden, um auch hierbei auf dem Laufenden zu bleiben.

Sobald es ihm später seine persönlichen Umstände erlauben würden, selbst wieder Tauben zu halten, gäbe es für ihn kein Zögern. Diese Position vertrat er bei Gesprächen mit Zuchtfreunde mehrfach. Als er sich in seinem Institut einmal einem befreundeten Tierarzt gegenüber beklagte, dass er, obwohl noch ohne Familie, manchmal in den wenigen freien Stunden gar nicht wüsste, was er zuerst machen solle, entgegnete ihm dieser, er möge ihn doch bitte mit seinem selbst gewählten Elend verschonen. Diesem Kollegen gegenüber äußerte er sich diesbezüglich niemals wieder.

Edmunds Schwester Sylvia war es, die ihm manchmal ins Gewissen redete.

„Wenn ich Anke wäre, dann hätte ich dir längst den Laufpass gegeben. Was soll man denn als junge Frau mit einem solch ruhelosen Liebhaber wie dich anfangen? Sie tut mir leid, das kann so nicht bleiben! Du musst einmal gründlich darüber nachdenken und etwas an deinem Verhalten ändern!"

Als kleine Schwester legte sich Sylvia keinerlei Zwänge an, wenn sie es für erforderlich hielt, ihrem Bruderherz hin und wieder einige unangenehme Wahrheiten zu offerieren. Edmund reagierte ungehalten.

„Ihr Frauen habt dauernd etwas zu meckern! Einerseits wollt ihr tüchtige und anerkannte Männer, die möglichst gut verdienen, andererseits sollen wir euch ständig verwöhnen. Wie kann denn das gehen? Das passt doch nicht zusammen!"

„Ach, du verstehst gar nichts. Du konstruierst einen Widerspruch, den es gar nicht gibt. Mir geht es wirklich um Anke, wir beide harmonieren ausgezeichnet. Wenn sie sich manchmal über dich beschwert, dann zu Recht, glaube es mir!"

„Ich verlange doch von ihr nur, etwas Geduld zu haben! Es wird schon alles so werden, wie sie es sich vorstellt. Die Zukunft liegt doch noch vor uns!"

„Was heißt hier Geduld, was soll sie denn noch alles tun? Ich sage dir nur: Sie ist absolut guten Willens, will dir entgegenkommen, wo es nur geht. Aber irgendwo hat jeder Mensch seine Grenzen! Dass es ihr manchmal nicht gefällt, wenn du ihr zu wenig Zeit und Aufmerksamkeit schenkst, kann ich bestens verstehen. Meinem Manfred kann ich das nicht vorwerfen, der ist an jedem Abend zu Hause. Manchmal wäre ich gar nicht böse, wenn er einmal ausginge, in den Gasthof oder zu Skatbrüdern."

So fand das geschwisterliche Gespräch doch noch einen versöhnlichen Abschluss, obwohl sich Sylvia nach wie vor ernstlich fragte, ob Edmund nun endlich zu der Einsicht käme, dass es bei ihm lag, im angespannten Verhältnis zu seiner Anke für eine Änderung zu sorgen.

Eines Tages erhielt Edmund während der Dienstzeit einen Anruf aus Polen, von Dr. Jozsef Szymaniak, seinem Tierarztkollegen. Er erkundigte sich höflich nach Edmunds Befinden, kam dann aber schnell zu seinem eigentlichen Anliegen.

„Ich freue mich, lieber Edmund, dass es dir gut geht, was ich auch von mir berichten kann, leider aber nicht von Eva. Von ihrem Vater erfuhr ich, dass sie einen schlimmen Fahrradunfall hatte, erst viele Stunden später im Wald, in der Rominter Heide, von einem eingesetzten Suchkommando gefunden wurde. Sie befand sich in echter Lebensgefahr, liegt derzeit im Krankenhaus."

Edmund traf die Nachricht wie ein Schlag. Nach langem Schweigen kamen endlich einige Worte über seine Lippen. Jozsef hatte bereits nachgefragt, ob er überhaupt noch in der Leitung sei.

„Was ist denn dort passiert? Wie steht es um Eva, geht es ihr wieder besser? Welche gesundheitlichen Schäden hat sie erlitten?"

Fragen über Fragen, die sich bei Edmund im Sekundentakt ergaben, von Jozsef aber nur unzureichend beantwortet werden konnten.

„Genaueres weiß auch ich noch nicht. Sie befindet sich in guten Händen, dessen können wir gewiss sein. Evas Vater hat mich nur kurz informiert. Ihre glückliche Rettung, so fügte Herr Kuczynski mir gegenüber hinzu, verdanke sie in hohem Maße dem roten Brieftäuber, so unwahrscheinlich das klingt. Sie hatte ihn bei ihrem Ausflug mitgenommen, um mit ihm Weitstreckenflüge zu trainieren. Er überbrachte dann die Nachricht von Evas Unfall. Ist das nicht eine verrückte Geschichte?"

Edmund dankte Jozsef für die Benachrichtigung, wusste im Augenblick selbst nicht, wie er reagieren sollte. Das Kapitel Eva, so glaubte er, hatte er längst abgeschlossen. Da er nun von dem Unglück Kenntnis erhielt, würde er sich selbstverständlich nach dem Fortgang ihres Genesungsprozesses erkundigen, doch ansonsten konnte er nichts für sie tun, sah sich dafür auch nicht in der Pflicht.

An diesem Abend ließ Edmund der Gedanke an die im Krankenbett liegende Eva lange nicht zur Ruhe kommen. Wieder kamen Fragen hoch, die ihm in diesen Stunden niemand beantworten konnte. Was hatte Eva bewogen, diese riskante Radtour zu unternehmen, allein und durch unwegsames Gelände? Was genau war vorgefallen, welche Verletzungen hatte sie davongetragen, wie konnte es sein, dass sie mehr oder weniger nur durch Zufall gefunden wurde? Und das Unerklärliche: Welche Rolle spielte bei ihrer Rettung der Rote, was band Eva an diese Taube? Wie kam sie dazu, dieses Tier sogar auf Erlebnistouren mit sich herumzuschleppen?

Als der Morgen graute und Edmund noch immer wach im Bett lag, war sein Entschluss gefasst: Er musste Eva noch einmal besuchen, dort mit Jozsef Szymaniak sprechen, möglicherweise auch mit Evas Vater. Ob das Letztere möglich sein würde, wusste er nicht. Seinerseits hatte er längst einen Schlussstrich unter die leidigen Auseinandersetzungen um den Roten gezogen. Aber war das auch bei Miroslav Kuczynski erfolgt?

Die Umsetzung von Edmunds Plan zu einer spontanen Reise nach Polen gestaltete sich schwieriger, als er es sich vorgestellt hatte. Er bemühte sich in seinem Institut, für alle terminlichen und anderen Verpflichtungen eine Regelung zu treffen, sprach mit seinen Vorgesetzten, versuchte Begründungen dafür zu finden, dass seine kurzfristig beantragten Urlaubstage von besonderer Dringlichkeit waren. Den tatsächlichen Grund konnte er nicht angeben, diesen hätte vermutlich keiner verstanden und es hatte im Grunde auch niemanden zu interessieren.

Kaum war dieses Hindernis ausgeräumt, türmte sich in Gestalt der Auseinandersetzung mit Anke ein neues auf. Edmund hasste es, sie anzulügen. Durfte es nicht die volle Wahrheit sein, die er sich scheute zu offenbaren, dann wand er sich in allgemeinen Erklärungen, deren wackeliges Geflecht Anke meist schnell durchschaute. Als ihr Edmund seine Reiseabsicht mitteilte, konnte sie ihre Erregung nicht verbergen.

„Du wirst doch nicht ernsthaft behaupten wollen, es hätten sich in Polen aus deiner Delegierungszeit im Nachhinein noch fachspezifische Probleme ergeben, die nun Hals über Kopf geklärt werden müssen! Dabei weiß ich nicht einmal, ob du dienstlich reisen willst oder privat! Und dass du bei dieser Gelegenheit noch eine ungeklärte Angelegenheit bezüglich des roten Brieftäubers erledigen willst, kommt mir ebenfalls sehr fragwürdig vor! Das ist doch alles geklärt! So viel ich weiß, hat Helmut Schneider längst auf jeglichen Anspruch verzichtet!"

Edmund wollte keine Auseinandersetzung, war aber fest entschlossen, an seinem Reiseplan festzuhalten.

„Du kannst das sehen, wie du möchtest, aber in diesen wenigen Tagen muss ich dort noch einiges regeln. Es wäre gut, wenn du das akzeptierst."

„Und wenn ich dir anbiete, dich dabei zu begleiten, was würdest du dazu sagen?"

Edmund erschrak.

„Was soll denn das? Damals, als ich die vielen Monate dort gewesen bin, hätte ich mir viel öfter einen Besuch von dir gewünscht. Da hast du dich nicht besonders eifrig gezeigt. Und jetzt machst du wegen dieser knappen Woche ein solches Theater! Wer soll denn das verstehen?"

Edmund begab sich auf die Reise, ohne dass der Streit beigelegt war. Anke zeigte sich verletzt, wurde ihres Misstrauens, ihrer Zweifel nicht Herr. Sie besaß den untrüglichen Instinkt einer Frau, die bereits den leisesten Hauch einer Witterung aufnimmt, wenn sich bei dem Partner vage Anzeichen dafür erkennen lassen, dass eine Konkurrentin im Spiel ist.

Krankenbesuch in Polen

Ehe Edmund die Fahrt nach Polen antrat, war Evas Genesungsprozess bereits so weit fortgeschritten, dass sie das Krankenhaus verlassen konnte. Es würden noch einige Wochen vergehen, prognostizierte man ihr, ehe die komplizierte Fußverletzung ausgeheilt war, aber das ließ sich medizinisch nicht beschleunigen. Die dafür benötigte Zeit musste Eva nicht im Krankenbett verbringen. Sie ließ sich in ihr Elternhaus entlassen, konnte sich dort mit Krücken fortbewegen, was sie mit jedem Tag besser beherrschte. Gehhilfen seien das, keine Krücken, darauf legte sie bei Gesprächen einen großen Wert. Edmund hatte nicht damit gerechnet, Eva bei ihren Eltern besuchen zu müssen. Er wäre ihr lieber im Krankenhaus oder in ihrer Wohnung in Thorn begegnet. Nun aber gab es für ihn kein Zurück. Er begab sich nach Freimühlen, betrat voller innerer Zweifel zur Art seines Empfanges den Hof der Kuczynskis. Im Garten erblickte er Evas Mutter. Diese erkannte ihn nicht sofort, fragte nach seinem Anliegen. Als er sich vorstellte, verschwand sie wortlos im Haus. Lange tat sich nichts, bis endlich Eva im Türrahmen erschien. Sie hatte sich in ihrem ehemaligen Mädchenzimmer befunden, musste täglich noch viele Stunden im Liegen verbringen. Als ihr die Mutter die Ankunft des deutschen Gastes mitteilte, ergriff sie rasch ihre Gehhilfen und eilte zum Hauseingang. Edmund sah, dass sie zitterte, deutete das als Folge ihrer Anstrengung beim plötzlichen Treppenabstieg.

„Edmund, du bist es! Was treibt denn dich hierher? Hättest du dich nicht anmelden können?"

Sie zögerte. Gern hätte sie sich ihm in die Arme geworfen. Aber war ihm das recht? Zwischen ihnen hatte eine lange Funkstille geherrscht, die es beiden erschwerte, ihre derzeitige Gefühlslage realistisch einzuschätzen. Als für ein emotionales Begrüßungszeremoniell hinderlich erwies sich auch Evas derzeitige Behinderung. Ihm in dieser Verfassung entgegentreten zu müssen, war ihr sichtlich peinlich. So standen sie sich gegenüber, mehr verlegen als erfreut, bis Eva den Bann brach und das Weitere entschlossen anwies.

„Nun komm bitte erst einmal hinein! Wie du siehst, geht es mir nicht gerade gut."

Zögernd betrat Edmund das Haus. Evas Vater ließ sich nicht blicken. Er hatte sich zurückgezogen, als er von dem unerwarteten Besuch erfuhr. Damit wollte er nichts zu tun haben.

Die Mutter bereitete schnell einen Kaffee, ein Gespräch wollte nicht in Gang kommen. Eva beendete schließlich die für alle Beteiligten unangenehme Situation.

„Mutter, Edmund und ich müssen einiges bereden. Wir erledigen das am besten in meinem Zimmer."

Es kam keine Antwort. Edmund war hier nicht willkommen, das spürte er deutlich. Fast schon bereute er seine Fahrt. Auch Eva entging das nicht, es schmerzte sie. Erst als sie Edmund in ihrem Zimmer gegenüber saß, fand sie ihr Lächeln wieder.

„Ich freue mich, dass du hier bist, damit hätte ich niemals gerechnet. Ich glaube, es gibt erst einmal viel zu erzählen."

Sie machte es sich in ihrem Sessel bequem, legte die Stöcke beiseite, den verletzten Fuß auf einen Hocker und begann zu reden, ohne Pause, Punkt und Komma. Sie unterließ es, Edmund mit unangenehmen Fragen nach den Gründen seines Erscheinens zu quälen, berichtete nur von sich selbst. Von der Zeit nach Edmunds damaliger Abreise, den näheren Umständen ihres Unfalles in der Rominter Heide, ihrer dramatischen Rettung. Edmund kam aus dem Staunen nicht heraus, schüttelte wiederholt den Kopf. Glück im Unglück hatte Eva gehabt, einen wirklichen Schutzengel, zu dieser Einschätzung kam er schnell. Es war alles gut gegangen, die Beinverletzung würde verheilen, von einer Traumatisierung Evas war nichts zu spüren.

Nach den Anspannungen der ersten Stunde seines Erscheinens in Freimühlen hatte er nun bereits wieder zu einer entspannten Lockerheit gefunden.

„Mir scheint fast, dein diesmaliger Schutzengel hatte zwar ebenfalls Flügel, war aber von kleinerer Gestalt und nicht weiß, sondern rot. Deine verrückte Idee, den Roten zu deinen Ausflügen gelegentlich mitzunehmen, um ihm das Vergnügen eines zwanglosen Heimfluges zu bereiten, hat dich bei deinem Unfall gerettet. Welch enge Bindung du zu diesem Tier entwickelt hast, beeindruckt mich sehr! Auf ein ähnliches Beispiel kann selbst ich als enthusiastischer Taubenliebhaber nicht verweisen!"

Auch Eva fand ihre Gelassenheit wieder, fügte der humoristischen Note, die Edmund dem Gespräch gab, gekonnt einige passgerechte Takte hinzu.

„Wo liegt denn dann bei dir als Liebhaber der Schwerpunkt, bei den Tauben oder den Mädchen? Du scheinst auf beiden Gebieten deine Stärken zu haben, auch wenn du das nicht so gern zugibst!"

Jetzt erschrak Eva fast über ihre Kühnheit. So weit nach vorn wagen wollte sie sich eigentlich gar nicht, das hatte sie auch nicht zu interessieren. Die gelöste Stimmung war dahin. Edmund verübelte ihr zwar den kleinen Seitenhieb nicht, fand es aber auch nicht lustig.

„Darauf erwartest du doch hoffentlich von mir keine Antwort. Ach, ihr Frauen, mit euch hat man es wirklich nicht immer leicht."

Dem war nichts hinzuzufügen, beide schwiegen. Jeder hing seinen Gedanken nach, suchte eine Antwort darauf zu finden, welcher Art das Verhältnis zwischen ihnen nun eigentlich war. Ihnen kam der Tag in Erinnerung, den sie damals gemeinsam in Thorn verbracht hatten, der Tag und die Nacht, die Letztere besonders. Das sollte es damals für immer gewesen sein, doch nun saßen sie wieder beisammen. Was würde sich daraus ergeben?

Eva ließ das Gespräch nicht versanden, wollte sich Klarheit über Edmunds Vorstellungen für die Gestaltung der nächsten Stunden verschaffen.

„Nun habe ich dir so viel von mir erzählt, du aber fast gar nichts von dir. Was hast du für deinen Aufenthalt hier in Polen eigentlich geplant? Kann ich dir bei irgendetwas behilflich sein?"

„Als ich von Dr. Szymaniak von deinem Unfall hörte, habe ich mir große Sorgen gemacht. Bei seiner telefonischen Mitteilung klang es schlimmer, als es nun zum Glück tatsächlich ist. Der hauptsächliche Grund meines Besuches bist also du."

„Ich danke dir sehr dafür, du bereitest mir damit eine große Freude! Und wie geht es nun weiter?"

„Ich fahre noch heute zu Jozsef nach Nakel, werde dort übernachten, vielleicht etwas länger bleiben. Mich interessiert auch, was aus meiner damaligen Projektarbeit geworden ist. Ich werde meine ehemalige Dienststelle in der Veterinärverwaltung aufsuchen, um mich nach den bisher vorliegenden Ergebnissen zu erkundigen."

„In deine Planung möchte ich dir nicht hineinreden, das hast du dir sicherlich alles gut überlegt. Aber du kannst auch morgen früh zu Dr. Szymaniak fahren, das genügt doch. Eine Schlafgelegenheit für dich finden wir in unserem Haus, das ist kein Problem."

„Was wird dein Vater dazu sagen?"

„Genau das ist es, was mich bewegt und weshalb du noch dableiben sollst. Es würde mich erleichtern, wenn ihr, du und er, die Gelegenheit deines Besuches nutzt, um euch auszusprechen. Die Sache mit dem Roten ist doch längst geregelt, es gibt für niemanden mehr einen Grund zur Verstimmung. Ich werde sofort mit Vater reden. Bist du damit einverstanden?"

Edmund war es, obwohl ihm nichts daran lag, längst verheilte Wunden nochmals aufzureißen. Und dass irgendwo im fernen Polen ein uneinsichtiger Taubenzüchter nicht gut auf ihn zu sprechen war, damit hätte er leben können. Doch dazu, Evas Wunsch zur Versöh-

nung mit ihrem Vater nicht nachzukommen und sofort wieder abzu-
reisen, konnte er sich in diesen Augenblicken nicht entschließen.
Wie es sich im Verlaufe des Abends zeigte, lag beiden Seiten daran,
den unterschwellig seit langem existierenden Zwist endlich aus der
Welt zu schaffen. Miroslav Kuczynski hielt sich zunächst lange
bedeckt, begann erst auf eindringliches Zureden seiner Tochter hin
Einsicht zu zeigen, konnte sich nur schwer von seinem Standpunkt
der uneingeschränkten Rechtmäßigkeit seiner Verhaltensweise im
Streit um den Roten lösen. Erst als Edmund Miroslavs vorbildliches
Engagement zur Rettung und Therapierung des Täubers herausstellte, gab er sich zufrieden, wollte sogar, wenn erforderlich, dem deutschen Züchter Helmut Schneider zwei weitere Jungtiere des Roten
zukommen lassen.

Schließlich erhob sich Miroslav schwerfällig, öffnete eine Schranktür und kam mit einer Flasche Wodka sowie zwei Gläsern zum
Tisch zurück. Eva sei krank, meinte er, nun bereits gut gelaunt, sie
dürfe deshalb keinen Alkohol trinken. Seine Frau lege darauf ohnehin keinen Wert. Eva ließ sich jedoch nicht so leicht ausgrenzen,
bat die Mutter, zwei weitere Gläser zu holen, was diese auch tat.
Die Frauen beließen es bei dieser einen Runde, die Männer saßen
länger. Schließlich war es Edmund, der sich vom Tisch erhob. Zu
Eva gewandt, erkundigte er sich nach seinem Nachtquartier.

„Wo kann ich mich nun für ein paar Stunden hinlegen? Der Tag
war lang, die Fahrt anstrengend. Wenn ich jetzt nicht verschwinde,
dann werde ich tatsächlich noch betrunken."

„Komm bitte mit!"

Edmund verabschiedete sich von Evas Eltern, folgte ihr die Treppe
hinauf, hinein in deren Zimmer.

„Ich hatte es vorhin nicht so aufgefasst, dass du mich in deinem
Zimmer einquartieren willst. Was wird nun mit dir?"

„Ich schlafe ebenfalls hier, du wirst mich hoffentlich heute Nacht
nicht gleich fressen!"

Edmund fügte sich, er war müde. Gleich am nächsten Morgen würde er aufbrechen, das nahm er sich in diesen Minuten vor.

Er lag bereits auf der ihm zugewiesenen Couch, als Eva ebenfalls ihre Vorbereitungen für den Nachtschlaf traf, sich zu entkleiden begann. Sie tat das hinter einer aufgeschlagenen Schranktür, versuchte mehr schlecht als recht, sich Edmunds Blicken zu entziehen. Ab und an blitzten dennoch einmal der nackte Po, dann, beim Herumdrehen, die bei jeder Bewegung leicht wippenden Spitzen ihrer Alabasterbrüste hervor. Edmund musste es süffisant kommentieren.

„Sei bitte nicht albern, denke einfach, wir wären am Nacktstrand der Ostsee, am polnischen oder deutschen! Ohne Hüllen habe ich dich doch bereits damals in Thorn bewundert, also lass das Geziere!"

Eva tat beleidigt.

„Das war damals etwas anderes. Verschone mich jetzt bitte mit weiteren darauf bezogenen Bemerkungen, begeben wir uns lieber zur Ruhe."

Eva legte sich in ihr Bett, löschte das Licht, wünschte eine gute Nacht.

Die Zeit schlich dahin, einmal wechselte geräuschvoll der eine die Seitenlage, später der andere. Sie fanden keinen Schlaf. Edmund hielt es nicht länger aus.

„Ich bekomme einfach kein Auge zu, obwohl ich schrecklich müde bin. Geht es dir ebenso?"

„Ja, ähnlich, aber irgendwann werde ich schon einschlafen."

„Darf ich einmal kurz zu dir kommen?"

Keine Antwort! Edmund wartete, aber es geschah nichts. So tat er es einfach, tastete sich im Dunkeln zu Evas Bett. Sie rückte zur Seite, protestierte nicht. Es wird so kommen wie damals in Thorn, dachte sie einen Moment, dann gar nichts mehr.

Sie trennten sich erst am Morgen. Am unteren Ende der Treppe rief die Mutter, in einer halben Stunde würde gefrühstückt.

Ehe sie den Eltern begegneten, ergriff Eva nochmals kurz das Wort. „Uns beiden ist tatsächlich nicht zu helfen! Was wirst du nun tun?"
„Wir reden noch darüber, aber meine für heute geplante Abreise werde ich wohl verschieben."
Edmund blieb drei Tage bei Eva. Nach Deutschland zurückgekehrt, nahm er sich vor, möglichst schnell Anke aufzusuchen, um sich mit ihr auszusprechen. Er musste eine Entscheidung treffen, hatte beiden Frauen gegenüber ein schlechtes Gewissen. Dennoch verschob er das Gespräch mit Anke immer wieder, überlegte, wie diese verfahrene Situation am besten aufzulösen sei. Alles schien bisher wohl geordnet abzulaufen. Er hatte in Anke die Frau gefunden, die zu ihm passte. Nun kam Eva ins Spiel, unerwartet, wie ein zugeflogenes Täubchen. Er musste oft an sie denken. Beide Beziehungen aufrecht zu erhalten, war nicht möglich. Schließlich glaubte er, eine Lösung gefunden zu haben. Er würde Anke alles gestehen, ohne Wenn und Aber, vielleicht fanden sie gemeinsam einen Weg. Mit ihr konnte man auch über ein solch schwieriges Problem vernünftig reden, das wusste er.
Einige Tage später trafen sie sich. Anke ahnte, dass etwas nicht in Ordnung war, empfing Edmund aber freundlich wie immer. Sie tranken gemeinsam Kaffee, doch dann drängte Edmund auf das Gespräch, welches er zu führen gedachte. Er konnte und wollte das Durcheinander seiner Empfindungen nicht länger mit sich herumschleppen, strebte nach Klärung.
„Anke, du weißt, wir haben uns bisher niemals etwas vorgemacht, waren immer ehrlich zueinander. Ich will es auch jetzt so halten. Es gibt in meinem Leben noch eine andere Frau. Ich kann dir, wenn du es möchtest, auch erklären, wie es dazu kam, aber so richtig weiß ich das selbst nicht."
Anke nahm sich zusammen, dennoch spürte Edmund ihre innere Erregung.

„Wer ist das? Kenne ich sie? Hat das etwas mit deiner Polenreise zu tun?"

„Ja, so ist es. Es handelt sich um eine junge Polin. Ich kenne sie schon länger, später gab es keinen Kontakt mehr zwischen uns. Dann erlitt sie einen Unfall, schwebte dabei in Lebensgefahr, wurde durch glückliche Umstände gerettet. Ich wollte ihr beistehen, aus reiner Freundschaft, doch nun sind wir uns in einem Maße nähergekommen, dass ich es nicht mehr einfach wegschieben kann."

„Hast du dich in sie verliebt?"

„Wenn du mich so fragst, dann kann ich es wohl nicht leugnen. Ich denke mehr an sie, als es für mich gut ist, kann das manchmal selbst nicht verstehen."

„Nun soll ich dich wohl auch noch bedauern, du armer Junge? Als ‚Bettelstudent' bist du ja nicht gerade in unser Nachbarland gereist, aber die Feststellung des Librettisten von Carl Millöckers Operette, der Polin Reiz sei unerreicht, scheint auch für dich von besonderer Bedeutung zu sein!"

Anke zeigte sich in einer Weise clever, dass es Edmund fast nicht glauben konnte.

„Ich verurteile dich wegen dieser Geschichte nicht, so etwas kann passieren. Aber du musst wissen, was du willst. Dich zu verlieren, wäre für mich ein großes Unglück. Ich würde gern um dich kämpfen, aber was soll ich tun? Die Entscheidung liegt hier allein bei dir."

Mit einer großen Szene hatte Edmund bei seiner Auseinandersetzung mit Anke nicht gerechnet, aber das, was er nun erlebte, überraschte ihn dennoch. Kein Vorwurf, keine Anschuldigungen, nur einige stille Tränen, es beschämte ihn.

„Komm, Edmund, wir trinken jetzt miteinander ein Glas Wein. Ich verlange von dir nicht Hals über Kopf eine Entscheidung, irgendwann aber doch! Meine Tür steht für dich weiterhin offen, überlege es dir gut. Soll alles Bisherige zwischen uns wirklich nur eine Episode gewesen sein?"

Edmund verließ nachdenklich Ankes Wohnung. Er stürzte sich in die Arbeit, wusste aber, dass sich allein dadurch nichts klären ließ. Später schrieb er Anke einen Brief. Dieser enthielt die üblichen Floskeln, die jemand zu Papier bringt, wenn er eine Beziehung möglichst ohne eine größere Dramaturgie beenden möchte. Nach dem Vorgefallenen könne es zwischen ihnen so, wie es einmal war, nicht wieder werden. Er habe sich für eine Trennung entschieden, nicht leichtfertig, doch er könne nicht anders. Er schlug vor, dass sie Freunde bleiben, selbst wenn nun keine gegenseitigen Verpflichtungen mehr zwischen ihnen bestünden.

Es vergingen einige Wochen. Edmund fand allmählich seine innere Ruhe wieder, hoffte das auch für Anke, doch diese hatte jeglichen Kontakt zu ihm abgebrochen. Eine Antwort von ihr auf seinen letzten Brief traf bei ihm niemals ein.

Edmund musste nun den einmal eingeschlagenen Weg zu Ende gehen. Sein Herz hing an Eva, irgendwie war er ihrem Zauber erlegen. Vollständig erklären konnte er sich manches nicht, selbst wenn er manchmal lange über alles, was sich ereignet hatte, nachgrübelte. An einem freien Wochenende bestieg er sein Auto und fuhr zu ihr. Er hatte sich zuvor bei ihr angemeldet. Ihre Verletzung war inzwischen ausgeheilt, sie wohnte bereits wieder in Thorn, doch treffen wollten sie sich bei ihren Eltern.

Als er dort eintraf, erwartete ihn Eva bereits voller Ungeduld. Viel wusste sie nicht von Edmunds Privatleben, zumindest aber so viel, dass es in Deutschland eine Frau gab, zu der er in nicht nur rein freundschaftlicher Beziehung stand. Was würde er nun von ihr wollen, was mit ihr besprechen? Nach kurzer Begrüßung mit Evas Eltern drängte es auch Edmund, mit Eva ein klärendes Gespräch zu führen. Er gab sich möglichst ungezwungen.

„Nach dem unbeständigen Wetter der letzten Tage ist das heute der erste Sonnentag, einfach wunderschön! Eva, gehst du mit mir ein Stück spazieren? Ich hoffe, du kannst deinen Fuß bereits wieder belasten."

„Ja, ich gehe gern mit. Du wirst staunen, wie ich mich wieder bewegen kann!"

Gemeinsam verließen sie den Hof. Er erzählte freimütig von Anke, seiner deutschen Freundin, von der er geglaubt hatte, sie könnte einmal seine dauerhafte Partnerin werden. Doch nun hätten sie sich getrennt, versicherte Edmund, nach einer mehrstündigen Aussprache. Ohne Streit, fügte er hinzu, aber einfach sei das alles nicht gewesen.

„Ich versuche, mich mit Goethe zu trösten, der einmal gesagt haben soll, in jeder großen Trennung liege ein Keim von Wahnsinn, und man müsse sich hüten, ihn nachdenklich auszubrüten und zu pflegen. So ist es wohl. Das ist nun zu Ende, lassen wir es dabei."

Eva unterbrach ihn.

„Was war denn der hauptsächliche Grund für euer Zerwürfnis?"

„Es klingt vielleicht wenig einleuchtend, aber ich kam mit meiner Gefühlswelt nicht mehr zurecht. Auch du kamst darin plötzlich als Beteiligte vor, ich musste mich entscheiden. Genau das habe ich nun getan."

„Du hast dich für mich entschieden, soll ich das so verstehen?"

„Ja, du sollst! Aber diese Entscheidung liegt nun nicht nur allein bei mir. Möchtest denn auch du dich zu mir bekennen?"

Eva schmiegte sich an ihn, zog seinen Kopf heran, küsste ihn in spontaner Zuneigung.

„Ich habe dich liebgewonnen in all der Zeit und freue mich sehr, dass du dich für mich entschieden hast!"

Edmund blickte ihr in die Augen.

„Die Liebe ist tatsächlich ein seltsames Spiel. Wird man ihr Wesen jemals ergründen? Für mich bedeutet es Vertrauen, vorbehaltlose

Hingabe, sich ausliefern, ohne die Angst, fallengelassen zu werden, ohne Angst, zu kurz zu kommen. Werden wir das schaffen?"

„Es gibt in Deutschland so viele attraktive Frauen und Mädchen, von denen du dir eine Lebensgefährtin aussuchen könntest, doch nein, du musst dein Jagdgebiet bis nach Polen ausdehnen, um nun bei mir zu landen. Hast du dir das wirklich gut überlegt?"

„Ja, habe ich. Natürlich könnte ich mir auch in meiner Heimat eine Partnerin suchen. Bei Anke bin ich dabei vor längerer Zeit, wie ich dir heute erzählte, auch bereits fündig geworden, aber das ist nun vorbei. Während meines Studiums entwickelte einer meiner Kommilitonen die Theorie, es gäbe seiner Schätzung nach in Deutschland etwa 3.000 Mädchen, mit denen er eine gute Ehe führen könnte, nur bestünde das Dilemma darin, dass er von denen in seinem Leben nur einen sehr geringen Teil überhaupt würde kennen lernen. Folglich gibt es diesbezüglich bestimmt auch für mich noch viele andere Möglichkeiten, sagen wir bescheiden 2.000. Doch diese Frauen nun gar nicht zu Gesicht zu bekommen, ist weniger schlimm. Jetzt habe ich dich, das genügt."

Nach ihren mehrfachen Begegnungen kannte Eva manche lockeren Sprüche Edmunds bereits zu gut, als dass sie bei ihr zu Missverständnissen geführt hätten. Vielmehr bewegte sie, was es bedeutete, sich nun einem Deutschen hinzugeben. Das Leben hielt ohnehin eine Fülle an Problemen bereit, musste man sich dann durch eine solche Beziehung noch zusätzliche schaffen? Sie wollte mit Edmund darüber reden.

„Wird man dir denn in deiner Heimat Beifall zollen, wenn du dir von deinem Auslandseinsatz in Polen als Souvenir eine Lebenspartnerin mitbringst? Du weißt, trotz der seit dem Kriegsende vergangenen Jahrzehnte gibt es bei vielen unserer Mitbürger noch zahlreiche Ressentiments, auf beiden Seiten. Wird unsere Beziehung diese Belastungen verkraften?"

„Ich denke, wir dürfen unser persönliches Bündnis, das wir zu schließen gedenken, nicht mit ähnlich gelagerten Kontakten auf nationaler Ebene vergleichen. Wenn wir beide es wollen und daran festhalten, kann niemand unsere Zweisamkeit gefährden. In den bilateralen Beziehungen unserer Länder sind tatsächlich noch nicht alle existierenden Probleme gelöst. Doch wenn ich die Entwicklung der letzten Jahre betrachte, dann besteht berechtigte Hoffnung, dass sich alles zum Guten wendet!"

„Hoffnungen sind manchmal eine vage Angelegenheit. Sie können sich auch als vergeblich erweisen."

„Eva, das beurteile ich etwas anders. Wo es keine Hoffnung mehr gibt, sieht es traurig aus. Hoffnung ist immer mit etwas Positivem verbunden, bezieht sich stets darauf. Man erhofft niemals etwas Negatives, erhofft niemals, es möge etwas Schönes außerhalb der Realität geschehen, sondern nur, dass etwas, was es anderswo an Gutem gibt, auch für mich oder die von mir als problematisch angesehene Situation eintritt. Im persönlichen Bereich beziehen sich Hoffnungen meist auf Gesundheit, Liebe, Erfolg, Geld. Im Hinblick auf die Beziehungen zwischen Nationen geht es natürlich um andere Erwartungen."

Eva zeigte sich nachdenklich, ließ ihren Gedanken freien Lauf, äußerte diese auch.

„Wir wollen die vielen unschönen Ereignisse in der Vergangenheit unserer Völker nicht vergessen, müssen uns aber neu besinnen. Es geht nicht immer geradewegs aufeinander zu, ein Auf und Ab mit Unsicherheiten und Rückschlägen wird es weiterhin geben, doch die Grundrichtung einer dauerhaften Versöhnung dürfen wir niemals aus den Augen verlieren."

Edmund ging es zu keiner Zeit darum, die große Schuld, die Deutschland während der Zeit der Hitlerdiktatur auf sich geladen hatte, herabmindern zu wollen, insbesondere nicht dem polnischen Volk gegenüber, aber auch das der deutschen Bevölkerung in West-

und Ostpreußen sowie Schlesien bei Kriegsende während der Flucht und Vertreibung geschehene Unrecht müsse man ansprechen dürfen, war er überzeugt.

„Uns Deutschen geht es, ebenso wie einem immer größer werdenden Teil deiner polnischen Mitbürger, um die Entwicklung eines vertrauensvollen Miteinanders. Von unserer Seite gibt es ein klares Bekenntnis zu einem absoluten Verzicht auf Rache und Gewalt. Vieles aus Vergangenheit und Gegenwart gehört jetzt zum gemeinsamen Kulturerbe unserer beiden Staaten und des gesamten Europa. Deshalb war ich erfreut, als ich wiederholt feststellen konnte, dass inzwischen in deiner Heimat viele deutsche ‚Überbleibsel' aus Kultur und Architektur wieder gepflegt und gewürdigt werden. Das sah in den Jahrzehnten nach Kriegsende ganz anders aus."

Sie gingen noch immer Hand in Hand, hatten ihren Spaziergang auch während des tiefschürfenden Gespräches langsamen Schrittes fortgesetzt.

Plötzlich erblickte Edmund ein am wolkenlosen Himmel kreisendes Taubenpaar. Er schaute genauer hin.

„Da, sieh einmal, es ist der Rote mit seiner Täubin! Sie vollführen spielerisch einen Balzflug, klatschen die Flügeldecken aneinander, schweben auf und nieder, fliegen getrennte Bahnen und finden dann wieder zueinander. Sie wirken bei ihren Flugspielen glücklich und frei. Es ist einfach herrlich, ihnen zuzusehen!"

Eva blieb stehen, beobachtete ebenfalls fasziniert die Tauben.

„Wenn sie etwas tiefer fliegen, erkenne auch ich sie. Sogar beim Training im Schwarm mit all den anderen Brieftauben des Vaters konnte ich unser Sorgenkind immer gut ausmachen. Sein herrliches Rot hebt sich vom üblichen Blau seiner Mitstreiter stets deutlich ab."

Beide blieben stehen, sahen unentwegt nach den ihnen vertrauten Vögeln. Bewegten sich diese bei ihren Luftmanövern in Richtung der hoch am Himmel stehenden Sonne, entschwanden sie fast den

Blicken. Wahrnehmbar blieb nur ein im grellen Sonnenlicht flimmerndes Etwas. Verlagerten sie ihre Flugbahn an den entgegengesetzten Horizont, spiegelte sich das Rot und Blau ihres Federkleides in schillernden Farbnuancen wider, mit Veränderungen in Sekundenschnelle.

„Etwa 6000 Federn sollen einen Taubenkörper zieren. Zu diesem Ergebnis kamen Hobbyforscher, die sich der Sisyphusarbeit des Zählens jeder einzelnen dieser unvergleichlichen Naturgebilde annahmen. Hättest du eine ähnliche Zahl geschätzt?"

Edmund sah Eva fragend an, doch diese schien das im Moment nicht sonderlich zu interessieren.

„Ach, weißt du, darüber mache ich mir jetzt keine Gedanken. Mich fesselt ganz einfach das lebensfrohe Flugspiel unserer Lieblinge. Es stimmt mich unbeschwert und heiter. Ihnen minutenlang zuzusehen, beschert mir ein unglaubliches Glücksgefühl."

„Jetzt drehen sie bei, begeben sich zurück zu ihrem Schlag, ihrem Nest. Zu einem solchen Balzflug starten sie gern nach einem vollzogenen Liebesakt. Bei Tauben ist das so."

„Und wo werden wir unser Nest einmal bauen, in Deutschland oder Polen?"

„Ich weiß es nicht, die Zukunft wird es zeigen. Einfach wird das alles nicht, aber wir werden es schaffen!"

Sie schwiegen lange, jeder hing seinen Gedanken nach. Plötzlich redete Eva leise vor sich hin, mehr für sich allein.

„Ich kann das Geschehen der letzten Stunden noch immer nicht fassen. Da kommen aus einem befreundeten Nachbarland zwei männliche Wesen daher und bringen uns eine Menge an Unruhe, aber auch Freude und Glück. Manchmal geht es turbulent zu auf unserer Erde!"

„Du bist doch hoffentlich damit einverstanden, dass wir uns später ebenfalls Tauben halten? Nach allem, was geschehen ist, denke ich, sie gehören zu unserem Leben!"

„Oh ja, das möchte ich! Vor allem aber auch weiße Brieftauben! Und zu unserer Hochzeit lassen wir dann welche in den Himmel steigen", lachte sie.

Edmund legte seinen Arm um ihre Taille, langsam gingen sie weiter. Wo der von ihnen benutzte Wanderpfad enden würde, wussten sie nicht. Bei dem vor ihnen liegenden gemeinsamen Lebensweg verhielt es sich ebenso.